背中を預けるには3

Minami Kotsuna

小綱実波

Ruby collection

Contents

登場人物紹介
イオニア
数奇な運命によってグラヴィスと出会い騎士となり、後に戦死した。
グラヴィス
王弟であり王国軍将軍。イオニアの死後、厭世的になるが、レオリーノと再会し求婚する。
レオリーノ
絶世の美貌を持つ辺境伯四男。騎士・イオニアとして生きた記憶がある。

ルーカス

イオニアの学友で、王国軍副将軍。イオニアに変わらぬ恋情を抱いている。

ヨセフ

レオリーノの幼馴染で護衛役。女性的な顔立ちだが、気の強い性格をしている。

ディルク

イオニアの弟。現在は王国軍でグラヴィスの副官を務める。

アウグスト

レオリーノの父。ブルングウルト辺境伯。美貌の末子の将来を案じている。

エッボ

イオニアの部下で、特殊部隊の最後の生き残り。イオニアの死にも立ち会った。

テオドール

グラヴィスの侍従。血統主義者で、平民であるイオニアを快く思っていなかった。

カイル

現王太子で、グラヴィスの甥。未だ結婚をしておらず、掴めない性格をしている。

ラガレア侯爵

現国王の伯父にあたる大貴族。レオリーノの父・アウグストとは親友同士。

ヨアヒム

ファノーレン王国の現国王。グラヴィスの異母兄。善良ではあるが凡庸な王と評される。

背中を預けるには3

裏切りの記憶

真剣な表情のレオリーノを見つめながら、ディルクはつぶやいた。恥ずかしいほど声が震えてしまうのは、しかたがなかった。

あまりにも信じがたい事実、あまりにも強烈な真実を聞かされたからだ。

「君は……本当に兄さんの記憶を……？」

「はい。信じてください、ディルク」

「兄さんは、仲間に裏切られて死んだと……？」

レオリーノは頷《うなず》く。

「あの日の戦に、内通者がいただと……？」

もう一度頷いた。

「内通者がいなければ、あの襲撃は実現できません。外砦《とりで》の門は、外側からは開かない。内門よりさらに強固な門です。あの門が破壊されようとすれば、さすがに大騒ぎになるはずです。でも外砦は、あの日の夜、きわめて静かに占拠された。それが意味することはなんでしょうか」

その言葉に、またもやディルクは驚愕《きょうがく》する。

なぜ誰《だれ》にも気づかれずに、外砦が突破されたのか。

生存者がほとんどいない状況では、誰も真実を突き止めることができなかったのだ。

「僕達は当時、内砦にいました。そこにいるエッボも一緒にです。そして、外砦の異常に気がついた」

ディルクが再び巨漢を見つめた。エッボが重々しく頷く。

「外砦の様子に気づいたって……あの距離を、どうやって」

ディルクの疑問ももっともだ。

ツヴァイリンクは二重砦で、外砦と内砦には緩衝地として、通称『平原』と呼ばれる中間地帯が広がっている。平原は広く、内砦にいて外砦の騒音が聞こえるような距離ではないのだ。

「部下の一人で、耳がとても良い男がいました。彼は遠くの音を聞き分けた。あの日、彼が外砦の異常に気がつかなければ、あのまま夜陰に乗じて、内砦も同様の手口で占拠されていたかもしれません」

次々と荒唐無稽《こうとうむけい》とも思える話を聞かされるディルクとは裏腹に、当時のことを知るエッポは黙ってレオリーノの話を聞いている。

しかし、そのぶ厚い手は、関節が白くなるほど握りしめられていた。

「ディルク。イオニアがいた部隊の本当の任務は、王国軍の中でも明らかにされていませんでした」

「それは……どういう意味だ」

「イオニアが指揮していた小隊の中に組成されていた特殊部隊は、平民ながら異能を持つ者達が集められた部隊でした」

「なっ……異能を集めた部隊って……まさか」

異能といえば、と、咄嗟《とっさ》に上官を見ると、ディルクの視線の意味を理解したグラヴィスが頷く。

「王族の血を引く者にたまに顕《あらわ》れる異能を、イオニアのように、稀《まれ》だが平民でも持つ者がいる。そういった者が集められた部隊が編成されていた」

「それはまことでしょうか。記録には、イオニア兄さんは山岳部隊の所属とあるだけです。『特殊部隊』など、記録のどこにも存在していない」

レオリーノは頷いた。

「たしかに記録には存在しません。そして特殊部隊は、あれ以降編成されることはありませんでした。僕もここで調べたのです」

そのときディルクは、レオリーノがなぜ資料室に入り浸り、熱心に調べ物をしていたのかわかった。

「でも、真実です。イオニアは、表向きには山岳部隊に所属していたことになっていますが、実態は独立した部隊で、過酷な戦場に入り、その異能を活《い》かして戦況を変える任務を負っていました」

グラヴィスが後を引き取って、レオリーノの言葉を肯定した。

「当時の将軍ストルフのもとで、特殊部隊が秘密裏に編成されていたことは事実だ。俺もその存在を知っている。そしてあの戦の後、記録から抹消された」

ディルクが驚いたように上官の顔を振り仰ぐ。

「イオニアの場合は、教区の司教が異能持ちの子がいると報告しました。そういう人間が目をつけられるのです。ときには『化け物』と忌避されるような子が……特殊部隊は、そんな人間達の集まりでした」

「おまえ達が化け物というなら、俺も化け物だ」

レオリーノはわかっていますというように、背後に立つグラヴィスを見上げて微笑《ほほえ》んだ。

「そんな人間の行き着く先は、当時は王国軍しかなかったのです。エッボもそうです」


ディルクは隣の巨漢を見る。

エッボの瞳《ひとみ》は、凪《な》いだ湖面のように穏やかだった。

「隊長の言うとおりだ。俺も、成年になる頃《ころ》に目をつけられた。俺には怪力の異能がある」

「……！」

巨漢の男は、拳《こぶし》をディルクの前に突き出した。

「この手は、人間が乗った馬車ぐらいなら片手で簡単に持ち上げることができる。全力で《力》を使えば、ツヴァイリンクの門も一人で巻き上げられる
……あの日、あの門を閉めたのは俺だ」

エッボの告白に、ディルクは絶句する。

「エッボは、エドガルが死んだいま、特殊部隊の最後の生き残りです。彼が負ったこのひどい火傷《やけど》は、あの日、僕の命令を忠実に遂行してくれた証《あかし》……そのせいで、一生消えない傷を負わせてしまった」

レオリーノはそっと指を伸ばし、エッボのこめかみの火傷の痕《あと》に触れた。

ケロイド状に隆起した薄赤い痕は、服に隠れるところまで続いている。両の掌《てのひら》にもそれはある。

「隊長……俺はこの傷を誇りに思っている。俺達がツヴァイリンクを守り抜いた証だ」

「わかっている、エッボ……おまえが門を閉めてくれたから、ファノーレンの国土をツヴェルフに蹂躙《じゅうりん》されるのをまぬがれた」

グラヴィスも頷いた。

「この国を守ったのは、シュタイガー。間違いなくおまえの《力》だ」

将軍の称賛に小さく身体を震わせたエッボは、レオリーノに向かって、傷だらけの手を伸ばす。

白く細い指が、ぎゅっとその手を握り返した。


エッボの大きな手に包まれたレオリーノの手は、比べてみると本当に小さかった。

「隊長……我が国を守ったのは、貴方《あなた》の《力》もだ」


エッボは壊れものを扱うように、その小さな手を何度も撫《な》でる。

「ちっさな手になっちまったなぁ、隊長」

「……うん、エッボと比べたら、子どもみたいだ」

「それでもかまわんだろう」

「……そうだね」

砕けた口調にレオリーノが微笑む。レオリーノの手をさする男の手に、いやらしさは感じられない。

火傷で歪《いびつ》にごつごつした手を、今度は真っ白な手が包み込んで、優しく古傷を撫でた。

「隊長がこの手であの巨石を砕かなかったら、門は開きっぱなしのままだった」


エッボの言葉に反応したのは、グラヴィスだった。

「……それはどういうことだ、シュタイガー。イオニアが巨石を砕いたとは」

「あの門の前に、突如巨石が出現したんです。俺の怪力でさえ持ち上げられないような大きさだった」

グラヴィスは厳しい顔つきになった。

「それはまことか。レオリーノ」

菫色《すみれいろ》の瞳がグラヴィスを見上げる。

「はい。僕達が内砦から外砦に向かったときには、そんな巨石はありませんでした。でも逃げ戻ってきたときには、もうそこにあって……誰かが運んできたのです。門を閉じさせない目的で」

ディルクがちょっと待ってくれ、と口を挟む。

「運ぶっていったって、そんな。二重の砦に囲まれた場所だぞ。誰にも知られずに、敵がそんな巨石を運べるわけがない」

レオリーノは首を振った。

「いいえ、可能です。例えば、ヴィーのように触れたものと一緒に跳躍できる《力》があれば。実際にヴィーはその直後に、数百名の部隊を一つに繋《つな》いで、ツヴァイリンクへ跳んできました。ヴィーと同じ異能者ならばできる……そうではありませんか？」

「ああ。可能だ」

グラヴィスは何かを考えはじめた。

「……敵側に、俺と同じ異能を持つ者がいたということか」

「しかし、門を塞《ふさ》ぐほどの巨石を動かせるなんて……」

青ざめたディルクに、エッポが答える。

「ああ。相当な《力》の持ち主だ。俺達の力は……その、上手《うま》く言えんが、『命の量』と直結するんだ」

「……シュタイガー、すまん。貴殿の言っていることが、俺にはよくわからん」

ディルクが唸《うな》る。エッポはなんと説明すべきか迷いつつも、慎重に答える。

「異能は、使い続けると命を削られる。俺の場合は大きく重いものを持ち上げれば、持ち上げている時間の分だけ、どんどん目の前が暗くなっていく。腹の底が冷えて、そのまま続ければ死に至ると、自分でもわかるんだ。隊長の場合は……」

「イオニアもそうでした。小さいものでも、数が多ければそれなりに消耗するし、巨石を砕けば、あっというまに消耗しました」

「……なるほど、異能とはそういうものなのか。それでは、その巨石を運べた奴《やつ》がいたとしたら」

ううむと頭を抱えるディルクとは別に、グラヴィスは静かに考えていた。

異能を操る人間は、ファノーレン以外には存在しないと思われていた。しかし万が一、ツヴェルフも異能者を抱えていたとしたら。

「……とにかく、内砦の門を閉じられなくするために、その巨石が誰かによって置かれたんですね」

レオリーノとエッボの二人が、同時に頷く。

巌《いわお》のような男と妖精《ようせい》のような青年に、一見なんの共通点もない。しかし、二人はたしかに同じ記憶の中にいるのだろう。

「その巨石をイオニアが破砕したのか」

「はい。将軍閣下が援軍を連れてこられる直前に、隊長が破砕しました。だが、隊長はそれまでも、限界まで《力》を使っていた」

「そんな……そんな巨石を破壊したら、兄さんは」

男達が答えを求めてレオリーノを見る。レオリーノは頷くと、静かに微笑んだ。

「エドガルが卑怯《ひきょう》な真似《まね》をしなくても、イオニアは助からなかった。そう言いたいのでしょう、エッボ」

「はい。隊長……あのときはもう、俺達は限界を超えた《力》を使いすぎて、空っぽに等しかった」

レオリーノの背後に立つ男がぐっと拳を握りしめたのを、ディルクは見た。

能力者が限界まで《力》を使うことがどういう意味を持つのか、異能を持たないディルクには理解できない。だが、異能は有限で、命を削って使うものなのだということだけはわかった。

エッボが再び大事そうに、レオリーノの小さな手を捧《ささ》げ持《も》つ。

「隊長は、もうあの時点で、自分が助からないとわかっていたんだな」

「……そうかな。うん、そうだね」

「貴方が命を賭《か》ける瞬間を見ていたから、俺もあのとき最後まで命令をまっとうできたんだ」

菫色の瞳が潤む。

「……エッボ」

「俺は覚えている。閉じる門の向こうで、隊長は雄《お》叫《たけ》びを上げたな。『これで俺達の勝ちだ』と。顔が焼けて、熱くて死んだほうがましだと思ったが、俺にも、その声だけは聞こえていた」

レオリーノとエッボのあいだには、互いにしかわからない感覚がある。

「あの日のことを、忘れたくてたまらなかった」

エッボの言葉に、レオリーノは涙を溢《あふ》れさせた。

「あの地獄に、もう一度引きずり込んですまない。それにもう、僕は貴方の『隊長』じゃないのに」

「いいや。貴方はいまだに俺の『隊長』だよ。ずいぶんちっこい、天使みたいな見た目になっちまったが。隊長が、貴方と一緒にここに戻ってきてくれたことが、俺にはわかる」

「エッボ……」

「あの戦いのことは忘れられるもんじゃないし、結局忘れられなかった」

「うん。僕ももう、あの日の夢は見たくない。でも、結局、何度も繰り返すんだ……あの夜の悪夢を」

壮年の男の火傷の痕が歪《ゆが》む。

「熱かったよな。死んだ奴らの骸《むくろ》が、どんどん火に巻かれていって、自分自身の肉が焼けて、血が沸騰する匂《にお》いがした……熱かったな、隊長」

レオリーノが、こつんと、エッボの拳に額をぶつけた。

レオリーノは、濡《ぬ》れた目でディルクを見上げる。

「ディルク……いままで、隠していてごめんなさい」

ディルクは青ざめた顔でレオリーノに聞いた。

「それだけか？　君が俺達に伝えたかったという過去の真実は」

レオリーノは唇を噛《か》んだ。

「……いいえ。それだけではありません。イオニアの死は、僕自身の問題にもなりました」

「……どういうことだ」

「僕の脚がこうなった原因です。これは六年前、慰霊祭の当日に外砦から落下したせいなんです。僕の脚は、そのときに壊れてしまいました」

「……レオリーノ君」

痛ましげなディルクの眼差《まなざ》しに、レオリーノはきっぱりと首を振る。

「同情されたいわけではありません。十八年前と関係があることだから、お話しするのです」

「どういうことだ」

「六年前、僕を道連れに外砦から落下したのは、生き残った裏切り者エドガル・ヨルクです」

「……嘘《うそ》だろう」

「本当です。幼かった僕が、偶然出会ったエドガルを追いつめたんです」

エッボが悲痛な表情を浮かべる。

「僕は疲れて、小部屋で休憩させてもらっていました。そのときにあの戦いの夢を見た。目覚めたとき、そこにエドガルがいました。僕は驚いた。夢の中の裏切り者が、僕を刺した男が目の前にいた。そして夢うつつのまま、エドガルに詰め寄ったのです。『すべてを思い出した』と……」

ディルクは思わず想像した。

十二年間、裏切りの秘密を抱えて、息を潜めるように生きていた男。その男に、初対面の高貴な少年が『おまえの裏切りを知っている』と語りはじめた。

そしてその少年は、自分が殺した男と瓜二つ《うりふた》の、菫色の瞳をしていた。

見知らぬ少年に突然罪を暴かれ、糾弾されたエドガルの衝撃はどれほどのものだっただろう。

「エドガルは錯乱し、『俺はもう終わりだ』と言うと、僕を拘束したまま砦から落下しました」

「……なんてことだ」

ディルクは、あの日突如執務室からいなくなった上官を思い出す。ツヴァイリンクへ跳んだのだと、後からわかったが、レオリーノが呼んだのか。

「脚が動かない……痛かった。歩けるようになるまで二年かかりました。毎日、とても痛かった」

レオリーノは卓上の炎を見つめて、しばらく黙り込む。

「……あいつは『終わりだ。道連れだ』と言った。僕を再び葬りたかったんだ……僕は、あの男に二度も殺された、殺された」

「レオリーノ君……」

「いや。二度目は死んでいない。僕は、今度は生き延びた……あいつの罪を暴くために」

その口調の変化に、男達は違和感を覚えた。

炎が映り込んで赤々とした瞳は、どこかうつろだ。

「……あの男は自分が裏切った砦で死んだ。当然だ。あのとき死ぬべき男だったのだから」

「レオリーノ君……？　どうしたんだ」

ディルクの心配そうな呼びかけにも、耳を傾ける気配がない。それどころか、まるで聞こえていないようだ。

「──奴は死んだと聞かされていたのに、なぜ巨石の横に立っていたんだ……エッポは、あいつの姿を見たか？」

エッポが狼狽《うろた》えて、将軍を見た。グラヴィスも眉《み》間《けん》に皺《しわ》を寄せて、レオリーノを注意深く観察する。

「レオリーノ」

レオリーノの様子が、明らかにおかしい。

「エッボは見ていなかったか？　奴は笑っていたんだ。風を操り、炎を煽《あお》っていた。敵も味方も、次々とその炎の中に呑《の》まれていった……奴は俺を見て、一度は逃げた」

男達は、炎に揺らぐレオリーノの影が、突然、倍以上に膨れ上がったような錯覚を覚える。

まるでイオニアの魂が、夢を超えてレオリーノを乗っ取っているようだ。

「レオリーノ、やめろ！」

グラヴィスがその両肩に手をかける。だが、レオリーノの口から溢れる言葉は止まらない。

「俺達は、もう限界だった。仲間達はどんどん死んでいった。届いてくれと祈り続けたんだ。ヴィーが来てくれれば勝てると……それまで、この砦を守りきるんだと」

「レオリーノ！　……イ、オ、ニ、ア！　やめろ！」

「……俺には、ヴィーに、この血と忠誠を捧げることしかできないのだから」

グラヴィスの顔が歪む。

レオリーノの小さな顔は、涙に濡れていた。その目から滂沱《ぼうだ》の涙を流しながら、虚空を見つめて語り続ける。

あつい、とレオリーノは額を拭《ぬぐ》った。

「隊長、隊長……もうわかった！　やめてくれ」

エッボが悲痛な声で懇願する。

「エッボ……エッボ、門を閉めろ」

「隊長……！　もう終わったんだ！　あの戦いは終わった。もう十八年前のことなんだ！」

「違うだろう。いまだ。いま、あの門を閉めたら、生きている仲間も焼け死ぬ。だがあの門を閉めないと、ファノーレンが蹂躙されてしまうんだ……！」

レオリーノの魂の叫びに、男達は拳を握りしめた。

「肉が、肉の焼ける匂いがする。エッボ……奴は死んだか？」

「隊長……イオニア隊長！」

「俺は奴を仕留められたか？　……裏切り者がいるんだ。ヴィーに伝えないと……誰か、誰か……！」

「レ、レオリーノ！　戻ってこい！」

グラヴィスが大喝し、華奢《きやしや》な身体をきつく背後から抱きしめた。細い身体がガクガクと震える。

「……おまえが見ている光景は現実じゃない」

グラヴィスが大きな手で目元を覆い隠す。

レオリーノは、はぁはぁと荒い息を吐いて震えていた。

「ヴィー……」

「おまえはイオニアじゃない。レオリーノだ……レオリーノ、目を覚ませ」

「レオリーノ……俺は？　僕は……、ぼくは……」

「夢だ。レオリーノ、夢から戻ってくるんだ」

悲痛な悲鳴を上げて、突然レオリーノが嗚咽《おえつ》を漏らしはじめた。額にびっしょりと汗をかいている。

「ヴィー……あつい、いたい、あついよ」

「落ち着け。大丈夫だ。ここはツヴァイリンクじゃないんだ。レオリーノ……夢から戻ってこい」

エッボとディルクは、息を殺して二人の様子を見つめることしかできなかった。

レオリーノの首が、がくりと落ちる。

「レオリーノ！」

「レオリーノ君！」

男達は仰天した。

一瞬だけ意識を飛ばしてしまったようだ。レオリーノはすぐに目を開けた。

「……ごめ、ごめんなさい……」

目を開けたものの、またすぐに閉じる。

「ディルク。サーシャを呼べ！」

「……だめ！　ヴィー、だめです……ここでやめたら、だめなんです」

細い指が、グラヴィスの腕に全力で縋《すが》りつく。

「……見苦しいところを見せてごめんなさい……大丈夫です。このまま話します。お願いします」

レオリーノの心と身体が、イオニアの記憶によってどれほど精神的な重圧を受けているのか、グラヴィスはようやく理解した。

語られたイオニアの最期は、軍人のグラヴィスが聞いても、あまりに苛烈《かれつ》で過酷なものだった。

レオリーノはまだ半成年にもならない頃から、何度も自らが殺される瞬間を繰り返しているのだ。

額を探ると、明らかに発熱している。

イオニアの記憶は、これほどまでにレオリーノの心身に負担をかけ続けてきたのだ。

どうりで体調が安定しないはずだと、グラヴィスは気づいてやれなかった後悔に、奥歯を噛みしめた。

「レオリーノ、もうやめよう」

レオリーノは哀れなほど力が入らない様子だ。明らかに体力の限界を迎えている。しかし、必死に気力で持ちこたえようとしていた。

「……ヴィー、手を放してください。大丈夫です。まだ、皆さんにお話しすべきことがあるのです」

「レオリーノ……」

「同情されたくて、王都に来たのではありません……僕自身に起こったことは乗り越えました。恐怖も、苦痛も。イオニアの無念を晴らすために、必要がないものは、すべてブルングウルトに置いてきました」

魂を燃やして

「……わかった。気が済むまで話すがいい。だが、次に気を失ったら、そこで終わりだ。いいな」

レオリーノは、感謝のしるしにグラヴィスを見上げて、小さく微笑む。

その笑顔を見た男達は、内心で安堵《あんど》の息を吐いた。先程の様子に比べると、ずいぶん落ち着いている。

レオリーノは大きく息を吐いて額の汗を拭うと、再びディルクとエッポに向き直った。

「僕を見て逃げたこと、炎を延焼させていたこと、イオニアを刺したときの奴の言葉……それでイオニアは、エドガルの裏切りを確信しました。そして六年前、僕は砦でエドガルと再会した。イオニアではなく、レオリーノ・カシューとして」

そこでレオリーノは、二度と元どおりにはならない怪我を負ったのだ。

「ここからが、お伝えしたかったことです。エドガルは、僕を道連れにして飛び降りるときにこう言ったんです。『バレたらぜんぶ終わりだ。どうせ殺される』と」

「待てよ……ヨルクの言葉が意味するところは」

「十八年前、奴の背後に糸を引いていた人物がいるのだと思っています。エドガルは、おそらくただの駒《こま》だったのではないでしょうか」

絶句するディルクとは別に、レオリーノの言葉に深く頷いたのはエッポだった。

「エドガルのあの性根では、あいつだけで我が国を裏切るような大逆を犯すことは無理だ。そんな度胸のある男ではなかった」

「僕の記憶の中のエドガルの印象も同じです。でもまだ、何も真実はわからない。だから彼について調べたかったのです」

そこまで言いきると、レオリーノは深い溜息《ためいき》をついて、目を瞑《つぶ》った。グラヴィスが後ろからレオリーノを抱き支える。

「ほら……寄りかかれ」

「……はい。申し訳ありません」

レオリーノは礼を言って、グラヴィスにくったりと背中を預けた。本当に体力が限界なのだろう。

そしてグラヴィスを見上げると、このまま話を続けてもいいかと確認する。

グラヴィスが眉《まゆ》を顰《ひそ》めた。

「自覚しているか？　また発熱している」

「……まだ大丈夫です」

「そうか、がんばれるか」

グラヴィスが話し続けることを許可する。ここで中断して、また同じことを繰り返させるほうが、レオリーノの負担になるだろうと考えたのだ。

「最後にお伝えしたいのは、事故の後、僕自身に起こったことです。それこそ六年前ではなく、なぜいまさら、と皆さんが思われるでしょうが……僕は、しばらくエドガルのことを忘れていたのです」

「それは、事件のショックで？」

痛ましげな顔で尋ねるディルクに、レオリーノは首を振った。

「はじめの頃はそうだったかもしれません……でも、そうではありません。ある男のせいです」

「ある男……？」

「その男のせいで、エドガルが最期に言ったことを記憶から失って……いいえ、忘れていたのです」

「すまない、意味がわからない」

「その男は、事故の直後から、何度も、僕を見舞ってくれていました。そのたびに、僕に何度も『つらいことはすべて忘れてしまえ』と話しかけてくれました」

レオリーノの言葉に反応したのはエッボだった。

まさか、と固い声でつぶやく。

「そいつが、まさか……隊長の記憶を奪ったのか」

レオリーノは頷いた。ディルクは眉を顰める。

「なんだって？　シュタイガー、どういうことだ」

「そうです。僕の記憶は奪われたんです。しかも、僕だけではありません。父も、ヴィー……閣下も、あの場で、エドガルの最期の言葉を聞いたはずです。でも、二人とも覚えていないんです」

ディルクが上官に、真偽をたしかめる。グラヴィスが頷いた。

「レオリーノが言うとおりだ。現場に行ったことも覚えている。だが、俺にはエドガル・ヨルクがあのときに何を言ったのか、最期の言葉の記憶がない」

エッボとディルクは、将軍の言葉に絶句した。

「人の記憶を操るだと……そんな異能持ちには会ったことないぞ」

「いったい……閣下と、レオリーノ君の記憶を奪ったのは、誰なんですか……？」

「ラガレア侯爵、ブルーノ・ヘンケルです」

レオリーノの答えは、まるで溜息のようだった。

しかし、その言葉がもたらした衝撃に、エッボとディルクは瞬時に蒼白《そうはく》になる。

「…………嘘だろう」

ディルクはガバッと立ち上がると、レオリーノの体調を忘れて、思わず肩をつかんでいた。

「君は……レオリーノ君、君はいま、俺達にとんでもないことを言っている自覚はあるのか」

「はい……わかっています」

「俺は君を信じたい。……だが、もしそれが事実ならば、我が国に大変な事態が起こっている」

その言葉にも、レオリーノは頷く。

「証拠は？　君には何か証拠があるのか!?　もし十八年以上前から、裏切り者が我が国の中枢に居座っていたとするならば……」

「――ディルク。それを考えるのは後でいい。いまは、レオリーノの話を聞け」

グラヴィスが暴走しかけた副官の思考を中断させる。ディルクはハッと手を放し、レオリーノに謝罪した。

「す、すまない。レオリーノ君、続けてくれ」

「はい……ごめんなさい」

しかし、レオリーノは気力が途切れてしまったのか、再びがくりと首を落としてしまう。

頭を持ち上げられないほど消耗している。雨に打たれ続けた花のように萎《しお》れきっていた。

「レオリーノ！」

グラヴィスがその肩を揺さぶって、気合を入れる。

「やると決めたんだろう。最後までやりとげろ！」

優しい喝だった。レオリーノは気力を取り戻す。

「はい……もう少しだけ、聞いてください。ディルク、エッボ」

「……もちろんだ。本当にすまなかった、レオリーノ君。どうか続けてくれ」

「僕は夢をきっかけに、また記憶を取り戻しました。あのときは、どうしてそれまで忘れていられたのかと悔しくて泣いた。そして……僕は侯爵に疑問を抱《いだ》くに至ったのです。ちょうどそのとき、侯爵はブルングウルトを訪れていました。だから、僕はある『実験』をしたのです」

「実験？」

「はい。思い出したこと、これから試みること……それらをすべて、自分宛ての手紙にしたためて、侍従に託しました。そして朝食をともにしたときに、『事件のことを思い出した』と侯爵に言いました」

よくそんな危ない橋を渡ったものだと、ディルクは、いまさらながら肝が冷えた。

ちらりと上官を見ると、グラヴィスも難しい顔で恋人の頭を見下ろしている。

「ラガレア侯爵は、僕に『エドガルのことを思い出す必要はない』と言いました……言ったと思います。そこから何かを言われて、また僕は、エドガルのことを忘れてしまいました」

「……そんなことが」

「嘘ではありません。僕は朝食の後、侍従から手紙を渡されるまで、自分宛てに手紙を書いたことさえ忘れていたのです」

ディルクは戦慄した。感情を抑えるように、口元を覆う。そうしないと、何か得体のしれない恐怖心で叫んでしまいそうだった。

「……そんなに簡単に、人の記憶を操ることができるのか……そんな人間がこの世にいるのか？」

レオリーノは頷いた。

「僕はそれで確信しました。ラガレア侯爵は記憶を操る異能を持っていると……彼も異能者なのです」

「隊長。ひとつ聞いていいか。奪われたその記憶は、どうしてよみがえったんだ？」

エッポの質問に、レオリーノは少し考え込む。

「……正確にはわからない。感覚としては、なんというか、記憶そのものを消すというより、思い出すきっかけを喪《うしな》っていた感じなんだ」

ディルクには、レオリーノの言っていることが、まったくわからなかった。

「おそらく、ラガレア侯爵が知っている範囲でしか、彼の記憶を操る《力》は影響しないんだと思う」

「隊長……わからん。どういうことか説明してくれ」

「ラガレア侯爵にも、知らないことがあったということです。僕は、彼が知らない、エドガルに繋がるもう一つの——イオニアの記憶を持っている」

エッポとディルクは、小さく唸り声を上げた。

「……なるほど。侯爵は、レオリーノ君が、兄さんの記憶を受け継いでいることを知らなかった」

「『砦で道連れに落下したエドガル』という記憶は消したが、隊長の記憶は残っていたということか」

レオリーノは、こくりと頭を揺らす。

「そう。イオニアがエドガルの裏切りを知っていることを、侯爵は知らない。だから僕は、彼が奪えなかったイオニアの記憶を『きっかけ』にして、六年前のエドガルが遺《のこ》した言葉を取り戻すことができたのです」

ディルクは上官を振り仰いだ。

「閣下……我々はどうすべきなのでしょう」

「レオリーノの記憶だけでは、まだ侯爵が異能者で、我が国を裏切ったとは断定できない」

「おっしゃるとおりです」

「だが、レオリーノが言ったとおりだ。俺も、エドガルが言い残した言葉を思い出せない」

「本当に……何ひとつですか？」

「ああ、レオリーノの手をつかみそこねたことは覚えている。だが、エドガルが何を話していたかは、記憶にない。だからいままで疑問にも思わなかった」

書類の文面、あらゆる会議で誰がどんな発言をしたか、その一言一句を記憶している男だ。その上官が、まったくエドガルの言葉を覚えていないという。

「レオリーノの仮説が正しければの話だが、俺がエドガルに繋がる『きっかけ』は、あの事故の日だけだ。それを消されたせいで、記憶にたどり着けないのかもしれん」

男達は一様に考え込む。

「考慮せねばならんことがある。レオリーノの転落事件の調査を請け負ったのは、ラガレア自身だ」

エッボが歯ぎしりする。

「それはまことですか」

「ああ。真相に繋がる目ぼしい情報は何もなかったと、最終的に報告が上がっている」

将軍の言葉に、エッボとディルクは獣のような声で唸り声を上げた。

「……つまり、エドガル周辺の情報は、ことごとく消されているかもしれないということか」

「敵がそんな異能持ちならば、今後も証拠を消すのは簡単だということだ」

ディルクは悩ましげにレオリーノを見た。

「……レオリーノ君を信じたいが、まだ侯爵が黒幕とは言いきれない。明確な証拠はないに等しい」

グラヴィスが後を引き取る。

「ラガレア侯爵は心根も穏やかで、忠臣として名高い男だ。我が国に長きにわたって仕えてくれている、人格者として尊敬を集める男でもある」

「そして、父の親友でもあります……僕にとっても、とても優しいおじさまでした」

誰もがそう思う人物だからこそ、レオリーノがもたらした衝撃は大きい。

「だが、本当に潔白なのかはわからん。当然、十八年前も、ラガレア侯爵は国政の中心にいた。我々の記憶が、長きにわたって、奴の思うままにつくられたものだとしたら？」

ディルクは震撼《しんかん》した。

「……なんてことだ」

「実際に俺は、あの場にいたエドガルの記憶がない。些細《ささい》なことだが、俺自身がそうなっているという、この事実については、改めて調べる必要がある」

ディルクとエッボは、その言葉に頷いた。

「僕がお話ししたかったことは、それですべてです」

そう言って、レオリーノは目を閉じた。

「証拠はすべて消されてしまったかもしれない。人々の記憶も……でも、どうしても真実を調べたかった。もし、いまもその黒幕が生きていて、ヴィーが守るこの国を脅かす可能性があるのなら……それをどうしても、ヴィーに伝えたかった」

男達の胸が、キリキリと締めつけられる。

レオリーノの行動原理はイオニアと同じだ。

グラヴィスのためなら、簡単に自分の身を危険に晒《さら》してしまう。

「裏切り者がまたファノーレンに戦火を呼び込んでしまうかもしれない……僕が恐れているのは、そのことです」

グラヴィスとディルクは、無言で目を見合わせた。

再びツヴェルフが戦を起こそうとしていることを、レオリーノは知らないはずだ。しかしその言葉は、まるでこれから起こる未来を言い当てているようだった。

やはり偶然ではない。レオリーノが王都に来たのは、運命が導いた必然なのだ。

家族の抱擁

レオリーノは、ポツリポツリと言葉をこぼす。

「調べようと思っても、どうやったらできるのかわかりませんでした。僕は……僕には自立は無理で、庇護者《ひご》を見つけるべきだと思われていたから」

レオリーノが王都に出てきた顛末《てんまつ》は、すでにサーシャから聞いている。

「でも……父が二年の猶予をくれたのです」

ディルクは、ぐっと眉間に皺を寄せた。

「……レオリーノ君」

「王都で自立の術《すべ》を探してみるかと、父は言ってくれたのです。それで、エドガル・ヨルクとラガレア侯爵について調べることができるのではないかと、そう思って王都に来ました……結局、調べるどころか、迷惑ばかりかけていますが……」

辺境伯が与えた猶予は、実際のところ、レオリーノを自立させる目的ではなかった。来たる戦に向けての早めの疎開であり、ユリアンと仲を深めるための期間だったことを、ディルクも知っている。

だが、それをレオリーノに告げることはできない。これからも気づかせたくはなかった。

なぜなら、ディルクには容易に想像できたからだ。

どれほどレオリーノが、父である辺境伯のその言葉に希望を見出《みいだ》したか。この小さく健気《けなげ》な魂が、どれほど勇気を振り絞って、一人で戦う決意を胸に、王都にやってきたか。

その思いを守ってあげたいと、ディルクはせつに思った。

「……だから、エッボを訓練場で見かけたとき、どうしても話をしたかったのです」

エッボがそっと、レオリーノの手を捧げ持った。

レオリーノは濡れた目で、かつての部下を見る。

「エッボ……」

「隊長……戻ってきてくれてありがとう」

エッボがその手に額を当てる。

「俺は貴方とあの場所にいた。だから隊長が、絶対に嘘をつかないことを知っている。信じるよ」

「エッボ……」

「俺の《力》は、俺が死ぬ日まで隊長のものだ。貴方がまた戦うと言うのなら、俺はどこまでも従う」

それを聞いた瞬間、レオリーノは泣き笑いの表情になる。涙の雫《しずく》が、はらはらと頬を伝った。

「巻き込んでごめんね……またつらい思いをさせるとわかっていたのに、ごめんなさい。ありがとう」

かつての部下だった男に、レオリーノは深々と頭を下げる。

「それに、ディルクも……剣を落としたふりをして貴方を騙《だま》してごめんなさい。どうやって、エッボに会いに行けばいいのか、わからなくて」

「はは……本当に、あのときは困ったよ。閣下は激怒しているし……クビになるかと覚悟したくらいだ」

そう冗談めかして笑うと、ディルクは立ち上がってレオリーノの前にしゃがみこんだ。

そして、守護神さながらにレオリーノの背後に立つ上官を見上げて、許可を取る。

「閣下……レオリーノ君が、貴方の大切な方だと理解しています」

「ディルク？」

「でも、いまだけ、いいですか……家族の特権で」

グラヴィスは副官の言いたいことを理解した。

そして、しかたがないとでも言わんばかりに、かすかに笑って頷く。

次の瞬間、ディルクはレオリーノを抱きしめた。

レオリーノの細い身体が、びくりと跳ねる。

「ディ、ディルク……？」

「……勇気を出して、王都に来てくれてありがとう、レオリーノ君」

レオリーノは瞠目《どうもく》した。

逞《たくま》しい年上の弟は、万感の思いを込めて、兄とは似ても似つかぬ華奢な身体を強く抱きしめる。

「兄さんの剣は、閣下が持って帰ってくれた。ちゃんと血も煤《すす》も落として、新品みたいにして親父《おやじ》の工房に飾ってある」

レオリーノの目から、涙が溢れた。

「……ディ、ディルク……」

「見においで、レオリーノ君。親父も、おふくろも、きっと喜ぶ」

「……っ、は、はい」

「君は、兄さんを俺達のところに連れてきてくれたのに……疑ってすまなかった。これまで不安だったな。怖かったな」

「ディルク……」

「俺の兄さんでもあり、そして……俺をまんまと騙したレオリーノ君だ」

あたたかい胸に額を預け、レオリーノは声を殺して泣き出した。

「ディ、ディルク……ごめんね」

「レオリーノ君……」

「ごめんなさい。ずっと、言いたかった。会えてうれしいって、ずっと言いたかった」

「俺もだよ……あの頃は幼すぎて、兄さんの苦悩をわかってあげられなかった。ごめんな……そして、おかえり」

ディルクも目尻《めじり》を濡らした。

記憶の中の逞しい兄とは、似ても似つかない、頼りない身体。

それでも伝わってくる。兄はこの青年に思いを託したのだ。そしてこの青年は、かつての兄のように、愛する男のために再び戦おうとしている。

ディルクはもう一度上官を見上げた。

グラヴィスの表情からは感情が読みとれなかったが、二人を見守ってくれているのがわかる。

本当に、ギリギリの状態だったのかもしれない。いまこの秘密を暴かなかったら、レオリーノはきっとこれからも、孤独で危険な戦いを、一人手探りで続けていたことだろう。

無事に保護できて本当に良かったと、ディルクはありったけの感謝を込めて上官に頷いた。

「……がんばったな、レオリーノ君。ひとりでよくがんばった。これからは、閣下だけじゃない、俺もいるからな。俺のほうが、たぶん小回りが利いて頼りになるぞ」

副官の言い様に、グラヴィスが苦笑する。

「それにほら……シュタイガー大尉もいる」

ディルクの言葉に、エッボも何度も頷いた。

レオリーノは二人の男を交互に見ると、疲れきった顔を綻《ほころ》ばせて、安心したように微笑んだ。涙に濡れるレオリーノの菫色の瞳は、間違いようもなく兄と同じ色合いだ。だが同時に、その瞳には、レオリーノ自身の健気な思いと決意が溢れている。

なんて綺麗《きれい》なんだと感動しながら、ディルクは、再びレオリーノをギュッと抱きしめた。

これは家族としての抱擁だ。この瞬間、レオリーノは、ディルクの守るべき家族になったのだ。

「レオリーノ君……兄さんを、ここまで連れてきてくれてありがとう」

グラヴィスは、副官の肩を叩《たた》く。そして、おもむろにレオリーノを抱き上げた。

「今日はここまでだ」

ついに緊張が切れたのだろう。レオリーノは意識を失いかけている。

「……だめ、これからのこと……」

「また機会はある。今日はここまでだ。本当によくがんばった」

少しいやいやとぐずっていたが、すぐに力尽きて、レオリーノは完全に脱力し、意識を失った。


「レオリーノ君は大丈夫でしょうか」

「一昨日《おととい》も高熱を出した。体調が安定しないんだ」

すると、エッボがクッタリと脱力したレオリーノの手を、そっと握る。

「熱いな……あの戦いの夢のせいだ」

「シュタイガー？」

「俺にはわかるんですよ、将軍閣下」

火傷《やけど》の痕だらけの男が、哀しげな眼差しでレオリーノを見つめている。

「隊長は……レオリーノ様は、あの日のことを思い出すたびに、あいつの剣に腹を刺され、あの炎に何度も焼かれているんだ」

ツヴァイリンクのことを語りながら、明らかに様子がおかしくなっていったレオリーノ。その目は、夢を見ているようにうつろで、ほとんど現実を見ていなかった。

「砦の内側は、まるで燃え盛る炉の中みたいだった。俺もまだ時折夢に魘《うな》される。燃えるような熱さに飛び起きると、たいてい身体が熱を持っていて、その熱さに悶《もだ》え苦しむんだ……こんな華奢な身体で、毎回あの炎に焼かれているなんて……可哀想《かわいそう》にな」

エッボが憐憫《れんびん》の表情を浮かべる。

男達は、意識のないレオリーノを悲痛な眼差しで見つめた。

「レオリーノを離宮に戻したら、すぐに戻ってくる
……エッボ・シュタイガー」

エッボはのそりと立ち上がって敬礼した。

「はい、将軍閣下」

「おまえは山岳部隊から、しばらくはルーカス直属となれ。ディルク、不審に思われない程度にシュタイガーの異動の理由を仕立てろ」

「は、おまかせください」

「しばらく王都に留《とど》まって指示を待て。そのあいだに、目立たぬように特殊部隊に繋がる人物をたどれるか。おまえとの連絡役はカウンゼルだ」

「俺のこの外見で目立たぬように、というのは難しいですが……信頼できる馴染《なじ》みの奴がおります。理由は言わずに情報を集めます」

「俺も手伝うよ。王都の平民街で情報収集するなら、俺が役に立つだろう」

グラヴィスは、厳しい声で指示する。

「いいか。何ひとつ奪われないように、慎重に行動しろ。レオリーノが運んできた過去は、我が国の未来に繋がっている」


離宮にレオリーノを運んだあと、グラヴィスは執務室に戻ってきた。

副官は敬礼して迎える。

「……レオリーノ君は、落ち着きましたか？」

「いや。解熱の薬を飲ませて見守るだけだ。発熱が心の問題であれば、医者にもどうしようもない」

二人のあいだに、沈黙が横たわる。

「……それにしても、びっくりしました」

「……そうか」

声なく笑う上官の冷静な様子に、ディルクのざわついていた心も、少しずつ落ち着いてくる。

「あんな小さいのに、いきなり『貴方の兄です』と言われたのは、青天《せいてん》の霹靂《へきれき》だっただろう」

「いま思えば、最初に会ったときから、異常にキラ

キラした目で『ディルクさんのことを教えてくださ
い』って迫られましたからねぇ……」
あえて明るく振る舞うディルクを、グラヴィスは
静かに見守っていた。
「まさかあれが、『弟に会えてうれしい』って態度
だとは、いやどうりで。なんか異常に懐かれている
なとは思っていましたが……はは、それが、こんな
ことだったなんて」
「いまも、あれは防衛宮では一番おまえに懐いてい
る。兄とか弟とか意識せず、これまでどおり普通に
接してやってくれ。それが一番だ。レオリーノにと
っても、おまえにとっても」
上官の言葉に、ディルクは固く拳を握りしめた。
「……兄が、あんな最期を迎えていたとは知りませ
んでした」
「俺もだ」
「死ぬほど調べまくったのになぁ……畜生」
副官の自嘲《じちょう》にグラヴィスも同調した。
「……本当に畜生だな」
王族らしからぬ悪態をつく上官に、ディルクは笑
った。上官の優しさを感じていた。
「閣下……ひとつ伺ってもいいですか」
「なんだ」
「なぜ、兄の部隊は機密とされたのでしょう。そし
てなぜ、特殊部隊は存在しなくなったんですか」
グラヴィスはしばらく無言でディルクを見つめる
と、ひとつ深い息を吐いて話しはじめた。
「俺がまだ幼い頃だ。平民でも稀に異能を持つ者が
見つかっていた。平民の異能者を集めて、どこの部
隊にも厳密には属さない、とくに激しい戦場に派遣
できる特殊部隊を編成する構想があった」
「……それに、兄さんが該当したということですか」
「異能者は、王国軍としても喉《のど》から手が出るほど欲
しかった。しかし異能を持つ者のほとんどは、王族

か王族の血を持つ一部の貴族だ。例えば、マイア夫人のような」

「……」

「俺のように、軍に志願する王族など滅多にいないだろう？　それに比べて、どう使おうが非難されない平民は、王国軍にとって都合がよかった……そういうことだ」

ディルクは唇を噛んだ。

「次の質問の答えならば、終戦後に、俺が特殊部隊を廃止させた」

「なぜですか」

「……イオニアのように苦しむ人間を作りたくなかった。兵力として普通の人間の何倍も役に立つとわかれば、異能者狩りがはじまる。異能は福音ではない。生命力を削るものだ。イオニアもそうやって死んだ。そんな非人道的なことはできん」

戦後、グラヴィスは、ひそかに平民階級で発見された異能の人間を保護してきた。

どうしても社会に馴染めない者には、生きる場所を与える目的で、テオドールが管理する暗部組織に所属させている。レオリーノにつけていた男も、そのひとりだ。

「……貴方の副官の任を預かりながら、俺は何ひとつ真実を知らずに、これまでのうのうと生きてきたんですね。兄さんに顔向けできないな……はは、なさけないです」

「感傷にひたっている場合じゃないぞ。やるべきことはたくさんある」

うつむくディルクの頭を、グラヴィスがポンポンと叩いた。ディルクは小さく吹き出す。上官に、そんな風に優しく頭を叩かれたのは初めてだ。

「……氷の将軍ともあろう御方が、慰めてくださるんですか」

「いまのはぬるいことを言った罰だ」

「はは……熱いご指導をありがとうございます」

「ただの副官だったら放っておくが、おまえはイオの弟だからな。俺にとっても弟のようなものだ」

ディルクは、目の奥が熱くなった。しかし、三十《みそ》路《じ》になろうとする男が上官の前で泣くなど、もってのほかだと我慢する。

「泣かせないでくださいよ……平民で、しがない鍛《か》冶《じ》屋の息子ですよ、俺は」

「俺も王族で、しがない将軍職を務める男だ」

「ぶっ…………っ、……閣下」

「レオリーノのことは、信じてやれそうか？」

「……はい」

ディルクはうつむいたまま、深々と頭を下げた。靴に、ぽつりと一滴、透明な雫が滴り落ちる。

「……もう一度、兄に会わせてくれて、ありがとうございました」

ディルクの目尻は、わずかに赤くなっていた。

「……見苦しいところをお見せしました。閣下も、意外にお優しいですね」

「情けをかけると、おまえはすぐ増長するな。言っておくが、おまえが泣いたところで、レオリーノのように可愛《かわい》くないからな」

上官の嫌味に、ディルクは確信犯の笑みを浮かべて応酬する。

「愛する人ができた途端に、『氷の将軍』の呼び名は返上ですか？」

「その呼び名は知らん。返上するもクソもない」

上官と副官は、いつものように気安く軽口を叩きあう。互いへの気遣いがそこにあった。

「さて……先程のことですが、どなたにお伝えする予定ですか」

そろそろ本題に戻らなくてはいけない。

副官は意識的に真面目《まじめ》な顔をつくった。

「絶対に協力者は必要です。しかし、あまりにも重たい……重たすぎる話だ」

「まずは、ルーカスだ。あいつはすでに、レオリーノがイオニアの生まれ変わりだと気がついている」

副官は驚いた。

「なんと……副将軍閣下は、すでにご存じでしたか。だったら話が早い」

「それと、レオリーノの父親だ。ツヴェルフのこともあるからな。それに、アウグスト殿からあやつに情報が流れることだけは、避けねばならん。だからこそ、徹底的に巻き込む」

ディルクは、上官がここにきて一度も『ラガレア侯爵』と、明確に名指しをしないことに気がついた。

これからは間諜《かんちょう》の存在を気にして行動しろ、という意味なのだろう。

「承知しました」

「あとはテオドールとギンターだ」

グラヴィスは、侍従と宰相の名を挙げた。

「ギンター宰相は、例の方と常に近くにいらっしゃる。情報が流れる危険はありませんか？」

「いや、ギンターはおそらく大丈夫だ。我々の側《がわ》につく。ルーカスとギンターは、イオニアの高等教育学校時代の親友でもある」

「なんと……！」

ディルクは改めて、亡き兄はたいした大物釣りだと驚いていた。

「ギンターに真実を告げれば、必ず協力するだろう。ルーカスから話をさせたほうがいいな」

「は」

「何事もツヴェルフとの戦に備えて、という建前だ」

「は、すべて承知しました。副将軍閣下には？」

グラヴィスは一瞬考え込む。

「ルーカスには、レオリーノと話をさせる。だが……」

「何か問題でも？」

「いや、レオリーノ自身もそれを望んでいる。だが、あれの体調が……いつ会わせるべきか」

「……たしかに」

先程の様子からして、レオリーノの体調はかなり不安定なのだろう。

数日前よりひと回り痩《や》せた身体は、連日イオニアの記憶を掘り起こしているせいなのかもしれない。ディルクは、てっきり色褪《やつ》れではと邪推した己を殴りたかった。

「……いや」

「閣下？」

「下手《へた》に長引かせるより、やはり早々に、すべてを吐き出させたほうがいい」

上官は決意したようだった。

「今晩、俺の離宮に来るようにルーカスに伝えろ。レオリーノと面会させる」

ディルクは頷いた。

「イオニアの問題は、ルーカスの問題でもある。あいつ抜きには動くことはできない」

その言葉に、ディルクは狼狽《うろた》えた。そして、長年ずっと聞きたかったことが、喉をこみ上げてくる。

「……なんだ」

グラヴィスは、めずらしく何かを言いかけて逡《しゅん》巡《じゅん》する様子を見せる副官に、自ら話を振った。

「この際ですから、昔のことを伺ってもよろしいでしょうか」

「昔のこととは」

「その……閣下と、副将軍閣下と、兄は、どんな関係だったのでしょうか」

ディルクはそう言うと、目を伏せた。

「具体的に何が知りたい」

「兄が、誰を想《おも》って死んだのか、ということです」

グラヴィスが沈黙したのは一瞬だった。

「ルーカスは、イオニアの恋人だった。俺はおまえの兄貴に横恋慕していた。そんな関係だ」

「えっ」

ディルクは驚いた。

まさか、そんなにあっさりと教えてもらえるとは。しかしそれ以上に、上官によって語られたことにディルクは驚愕した。

「で、でも！　兄は閣下のことを……その、兄の忠誠は、閣下に捧げられていたように思います」

ディルクはイオニアがグラヴィスに叶《かな》わぬ恋慕を抱いていたのだと思っていた。

そして、グラヴィスも憎からず想っていたと。

だからこそディルクは、自分が副官に抜擢《ばってき》されたとき、この昇進は兄に対する将軍の個人的な贖罪《しょくざい》ではないかと疑ったのだ。それについては、後々完全に否定されたが。

「イオニアの恋人だったのはルーカスだ」

「……それは真実ですか」

「ああ。あいつは、ルーカスは、俺など及びもつかないほど、おまえの兄を深く愛していた。イオニアもルーカスが好きだった。だがおまえの兄は、忠誠を誓っていた俺のために死んでくれた。それだけだ」

「いや、でも……さっきのレオリーノ君のあの様子は……」

ディルクは混乱した。

「俺は王位継承争いの渦中にいた。おまえの兄は、平民で、男だった。何をどうあがいても、当時の俺達は、『主従』あるいは『親友』……それ以外の関係にはなれなかった」

それはもう、身分の障壁さえなければ、二人は相愛だったということではないのか。

ディルクの悲痛な表情に気がついたグラヴィスは、強い視線で否定する。

「変な勘ぐりをするなよ」

「……閣下は、だから、兄の生まれ変わりであるレオリーノ君を伴侶《はんりよ》に迎えようとしたんですか」

踏み込んだ質問は、上官の怒りに触れたようだ。

「わきまえろ、ディルク」

グラヴィスの目は明らかに怒っていた。しかし、ディルクは叱責覚悟で食い下がる。

「申し訳ありません。でも……俺には、閣下の御心を知る権利があると思います」


グラヴィスはしばらく鋭い目で副官を睨《にら》んでいたが、やがて、そうだな、と乾いた声でつぶやいた。

「たしかにおまえには知る権利がある」

「では」

「辺境伯がいずれ舅《しゆうと》になるのなら、おまえも小舅《こじゆうと》みたいなものだからな」

「こ、こじゅうと……閣下の小舅……」

動揺する副官に、グラヴィスが苦笑した。


この基本的に明るい副官の前では、怒りも長く持続しない。

「この期に及んで、おまえの脳天気さは貴重だ」

「申し訳ありません……ふざけてはおりません」

「真剣な質問ならばいいだろう。きっかけは……そうだな、イオニアとなんらかの繋がりがあるのではと疑ったのが最初だ。だが、結果的にレオリーノを愛するようになったのは、別の理由からだ」

「あ、愛……」

ディルクは、あまりにらしからぬ上官の言葉に、つい照れてしまう。

「なんだ。聞いたのはおまえだろうが」

「いや、閣下の口から『愛』とかいう言葉が出るなんて……衝撃がすごくて……」

グラヴィスはディルクの前から踵《きびす》を返すと、どかりと椅子に座る。

「……いまはむしろ、レオリーノをイオニアの記憶から解放してやりたい」

一瞬ディルクの胸が痛む。それは感傷だ。

「……兄の記憶が残っているのは、閣下にとっては邪魔ですか」

「馬鹿者が。そんなわけがないだろう」

グラヴィスは一喝した。

「十八年かけて、イオニアが俺達のもとに戻ってきたんだ。うれしくないはずがない」

「それではなぜ」

グラヴィスが口元を覆い隠す。


ディルクは辛抱強く上官の答えを待った。

「単純な話だ……俺がもう、あんなレオリーノの悲惨《ひさん》な様子を見ていられないんだ」

『氷の将軍』といわれた男が、苦渋に満ちた表情を見せる。

「六年ものあいだ、あんな風に苦しんでいたレオリーノを放っておいた自分が不甲斐《ふがい》ない」


「ですが、レオリーノ君の事件を忘れたのも、例の方の《力》のせいだとしたら、閣下のせいではないでしょう」

「あの子を一人、孤独と痛みの中に放置し続けたことには変わらん」

再び顔を上げたときには、上官はいつものような無表情に戻っていた。しかし、この一瞬でも推し量れるものがある。


(閣下は、本当にレオリーノ君を愛しているんだな)

ディルクはそれがわかってうれしかった。


「閣下、もうレオリーノ君に求婚したんですか？」

鬱屈《うっくつ》とした雰囲気を吹き飛ばすように明るい声で尋ねる副官を、グラヴィスは氷点下の眼差《まなざ》しで睥睨《へいげい》する。

「おまえに教える必要はない」

「僭越《せんえつ》ながらありますよ、閣下。俺は小舅ですよ？……いやぁ、まさかこの年で、あんなに麗しくて天使みたいな兄貴ができるなんてなぁ」

「おまえのその脳天気な性格は、もはや異能の一種だな」

グラヴィスは苦笑した。その調子のいい軽口も、副官なりに雰囲気を変えようとしてのことだとわかっている。

「いやぁ、俺も今日のことで混乱しているんですよ……あっ、そういえば閣下、レオリーノ君のアレはまずいです」

グラヴィスは黙りこんだ。ディルクの言いたいことがわかったのだ。

「あんな、そのいかにもな感じを振りまいていたら、正直危険すぎます」

「わかっている。だが見たとおり、レオリーノにその自覚がないんだからしかたがないだろう」

「自覚がないって……普通、そういうのは本人が気にしませんかね。俺が筆おろししたときには、周りに一人前の男に見えているかどうか、すごく気にしましたよ？」

「ディルク、ふざけるなよ」

副官を見つめる星空の瞳は、もはや真冬の冷気を帯びていた。ひえっと、ディルクは身をすくめる。

「別にふざけていません。俺はいたって真剣です」

「馬鹿者が。おまえの筆おろしの話なんぞ聞きたくもない」

「はあ……それならどうするんですか」

あのままでは、レオリーノを今後も防衛宮に勤務させることなど、とうてい無理な話だ。レオリーノが自身の変化を自覚して、それを隠す術を覚えないかぎり、あの初々しい色気から、男に愛されたことがあからさまに周囲に伝わってしまうのだ。

「ちゃんと閣下が教えればいいんですよ」

「俺に抱かれたとバレるから色気を抑えろとでも言

うのか。あの箱入りに？　俺から説明しろと？　そのせいで、レオリーノが閨《ねや》を嫌がったらどうする」

「だっ、だか……ねや……」

上官のあからさまな物言いに、何を想像したのか、ディルクはみるみる顔を赤らめた。

グラヴィスは副官を軽蔑《けいべつ》した眼差しで睨む。

「兄の閨を想像する変態の小舅など最悪だな」

「いや……いまのは俺が悪かったです。誠に申し訳ございません」

ディルクは深々と頭を下げた。レオリーノは、もはや家族だ。閨を想像するなど罪深すぎる。

「そもそも、そういうことを教えるのは親の役目だ」

「まぁ、新妻の心得みたいなもんですしね」

グラヴィスが副官に呆《あき》れたような視線を向ける。

「……考えてはいる。もう少し内面を隠す術を覚えないと、あれ自身がこの先困るからな」

グラヴィスの言う『この先』というのは、レオリーノが、男の隣に伴侶として並び立つ日のことだろうか。

どうかその日が何事もなく来るようにと、ディルクは心から祈った。


「それにしても、困りましたね」

ディルクは、先程のレオリーノを思い出す。

生来の類稀なる美貌《びぼう》、そして血筋。それだけでも守るべき存在であるのに、男達を引き寄せてしまう色気を纏《まと》いはじめている。危険極まりない。

その上、あの頭の中には、この国を根幹から揺るがすような秘密を抱えているのだ。

そしていまとなっては、この国の武力の頂点にいる男の唯一の想い人でもあり、最大の弱点だ。

絶対に守り抜かねばならない。

「レオリーノ君をこれからも離宮に留め置かれるのですか？」

王族や貴族階級のしきたりはわからないが、このままなんの立場を与えることもなく、レオリーノを離宮に留まらせ続けるのは外聞も悪そうだ。

「いや、レオリーノは近々ブルングウルト邸に戻す」

「え？　この状況で、ですか」

グラヴィスは、そうだと頷いた。

「アウグスト殿に早々に返すように約束しているからな。それにこうなると、下手に俺の離宮にいるより、実家で保護してもらうほうが安全だろう」

「ということは……」

「真相の追求は、基本的に我々だけで進める。先程の様子を見ていたなら、おまえもわかっただろう。レオリーノは、色々と危ういんだ」

ディルクも納得した。

聡明《そうめい》な気質のレオリーノが、なぜしばしば無謀な行動をとるのか。今日の告白を聞きながら、ディルクにもようやく、その原因がわかったのだ。

レオリーノには、根本的に自己防衛の意識が欠落している。言動の端々に見えたそれは、イオニアと同じ種類の、自己犠牲を伴う捨て身の忠誠心だ。

だからこそ、この上官は、過剰なまでにレオリーノの安全に気を配り続けていたのだろう。

一方でディルクは、真相の追求を目的に王都に出てきたと言っていた、レオリーノの必死な様子を思い出していた。

「ですが……レオリーノ君が一番知りたがっているのに、まったく関わらせてあげないのは、さすがに可哀想ではないでしょうか」

「感傷だけで下手に関わらせるほうがよほど危険だ。あれが自ら調べるなど、もってのほかだ」

それは、レオリーノの心情を無視した傲慢《ごうまん》な判断なのではないかと、ディルクは思った。

レオリーノにも矜持《きょうじ》があるだろう。

（お互いがお互いのことを一番に想うばかりに……

下手にこじれなきゃいいけど……）

「閣下……レオリーノ君をそんな風に守ることが、本当に、彼の意にかなうことでしょうか。これまで一人で頑張って、王都で戦っていたんですよ。なんとか、どこかで関わらせてあげましょうよ」

ディルクは小舅の心意気で、もう一度レオリーノの扱いを考え直すように上官に訴える。

「具体的に、どう関わらせるんだ」

星空の瞳が不穏な光を帯びる。

「どうと言われますと……」

「シュタイガーと一緒に、エドガル・ヨルクの足跡を追って聞き込みに行かせるのか。あの顔を市井に晒して？　敵に注目してくれと言うようなものだろうが」

たしかにそんなことはさせられない。そもそもレオリーノに聞き込みなど不可能だ。目立ちすぎる。

「例の男に探りを入れさせるか？　それこそ、またあの男に記憶を奪われたらどうする」

「ううむ、そう言われると」

「あるいは社交界で情報収集させろとでも？」

「あ、それならば危険も少ないですし」

グラヴィスは氷点下の声で吐き捨てる。

「馬鹿を言え。夜会と訓練場での顛末を忘れたのか。飢えた男どもに、あっというまに休憩部屋に引きずり込まれて終わりだ」

「うううむ……」

グラヴィスの言うとおりだった。

レオリーノの尋常ならざる美貌は、とにかく目立ちすぎる。護衛もつけなくてはならないし、隠密行動にはまったく向かない。

それでも、ディルクはレオリーノ自身に、どこかで本懐を遂げさせてあげたいと思っていた。

そんなディルクの思いを敏感に察したグラヴィス

は、厳しい表情で副官を見据える。

「ディルク。レオリーノの意志を無視してでも、イオニアが俺達に伝えてくれたこの重大な秘密は、必ず解き明かさなくてはならない」

「はい」

「下手な同情は意味がない。レオリーノを直接敵に向き合わせることは、絶対に許可できない。いいな」

「は……しかし」

「俺はかつて二度も、間に合わなかったんだ」

ディルクはその言葉にハッと息を呑む。

「あの捨て身の献身があるかぎり、レオリーノは、目的のためなら簡単に自分を危険の前に投げ出してしまう。イオニアと同じだ」

グラヴィスの目が金色に輝く。

「三度目はない。今度もし間に合わなければ、あの魂は、永遠に我々のもとに戻ってくることはない」

初夏の雨

この季節にはめずらしく、王都には夕方から雨が降っていた。

防衛宮から王弟の離宮にたどり着いたとき、男のマントは水気を含んで重くなり、水滴を滴らせるまでになっていた。

ファノーレンの王都にある『王宮』は、ひとつの建物を指すのではない、執政宮を中心として十二の宮殿で構成されている、いわば巨大な建築群の総称である。執政宮と国王の居室である後宮を中心に、前庭にある防衛宮から、奥庭にある王弟の離宮までは、徒歩ならば、大人の男の足でもゆうに一刻はかかる距離だ。

王弟グラヴィス・アードルフ・ファノーレンの離宮は、王宮の最奥に位置している。グラヴィスがその離宮を選んだ理由は単純だ。誰にも干渉されない静穏な環境であること。そして王弟にとっては、その異能ゆえに物理的な距離がまったく問題にならないことだった。

王宮内の移動は、馬車か馬を使うのが基本だ。奥庭はとくに厳しく出入りが管理されている。その晩の離宮の訪問者は、あらかじめ正式な手続きを踏んでのものであった。


駆足をゆるめて、正面玄関の前で止まる。そこには、すでに王弟の侍従が男を待っていた。

「ご無沙汰《ぶさた》しております、ルーカス・ブラント副将軍閣下。星火宮へようこそ」

「久しぶりだな、テオドール・アンハルト」

テオドールは慇懃《いんぎん》に出迎えた。ルーカスは馬から下りると、手綱《たづな》を控えていた馬丁に渡した。大柄なルーカスを乗せても俊敏に走る、立派な体格の馬だ。愛馬の青毛も、主《あるじ》同様に雨に濡れ光っている。

「こいつの躰《からだ》を拭《ふ》いてやってくれ」

「承知しました。お帰りになるまで丁重にお世話させていただきます」

馬はおとなしく馬丁についていく。テオドールは濡れたマントを、ルーカスから受け取った。

「この雨です。馬車でいらっしゃるかと思っていましたが」

「馬で来たほうが速い。それにこいつも、めったに入れない奥庭を駆けられたのはよかった」

「そうですか――誰か、副将軍閣下に拭くものを」

背後から従僕があわてて駆け寄って大判の手巾《しゅきん》を差し出す。ルーカスはそれを受け取って、ガシガシと無造作に、髪から滴るしずくを拭った。マントのおかげで、服はほとんど濡れていない。

「グラヴィス殿下は？」

「応接の間で貴殿をお待ちになっています」

テオドールに先導されて、グラヴィスが待つ部屋に通される。ルーカスは入室前にきちりと敬礼した。

「殿下、お待たせしました」

「いや、よく来てくれた。楽にしてくれ……なんだ、この雨の中、まさか馬で来たのか」

「ああ、そのほうが速い――レオリーノは」

ルーカスはゆっくりと室内を見渡す。

「いまは休ませている。ディルクとエッボ・シュタイガーと話をさせた後に、また熱を出した。なかなか体調が戻らん」

そうか、と言ってルーカスは目を伏せると、グラヴィスの前にどかりと座る。するとテオドールが、酒と思《おぼ》しき液体が入った、小さめのグラスを差し出した。

「テオドール、ここは安全か？」

「はい。先程、屋根裏まで見回りさせました。小一時間は、誰も近づかぬように指示しております」

グラヴィスはよしと頷く。

「テオドールも座って話を聞け。おまえの力も必要になる」

「承知しました。では、私も一杯いただいても？」

ルーカスが途端に嫌味を言う。

「相変わらず殿下の幼馴染《おさななじみ》であることに胡座《あぐら》をかいているな。客の前でも遠慮がない」

「貴殿に言われる筋合いはない。どれだけ注意しても殿下に対して無礼な言葉遣いのままで、まったく……わきまえないのはどちらだ」

この二人の嫌味の応酬を聞くのは久しぶりだと、グラヴィスはなつかしい気持ちになる。

血統主義者のテオドールと、平民であるイオニアの肩を持っていたルーカスは、とにかく学生時代から犬猿の仲なのだ。しかしなぜか、双方グラヴィスには忠誠を誓っており、共闘するときはうまく連携する、不思議な関係である。

「長い話になる。飲みながら聞いてくれ」

「ありがたくいただこう」

そう言ってクイと一口呷《あお》ると、ルーカスは喉が焼けるような酒精の強さに噎《む》せこんだ。

「テオドール、貴様……よりによってこんな強烈な火酒を……くそ、酔っ払ったらどうする」

「初夏とはいえ雨に濡れていますので、身体を冷やさないようにとの、私なりの配慮ですよ。それにそんなにでかい身体で、火酒の一杯や二杯では酔わないでしょう」

ルーカスが、チッと盛大に舌打ちする。グラヴィスが手を上げ、二人のこぜりあいを止めた。

「レオリーノの記憶の話だが、細かいところは省いて要点のみ話す」

「承知した」

「まず、レオリーノに、イオニアの完全な記憶はない。本人の感覚だから、具体的にはわからん。夢の中ではすべてが繋がって鮮明だそうだが、起きると細かいところは曖昧《あいまい》になるらしい。だからあれの持つ記憶はまだらだ。その前提で聞いてくれ」

二人は無言で頷いた。

「まだらと言いながらも、何度も繰り返し見ている夢は、追体験を繰り返して、レオリーノの中でもかなり鮮明な記憶になっている」

その言葉に、ルーカスの肩がわずかに震える。

「殿下、鮮明な記憶とは具体的に」

「そうだな……俺と、おまえとのことは、比較的よく覚えているようだ。それと、ツヴァイリンクの戦闘についても」

「……そうか」

グラヴィスも酒を呷る。次の瞬間、先程のルーカスと同様に、眉間に深い皺を刻んだ。

「……強いな」

「テオドール！　貴様、殿下にも火酒を注いだのか」

「閣下も、ときには刺激が必要だろうと思いまして」

ルーカスの嫌味にも、テオドールはまったく堪《こた》えない。そして、自ら用意したグラスをくいっと呷ってみせた。大の大人が昏倒《こんとう》するほど酒精の強い酒だが、侍従は顔色も変えずけろりとしている。

だが、その火酒にわずかに理性を焼かれたおかげで、男達の緊張がほぐれたのも事実だった。

「本題はこれからだ。レオリーノがもたらした、そのツヴァイリンクの記憶が問題だ」

ルーカスが顔を歪める。

「ルーカス。正気で聞くのはつらかろうが、辛抱してくれ」

「ああ、わかっている。続けてください」

「まず、あの日の真相だ。イオニアは、特殊部隊の部下であるエドガル・ヨルクによって殺害された。ツヴァイリンクの外砦に敵を引き込んだ裏切り者もそいつだと、レオリーノは言っている」

ルーカスとテオドールの顔がこわばる。

「ツヴァイリンクの戦で、最後までわからなかったのがあの外砦の占拠だ。そもそも、あの外砦にそうやすやすと侵入されるはずがないのに……そうか、やはり内通者がいたか」

「ああ、そのエドガル・ヨルクも、あの戦の後、瀕《ひん》死《し》の状態で見つかり、九死に一生を得た。それで内通者だと疑われることはなかった」

「そうなのか」

「ああ、後で調べたが、エドガルが保護された記録は残っていた。その怪我はイオニアが反撃したものだ。だが力尽きて、奴にとどめをさせなかった」

ルーカスの拳がぶるぶると震える。

おそらくその脳裏に浮かんでいる光景は、グラヴィスと同じだろう。

「ルーカス……エドガル・ヨルクの名前に聞き覚えはないか？」

「なに？　エドガル……エドガル・ヨルク……いや、

申し訳ない。殿下、答えをくれ」

「六年前に、ツヴァイリンクの外砦からレオリーノを道連れに飛び降りた犯人だ」

「なんだと!? であれば聞いたはずだが……」

ルーカスが自身の記憶を訝《いぶか》しんだ。

「特殊部隊は解体され、奴はその後復帰して、どこかの部署に配属された。回り回って、奴が六年前に配属されたのが、ツヴァイリンクだ」


ルーカスは、もはや言葉もなく、呆然《ぼうぜん》としている。

さすがのテオドールの顔も青ざめていた。

「それでは、六年前のあの事件は……?」

「偶然ではない。レオリーノは慰霊祭のために、父親に連れられてツヴァイリンクにいた。そして、休憩中にあの日の夢を見た。おそらくツヴァイリンクを訪れたことが、きっかけになったのだろう。夢うつつのまま、レオリーノは偶然エドガルに会い、そして……奴を糾弾した」

「それが、あの事件を……」

「ああ、エドガルは錯乱状態で、少年だったレオリーノを拘束したまま、砦の上から飛び降りた。後はおまえも知るとおりだ」

ルーカスが濡れた髪をぐしゃぐしゃと掻《か》きむしって、獣のような呻《うめ》き声を上げた。


「ここからが本題だ。エドガルは十八年前も、そして六年前も、奴の背後に奴を操った真の国賊がいることを、ほのめかしていたんだ」

「……なんだと!?」

「十八年前に聞いたのはイオニアだ。そして、六年前は……俺も、辺境伯も、エドガルが飛び降りる最期の瞬間に何かを聞いたはずだが、二人とも覚えていない。レオリーノだけが、そのときエドガルが何を言ったのか、記憶を取り戻したんだ」


テオドールが困惑の表情で主に尋ねた。

「殿下、申し訳ないのですが、もう少し詳しく説明いただけないでしょうか」

「俺と辺境伯、そしてレオリーノは、事件後にエドガルに関する記憶を、ある男に奪われた」

「それは誰にですか」

「ラガレア侯爵、ブルーノ・ヘンケルだ」

「まさか……！」

「なんだと……どういうことなんだ！」

ルーカスとテオドールは、同時に腰を上げた。

「レオリーノは、ラガレアが記憶を奪う異能を持っていると確信している。そして、我々の記憶を奪ったのはなぜか、それは犯人だからに違いないと」

信じられないという表情の二人だった。

「信じられないのも無理はない。だが、一つ言えるのは、俺が覚えていないということだ」

グラヴィスが自分の額を指で叩く。男達は、その仕草にハッと息を呑んだ。

「殿下の記憶が？　レオリーノ様をお救いしようとしたことは、覚えていらっしゃるのにですか？」

「ああ。前後の状況も覚えている。レオリーノの手をあと一歩のところでつかみそこねたことも。だが、エドガルの顔は思い出せない。奴が飛び降りる前に、何を言ったのかも」

感傷に浸るどころの話ではなかった。

ルーカスは国の防衛を預かる男として、その思考を回転させる。

「……殿下、これはとんでもない話だ。もしそれが事実ならば、我が国はどれだけ長く、裏切りの根を中枢にはびこらせていたのか」

テオドールが厳しい顔で首を振った。やはりまだ信じられない様子だ。

「しかし、動機がまったくわかりません。ラガレア侯爵ほど、『侯爵』という位にして、栄耀栄華《えいようえいが》をきわめている人はいないでしょう。王の外戚《がいせき》であり、長らく内政長官の職にも就いている。そんな人物に、我が国を裏切るどんな理由が？」

「おまえの言うとおりだ。証拠も、理由も見当たらない。ラガレア本人も穏やかな人格者だ」

男達は一瞬、すべてがレオリーノの妄言なのではないかと疑った。

「レオリーノはなぜラガレア侯爵を疑っている？」

「残念ながら、エドガルは奴の背後にいた男の名前を言わずに死んだ。だがある日、レオリーノはその記憶を失っていたことを思い出した。レオリーノには十八年前のイオニアの記憶がある。そこから繋がったんだ」

「繋がった……」

「ああ。それで、なぜ自分の記憶が消えていたのかと疑問に思って、状況から、ラガレア侯爵が自分の記憶を奪った犯人ではないのかと疑った。レオリーノは自らの記憶を書き留めて、無謀にも再度ラガレアに直接向き合い、事件を思い出したとほのめかした。そして……再び記憶を奪われたんだ」

「なんと……」

「それでラガレアの異能を確信したらしい。そしてエドガルの記憶を奪ったのは、彼の口から真実が暴露されたかもしれないと恐れる黒幕だからに違いないと、思うに至った」

すべてが推測にすぎない。

なんの証拠もなく、人に話せば確実に正気かと一蹴《いっしゅう》される話だ。だがそれを訴えるのは、イオニアの記憶を再び男達のもとにもたらしたレオリーノなのだ。

「真っ当に訴えることなど、とうてい無理な事案だ。だが、レオリーノの訴えを、単なる妄言と無視するには偶然が揃《そろ》いすぎている。調べる必要がある」

グラヴィスは淡々と告げた。レオリーノを信じたい思いもあるが、国防を担う責任ある立場としては情に惑わされてはならない。

テオドールは溜息をついた。

「せめて、少しでもレオリーノ様を信じられる証拠があれば……」

「テオドール、だからまず、それを探すんだ」

グラヴィスは、ルーカスとテオドールの目を交互に見つめて、説得にかかる。

「レオリーノの言葉をいまの時点で鵜呑《うの》みにすることはできない。我々以外はとうてい信じられないだろう。『前世の記憶』が、あれの主張の、唯一の根拠だからな」

「でも、殿下はお調べになるのですね……そしてルーカス、貴方も」

テオドールの問いかけに、まるで太陽と闇夜《やみよ》のように対照的な二人の男が、同時に頷く。

「違うならば違うと、レオリーノと、そしてイオニアに示してやらねばならん――どうだ、ルーカス」

「殿下の言うとおりだ……イオニアが俺達に最期に伝えてくれたことならば、必ず叶えてみせる。俺達には、ツヴァイリンクの秘密を明らかにして、イオニアの無念を晴らす義務がある」

『イオニア』という存在で固く結びついている男達にしか、共感できない思いがある。理性も理屈も超えて、どうしても叶えたい思い。

テオドールも覚悟を決めたようだ。

「わかりました。私は殿下がやれとおっしゃるならば否という言葉はありません。ところで、この情報を、私達の他に知る者は？」

「おまえ達と、あとはディルク。そして、当時のイオニアの部下だった、エッボ・シュタイガーだ」

「シュタイガー。ツヴァイリンクの英雄か。奴もまた、イオニアへの思いで立ち上がってくれたか」

火傷の痕も無残な、異能を持つ巨漢。イオニアに忠誠を誓った男だ。

「シュタイガーには、エドガルの過去を探るように指示している。ディルクから連絡があるだろうが、おまえとも連携が取りやすい部隊にシュタイガーを配属してくれ」

「承知した。しかし、そもそもエドガル・ヨルクの記録は洗ったのか」

「それはレオリーノが徹底的に調べた」

ルーカスは、ううむと唸って腕を組む。

「なるほど……あの資料室通いの目的は、そういうことか。研究は表向きで、裏で当時の記録を調べていたのか。レオリーノもやるな」

「ああ。世間知らずのようでいて、なかなか考えたと思わないか」

「あの研究自体が、新人の出来ではないと思っていた。ブルングウルトの教育もあったのかもしれんが、イオニアの記憶が手伝ったというわけか」

「そうだ。自由に外に出るのもままならない身で、誰にも言わずに、一人で必死に、十八年前の真実にたどり着こうと努力していた。訓練場でもそうだ
――本当に無茶をする」

テオドールが立ち上がり、もう一度火酒をそれぞれのグラスに注《そそ》いだ。男達は一気にそれを呷る。

「しかし……ラガレア侯爵が犯人だとして、動機はなんでしょうか。金？　あるいは、我が国に対する怨恨《えんこん》ですか」

「……くそ、テオドール。貴様、なぜそんなに平然と……いや、まったく思いつかん」

ルーカスはそう言いながら、火酒の刺激に滲《にじ》んだ目を押さえる。グラヴィスも、目を閉じて天を仰いでいた。テオドールだけは微動だにしないでいた。

「……金の流れは、我々だけでは限界があるだろう。ルーカス、ギンターをこの件に巻き込むことについてどう思う」

「マルツェルならイオニアのことを言えば協力するだろうが、こんな荒唐無稽な話は、レオリーノ本人に証明させないと、まず信じないだろうな。ラガレア侯爵をむざむざと敵に回すような謀《はかりごと》に、あいつは簡単には乗らないだろう」

「そうか……テオドール、ラガレアの領地の主な収入源を知っているか」

テオドールは顎《あご》に手を当てて考えはじめる。

「詳しくは調べなくてはなりませんが、たしか南方のあのあたりは、鉄の産出が盛んですね。それに関連する産業なのではないかと」

グラヴィスとルーカスは、目を見合わせた。

鉄。ツヴェルフから、紛争中のジャスターニャ諸島にグダニラク経由で流れ、次の戦の資金源とされている鉄。

グラヴィスも、ルーカスも、戦う男だ。この不穏な直感を、無視することはできなかった。

「ルーカス……ギンターに、秘密裏に国内の鉄の流れを調べてもらうことはできるか」

「承知した。あいつに、レオリーノのことは」

「ああ、落ちついたらギンターにも会わせる。そこですべてを明らかにして、協力を仰ぐことにしよう。それまではツヴェルフとの戦に備えてとでも言え」

グラヴィスは侍従に向き直る。

「テオドール、ひそかにラガレアの領地に人を送って調べさせろ。ラガレアの生まれ、家族、領地での評判、収入、納税、王都に届いていない、あらゆる情報を、どんな些細なことでもかまわん」

「承知しました」

そこまで相談して、男達はようやく息をついた。

すると、テオドールが酒瓶を持ち上げる。

「もう一杯飲みますか？」

グラヴィスとルーカスは溜息をついて、そして同時に頷いた。

一人は平然とし、二人の男が声もなく呻いている
そこに、控えめにノックする音が響いた。

「人払いをしていたのではなかったか」

グラヴィスが厳しい目で侍従を睨む。

「申し訳ございません。ある件だけは報告せよと、例外を設けておりました」

そう断って、テオドールは扉を開けた。

そこには、レオリーノの専任侍従である老齢の男が、申し訳なさそうな顔で立っていた。

「レオリーノ様がお目覚めになりました」

恋の骸、愛の果て

初夏の雨が、バチバチと窓を叩く音が響いている。

広い寝室は極限まで照明が絞られているせいか、とても薄暗かった。

寝台の上が、薄く盛り上がっている。レオリーノが寝ているのだ。グラヴィスは寝台に近づくと、枕元に腰掛けた。汗ばんだ髪をそっと撫でる。

レオリーノは、ぼんやりと目を開けた。

「レオリーノ話せるか……ほら、ルーカスが来たぞ。話したいと言っていただろう」

「……ルカ？　ルカが来たの……？」

ルーカスは入口付近に佇《たたず》んだまま、その場に縫い止められたように動けなかった。

「うん……ルカと話したい……ごめんなさい。ヴィー……手を貸してください」

「ああ、起こすぞ」

グラヴィスは寝台に深く腰掛け、その軽い身体を抱き起こした。レオリーノの上体を、その胸に寄りかからせる。レオリーノの熱で潤んだ目が、扉付近に佇むルーカスを見つけた。

「ルカ……あいたかった」

二人の様子を眺めていたルーカスの肩が、びくり

と震える。

「ルーカス、こちらに来い」

グラヴィスが呼んだ。許可を得たルーカスが、静かに寝台に近づいてくる。

大柄なグラヴィスよりも、さらに巨大な体躯《たいく》。獅子《し》のような男だ。

「おおきくて、顔がよく見えない……」

レオリーノがポツリとつぶやく。グラヴィスは苦笑して、ルーカスに、座ってやれと顎で命じた。ルーカスは寝台の脇《わき》に膝《ひざ》をつく。

「ようやく、顔が……」

菫色と琥珀色《こはくいろ》の視線が、交差する。

なつかしい色合いの瞳を見つめた瞬間、つい先程聞いたばかりの話を思い出して、ルーカスの胸が締めつけられた。

二度と戻らない、失われた最愛の男。その男の記憶をよみがえらせた青年が、目の前にいる。

レオリーノが、細い指を伸ばす。

瞬間的にその手を取ったルーカスは、背後のグラヴィスを見た。グラヴィスは静かに頷く。

その手はとても熱く、汗ばんでいた。力を込めれば簡単に砕けてしまいそうな華奢な指だ。

剣ダコのあったイオニアの手とは、まるで違う。

だが、レオリーノも、イオニアの魂の記憶を受け継いで、この手で一人で戦っていた。立派な戦士だ。

「……大丈夫か。大変な思いをしたな」

「ルカも……ヴィーからぜんぶ聞きましたか?」

発熱のせいだろう。目が真っ赤《まっか》に充血している。呼吸も少し荒い。

「イオニアの記憶があるのに……黙っていて……そして、嘘をついて、ごめんなさい」

「いや……イオニアの面影を求めるあまりに、おまえを追いつめたのは俺だ」

「ぼくだと……だめだとおもって、言えなかった。ごめんなさい」

「謝るのは俺のほうだ。レオリーノ、おまえの存在を否定したかったわけじゃないが……俺が、イオニアを追い求めすぎて、結果的におまえを苦しめたな」

ルーカスの中に、レオリーノに対する憐憫と後悔が沸き上がる。

同時にルーカスは、自分の胸の中にあるたったひとつの願いが、やはり揺らがないことを確信した。


(俺が欲しいのは……)


ルーカスが唯一、心から欲しいと思う存在は、やはりあの赤毛の青年、イオニア・ベルグントだけだった。

「……レオリーノ、改めて、俺に教えてくれ。おまえが誰なのか」

「……ぼく？」

「そうだ」

レオリーノはぼんやりと考えた。

「ぼくは、レオリーノ・カシューです」

「──そうか」

その瞬間、ルーカスの中で、レオリーノに対する執着が完全に断たれた。

イオニアは、もうどうやっても戻ってこない。そのことを、ルーカスは心底から理解した。そして、絶望した。


ルーカスは、レオリーノを背後で支えるグラヴィスを見つめる。男達の視線が、無言で交わった。

恋愛として成就することはなかったが、イオニアの永遠の忠誠を、その死とともに受け取った男。

一方、肉体的には誰よりも近い存在でありながら、永遠にその心を受け取ることができなかった男。

「でも……」

レオリーノがルーカスを見上げた。

「でも、イオニアとして生きた記憶があるんです。

ヴィーとルカと生きた記憶が、ここにあるんです。

僕がこんなに弱くなければ、イオニアとして生きていければよかったのに……ヴィー、ルカ……ごめんなさい」

目の奥がカッと熱くなる。ルーカスはその衝動を、奥歯を噛んでぐっとこらえた。

「レオリーノ……これまですまない。つらい思いをさせていたんだな」

「……そんなことない」

レオリーノは体調が悪く、あまり長く話せそうもない。そこでルーカスは、最も聞きたかった質問をぶつけた。

「ラガレア侯爵が、俺達の真の敵なのか」

「……はい、そうだと思っています。でも、わからない。なにも……証拠がないから」

「だが、イオニアの記憶が、そしておまえ自身の経験が、そう言っているのだろう?」

レオリーノはゆっくりと頷いた。

「ならば俺は、おまえを信じるだけだ」

充血した目が、ルーカスをじっと見つめる。

「……どうして信じてくれるのですか?」

「おまえが、イオニアの最期の願いを、俺達のもとに届けてくれたからだ」

「信じてくれてありがとう……ヴィーも信じてくれた。信じてもらえなかったらどうしようって、こわかったけど」

レオリーノは、ほんのりとうれしそうに微笑んだ。

「もしほんとうに、ラガレア侯爵が裏切り者だとしたら……ルカはどうするの?」

「この手で殺す」

レオリーノが瞠目する。

「彼が黒幕じゃないかもしれない……それでも?」

「俺の立場でこんなことを言うのは間違っているかもしれんが、イオニアがそう言うならば、俺はどんなことでもする。証拠なぞいらない」

それを聞いたレオリーノが、再び微笑んだ。

「……ルカはいつもそうだ。ヴィーとはじめてあったときも、ぼくをまもろうと喧嘩腰《けんかごし》だった……ぼくはびっくりした」

その言葉に、男達は目を見合わせる。

高等教育学校で三人が初めて会ったとき、イオニアとルーカスは十三歳、グラヴィスは十歳だった。

「覚えているぞ。イオニアが殿下を特別視しているのは、すぐにわかった。そして殿下も、それがさも当然といった体で現れたからな。俺はそれにムカついたんだ」

ルーカスの悪口に、グラヴィスも肩を揺らした。

「俺のほうこそ、ようやくイオに会えたと思ったら、いきなりデカい奴が立ちふさがって、目の前でイオを連れていった。あのときは真剣に、この男を殺そうかと思ったぞ」

二人の言葉の応酬に微笑むレオリーノを見て、男達も胸があたたかくなる。

「……ヴィーはふきげんだったし、ルカはようすがおかしいし……ぼくはすこし困ったんだよ」

そうか、と囁《ささや》いて、ヴィーはその額に唇を寄せる。

ルーカスも小さな手を優しくさすった。

「ルカは、テオドールとも仲が悪かった……ぼくのせいだった?」

その言葉に、グラヴィスは先程の様子を思い出して笑う。いつか、テオドールもギンターも入れて学生時代の思い出話をするのもいいなと、ふと埒《らち》もないことを考えた。そう、いつか叶《かな》うことならば。

「でも、最終的には、なぜかヴィーとルカは仲良くなってた」

「……そうだな。それは俺達のあいだに、いつもイオがいたからだ。そうでなければ、こいつと話すことも、まさかこうして、ここまで長い関係になることもなかっただろう」

「そうだ。イオニアがいなかったら、殿下とも、ましてやテオドールとなんて、話すこともなかったぞ」

二人はさも心外だと言うように振る舞う。

もちろん演技だ。お互いに対する幼い嫉妬《しっと》は、十八年前、イオニアが男達の目の前で死んだ瞬間に、とっくに燃え尽きている。

その代わり、イオニアがいない十八年間、二人だけにわかる思いを共有して生きてきた。

「そうだね……あの頃は三人で、一緒にいたね」

ぽつりと、レオリーノがつぶやく。三人はそのまま静かに、彼らだけの時間に留まっていた。

「……雨が降ってるんだね。今日は星空が見えない」

レオリーノのつぶやきに、グラヴィスがそうだな、と窓に目を向けた。湿った、雨の匂《にお》いがする。

「星が見たかったのか？」

「いつも寮の窓から星を見ていたのは、おぼえているよ」

「ん……また、思い出した」

レオリーノは、二人の顔を交互に見上げた。

グラヴィスが小さな頭を抱えて、優しく撫でる。

「何をだ。何を夢に見た？」

「……言っても、いいのかな」

レオリーノを仰向《あおむ》かせて、グラヴィスはその唇にそっと触れるだけの接吻《せっぷん》を落とした。勇気を出せ、何を言っても大丈夫だという、承認の印。

レオリーノは目を閉じて、その触れるだけの口づけを受けとめる。その光景はあまりにも神聖で、レオリーノへの思いやりに満ちていた。

「卒業の間近に……学校長から呼び出されたんだ」

「ああ、あの血統主義の嫌味な奴か。おまえを好き勝手に使っていた」

ルーカスは親指で優しく手の甲を撫でると、話の続きを促した。レオリーノはふふ、と笑った。

「ぼくを呼び出して、学校長は言った。ゲオルク王が病にたおれたとき……『次代の国王に最もふさわしいのはグラヴィス殿下だ』って」

「…………」

「ぼくは反論した。ヴィーは兄君が好きで、王位を継ぐ気なんてないと」

レオリーノはグラヴィスを再び見上げる。その心配げな眼差しに、グラヴィスは苦笑した。

「何年前の話だと思っている。とっくにその話は決着がついている。気にせずに話せ」

「そのときに学校長はこう言った。ぼくが平民だから……何もわからないと油断してたのかな？」

「学校長はおまえになんと言ったんだ」

「『ブルーノとブリギッテはおそらく恋人同士だった。そこに横槍《よこやり》を入れたのが、ブリギッテに一目惚《ひとめぼ》れしたゲオルク王だ』って」


男達は目を見合わせる。

――ラガレア侯爵が、国王の妾妃《しょうひ》となった義妹と恋人同士だった？

ブリギッテは、前国王ゲオルクの妾妃で、現国王ヨアヒムの母である。下級貴族に生まれたブリギッテは、国王の妾妃となるために、遠縁のラガレア侯爵家の養女となってから、国王に輿入《こしい》れした。

「……つまり、ラガレア侯爵は、前国王に恋人を奪われたと、学校長は言ってたのか？」

「……わからない」

レオリーノは力なく首を振る。グラヴィスは眉を顰めて、何かを真剣に考えはじめていた。

「ごめんなさい……わからない。ただ、学校長が、ぼくにはなした、その記憶しかない」

レオリーノは震える熱い息を吐くと、そのまま脱力した。

ぐったりとしたレオリーノを見て、ルーカスはそろそろかと立ち上がる。

「レオリーノは限界のようだな」

「ああ、そうだな」

グラヴィスが心配そうに、小さな頭を見下ろす。

「――長居した。俺はこれで失礼しよう」

レオリーノの目が、ルーカスの姿を追いかける。

「ルーカス！　……おまえは、それでいいのか」

咄嗟にグラヴィスが引き止める。

「また今度、会えたときにでも聞けたらいい。そもそも、あのことを覚えてくれているならばだが」

「ルーカス！」

「……では、これで失礼する。レオリーノ、ゆっくり身体をいとえよ」

ルーカスは踵を返し、扉に向かって歩き出す。

男の背中を見送りながら、グラヴィスはレオリーノの耳元に囁きかける。無理をさせているとわかっていた。しかし、どうしても、レオリーノにしかできないことがあるのだ。

ルーカスの十八年間の心の空白を埋める、最後の希望。イオニアが最後にルーカスに言いかけた言葉。

「レオリーノ……ルーカスが帰るぞ。ほら、言いたいことがあるだろう」

「なに……なんだっけ」

グラヴィスは、イオニアに語りかけた。

「思い出せ。ほら。いまも、そこに、いるんだろう……そこはどこだ？　イオニア」

その瞬間、レオリーノは自我を明け渡した。

そうだ。ルーカスにも、最後に伝えたいことがあった。

グラヴィスに捧げた想《おも》い。そして、ルーカスに寄せていた想い、そのすべてを。

伝えなくては……あの門が、閉まる前に。

「イオニア……ここは、ツヴァイリンクだ」

レオリーノは、再びあの灼熱《しゃくねつ》の炎に包まれた。


寝室の扉に手をかけた男を、呼び止める声。

「……ルーカス」

逞しく盛り上がった肩が、ビクリとおののく。ルーカスがばっと振り返ると、菫色の瞳と目が合った。

「レオリーノ……？」

レオリーノがもう一度、ルーカスに向かって手を伸ばした。

「ルカ……門が閉まる。早く来てくれ」

ルーカスは瞠目した。その口調、その瞳の力強さ。


（まさか…………！）


もう一度寝台の脇に戻ると、ルーカスは膝をついた。白い指が、なめし革のような頬を撫で、目尻の皺をたどる。

「……あの日は、次に会えたときに伝えればいいと思っていたんだ」

「イオニア……？」

菫色の瞳が、ルーカスを見る。

「門の向こうで……おまえが……無茶をするヴィーを引き止めて、守ってくれている」

その言葉に、巌のような巨躯が、ぶるぶると震えはじめる。

「俺に気がついていたのか……？　あそこに、俺がいることをわかっていたのか」

「俺の代わりに、ヴィーを守ってくれてありがとう……ルカ。俺との約束を守ってくれたんだな」

ルーカスは、咄嗟に拳に噛みついた。叫びだしそうになるのをこらえる。

食い込んだ歯が傷をつくり、血が滴る。しかし、頬を伝う涙は止められなかった。

――いまここに、イオニアが戻ってきた。求め続けたイオニアの存在が。

だがそれは、一瞬で醒《さ》めてしまう夢だと、ルーカスにはわかっていた。レオリーノの意識は、過去世の夢に混濁している。レオリーノは夢うつつのまま、両手を伸ばしてルーカスの頬を包んだ。

「……ルーカス」

ルーカスの顔に、レオリーノの顔が近づく。そして、血の滲む男の唇に、熱に湿った唇が触れる。

「…………っ！」

ルーカスは目を閉じた。

「次に会えたら、言おうと思っていたんだ」

「何を……イオニア、あの日、俺に何を言おうとしてくれたんだ」

レオリーノが、花のような笑みを浮かべる。

「あのとき、気がついたんだ。俺は……俺も、おまえのことが好きだなって」

その瞬間、ルーカスの灰色の世界に、燃えるような赤い色が戻った。

「おまえの手を放せない。俺は我儘《わがまま》か？　だが、おまえに、これからの人生も、一緒にいてほしいんだ」

「……っぐ、…………っ」

拳を握りしめて、男は寝台に額をつけて嗚咽を隠す。だが、こらえられなかった。

「イオニア……俺は、おまえが殿下を愛していることを知っていた」

イオニアが、レオリーノの姿で首をかしげる。

「……だが、俺はおまえがどうしても欲しかった。それが強引に関係に引きずり込んだと思っていた。それがずっと後ろめたくて……だから、俺はおまえに一生愛されることはないだろうと、覚悟していた」

髪を撫でる優しい感触。

「……ああ、でも」

白い顔を見上げると、イオニアが笑っていた。

「俺の心の欠けた部分を、いつも埋めてくれたのはおまえだよ……ルカ」

「イオニア……なんで死んだんだ……なぜ、どうして、俺のところに戻ってきてくれなかった」

十八年かけて、ようやくつかんだイオニアの気持ち。この一瞬だけの、この部屋を出たら失ってしまう、恋の骸。

その骸を抱えて咆哮《ほうこう》する獣の断末魔は、最後の未練だ。

「生きて戻ってきてくれれば、それだけで良かった……！　おまえがどれほど殿下のことを想おうとも、一生傍《そば》で支え続けられれば、俺はそれだけで報われたのに……どうして、俺を置いて死んだんだ……!!」

レオリーノの菫色の瞳を、ルーカスは渾身《こんしん》の思いで見つめる。

そして、無言で二人を見守っていたグラヴィスに、ルーカスは涙ながらに懇願した。

「殿下、いまだけ許してくれ……たのむ。この一瞬のためならば、殺されてもかまわない。いまだけだから」

次の瞬間、ルーカスは寝台に乗り上げると、グラヴィスに抱き支えられたレオリーノの唇を奪った。

「……っ、ル……」

「イオ……イオニア……」

十八年分の想いを込めた口づけが、レオリーノを奪い尽くす。同時に、レオリーノの背後から伸ばされた男の腕が、ルーカスの肩をつかんだ。

だがその手は、震えるほど強くルーカスの肩をつかみながらも、レオリーノから引き剥《は》がそうとはしなかった。

「イオニア……イオニア……っ」

熱く濡れた息遣いが、寝室に響く。

――イオニア、愛している。永遠に、愛している。

相愛の男の腕に抱かれたまま、レオリーノは前世の恋人に、その唇を貪《むさぼ》られ続けた。

男の目から溢れた涙が、白い頬を濡らし続ける。

燃え続ける炎を鎮めるように、初夏の雨が降り続いていた。


レオリーノはまた、あの炎の夜の夢を見ていた。でも、今日は不思議なことが起こった。これは、イオニアの記憶ではないのだろうか。

空から雨が降ってきたのだ。その雨は、まさに慈雨だった。身体のあちこちを燃やす炎が、鎮まっていく。やがて、平原の炎はくすぶって、優しい余韻を残して鎮火した。


レオリーノが夢から覚めると、目の前には、傷つき疲れきった一匹の獣がいた。

「ルカ……ルーカス……？」

獣が一筋の涙を流す。その拳は血だらけだった。

頭上を見上げると、もうひとりの獣もまた、傷つき疲れ果てた目で、レオリーノを見下ろしていた。

「ヴィー……？　どうしたの」

レオリーノと目が合うと、グラヴィスはなんでもない、と安心させるように笑って、もう一度、背中をしっかりと支えてくれた。


ルーカスが、レオリーノの頬をそっと撫でる。

「レオリーノ……殿下と一緒にいられて幸せか？」

もう二度と、ルーカスがそういう意味でレオリーノに触れることはないだろう。

これがその、最後の触れ合いだ。

イオニアの恋人であったルーカスを前に気まずさを感じながらも、レオリーノは気持ちを偽ることなく、素直に頷いた。

「……はい。叶うならば、死ぬまでお傍にいられたらと思います」

「そうか」

ルカが優しく笑った。太陽のように、人をあたたかくさせる笑顔だ。

レオリーノはそっと胸を押さえる。

なぜ、まだ雨に当たっているような感覚になるのだろう。


「おまえが幸せならいい。叶うことなら、殿下の傍で幸せになってほしいと、ずっと思っていた」

「でも、イオニアは、ルカと一緒にいられて幸せでした」

その言葉に、ルーカスが目を見開く。

「……貴方が、イオニアの永遠の共犯者だから」

「……そうか」

ルーカスは晴れ晴れとした笑みを浮かべた。

「それならば、これからも俺は、イオニアと運命をともにせねばならんな」


さて、とルーカスが立ち上がる。

「レオリーノ、よく頑張ってくれたな。話してくれてありがとう」

そのときなぜか、レオリーノの心を、得体の知れぬ凶暴な感情が襲った。胸が痛い。大きな獣に引き裂かれでもしたかのように、とても痛い。

レオリーノはぎゅっと胸元を押さえた。


「今度ツヴァイリンクの夢を見たら、俺の言葉をイオニアに伝えてくれ」

ルーカスに不思議なことを頼まれる。レオリーノは首をかしげた。

「そんなことできるかな……でも、はい。やってみます。何を伝えればいいのでしょう」

ルーカスは大きな身体を折って、レオリーノの額に口づけを落とした。

レオリーノは額に点《とも》った熱に、思わずそこに手をやる。

そのとき、身体が軽いことに気がついた。先程まであれほどレオリーノを苦しめていた熱が、いつのまにか下がっていた。

「……この口づけを届けてくれ。そして伝えてくれ」

獅子のような男は笑顔でそう言うと、自分の左胸をトンと押さえる。

「イオニア、もうあの炎から自由になって、そろそろここに戻ってこい。そして、ともに眠ろう」

恋の結実、愛の成就

ルーカスが訪ねてきた翌朝には、レオリーノの熱はすっかり下がっていた。

体調が良くなりうれしそうなレオリーノを、グラヴィスは優しく見つめていた。

「ルーカスと話したことは覚えているか」

レオリーノは少し考え込むと、やがて小さく首を振った。

「たぶん……？　最後のほうは覚えていると思います。ごめんなさい」

「そうか」

額の髪を掻き上げてくれるグラヴィスの指が、低い声が、レオリーノを穏やかな気持ちに誘う。心地よさに、溜息をついた。

昨夜はルーカスが訪問してくれた。途中まで熱が高かったせいか、何を話したかほとんど記憶にないが、ルーカスの最後の言葉、そして額に落とされた口づけの感触は、はっきりと覚えている。

「イオニアへの、伝言を頼まれました」

「そうだな」

「……早く帰ってこいって」

「ああ……できることならば、どうかイオに届けてやってくれ。あいつは……ルーカスは、十八年間待っていたんだ」

「夢の中に、僕はいないのです。でもやってみます」

そのとき、ふとレオリーノは思った。

（ヴィーは、イオニアのことを、どう思っているのだろう）


グラヴィスの瞳の中にも、ルーカスが帰り際に見せた、ある種の解放感に近いような感情が見える。だがその透明な感情が何を意味するのか、レオリーノは聞くことができなかった。


レオリーノは、その翌日の午後、実家に戻されることになった。

当日の朝、グラヴィスがそのことを告げると、レオリーノは必死で帰りたくないと訴えた。

「……ヴィーのお考えはわかっています」

「どういう意味だ」

菫色の瞳が、ひたとグラヴィスを見つめる。

「僕を、ラガレア侯爵の件から遠ざけるつもりなのでしょう」

レオリーノの言うとおりだ。だがグラヴィスは、レオリーノの身を危険に晒すようなリスクを許容できない。

「俺の命令が聞けないのか」

「……でも、でも！　僕にはこの件に関わる権利があると思います」


レオリーノの隣に腰掛けると、グラヴィスは小さな頬を両手で包む。伏せた睫毛《まつげ》を親指で撫でるようにして、その目尻に浮かぶ悔し涙を拭った。

「おまえにこの件に関わる権利があることは、充分わかっている」

それならばどうして、と縋る視線に、グラヴィスは真摯《しんし》に答えた。

「おまえを除《の》け者にするつもりはない。その都度わかったことは教える。だが、おまえが直接敵に相対するような真似《まね》は許可できない」

「それは……僕が、自分で自分の身を守ることができないからですか？」

「そうだ」

グラヴィスは頬を撫でていた指で、噛みしめて赤くなった唇を解かせる。

「噛むな。傷になる」

レオリーノはうつむいたままだ。

グラヴィスは溜息をつくと、長椅子の背に手をかけた。レオリーノの顎を上げさせる。

「レオリーノ。これは戦いだ」

「……はい」

「おまえにはわかるだろう。戦には、適材適所というものがある」

「はい」

「前線に戦えない素人《しろうと》は送らない。それと同じだ」

「……はい、わかっています。でも」

グラヴィスは視線で続きを促す。

「……わかっていても、自分が役に立たないことが悔しいのです」

これはレオリーノの意地だ。

「だが、それが最適な選択だ」

「でも、確たる証拠もない僕の記憶で、みんなを危険に晒して……僕だけのうのうと、安全な場所で待っているだなんて、そんなこと……」

「何もかもがあやふやな状態だからこそだ。おまえの記憶が失われることになったり、万が一にも、おまえを人質に取られたら、俺達はどうしようもなくなる――俺の言っていることが理解できるな」

レオリーノはしばらく考え、そしてようやく頷いた。

「いい子だ」

「……いい子なんかではありません。それならば、せめて、防衛宮での勤めに復帰させてください」

「それもだめだ。俺の近くにいる必要はない。きちんと進捗《しんちょく》は伝えるから、家にいるんだ」

「でも、何もかもが中途半端です！　王都に来て、やり遂げたいと思ったことすべてが」

「それでもだ。またやり遂げる機会は必ずある」

悔しそうにうつむく白金色の頭を見ながら、グラヴィスは溜息を噛み殺す。

この様子では、おそらくまだ納得はしていない。反論できる理由がないから、黙っているだけだろう。

本当に、儚げな見た目に反して頑固だ。

「理由はもうひとつある」

「はい」

「おまえを伴侶として正式に俺のもとに迎えたい。そのためには、慣例的に実家に戻す必要がある」

悔しそうにうつむいていたレオリーノが、見たこともない表情を浮かべた。

「は、伴侶……？」

何を言っているのかわからない、という表情だ。

「俺は名実ともに、おまえを隣に置く権利が欲しい。だめか？」

「だめではありません。でも、伴侶とは、誰に伝えればそうなれるのですか……？」

「おまえに求婚しているんだ。カシューの籍を抜けて、俺の伴侶としてファノーレンを名乗ってくれと」

「……えっ？」

レオリーノはそこでようやくグラヴィスの言わんとすることを理解して、大きな衝撃を受けた。

「きゅ、求婚……!?」

「そうだ。なんだと思っていたんだ」

グラヴィスが呆れたようにレオリーノの鼻をつまむと、レオリーノは顔を真っ赤にして口ごもる。

「ヴィーの……恋人として認めていただけるのなら、うれしい……と思いました」

「俺がこの年で『恋人』ができましたと、ただ発表するとでも？　そんな生半可な気持ちで、おまえみたいな箱入りに手をだすか」

「それでは、きゅ、求婚というのは、僕が……ヴィーのお婿さんに？」

「婿というのは語弊があるな。おまえは男子だから『王弟配』と呼ばれることになるが、俺の籍に入る。つまり、公的に認められた正式な伴侶にする」

「……おうていはい。正式な伴侶……」

「そうだ」

しかし、レオリーノはそこで突然顔を青ざめさせた。絶望的な表情が浮かんでいる。いきなりどうしたのかと、グラヴィスは眉間に皺を寄せた。

「俺の伴侶となるのが嫌なのか」

レオリーノはぶるぶると首を振った。

「……いいえ！」

「ならば何を悩むんだ」

「でも、僕は男子です。王族の方々は、同性とは結婚されないと聞きました」

「同性との婚姻が法で禁止されているわけではない。ただこれまで例がないだけだ」

「そうですか……」

しかし、まだレオリーノの懸念は晴れないようだ。

「気になることがあるなら、黙ってないで言え」

「でも……きっとまた、王太后陛下が反対されます」

なるほどそれか、とグラヴィスは合点がいった。イオニアが王妃に呼び出されて、身の程をわきまえさせられたことを記憶しているのだ。

「あのときとは違う。王太后にも口出しはさせない、大丈夫だ。だから悲しい顔をしないでくれ」

グラヴィスはレオリーノを抱きあげて膝に乗せる。

レオリーノはまたうつむいてしまった。

成人男性を膝に乗せているとは思えない。身長のわりに軽い、羽のような身体だ。

「ほら、レオリーノ。顔を上げるんだ」

レオリーノはその声に励まされるようにして、おずおずと顔を上げる。

「突然のことで驚かせたか」

「いいえ……はい。驚きました」

「レオリーノ、『はい』か『いいえ』で、率直に答えてほしい」

レオリーノは不安げに首をかしげる。グラヴィスは、白い頬に手を添えた。陶器のようにつるりとした見た目に反して、その肌はあたたかい。

「俺のことは好きか？」

レオリーノの頬がさっと色を刷《は》く。

「……はい。ヴィーのことが好きです」

「ならば、これからも俺と一緒にいてくれるか？」

「はい……お許しいただけるのなら、一生お傍にいたいです」

グラヴィスはその答えを聞くと幸せそうに笑った。

レオリーノはグラヴィスの笑顔を見て、心に花が咲いたような気持ちになる。

「ならば、俺の求婚を受けてくれるか？」

「……はい、で、でも」

「こら、『でも』はない。『はい』か『いいえ』だ」

するとレオリーノはしばらくためらっていたが、やがて、真剣な目で訴えた。

「ヴィー、僕は……どうやってもイオニアの代わりにはなれません」

「なぜ、いまそう思った」

一昨夜のことを思い出す。ルーカスは、レオリーノを欲しなかった。面影をなつかしんでも、どこまでもイオニアを愛していた。

（もし、ヴィーもそうだったら……イオニアのこと

を愛しているから、僕に執着しているのなら)

しかし、グラヴィスはその表情で、レオリーノが悩んでいることを悟ったようだった。

「ルーカスとの会話で、また迷ったのか」

「……」

「こっちを向け。おまえに、愛を伝えさせてくれ」

グラヴィスはレオリーノの唇にさっと口づけた。軽い音を立てて離れたそれが、レオリーノの心に安堵をもたらす。


「イオニアの代わりじゃない。俺が欲しいのは、レオリーノ、おまえだ。どうか信じてくれ」

菫色の目に涙が滲む。

「でも、ルカは……最後まで僕の中に、イオニアを見ていました」

「おまえがイオニアの記憶を持っていることもまた、変えようのない事実だ。だが、それも、いまのおまえを構成しているものだろう」

「……はい。そうです」

「イオニアの傍にいるべきなのは、俺ではなかった。あの後、もし未来が繋がったとしても、あのときの俺は、イオを幸せにできなかっただろう」

「そんなこと……!」

レオリーノは叫んだ。そんなことはありえない。なぜならイオニアにとっても、レオリーノにとっても、生きる理由は、目の前にいる男なのだから。


だが、本当にそうだろうか。

人は、生きる理由を掲げるだけで生きていけるのだろうか。行きつく果てに愛が成就しないとわかっていて、それでも幸せになれただろうか。

レオリーノの脳裏に浮かんだのは、獅子のような男との、朧《おぼろ》げな口づけの感触だった。

それははたして、レオリーノ自身の記憶なのか、あるいはイオニアの記憶なのか。

「俺はおまえを幸せにしたい。傍にいて、ただ笑っていてほしい。それだけではだめか?」

レオリーノは勇気を出して、グラヴィスを正面から見つめた。

この男にここまで言葉を尽くされて、それ以上の約束があるだろうか。

レオリーノは覚悟を決めた。


「……いいえ、いいえ。だめじゃありません」

レオリーノはグラヴィスの首に抱きついた。

「お傍にいたいです……もう離れたくない」

「ならば、正当な理由を俺にくれないか」

「ヴィー……」

グラヴィスはレオリーノの指先を持ち上げる。

「レオリーノ、俺の求婚を受けてくれ」

レオリーノは涙をこぼしたまま、はい、と頷いた。

「泣かないでくれ。ずっと笑っていてくれ」

その懇願に応えるように、レオリーノは涙を瞬《まばた》きで飛ばすと、笑みを浮かべた。

少しでもグラヴィスが安心してくれるのなら。どんなにつらくても、笑顔でいよう。

「命尽きるその日まで、僕を貴方の傍にいさせてください」

男は柄にもなく安堵の溜息をつくと、細い身体をぎゅっと抱きしめた。

摘みとられる果実

「……やっぱりお傍にいたいです。家に戻りたくない」

レオリーノは思いが通じたばかりの男に、なんとか考え直してもらおうと、再び粘る。

グラヴィスはあまりのしつこさに呆れた。

「言うことを聞くんじゃなかったのか」

「無理はしません。約束します。だから、離宮でお待ちしております」

「だめだ。これ以上実家に戻さないのは、さすがに外聞が悪い。この話はこれで終わりだ」

「でも、ヴィー……んうっ？」

グラヴィスは健気でうるさい唇を塞いだ。

今度は先程のように触れあわせるだけではなく、濃厚な口づけを仕掛ける。

「っん、うっ……うーっ」

レオリーノは必死で肩を叩いて抗議した。口づけでごまかされるのが嫌なのだろう。

しかし、相手を傷つけるつもりのないレオリーノの抵抗など、男の前ではなんの意味もなかった。

「ん……ん、ヴィー……」

「……レオリーノ」

舌を絡め、口内の敏感なところを舐《な》めてやる。

経験不足なレオリーノは、男の手練手管になすすべもなかった。すすり泣きながら、すぐに男が与える官能に流されていく。

本人に自覚はないが、レオリーノの肉体はどこもかしこも感じやすい。燃え上がりやすく冷めにくい、淫蕩《いんとう》な気質だ。

しかし、いまはまだ、本格的に性交ができるほど体力が戻っていない。無理をさせないようにするのもグラヴィスの役目だ。

そんなことはわかっている。わかってはいるが、グラヴィスも衝動を抑えられなかった。男にとって、それほどレオリーノの存在は甘かった。

ようやく唇がほどかれると、レオリーノは男の逞しい首に縋ったまま、必死で呼吸を整える。

「ヴィー……ヴィー……」

その声がほんのりと色づいている。男の名前を呼びながら、無意識に子猫のように身体を擦り寄せてくる。グラヴィスは小さく悶えるレオリーノをなだめた。

「俺が悪かった。だから落ち着け」

「落ち着けない……これでは家にも戻れません」

レオリーノは恨みがましい視線を向ける。へにょりと眉を下げ、顔を歪めた。泣きそうだ。

「……ヴィーが、こんな風にしたくせに……ひどいです。ひどい」

レオリーノを見れば、また色めいた風情がホロホロと漏れ出している。相愛の男としては、手を出さずにいるのが難しいほど食べ頃に見える。しかし、実家に戻すにはかなり不謹慎な状態にしてしまった。

「……また怒られるだろうな」

「僕は怒ったりしません。お願いしているんです」

「おまえにではない。おまえの手強《てごわ》い保護者どもにだ」

レオリーノは首を振る。

「ヴィー以外に、閨の痕を見せるつもりはありませんから、誰にも気づかれません」

おまえ自身が雄弁に気づかせているのだと、グラヴィスは言いかけてやめた。

レオリーノには、愛を交わす行為を恥ずかしいものと思ってほしくない。このまま素直な心根のままに、自分の欲望を受け入れてほしい。

この様子ではどうせ遅かれ早かれ、カシュー家の面子《メンツ》には手を出したことがばれるだろうし、そうなれば、レオリーノに関して過干渉なあの家のことだ。マイアがきちんと教育を施してくれるだろう。

「ヴィー……お願いです」

レオリーノは素直に触ってくれと懇願する。グラヴィスもいつになく昂《たか》ぶっていた。

「……アウグスト殿に殴られる覚悟はできた」

グラヴィスは苦笑した。

レオリーノを手放す前に、この細い身体をもう一度愛したいという欲求を消すことは難しい。

指を伸ばしてシャツの釦《ぼたん》を外しはじめると、レオリーノは頬を染めて、うれしそうに微笑んだ。

「ヴィー……鎮めていただけるのですか？」

「そういうときは『可愛がって』と言うんだ」

「……はい。どうか、可愛がってください」

男は溜息をついた。本当に疑うことを知らない。


徐々にあらわになる、陶器のような膚。

真っ白なそこには、男がつけた痣《あざ》が、点々と散らばっている。いまだにうっすらと残っているその痕を見て、グラヴィスは眉間に皺を寄せた。

「……おまえの肌は柔《やわ》すぎる。これだけ痕が消えにくいと、酷だな。次から気をつけよう」

「かまいません。もっとつけてください」

「この美しい肌に、万が一にも痣が残るのは惜しい」

レオリーノはひどく残念そうな顔になる。

「フンデルトが、この赤い痕は相愛の証《あかし》だと教えてくれました。だから、たくさんつけてほしいのです」

「……おまえは侍従となんの話をしているんだ」

「閨事でわからないことがあったら、すべて殿下に教えを乞《こ》うようにと。経験不足を恥じるなと、フンデルトは励ましてくれました」

「ハ！　励まして、か……俺達の閨事は、おまえの侍従に応援されているのか。これはまいったな」

グラヴィスが心底おかしそうに、その相好を崩す。めずらしいことだ。

「ふふ、おまえの侍従は無敵だな」

「そうでしょうか？　お腰のものをおなぐさめする方法も、次は教えてください……あっ」

男の手がいつのまにか前立てを弾《はじ》いて、レオリーノの下着を引き下ろした。


レオリーノは自分の身体を見下ろす。そしてその頬を赤らめた。

興奮した初々しい色合いの屹立《きつりつ》を露出させられたのが、さすがに恥ずかしかったようだ。

股間《こかん》を隠そうとする手を持ち上げて、グラヴィスは自分の肩に縋らせた。

「手はここに置いておけ。動かすなよ」

「は、はい。でも……僕は、な、何をすれば……」

「何もしなくていい。体力を消耗しないように、おとなしくしておけ」

そう言うと、グラヴィスは、膝の上で衣服を乱したレオリーノの肢体を、じっくりと眺める。

官能と期待に蕩《とろ》けた菫色の瞳。その頬は真っ赤に染まっている。

愛された痕跡《こんせき》の残る真っ白な肌も、ほんのりと色づいている。肌に溶けそうな淡い色の胸の尖《とが》りと、薄紅色の性器を露出させたしどけないその姿は、ひどくみだらで、それでいてどこか清らかだ。

美しくもみだらな眺めを、グラヴィスは堪能した。

レオリーノは視姦《しかん》されているのを感じたのだろう。男の視線を避けるように、身をよじる。

言いつけどおり肩に置いた手はそのままに、レオリーノは必死でグラヴィスに哀願する。

「ヴィ、ヴィー……恥ずかしいです。あんまり見ないでください」

「恥ずかしがる必要はない。それにしても、おまえは、こんなところまで綺麗だな」

そう囁くと、グラヴィスは手の中に収めた花茎を、ゆっくりと擦《こす》り上げる。

「ん……う、んっ」

屹立の先端の丸い膨らみを、親指の腹で擦ってやる。本人に自覚はないが、そうやってくりくりと窪《くぼ》みを刺激されるのが、レオリーノが好むやり方だ。

「あっ……ん、あっ……」

何度か窪みをゆっくりと擦ってやると、充血した丸みからプクリプクリと透明な蜜《みつ》が溢れはじめた。

「……ああ、早くも濡れてきた。いい子だ」

ぬめりを帯びて艶々《つやつや》と光る陰茎を、音を立てていたぶる。レオリーノの呼吸が乱れはじめた。

「気持ちいいいか？」

「んっ……はい……きもちいい、くるくるって、されるのが……あ……あっ」

レオリーノの視線が徐々に蕩けて、焦点が定まらなくなっている。

もう片方の指で繊細な後ろの孔《あな》の縁を弄《いじ》ると、レオリーノはあまりの快美感にすすり泣きはじめた。

「……おまえの父親が王都に攻め入りかねんな」

レオリーノは官能に浸る頭で、必死に反論する。

「あっ、あっ……、ち、父上は、そ……んっ、そんなことは、しません」

「さあ、わからんぞ。溺愛《できあい》する末息子を奪った男として、俺は相当恨まれているからな」

そう言って手の動きを速めた。レオリーノのそこは初々しい色ながらも、ちゃんと大人の男のかたちに剥《む》けている。

「……幼いかたちをしたおまえのここを、俺が剥いて大人にしてやりたかった」

「なっ、そんなこと、言わないでください……っ」

レオリーノは真っ赤になった。

その行為を想像させるように、ぬめりを茎全体に撫でつけて大きな手で包み込むと、皮を剥き下ろすようにして強めに上下に擦る。

「あっ……やあ……っ！　そ、それいやっ」

レオリーノは強烈な快感にあっというまに限界近くまで押し上げられた。

花茎は限界まで充血し、精一杯膨らんでいる。

それを口に収めて、レオリーノが泣きながら許しを乞うまで可愛がりたいと、グラヴィスは悪辣《あくらつ》な考えに耽《ふけ》った。

一度も口淫《こういん》されたことがないだろう初心《うぶ》な果実は、その反応も含めて、さぞや美味《うま》いだろう。

「おまえのここは、美味そうだな」

「うまい……？」

「覚えていないか？　おまえが俺にしてくれようとしたことだ」

グラヴィスのその表情は、暴力的な色気を漂わせていた。ぺろりと唇を舐める。

レオリーノは呼吸が止まりそうになった。


「いつか、泣くほど可愛がってやろう」

下腹を追い詰めると同時に、なめらかな胸元を撫であげる。男の愛撫《あいぶ》を待つように、すでに小さな突起が勃《た》ち上がっていた。硬い指にコリコリと触れる。なんともささやかで可愛らしい感触だ。

「あ、んっ……っあ、そこは……」

グラヴィスは背中を丸めて、そこに顔を寄せた。

胸の尖りに男の息がかかる。レオリーノはその感触にもビクリと震えた。

「んっ……」

「おまえが元気になったら、一晩中……ここも舐めてやろう」

「んっ……あっあっ……ヴィー、そこはだめ、だめ」

ぺろりと舐められた瞬間、その小さな尖りは、レオリーノの全身に強烈な官能のシグナルを走らせた。

咄嗟に男の頭を抱き寄せてしまう。

不敬だと思う理性も、もはや働かなくなっていた。


「感じやすい……この愛らしい胸だけで達《い》かせてやろう」

「だめっ……そこだめ……だめ、やっ」

「小さすぎて、思いきり可愛がれないのが惜しいな」

そこを何度も舌で愛撫されると、徐々にレオリーノの身体に異変が生じてくる。後肛が、なぜかひくひくと疼《うず》きはじめたのだ。

レオリーノは自分の反応に驚いて、その感覚をもたらした男に訴える。

「ヴィー……あっ、むね、すると、奥がずくって……おしりが疼きます」

「ああ……胸を弄ると、後ろに欲しくなるか」

たった二度の情交によって、レオリーノの肉体は、乳首を刺激されると後肛の快感を思い出すように躾《しつ》けられている。

素直な心根そのままに素直な身体は、すっかり男の教えを覚えていた。

「はい……うしろが……どうして？　せつないです……あっ、あっ、あっ」

「尻《しり》は、今日はなしだ」

「いやだっ……だいじょうぶですから、お願い、し、してください……っ、あっ、おねがいです」

「もういじめないから……ほら下に集中しろ」

胸の尖りは、男に吸われたせいですっかり色づいている。ささやかな突起が乳輪とともにぷっくりとふくらんで、まさに花の蕾《つぼみ》のようだ。

最後にぺろりと舌先でくすぐってレオリーノに悲鳴を上げさせると、グラヴィスは乳首を解放した。

「今日は、男の証であるここで極《きわ》めるんだ」

「でも、でも……」

「大丈夫だ。男は本来ここで達く。後ろもだが、ここも気持ちいいぞ、ほら」

「あっ、ん……ああっ」

そう言って放埒《ほうらつ》を促すように、きつめに屹立を擦り立てる。その茎はレオリーノがこぼした透明な蜜にまみれて、男が擦り立てるたびに、ぐちゅぐちゅとみだらな音を発していた。

レオリーノの吐息に、嗚咽が混ざりはじめる。

「こんなにたくさんこぼして、濡れやすいな。舐めてやりたい」

「えっ……えっ……もう、や、胸も、……ヴィー、あいして」

「みだらだな、レオリーノ」

レオリーノはグラヴィスを見つめて、絶望的にポロポロと泣いた。

「ご、ごめんなさい……いけないこと、ですか……でも、でも」

「いや、みだらなのは良いことだ。ほら、我慢しないで早く達きなさい」

「っ……いやっ！　もう、もうだめっ……だめ」

レオリーノはあまりの快感に泣きじゃくる。

「ほら……達け」

無意識にいやいやと首を振ったレオリーノだったが、すぐにわけがわからなくなった。

甘い呻きが、切羽詰まった悲鳴に変わる。強烈な快感に圧倒されて、もはや呼吸もままならない。

下腹の熱を追い上げる手の動きと同時に、グラヴィスは再びレオリーノの唇を塞いで、その悲鳴を呑み込んだ。

レオリーノの不安が、徐々に真っ白な世界に溶けていく。しかし、レオリーノはもう、この先に何があるのかを知っている。

勇気を出して飛び込めば、その先には男に満るほど愛された証の、気だるい瞬間が待っている。

官能の頂《いただき》から堕《お》ちる瞬間、レオリーノは男の舌を強く吸い上げた。

一緒に堕ちてくれと唆《そそのか》す甘い舌を堪能しながら、グラヴィスは溢れる愛《いと》おしさに笑みを浮かべていた。

放蕩《ほうとう》息子の帰還

グラヴィスに連れられて王都のブルングウルト邸に戻ると、なんとそこには、領地にいるはずの父アウグストが待っていた。

「父上……！　どうして王都へ？」

「馬鹿者！　おまえの様子を見に来たに決まっているだろうが！」

　レオリーノは驚きと喜びのあまり、父に子どものように抱きついてしまう。老境に差し掛かってもなお大柄で逞しい身体は、細身の息子を抱き上げても、揺らぐことはない。

　アウグストは若干狼狽《うろた》えながらも、久しぶりに会う愛しい末息子を抱きしめた。

「リーノ、私にご挨拶《あいさつ》はないの？」

　小柄な母マイアが、父の後ろからひょっこりと顔を出す。

「母上！」

　レオリーノは父の抱擁を解くと、今度は母の手を取り恭《うやうや》しく口づけて微笑んだ。

「…………まあ、リーノ。貴方……なんてこと」

「……？　母上？」

　マイアはレオリーノを一目見るなり柳眉《りゅうび》を逆立てた。

「リーノ。貴方、いますぐこちらへいらっしゃい」

「……？　はい？」

「貴方ったらどうしてそんな……これは、どういうことでしょう。グラヴィス殿下」

　マイアは小柄な身体で、末息子を庇《かば》うように背中に隠すと、キッと鋭い瞳でグラヴィスを睨みつけた。

　マイアが何に憤慨しているのか理解しているグラヴィスは、苦笑を浮かべて謝罪した。

「なんと言えばいいのかわからなかった。よく教育してやってほしい」

「もし、この状態のレオリーノを人目に晒していたのなら、息子に恥をかかせたと、殿下を永遠にお恨みいたします」

「いや、誰にも晒してはおらん」

　グラヴィスの言う「誰にも」に、王国軍の軍人達は含まれていない。

どう恥をかく状況なのだと、レオリーノは困惑して父を見上げた。末息子の不思議そうな顔に、アウグストは苦虫《にがむし》を噛み潰《つぶ》したような顔になった。

レオリーノには自覚がないが、グラヴィスを見つめるたびに、レオリーノは、初々しい色気を、花びらのようにほろほろと散らしているのだった。

その様子に、カシュー家の面々は衝撃を受けていた。まだまだ幼いと思っていた末息子が、すでに名実ともに大人になったのだ。

「……レオリーノ。たしかに、そんな顔を人前に晒してはならん。いますぐマイアについていきなさい」

「か、顔？」

「ああ、ひどい顔をしている」

レオリーノは父の言葉に衝撃を受けた。

「ヴィ、閣下が、でも……」

母マイアに予想外に強い力で引っぱられそうになったレオリーノは、なんとかしてくれと想《おも》い人に目で縋る。しかし、グラヴィスは笑いをこらえるような、なんとも形容しがたい表情で、母子《おやこ》の様子を見ているだけだった。

「レオリーノ、マイア夫人と一緒に行きなさい。俺はアウグスト殿と話がある」

「でも、でも……」

グラヴィスは幼い恋人を安心させるように、小さく笑みを浮かべる。

「レオリーノ、大丈夫だ。悪いようにはならない」

レオリーノはそれでも不安だったのか、失礼します、と母親の手を丁寧に剥がすと、グラヴィスに駆け寄ってくる。

「こら、マイア夫人の言うことを聞くんだ」

そう言いながらも男がしかたなく腕を広げると、レオリーノはいそいそとその腕の中に飛び込んだ。

その様子を目撃したアウグスト達は絶句した。

「……なっ、なっ、リーノ、おまえ……」

王弟自身はレオリーノに対する執心を隠すつもりはないようだ。いかにも大切そうな様子で、レオリーノを腕の中に抱いている。

一方のレオリーノといえば、隠すつもりがないというより、漏らしている自覚もないまま、匂やかで艶《なま》めかしい気配を漂わせて、男の胸に縋っている。

「やっぱり、お傍にいたいです。離れたくないです」

レオリーノが見せているのは、グラヴィスに対するあまりにも純粋で無垢《むく》な愛情の表現だ。

貴族社会においては、あからさますぎて目を剥くようなそれを、グラヴィスは咎《とが》めることなく受けとめていた。

二人を除くその場にいた全員が、なんとも言えない唸り声を上げる。

かつて目にしたことがない光景が、繰り広げられている。浮世離れした二人の美貌もあいまって、うつつのものを見ている気がしない。

レオリーノは、初めての恋に自制が利かなくなっていた。全身で「好きです」と、男に対する好意を訴えている。鈍感な部類に入るヨセフでさえ、頬を赤らめて二人の様子を凝視していた。

「ヴィー……お傍にいさせてください。僕を除け者にしないでください。お願いです」

いまだにしつこく言いつのるレオリーノに、グラヴィスは苦笑する。

「本当におまえはしつこいな。ほら、後ろを見ろ。おまえの父親の形相を」

レオリーノはその言葉に振り向いて父親を見た。アウグストは真っ赤に紅潮した顔で、わなわなと拳を震わせている。

「……父上？　お顔が赤いです」

「レオリーノ、おま、おまえは……なんというふしレオリーノはキリリと眦《まなじり》を吊り上げて父親を見つめる。

「父上。僕をこの家に戻すように、閣下とお約束なさったと伺っています」

「あ……ああ、そうだ」

「そして、閣下のご指示どおり、ただいま戻りました。お会いできてうれしかったです」

「レオリーノ……何が言いたいのだ」

「はい。一度家に戻りましたので、閣下は、父上とのお約束は果たされたと思います」

アウグストは末息子の屁理屈《へりくつ》に絶句した。

「僕は、閣下のお傍でやることがありますので、このまま閣下と離宮に戻らせていただきます」

「なっ……おまえは！」

「お会いできて本当にうれしかったです。しばらくは王都に？　お帰りになる前に、また会いにまいりますね。ごきげんよう」

「……この馬鹿者が！　おまえは何を言っているのだらな」

「ふしだら？」

アウグストは目の前の光景に衝撃を受けすぎて、なかなか言葉が出ない。

王弟からレオリーノを本気で伴侶に欲しいと言われたときは、一方的にレオリーノに惚《ほ》れ込んだ男が、過去を囮《おとり》にして、二人の関係を誇張しているのだと思っていた。

だが、マイアの体力が許すかぎり馬車を飛ばして、王都に駆けつけてみたらどうだ。

王弟は淡々としているのに対して、レオリーノのほうが、むしろ一時も傍から離れたくない様子で、いまにも王弟にしがみつかんばかりだ。というか、ほぼしがみついている。

ブルングウルトを発《た》ったときはまだまだ幼い様子だった末息子は、目眩《めまい》がしそうなほど匂やかな存在になっていた。父親としては目のやり場がない。

だ!!」

　アウグストはついに爆発した。

「えっ……あっ、ヴィー!」

　アウグストは鼻息も荒く、王弟の腕の中に収まるレオリーノをペイッと引き剥がすと、そのままヨーハンの腕にぽいっと手渡す。レオリーノは抵抗する暇もなく、ヨーハンに抱え上げられた。

「ヨーハン兄様!? 下ろしてください。僕は閣下と離宮に戻ります。一緒にいるのです!」

「レオリーノ。父上ほどではないが、私もおまえに怒っているのだよ……まったく、なんてことだ。私の可愛いリーノがこんな」

　次兄の笑顔も、とても恐ろしいものだった。

　レオリーノは必死の思いで、助けてくれとグラヴィスを見る。だが、グラヴィスはその様子を、うっすらと笑みを浮かべながら無言で眺めているだけだ。

「ヨーハン！　レオリーノを部屋に閉じ込めておけ！　マイア！　後は、その、その……とにかく、おまえがよく言ってきかせろ！」

　父の怒声に、レオリーノは兄の腕の中から伸び上がって抗議した。

「父上!?　なぜですか？　閣下はお約束を守ってくださいました！」

「そういう問題ではない！」

「ええ？　まさかブルングウルトに僕を連れて帰るおつもりですか？　いやです。絶対に帰りません！」

「違う！」

「では何をお怒りなのですか！　僕はもう立派な大人です。ちゃんと説明してくださればよいのに」

　アウグストの怒声が玄関に響き渡る。

「……ええい黙れ！　何が大人だ、この馬鹿者が！　ヨーハン、いいからその子を連れていけ！」

アウグストとグラヴィスは書斎に移動した。疲れた様子で長椅子に腰掛けたアウグストは、いまにも呪《のろ》い殺しそうな表情で、向かい合う王弟を睨んでいる。

「殿下……やってくれましたな。親としてはお恨み申し上げるぞ」

威厳ある老伯がなんとも言えない感情を持てあます様子に、グラヴィスはめずらしく声を上げて笑った。そんな顔で睨まれても、まったく怖くはない。

「ハ！　レオリーノの元気な様子が見られてよかった。やはり家族と一緒だと元気になる」

「よくもあの世間知らずの子にあのような……くっ、言葉にすることも厭《いと》わしい」

アウグストは深々と溜息をついた。しかしその全身は、いまだに殺気に包まれている。

「カシュー家の宝に手を出したのだ。拳の一発や二発、覚悟はできているぞ」

「臣下として、殿下にけしてそのような真似はいたしません。ただ、あの子の親としては、貴方をいますぐ縊《くび》り殺したい」

ひどく不敬な発言にもかかわらず、アウグストの率直な心情の吐露に、グラヴィスはまたもや笑った。

「これで、俺が一方的に無理を強いているわけではないと、貴殿にもわかってもらえたら良いのだが」

その言葉にはアウグストも頷く。どうにもレオリーノのほうが、グラヴィスの傍を離れたがらない様子にしか見えなかった。

「くやしいですが……あの子のほうが、貴方にべた惚《ぼ》れのようですな」

「もちろん相愛だ。だが、年の功というよりは、レオリーノだからだな。あれほど素直に愛情を示してくれる人間は、正直見たことがない」

「躾《しつけ》がなっておらず……」

「いや、うれしいぞ。だが、マイア夫人が言ったように、あのままでは外には出せんな」

「……それは、申し訳のしようもない」

グラヴィスはふと、思い出したようにアウグストに質問する。

「おまえ達は、あの子をあれほど色恋から遠ざけた状態で、どうやってレーベン公爵家の息子と恋愛させようと思ったんだ」

アウグストは憮然《ぶぜん》とした表情になる。

「……それは、自然と」

「そんなわけがあるか。色恋の駆け引きも知らんだけでなく、男子のくせに閨事の知識も曖昧なままだ。いい加減、純粋培養で育てすぎたな」

「くっ……そんな話を親に聞かせるのは、さすがに酷というものではござらんか……」

グラヴィスは小さく溜息をついた。だが、その顔には笑みを浮かべている。

「よくよくあの子に教えてやってくれ。いずれは俺の伴侶になる身だ。表に出すつもりはないが、それでも、最低限の務めは果たしてもらわなければならん。マイア夫人ならば、その教育も適任だろう」

「それでは……やはり、あの子を伴侶としてお迎えになると」

「ああ、正式に貰《もら》い受《う》けたい。まだ反対か？」

アウグストは、ひたむきな好意を一心に王弟に寄せていた、末息子の様子を思い出す。

そして、不思議と年の差も身分の差も関係なく、もとから一対の存在であるかのように、自然体で寄り添っていた二人の様子を。

思い起こせば、マイアと自分もそうであった。

一目見たときから、お互いに惹かれ合った。マイアは十七歳、成年を迎える前の純粋無垢な乙女であったが、十も年上のアウグストにも怯《ひる》むことなく、強い情熱をぶつけてきた。

そう言われると、レオリーノはマイアによく似ているのかもしれない。

「もはや反対はいたしません。貴方のお傍に侍ることが、あの子の希望でもありましょう……正式に、殿下のお申し出をお受けいたします」

アウグストの承諾に、グラヴィスは、そうか、と安心したような表情を浮かべた。この王弟も、レオリーノと出会ってから、ずいぶんと表情が豊かになったように思う。

「あの子は離宮へ戻りたいと訴えていましたが、さすがにそれは外聞が悪うございますな」

「ああ、ここに来る前も、相当ごねた。だが、レオリーノを正式に貰い受けるまでは、実家で過ごしてもらいたい。公表すれば、俺の離宮への出入りも容易になるから、少し辛抱させてくれ」

アウグストは深々と溜息をついた。

「あの調子では、どこまで言うことを聞くか……まあ、一人で行動することはできない子ですから」

グラヴィスは真剣な顔で言い聞かせた。

「言い聞かせてくれ、アウグスト殿。レオリーノの身の安全のために『ブルングウルト』であの子を幾重にも守ってほしい」

アウグストはその言葉に居住まいを正す。

「それは、あの子が取り戻したという、記憶に関することでありましょうか」

「そうだ。今日の本題はそれだ。話をしたいが、これから時間は取れるか」

アウグストは頷いた。王都に来た目的はそれだ。

「ならばいい。本来ならば、貴殿にもレオリーノ自身に話をさせたほうがよいだろうが、ひとつ問題があるのだ」

「問題とは」

「あの子が過去世として持っている、イオニア・ベルグントの記憶は相当に過酷なものだ。その記憶を掘り起こすたびに、あの子は高熱を出して体調を崩すのだ……これまでもあったのではないか。意味もなく体調を崩して高熱を出すことが」

過去に思い当たることがあるのか、アウグストはううむと唸る。

「たしかに……あの子は、あの事故の後からずっと繊弱なたちでありますが、元来は風邪ひとつひかぬ、見た目に反して丈夫な子であったのです」

「おそらくそれは、レオリーノの見る夢に起因するところも多いのだろう。とくにツヴァイリンクの夢を見るようになった頃から、体調を崩すことが多くなったはずだ」

「なるほど……しかしそれは、例の脚の怪我が原因だと思っておりました」

「それもあるかもしれん。俺は医者ではないから、正確にはわからんが……やはり、あの子の身体には、イオニアの記憶が相当負担なんだろう」

二人はしばらく沈黙した。

「離宮に来てから、真相を聞くために何度も話をさせたせいで、ここしばらく体調も安定してない。真相の究明には直接携わらせることなく、ここでしばらく落ち着いて過ごさせたい」

「真相、ですか」

グラヴィスは頷いた。

「おそらく、貴殿には信じられないこともあるだろう。だが、まずは話を聞いて判断してくれ」

「……承知しました」

「その前に、酒はあるか」

男の意外な言葉に、アウグストは瞠目した。

「殿下？」

「かなり長い話になる。そしておそらく……貴殿には酒が必要となるだろう」

愛のほかには何も

マイアによって、丁寧かつ徹底的に指導を受けたレオリーノは、久しぶりの自室に戻ると、寝台の上で羞恥《しゅうち》と後悔に悶えていた。いまはフンデルトもいないため、やりたい放題だ。枕を抱えて転がりまわっている。

（死にたい……恥ずかしくて死にたい）

まさか自分が、閨事をしましたと、あからさまに顔に書いた状態で人様の前に立っていたとは。

自分の振る舞いが貴族として失格だと、考えたこともなかった。何よりも、自分のあからさまな振る舞いが、グラヴィスに恥をかかせていたなんて。

レオリーノは自分の無知が悔しかった。

しかし、色事に関してはレオリーノの勉強不足とも言いがたかった。レオリーノが唯一知っている年若い男女の関係といえば、長兄オリアーノとエリナの夫婦だけだ。しかし完璧《かんぺき》に抑制が利いている長兄夫婦は、きわめて節度ある態度で、お互いの愛情と尊敬を垣間見《かいまみ》せるだけだ。ましてや、無垢な弟に閨事の気配を匂わせるようなことはしなかった。

そんな環境では、恋愛の作法など学びようもなかったのだ。

最初は、マイアの言っていることさえピンと来なかった。マイアはついに『先程まで閨事をしていましたという顔をしているのよ』と、直球で問題点を指摘した。レオリーノは首をかしげる。

「閨事をしていた顔……？」

「そうですよ。『愛する方に気持ちよくしていただきました』と、お顔に書いてあるのよ」

マイアのあまりに直截《ちょくせつ》な言葉に、レオリーノではなく後ろのヨーハンがダメージを受ける。

「どこに、そ、そんな……」

「どこって、貴方の愛らしいお顔の全面よ。それに、『殿下のことが好きで好きでしかたがありません』と、身体全体で叫んでいるもの」

「そ、そんなことしていません！」

レオリーノは真っ赤になって抗議した。

「いいえ、しているのよ。殿下をお慕いすることは悪いことではないわ。でも、あからさまにそういう心情を表に出すのは、我々の社会においては、恥ずかしいこととされているの」

レオリーノは腕を組んで立っている次兄に、涙目で訴える。ヨーハンは終始お腹《なか》を壊しているような顔で、黙って弟を見返した。

兄も弟のことを恥ずかしいと思っているのかと、レオリーノは悲しくなった。

グラヴィスを愛していることは、恥ずかしいことではない。表情に出ることの、何がいけないのだ。

これほど心から慕っているのに、愛情を表に出してはいけないという。

貴族の体面を保つことが、それほど重要なのか。

レオリーノは、愛し愛される喜びが自然と発露したとして、それの何がいけないことなのかが、わからなかった。

わかっているのは、愛する人とともにいられる時間は、覚悟もなく、突然終わるということだけだ。

明日また会えると思っても、誰もそれが永遠に続くことを約束してはくれない。愛しい人と一緒にいられる、その一瞬一瞬が奇跡なのだ。

そんな奇跡が目の前にあるのに、なぜそれを喜ばずに、尊ばずにいられるのか。

――でも、顔に出すのが恥ずかしく、はしたないことなのだとしたら……

レオリーノが萎れると、マイアは溜息をついて、その背中をポンポンと叩いた。

「母上……」

「レオリーノ……誤解しないで」

「いいですか。素直で飾り気がないのは、貴方の美徳です。ただね、世の中には、何をどう悪用するかわからない人もたくさんいるの。それはもう、王都に来てわかったでしょう？」

レオリーノはうつむいたまま、こくりと頷く。

「貴方の殿下への愛情はとても美しいものよ。そしてそれを、殿下に誠心誠意お捧げするのも、素晴らしいことよ。相愛の相手と一緒にいられる時間は、有限なのだから」

レオリーノは、最後の言葉に、ハッと顔を起こして母を見つめる。マイアは頷いた。

「でもね、殿下のお立場を考えてごらんなさい」

「殿下のお立場……それと僕の振る舞いに関係がありますか」

「ええ。グラヴィス殿下は、どなたにも付け入る隙を与えてはいけない御方なの。貴方は、そんな殿下の弱みなのよ。今後、貴方のひたむきな好意を利用しようとする人が、出てこないともかぎらないの」

そうか、と、レオリーノは初めてマイアの教えが理解できた。

それは、グラヴィスとの愛を守るためなのだ。

二人の気持ちを、邪《よこしま》な理由で歪められないために、大切に守る——そのために、ときには表面的に取り繕うことも必要だということならば。

「……よくわかりました。僕が殿下と相愛であると明らかにすることは危険で、殿下にもご迷惑がかかるのですね」

「わかってくれたのね」

「僕は、これまで殿下に恥をかかせていたのですか」

そういえば、この顔でディルクやエッポとも会ったのだ。レオリーノは再び、地の底まで落ちこんだ。

マイアは言いすぎたかと、レオリーノの手の甲をポンポンと叩いてなだめる。

「何度も言いますが、その気持ちそのものは、とても素晴らしいことなのよ。誰も見ていない、二人きりの場所であれば、どれだけ貴方の心のままに振舞ってもいいの。ただね、これも閨事と同じで、二人だけ……貴方の好意や素直な気持ちは、殿下にだけお見せするの。わかりました？」

「はい。よくわかりました。でも……具体的にどう気をつけたらいいのでしょう」

恋愛の何もかもが初めての末息子が、マイアは愛しくてしかたがない。

「殿下のことを想《おも》って心が浮き立つ気持ちになったら、その瞬間に、お父様のお怒りになった顔を思い浮かべなさい。さっきのお顔よ。殿下のお顔を、お父様の顔に差し替えるの。それですべて解決よ」

レオリーノは思わず想像してくすりと笑いながら、母の教えを胸に刻んだ。

（こんな恥ずかしい人間を外に出せないよね。ヴィーが真相の究明に携わらせてくれないはずだ）

それはまったく的外れの思い込みだったが、結果的に、レオリーノが離宮に戻って首を突っ込もうとする状況が、抑止されることとなった。


夕食後、寝室にノックの音が響いた。

「レオリーノ、入ってもよいだろうか」

父の声だった。

「はい」

レオリーノはあわてて起き上がる。寝乱れた寝台を整える。室内履きを履いたところで、侍従の先導で父親が入室してきた。

父の顔を見た瞬間、先程晒していただろう『はしたない顔』を想像してレオリーノは反省する。

「父上……先程は申し訳ありませんでした。僕、僕は……」

「それはもういい。マイアにきちんと教えてもらったのだろう？」

父の言葉が意味するところを正確に理解して、レオリーノは顔を赤らめて頷く。

「ならもうよい。だいぶまともな顔になっている。さ、久しぶりに会えたのだ。いま一度父に、儂《わし》の愛しい末息子を抱きしめさせてくれ」

その言葉がうれしかった。

帰宅以来、父には怒鳴られるばかりで、ほとんどまともに話ができなかったのだ。

レオリーノは父親の腕の中に飛び込んだ。

「父上……」

逞しい父の腕にぎゅっと抱きしめられる。

なつかしい父の——ブルングウルトの匂《にお》いだ。久しぶりに嗅《か》ぐその匂いに、レオリーノの胸に幸せな気持ちが溢れた。

「父上……父上。お会いしたかったです」

「儂もだ。レオリーノ、会いたかったぞ。元気でいてくれてよかった。つらかったな」

しかし、父の声はわずかに震えている。レオリーノは、それで父が会いに来た理由を悟った。

「……イオニアの記憶のことを、殿下からお聞きになったのですね」

「ああ……すべてを聞いた」

「僕からお話しすればよかったのだけど、殿下が今後のこともあるのでとおっしゃって」

「わかっている」

レオリーノは不安そうに父を見上げた。

「……信じていただけますか？　荒唐無稽なお話でしたでしょう」

「もちろん信じるぞ」

アウグストは、息子の目を見て頷いた。年老いて薄くなった青緑色の瞳が、湿り気を帯びている。

大きな手が、レオリーノの小さな顔を包む。

「おまえがどれほどの苦悩を抱えて生きてきたのかを、儂はまったく知らなんだ……すまなかった」

レオリーノは頬に感じる父の手のあたたかさに、自然と笑みが浮かぶ。

「この記憶を伝えるために、僕は、父上と母上のもとに生まれてきたのかもしれません」

アウグストの皺深い顔が、さらに歪んだ。

「ブルーノのことも聞いた」

「ああ、父上……父上、本当にごめんなさい。父上の親友であるラガレア侯爵のことを、僕は……」

自分の告白が父を苦しめていると思うと、レオリーノはとてもつらかった。

「謝るのは儂のほうだ。何も、本当に何ひとつ、おまえの苦しみに気がつかないまま生きてきた儂こそが愚か者よ」

「父上……」

「……儂も、あのときのエドガル・ヨルクの言葉を覚えておらん。無能な親を許してくれ」

レオリーノがふるふると首を振る。

「すべてが、もはや必然なのだと思っています」

「……おまえが、あの日ツヴァイリンクで死にかけたこともか」

レオリーノは、再び笑顔で頷いた。

「はい、すべてが」

レオリーノは父の肩にしっかりとしがみついた。するとと、アウグストが子どもの頃のように抱っこをしてくれる。

「……大きくなったな」

「こんな風に甘やかしてもらう年ではありませんが……でも、父上に抱かれていると、ほっとします」

たしかにレオリーノは、びっくりするほど大人びていた。その心根も、肚《はら》の据わりようも、ずいぶんと成長している。

だが、アウグストは同時に嘘をついた。

愛しい末息子は、ブルングウルトにいた頃よりも、いっそう体重を軽くしていた。

およそ男子とも思えない軽さだ。苦労したのだろう……いや、いまも苦悩の中にあるのだろう。

この天使は、いますぐ天に還《かえ》ってしまうのではと不安になるほど、儚く、軽くなっていた。

「……ラガレア侯爵のことを、父上はどう思われましたか」

アウグストは頷いた。

「信じたくはなかった。だが、あやつがおまえの敵ならば、儂にとってもそうなるだろう」

「父上……つらい思いをさせてごめんなさい」

「この話はオリアーノだけには話していいか。しかし、それ以外には秘密にする。とくに、マイアには」

「はい」

それから、と言って、アウグストは末息子を膝から下ろすと、隣に腰掛けさせる。

「おまえと、殿下とのことを話してもいいか」

「はい」

「おまえは、殿下の伴侶になりたいと、本当に望んでいるのか」

レオリーノは一瞬首をかしげた。ほんの少し考え込んだ後、はい、と頷いた。

「ユリアン殿の伴侶となるのとは訳が違うのだぞ。一度王族になれば、二度とカシューの名は名乗れんのだ。それでもか」

「王族になりたいかと言われるとピンと来ませんが……ずっとグラヴィス殿下のお傍にいたいです」

「グラヴィス殿下とは、お年も違う。我が国では陛下に次いで……いや、ある意味では、陛下よりもこの国を背負っておられる御方だ。生半可な覚悟では、あの御方の伴侶にはなれまいぞ。それでもか？」

父の言葉に、レオリーノは微笑みで答える。

「……父上。僕には、八歳だった頃のグラヴィス殿下の記憶があるのです。そのときは、殿下は僕より年下で……まだ少年でした」

「なっ……そうか」

アウグストは内心で狼狽《ろうばい》していた。息子の口から過去世の記憶について語られると、息子がまるで別人になったかのような違和感がある。

「はい。記憶の中の殿下は、綺麗なお顔の、でもすごくそっけなくて、暗い目をした少年でした」

レオリーノが、父親が見たこともない顔で、優しく微笑む。

「……どんな出会いだったのだ」

「貴族だろうとは思っていましたが、まさか王子だとは思っていませんでした。後からわかったのですが、その当時のヴィーは、兄君との世継争いを回避したくて、でも母后様のお気持ちも無下にすることができなくて……その板ばさみで、一人でとても苦しんでいました」

「……なるほど。あの頃であったか」

「夢の中の僕は──イオニアは、そんなヴィーの事情をまったく知らなくて、でも、ひと目会った瞬間から、その少年を笑顔にしてあげたいと思いました」

「そうか」

「はい。そして僕もです。それが、僕のただひとつの願いです。いまは迷惑をかけてばかりですが、僕は、ヴィーを幸せに、笑顔にしたいのです」

アウグストはなぜか泣きそうになった。

あの幼かった末息子が、これほどの苦悩と愛を湛《たた》えて、唯一無二の相手を見つけ、幸せにしたいと語る。それはもはや、奇跡のように思えた。

「僕は、殿下の置かれた境遇のつらさも、味わってきた孤独と苦悩も、記憶とともに……ここで感じて、知っています」

そう言って、レオリーノは胸に手を当てた。

「おまえは、もう殿下の心を預かっているのだな」

「あの方のお傍にいられるのならば、王族になることも、カシュー家に戻れないことも覚悟しています」

レオリーノはそう言って、もう一度笑顔になった。

「……そうか。殿下のためならば、おまえは『ブルングウルト』を捨てるか」

「はい」

わずかのためらいもなく頷いた末息子を、アウグストはせつない思いで見つめた。

「僕はグラヴィス殿下のお傍にいたい。あの方に僕の心と忠誠を捧げて、この先の未来をともに生きていきたいのです。お許しいただけますか？」

静かに息子の話を聞いていたアウグストは、末息子のやわらかな髪を愛おしそうに撫でた。


「おまえには、何かあればブルングウルトにいつでも戻せる場所で、幸せに過ごしてもらいたかった」

レオリーノは静かに首を振った。

「僕が欲しいのは、ヴィーの幸せです。他には何もいりません。ヴィーが僕を望んでくれるかぎり……この命を、あの人のために燃やして生きたい」

アウグストは胸を痛めた。

その言葉の端々に、レオリーノの無意識の自己犠牲と献身が垣間見《かいまみ》える。

「後悔しないか？」

「はい。絶対に」

「……そうか」

レオリーノの決意を、アウグストは諦念《ていねん》とともに受け入れた。菫色の瞳に宿る強い意志を見れば、レオリーノが、すでにカシュー家から旅立つ心構えができていることは明らかだ。

もはや家族にできることは、そんな息子を自由に羽ばたかせてあげることなのだろう。

「ユリアン殿には、改めて断りを入れるとしよう……それに、おまえの兄達、ああ……あやつらが一番やっかいだな。いまからもう、頭が痛い」

アウグストがわざとらしく溜息をつくと、レオリーノもニコニコと微笑んだ。

「さて、殿下とおまえの婚約を、正式に王宮に申し入れることにしよう」

ありがとうございます、とレオリーノは頭を下げる。そして、花が咲き綻ぶような笑顔を見せた。

大切な味方

「ヨセフ……会いたかった。心配をかけてごめんね」

ヨセフは大切な主を、ぎゅっと抱きしめた。

「ヨセフ！　これ、レオリーノ様になんと無礼な……」

フンデルトが後ろであわてふためいている。だが、レオリーノは、その抱擁がとてもうれしかった。

「いいよ、フンデルト。僕もうれしい」

そう言って、レオリーノも細身の身体を抱き返す。

「……心配したんだぞ……無茶ばかりして」

しばらくしてようやく満足したのか、ヨセフが腕を緩めてレオリーノの顔を覗《のぞ》き込む。

その目はわずかに潤んでいた。

「無事に帰ってきてくれてよかった」

「……ごめんなさい、ヨセフ。ずっと連絡できなくて。心配したでしょう」

「ああ、でも、もう大丈夫だ。少し痩せたな。ちゃんと食ってたのか？」

レオリーノは頬を緩ませた。このぶっきらぼうなヨセフの声が聞きたかった。

「大丈夫だよ、ヨセフ。それでね、話があるんだ……少し長くなるから、座って聞いてくれる？」

ヨセフは頷いて、レオリーノの向かいに座る。すかさずフンデルトが二人分の茶を用意してくれた。

「フンデルトにも聞いてほしいから、座ってほしい。よかったら一緒にお茶も飲もうよ」

「レオリーノ様、使用人は主と席をともにすることはできません」

老齢のフンデルトが、めずらしくあわてる。レオリーノはそうなの？　という顔で、ヨセフとフンデルトを交互に見た。

護衛役とはいえカシュー家に仕える使用人であるはずのヨセフは、堂々と長椅子に座って、すでに主よりも先に茶を啜《すす》りはじめている。

フンデルトはそんなヨセフを見て、顔をさらにシワシワにして溜息をついた。これでは説得力がまるでない。

「ヨセフ……おまえは本当に……」

「はは、ヨセフはもうヨセフだから良いよ、別に」

レオリーノが笑う。そしてもう一度侍従に向かって、座って、とヨセフの隣を指差す。

「あ、その前に部屋の鍵《かぎ》を閉めてくれるかな？　誰にも聞かれたくないんだ」

するとヨセフがすっと立ち上がり、扉に近づいて鍵を閉める。ついでに顔を傾けて外の気配を探った。

「——大丈夫だ。この部屋の付近には誰もいない」

再び腰を掛けると、いそいそと茶碗《ちゃわん》を手に取る。

「ヨセフはお茶が好きだね」

「フンデルトさんが淹《い》れてくれた茶は美味《うま》いよ。レオリーノ様用の茶葉は、とくに最高級品だしな」

隣に座るフンデルトが、苦虫を噛み潰したような顔になる。

その光景がいつもどおりで、レオリーノはようやく我が家に戻ってきたのだとほっとした。

「話を聞いてほしい。まずひとつめの話、というかお願いなんだ。グラヴィス殿下とのことなんだ」

ヨセフは、途端に居心地《いごこち》の悪そうな表情になる。

「……その、レオリーノ様は、あれだ。あの将軍様のことが、その、その……好きなのか？」

帰宅時の、二人の様子を思い出しているのだろう。直球のヨセフにしては、めずらしく言いよどむ。

レオリーノは素直にこっくりと頷く。

「うん。心からお慕いしている。大好きです」

「そ、そ、そうか……いつのまに、そんなことに」

ヨセフは居住まいを正した。

なんとなく緊張をごまかすように茶を啜りながら、主の話の続きを待つ。

「それでね。僕は殿下と結婚することになったから、いずれこの家を出ることになる。そのときは、できれば二人にもついいてきてほしいんだ」

ヨセフは盛大に茶を噴き出した。


「わぁ！　ヨセフッ、きたないよ！」

「……なっ…………なっ」

この部屋で、以前サーシャも茶を噴いていたなと思い出しながら、フンデルトはさっと手巾を手に取り、即座に痕跡を消し去った。

フンデルト自身は、レオリーノの言葉にとくに驚かなかった。離宮で二人の様子を見ていたときから、いずれはそうなるだろうという確信があったのだ。

むしろ、あるべきかたちに早々に収まりそうなことに安堵した。


しかしヨセフにとっては、まさに寝耳に水だ。

ヨセフは、これまで見たことがないほど呆然とした表情で、ポタポタと水滴を垂らしながら主人を凝視している。水場に落っこちた猫のような様相だ。

フンデルトが見かねて声をかけた。

「ヨセフ、落ち着きなさい。そして早く顔を拭きなさい」

「……こ、こ、これが落ち着いていられるか！　どういうことだよ⁉　あの将軍様が、訓練場からレオリーノ様をかっさらっていったと思ったら、七日近く音沙汰《おとさた》もなくて！　ようやく帰ってきたと思ったら、す、好きだのなんだの、って……それどころか、結婚することになっただと⁉」

ヨセフの目がきちんと説明しろと訴えている。

レオリーノは素直に頷いた。

「説明しにくいのだけど、僕はもともと殿下をお慕いしていたんだ。絶対に叶わないと思っていたけど」

ヨセフは愕然《がくぜん》として、思わずフンデルトを見る。

フンデルトもその言葉には驚いた。

「い、いつから……？」

「初めてお会いしたときから」

「えええぇ？」

「最初にお会いしたときから、できれば僕自身を好きになっていただきたいな、と思っていたんだ」

ヨセフは首をかしげた。

どうしてそんなことに、というのが正直な感想だ。

どちらかといえば、将軍にレオリーノが執着されて、防衛宮における行動を逐一制限されていた記憶しかない。それにレオリーノも、将軍の離宮から戻ってきた後は、いじめられでもしたかのように将軍を避けていたのに。

いったい、これまでの過程のどこに、二人がそんな甘い関係になる瞬間があったというのだ。

「俺がこれまで見ていた世界は、なんだったんだ……？」

呆然としたヨセフのつぶやきを、フンデルトが小さな声でたしなめる。

「……ヨセフよ、おまえの気持ちはわかるが、いまはレオリーノ様のお話を最後まで聞きなさい」

ヨセフは頷いた。

「そ、それで……将軍様はいつ好きって言ってくれたんだ？」

「離宮に滞在させていただいたときだよ。それまでも何度かお会いしたときに、口づけはくださっていたし、気持ちよくしてくださったこともあったんだ」

「……ぅぐっ」

「でもやっぱり、初めてのことでわけがわからなくて、怖くて、僕も意固地になっていたから、殿下のお心を推し量ることができなくて、それで」

「だぁぁぁぁぁっ！」

レオリーノはヨセフの叫びにのけぞった。ヨセフは長椅子に突っ伏している。

「ヨ、ヨセフ？　……フンデルト、ヨセフはどうしたの!?」

フンデルトを見ると、なぜか侍従までもが、年老いた顔をさらにしょぼしょぼに老け込ませている。

レオリーノは仰天した。

「フ、フンデルト？　どうしたの、シワシワだよ!?」

「レオリーノ様……お閨のことは、どうかお二人だけの秘密になさいませ」

「？　閨ではないよ。閨事はまだしていないときだ」

「ぐぁぁぁぁぁ！　やめろぉぉぉ！」

再びヨセフが絶叫して机に突っ伏した。

「俺の……俺の坊ちゃんが……なんてこった……」

「大丈夫？　驚かせてしまったかな」

ヨセフはゆらりと顔を起こす。

「……動揺してすまなかった。そ、それで？」

レオリーノは頷いて説明を再開する。

「それで？　それで……ええと、先日訓練場から離宮へ連れて帰っていただいたときに、きちんとお話ができたんだ。殿下のお気持ちも伺って、僕の気持ちも伝えて、それで相愛になれたんだ」

そこでレオリーノはほんのりと微笑んだ。

「そして、伴侶になるようにとおっしゃってくださって、僕もはい、とお答えした」

「……肝心なところはざっくり端折《はしょ》るんだな……」

「?」

「……いや、続けてくれ」

マイアの教えがさっそく功を奏したのか、閨事の事情はちゃんと秘密にするレオリーノだった。

「父上が殿下からお申し出を受けて、了承してくださったんだ。それで、正式に話を進めることになった」

フンデルトは微笑んだ。

「まことにおめでとうございます」

将来の伴侶となる王弟に、主がこの上もなく溺愛されていることを、フンデルトはすでに知っている。レオリーノも、王弟の傍では、ブルングウルトにいるように自然体で過ごしている。身分や年齢の差に萎縮《いしゅく》することもない。

何よりも、レオリーノという稀有《けう》な存在を守る上で、絶対的な守護者として、この国にグラヴィス以上の男性はいない。

王族になるということで苦労も多いだろうが、あの男とならば、主は確実に幸せになれるだろうと、フンデルトは確信していた。

「先程夕食の席で、兄上達と母上にも、父上からご報告していただいた。だから、二人にも言っていいかなと思って」

「……おお、そりゃすごいことになっただろうな」

「うん、兄上達は過保護だからね。少し驚いて心配していたけど、一番怖かったのは母上だったなあ」

フンデルトは侍従としてその場に控えていた。

夕食の席は、控えめに言っても地獄の様相だった。ヨーハンと、突然の両親の来訪に駆けつけたガウフは、『少し驚いた』どころの様子ではなかった。

「二人にまっさきに報告したかったんだ」

レオリーノはそう言って、うれしそうに笑った。

その花が綻ぶような笑顔に、二人は驚きも吹き飛んで、頬を緩ませた。

「そうか……レオリーノ様が嫁入りするのか」

「嫁入りではないよ。王弟配になる。ん？　嫁入りなのかな。フンデルト、殿下と僕の場合も、嫁入りと言うのだろうか」

「レオリーノ様は男性なので、正確には『嫁入り』ではございませんね」

「下々のもんから見りゃ一緒だ。そうか……とりあえずこういうときはなんて言うんだ？　おめでとう、レオリーノ様」

「ありがとう」

ヨセフはようやく落ち着いて、にこりとレオリーノに笑いかけた。その目は弟を見る兄のようで、とても優しかった。

「相愛の相手と一緒になれるなんて、貴族様の社会だとめったにないんだろう？　よかったな」

「そうなのかな。でも、うん。これからずっと一緒にいてもいいと、約束ができるのはうれしい」


レオリーノはにっこりと笑うと、話はもうひとつあってね、と切り出す。

「今度もうれしい報告なのか」

「ううん。うれしくはないと思うけれど、聞いてほしい。父上以外は、僕のこの秘密をブルングウルトで知るのは、二人だけだ。これからも、二人には僕を支えてほしいから……聞いてくれるかな。少し長い話になるけど」

フンデルトとヨセフは頷いた。

そしてレオリーノは、もうひとつの秘密を、二人に語りはじめた。


レオリーノの話は深夜まで続いた。

イオニアの夢をずっと見続けていたこと。ツヴァイリンクでの事件の話。そしてそこで見つけた、国をゆるがす秘密。それを抱えて王都まで出てきたこと。そのすべてを。

ようやく話を終えたとき、フンデルトとヨセフは無言で、ただその頬を濡らしていた。

ヨセフは立ち上がると、入ってきたときと同様に、レオリーノを固く抱きしめた。

「――王都に出てきた甲斐《かい》があったな、レオリーノ様。それに、将軍様に会えてよかったな」

わずかに熱っぽい主の身体を抱きしめながら、ヨセフは小さな声で囁く。レオリーノはうんと頷いた。

「ヨセフ。これから僕と一緒に戦ってくれる？」

「ああ。もちろんだ。嫁入りにもついていくから。一生、俺はレオリーノ様とともにいる」

「私もです。レオリーノ様……我が主。これまで、どれほどおつらい思いを……」

「……フンデルト」

「老い先短い身ではありますが、一生お傍に侍らせていただきます」

レオリーノは、言葉に詰まった。ただ、ありがとうと一言だけつぶやくと、ヨセフとフンデルト、それぞれの手を握った。

ヨセフはぐいと目尻を拭うと、再びどかりと長椅子に腰掛けた。

「……ひとまず、あれだな。俺がレオリーノ様の手足になって動けばいいのか」

「ありがとう。僕も本当なら一緒に動きたいのだけど、殿下にも禁止されたんだ」

「そりゃ無理だ。レオリーノ様がいたら目立ちすぎる。探るものも探れないだろ」

レオリーノはその言葉に、悲しそうに頷いた。

「それにこんなはしたない顔で表に出ては、殿下に恥をかかせてしまう。だからおとなしくしている」

はしたない顔とはなんだ？　と首をかしげたが、ヨセフにしては懸命な判断でスルーする。

レオリーノがおとなしくしているのなら、誰にとってもそのほうがよいとヨセフは考えた。

「それに、その様子じゃ、本当は体調もあんまりよくないんだろ？　嫁入り前の大切な身体だからな」

「だから嫁入りじゃないよ。それに、殿下との婚姻はまだまだ先の話だ」

そうなのか？　とヨセフはフンデルトを見る。フンデルトは重々しく頷いて、主の言葉を肯定した。

「まずは王宮で承認をいただくのが先で、それから準備をして……早くて半年か、一年くらい先の話だと、父上もおっしゃっていたね」

「かー！　王族と貴族の婚姻ってのは、なんとも面倒くさいもんだな」

「これ、ヨセフ。ブルングウルトから王家へ輿入れをすることが、どんな意味を持つのか、おまえはまったくわかっておらん」

ヨセフは、そんなのわからねえよ、と不貞腐《ふてくさ》れた。

「そんな面倒なことすっ飛ばして、レオリーノ様が将軍様と、早く幸せになってくれればいいと思うよ」

その言葉は、とても率直かつシンプルで、レオリーノの心を解きほぐしてくれる。

愛というものは、そんな風に、余計な縛りを課されず、あるがままにそこにあってほしい。

だからレオリーノは、飾り気のまったくないヨセフの心根が好きなのだ。


「ヨセフ……それでね、お願いがあるんだ」

「ああ、わかってる。俺がディルクとわたりをつけて、代わりに動けばいいんだろ」

遠慮のないヨセフは、すっかりディルクを呼び捨てにしている。

「くれぐれも慎重に動いてほしい。それと殿下にバレたら怒られるかもしれないから、先にディルクに、ごめんなさいって謝っておいてくれるかな？」

「わかった、まかせろ」

ヨセフとディルクの相性がいまいち不安だったが、とはいえヨセフという信頼できる味方を得たことに、レオリーノは安堵した。

「レオリーノ様はおとなしくしてろよ？」

「うん。防衛宮にも、しばらく通うのは許されない」

ヨセフは残念そうな表情を浮かべた。

「研究も、もう少しで仕上がったのに」

「うん。でも……殿下がそうおっしゃっていたと、父上から聞いた。サーシャ先生には、きちんとお詫《わ》びしたいのだけど、変に呼び出すのも怪しまれるから、だめだって」

「世間的には、どういう建前になっているんだ？」

「僕は訓練場で体調を崩した。それで、殿下に保護されて、ようやく回復したので自宅に戻って療養中なんだって。心配した両親が、わざわざ領地から見舞いに来た、という体裁みたい」

ヨセフは承知したと頷く。

「なるほど。ま、実際にその感じだと、かなり体調も悪いんだろう。ゆっくり花嫁修業でもしときなよ」

「花嫁修業？　花嫁ではないけど、何をすればいいんだろう」

「そりゃあれだよ……あー、なんだ。裁縫とか、料理とかじゃないのか？」

「したことがないけど、必要なのだろうか？」

レオリーノが侍従に目で問いかける。フンデルトは重々しく首を振った。

「ヨセフが言うようなことは、何ひとつなさる必要はありません。すべてマイア様が差配なされると思われます。主《おも》には勉強でしょう。各国の歴史や政治情勢、そして王弟殿下の母后のご出身であるフランクル語は、学び直さないとなりませんでしょうな。基本的な式典での王族の役割や礼儀作法などは、奥方様が教えられるので大丈夫でしょう」

「かー。なんというか、いかにも王族っていう感じだな。とにかく、家でおとなしくしててくれ。外出するときは、もちろん付き添うけど」

「フンデルト、僕はしばらく外出の予定はないよね」

侍従も主の意向を確認したいことがあったのだ。

「来週は、レーベン公爵家主催の夜会にご招待されております。出席のご返事をしておりますが、こういう事情になれば、お断りする必要があるでしょう」

「そうだね……いや、待ってくれ」

レオリーノは少し考え込む。

レーベン公爵夫人は、ラガレア侯爵の妹だ。首を突っ込むなと言われたが、何か少しでも情報がつかめるかもしれないこの機会を無下にするのも、ためらわれた。

それに何より、ユリアンに求婚の断りをしなくてはいけない。

「出席のままにしておいてほしい」

「レオリーノ様……何を考えている？　勝手に動いちゃだめだぞ」

ヨセフは、厳しい声で主をとがめる。

「侯爵がその夜会に出席する可能性は？」

「フンデルト、調べてくれるかな？　ラガレア侯爵が来るのなら行かない。でも、ユリアン様にエスコートいただくのはもうだめだね……お兄様か」

「あいにく兄上様方は、ユリアン様がエスコートする前提で、当日は別の予定が入っております」

「そうか……どうしよう。さすがに一人で出席するわけにはいかないね」

フンデルトは考えた。

侍従は、仕える主人の家族はもとより、交流のある親族、使用人にいたるまでの直近の予定を、およそ把握している。常に執事や家令、そして家族に仕える侍従達と連携して、主が行動しやすくするのは、専任侍従の仕事の基本だ。

「その夜会には、前ヴィーゼン公爵夫人とヴィーゼン公爵夫妻がご出席なされるご予定です」

「お祖母《ばあ》様と伯父上が？」

前ヴィーゼン公爵夫人は、マイアの母だ。前々国王の妹であり、公爵家に降嫁した王女でもある。

「ならば、フンデルト。ヴィーゼン公爵家に相談してみてもらえないだろうか」

侍従の脳裏に、やがて主の伴侶となる王弟の顔が浮かぶ。レオリーノの言うことを、このまま聞いてよいのだろうかと悩む。

「だめなら諦《あきら》めるよ。それまでに、このはしたない顔が隠せるようになっていなければ、どっちにしろ外に出てはだめだし」

「だから、さっきからその『はしたない顔』ってのはなんなんだよ」

「……承知いたしました。ただ、マイア様の判断に従っていただくこと。それまでにご体調が安定していることが条件です」

その言葉にレオリーノは神妙に頷いた。

だが、レオリーノは知らなかった。

高位の貴族同士の婚約事情など、本来ならば両家の当主同士の手打ちがあればよいのだということを。本人が詫びる必要も、直接断りを入れる必要もないことを。

好意を示してくれたユリアンにきちんと謝罪して断らねばと、レオリーノは思っていた。

ヨルク家の家政婦

ディルクは深々と溜息をついた。

エッポの昔馴染《むかしなじ》みの男が、王都に住んでいたというエドガル・ヨルクの兄夫婦の家を突き止めた。兄夫婦はすでに亡くなっていた。しかしその男は、その兄夫婦の家で働いていたという、元家政婦の老婆を見つけ出してきたのだ。

その女は、報酬を餌に、ひそかに平民街の宿屋に呼び出されている。エッポはその巨躯と、全身に残る傷で目立ちすぎるために、女に面会するのはディルクの役目になった。

そう、ディルクだけのはずだった。

「それで、レオリーノ君が君にあっさりとバラして……代わりに君が来たわけね。それ、変装？」

ディルクは王国軍の軍服を脱いで、いかにも市井に馴染むような格好をしている。問題は、腕を組んで偉そうにしている目の前の青年だ。

「完璧な変装だろうが」

「いや、たしかに完璧だけど、そんなに背が高い女性がいる？」

ディルクの前には、特徴的な砂色の髪を長い茶色の鬘《かつら》で隠したヨセフが立っていた。

「あぁ？　女装じゃねえよ！　髪が目立つから鬘を被《かぶ》っているだけだろうが！」

「ああ、まあ、そう言われればそうか。君もけっこうな女顔だから女装してるのかと……ぐふぅっ」

ヨセフがディルクの腹部に、拳を叩き込んだ。

「くだらないこと言ってんじゃねぇ！　行くぞ」

「……くっ、このっ……それが同行をお願いする人間の態度か……っ」

ディルクはよろめきながらも上体を起こすと、やれやれと溜息をついた。

「あぁもう、レオリーノ君は、早速ヨセフ君を巻き込んで……閣下に怒られるじゃないか」

「ああ、レオリーノ様もそれを心配していた。だから、おまえにごめん、よろしくお願いしますって」

どうよろしくすればいいのかと、ディルクは頭を抱える。兄の記憶があっても、レオリーノもやはりまだまだ子どもなのだ。

「言うこと聞けよ。おまえあれだろ、言うなれば、レオリーノ様の弟なんだろ。ならもう、俺の弟みたいなもんだからな」

「……待て。俺が君よりいくつ年上だと思ってるんだ」

「たいして変わんないだろ」

「八つも違うだろうが！」

「うるせぇな。わかったよ。それならあんたのほうが兄さんってことでいいから。ほら、行くぞお兄様」

「おっ……おう」

なぜか照れるディルクを冷たい目で見ると、ヨセフはフンと鼻で笑った。

「おまえちょろいな。たぶんレオリーノ様よりちょろいぞ」

「……くそっ、わかった。ほら、行くぞ」

ディルクはヨセフの鬘の頭をぐいとつかんだ。そして顔を覗き込むと、真面目《まじめ》な顔で諭《さと》す。

「いいか。基本的に話をするのは俺だ。君は黙っていること。それが約束できないと、連れていかないいいな？」

……いいな？」

ヨセフは何を考えているかわからない顔で頷いた。

ディルクはズキズキと痛むこめかみを揉《も》んだ。まったく信用できない。

あまり女を待たせるわけにもいかない。ディルクはしかたなく、ヨセフを連れて歩きはじめた。

やがて、ディルクはヨセフの身のこなしにひどく感心した。ディルク自身も、鍛えられた大柄な身体つきのわりに、上手《うま》く周囲の空気に馴染んでいたが、ヨセフのそれは神がかっている。

横に歩いているディルクが、ついその姿を探してしまうほど、存在感を消してスイスイと人波を縫うように歩いている。

「……本当に猫みたいだなぁ、君は」

「俺はブラブラするのは得意なんだ」

「まぁ、それはなんとなく、見てればわかるよ」

ヨセフはじろりとディルクを睨む。いつもの砂色の髪が見えないと、違和感がある。

「……場所はわかってんのかよ」

「俺は平民街出身だよ？　ここらへんは庭みたいなもんだ」

「へぇ……ああ、そういえば、レオリーノ様が、あんたの実家に行きたがってたよ。いつか機会があったら、案内してやってくれ」

ディルクはうれしそうに笑った。

「あんなに綺麗な人が来たら、親父《おやじ》もおふくろもびっくりするだろうなぁ。レオリーノ君が兄さんの記憶を持っているって知ったら、泣いて喜ぶよ」

「そりゃ、レオリーノ様もうれしいだろうなぁ」


目的の宿屋に着いた。宿屋の一階は食堂になっている。ディルクは中年の小柄な男を目に留め、近づいていった。

「やあ、シャロウさん、待たせたな」

「ああ、エルリック。そちらは？」

「俺の弟だ」

どうやらこの場面では、ディルクは『エルリック』らしい。ヨセフはそっけなく頭を下げた。

「親父、商談に部屋を借りるぜ」

宿屋の主人と思しき男が無言で頷く。すでに話はついているようだ。

ディルクとヨセフは男の先導で二階に上がると、廊下の突きあたりの部屋の前に立った。

「この部屋だ。元家政婦の婆さんは、すでに部屋の中に案内している」

「ありがとう。シャロウさん、助かった」

「俺は隣の部屋で待機している。人が近づいてきたら壁を叩くからな。終わったら、俺の部屋をノックして、そのまま出ていってくれ。しばらくしたら俺は婆さんを連れ出す」

「わかった。何もかもすまない」

「なんの。エッボの頼みなら、こりゃひと肌もふた肌も脱がないといけねぇからな。あいつには返せないほどの恩があるんだ」

男はそう言って、隣の部屋に隠れる。

「ヨセフ君……」

「わかってる。俺は基本的に黙ってろってことだろ。今日の俺は、レオリーノ様の『耳』だ。口は閉じてるさ」

ディルクは頷いた。

部屋の中には、老いた女がぼんやりと座っていた。二人が入室しても、挨拶の言葉もとくにない。

「デリアさん。わざわざありがとう」

「いいよ。ちゃんと金をくれるっていうから来たんだ。ヨルクさん一家のことを聞きたいんだろう？」

ディルクはにこやかな笑みを浮かべて、女の前に座った。

「ああ、それと、同居していたという弟についても。貴女《あなた》はいつからヨルクさんのお宅で家政婦を？」

「ヨルクのご主人が結婚したときだよ」

「そのとき住んでいたのは？」

「結婚したての奥様と、ご主人のお母様と……あとは、時々エドガルさんが帰ってきてたね。王国軍に入ってからはたまにだよ、会えたのは」

「デリアさん、ヨルク家は王都出身だったのか？」

デリアは少し考え、すぐに首を振った。

「いや、どこかは聞いたことないけどね。たぶん違うよ。南のほうの出身だって言ってた。ご主人のお母様が、昔はあったかいところに住んでいたから、王都の冬は寒い、ってこぼしてたことがあったね」

「なるほど」

「ヨルクさんの奥様は王都出身だよ。モワルード商会っていう、そこそこの商家の出身でね。お嬢様で家事を嫌がって、それであたしが雇われたんだ」

「ヨルク夫妻は金銭的に豊かだったのか」

老婆は少し考え込む。

「金には困ってなかったね。家もわりと大きかったしね」

「へぇ。ご主人は何をしていたんだろう」

「はっきりとは知らないね。裕福な奥様を嫁にもらえるくらいだから、暮らしぶりも悪くなかった。商人の真似事みたいなことはしていたけど、いったいなんで稼いでんだか、さっぱりだったよ」

ディルクはちらりとヨセフを見た。

「景気のいい話だな」

「ほんとうだよ」

「ヨルクさんが何をやって稼いでいたか、本当にまったく見当がつかない？」

さぁねぇ、と言いながら、再び老婆は考え込む。

「ああ、でも、元から金はあったんだと思うよ。裕福だったのは、ヨルクさんの母親じゃないかねぇ」

「親？　ヨルクの両親が？　なんの職業をしていたかわかるか」

「私があの家に入ったときには、もうヨルクさんの母親もいい年だったけどね。もともと父親はいないんじゃないか？」

ディルクは首をひねる。

「父親がいない？」

「うん……ああ、ああ、思い出したよ。酔っ払ったご主人はたちが悪くてね。大声でクダを巻くから、面倒事を嫌う奥様も、すぐに逃げ出しちまうんだ。それで私が、ご主人のお世話をするのさ」

「それで？　何を思い出したんだ」

「ヨルクさんの母親が亡くなったときだよ。ご主人が葬式の後で、酒を飲んで酔っ払って、『俺達がこんな暮らしができたのもおふくろのおかげだぞ』って、エドガルさんに言い聞かせてたよ」

「おふくろのおかげ……ってことは、その母親が稼いだ金だということか」

「ああ、言ってたね。たしかに言ってた」

「その母親は、何をしていたんだろう」

老婆はすぐに答えた。

「産婆だよ。若い頃は産婆見習いだったって、ご本人が言っていた。王都に来てからは何もしてなかったみたいだけどね」

「産婆？　産婆がそれほど儲《もう》かるか？」

しかも『産婆見習い』で、王都に出てきて立派な家に住めるほどの大金を。ディルクはその情報にひっかかる。

デリアは拗《す》ねた表情になった。

「あたしにはわからんよ。聞かれたから、覚えていることを教えただけだ」

「……ああ、すまない。いまのは独り言だ。他には、その母親が何か言ってたことを覚えている？」

「『見習いだけど優秀だった』って。『高貴な人の出産を一人でこなしたことがある』って自慢してたね」

ディルクとヨセフは目を見合わせた。

「母親の名前を教えてくれ。あと、デリアさん、その母親がどこ出身か、どうしても思い出せないか？」

「グレータさんだよ。名前はグレータ。それに、出身？　生まれ故郷ってことかい？」

「ああ、そうだ」

デリアは水をくれ、と水差しを指差して要求する。ヨセフが黙ってグラスに水を注いで渡すと、それをチビリと飲んで、溜息をつく。

「わかんないねぇ……」

ディルクはがっかりした。背後のヨセフも、詰めていた息を吐く。

「なぁ、婆さん」

ヨセフがおもむろに言葉を発した。黙っていると約束したのに、と、ディルクが無言で睨む。

「ヨルクの家に、貴族みたいなえらそうな男が訪ねてきたことはないか？」

「ああ？　貴族様？　いや……ないねぇ。ご主人様達も、さすがにそれほどの家じゃなかったよ。大店の商家ってわけでもないしねぇ」

「例えば、白髪《しらが》の、優しそうな貴族様だ」

老婆は思い出す気になってくれたようだ。

「お貴族様だよね……お貴族様……そんな人……ああ、そういえば」

「誰か来たか!?」

ディルクとヨセフは、ぐっと身を乗り出す。

「奥様とかご主人様宛てに訪ねてきたんじゃないよ。エドガルさんが、なんかお貴族様みたいな方を連れてこられた」

「いつ？　それは、いつだ」

「……ええと、あれだ、ちょうどエドガルさんが基礎教育学校を卒業なさった年だから覚えているよ。前国王様の妾妃様が、病にお倒れになった年だ。その年の暮れに、妾妃様は亡くなったねぇ」

二人はさっと目を見合わせた。

「……エドガルが連れてきたのは、どんな人物だった？」

「マントを被っていたし、顔は見てないよ。家政婦ごときが客の顔を見るのは、いけないことだからね。でも、お茶を応接間に持っていったよ。話し方は、お貴族様みたいだったと思う」

ヨセフは唇を噛んだ。そんな情報だけでは、誰なのかさっぱりわからない。


「でも、ああ、そうだねぇ。お母様も知り合いだったのかもねぇ。その方を見て、すごく驚いていらしたねぇ、なんだか、わぁわぁ騒いでいたよ」

「何か、何か言ってなかったか？　ちょっとでも覚えていないか、婆さん」

「かなりびっくりされてたねぇ。ソペ？　ソプラ？　がなつかしい、とか話してた。ただ、その直後はしばらくぼやっとしてたけどね。もうボケていたのかもわかんないねぇ。そんな年じゃなかったけどね」

デリアは首を振った。

「覚えているのはそれくらいだよ」

そのとき、隣の部屋の壁を叩く音がした。誰か来たのだ。

二人はあわてて撤収する用意をする。

「ありがとう、デリアさん。助かった」

「いいよ。もうとっくに亡くなったご主人達のことを聞きたいなんて、あんたがたも変わってるね。あたしは小遣いになったからいいけどね」

ディルクは懐から金の入った小袋を出し、チャラリと音をさせるそれを老婆に渡す。

老婆はうれしそうな顔で、いそいそと謝礼を手にとった。

「ちなみにヨルク夫妻はいつ亡くなったんだ？」

「ご主人夫妻が亡くなったのは六年前だよ。エドガルさんもその年に僻地《へきち》で亡くなったけど、その直後に二人とも馬車に撥《は》ね飛ばされるなんてねぇ」

ディルクとヨセフは、目立たぬように宿屋を後にした。

「……あんまりたいしたことはわかんなかったな」

「……いや、あの婆さんは、なかなかいい情報をくれたぞ。少なくとも、エドガルが連れてきたのはラガレア侯爵本人かはともかく、ラガレア侯爵に関連する人物である可能性が出てきた」

「なんでだ？」

ヨセフはきょとんとする。

「婆さんが最後に言っていた、ヨルクの母親が客に言っていた『ソペ』、もしくは『ソプラ』という地名は、おそらく『ソペラナ』だ」

「どこだよ、『ソペラナ』って」

ディルクは早足で歩きながら答えた。

「『ソペラナ』は、ラガレア領の領都だ。ヨルクの母親はソペラナ出身の可能性が出てきた。その線で調べよう」

心の半分

ディルクとヨセフはしばらく歩くと、庶民用の馬車に乗り込んだ。

馬車の中で、ヨセフは茶色の鬘を外した。見慣れた特徴的な砂色の髪が現れる。

「さっきの婆さんの話は、レオリーノ様にも伝えていいよな」

「ああ、かまわない。謎が深まったことも多かったけどな、ヨルクの母親がラガレア領出身の可能性があるとわかっただけでも、収穫があった」

「あとは金だな」

「ああ。一番の疑問は、産婆見習いが一人でラガレア領から王都に出て暮らしていけるほどの金を、どこで調達したのかだ。閣下の侍従殿にもご協力いただいて調べてみるよ」

「ヨルクと一緒に訪ねてきた男だけど、結局ラガレア侯爵かどうかはわからなかったな」

ディルクは頷いた。

「そうだな。あれはもう、残念だが、永遠に真実は謎かもしれん」

「なんでだ」

「あの家の人間は、あの家政婦以外、全員亡くなっている。王宮ならともかく、庶民の家に来訪者の記録なんぞ残っていないさ」

「たしかに……」

「それにしても、兄夫婦がエドガルが自殺したあとすぐに亡くなったのはあやしいよな」

ヨセフは忌々しげに顔を歪める。

「どう考えても、口封じに消されたんだろ」

「……まあ、そうだろうな。調べていたのがラガレア侯爵であれば、証人である兄夫婦の事故の詳細をごまかすことも可能だ」

ディルクは目立たぬ場所で馬車を止める。

「……じゃ、今日は世話になったな」

ヨセフが扉を開けようとすると、ディルクは真剣な表情で、その腕をつかんだ。

「ヨセフ」

「……なんだよ」

「レオリーノ君に、くれぐれも無茶なことはするなと伝えてくれ。もちろん、君が彼の代わりに、目となり手足となったとしてもだ」

「心配性だな。レオリーノ様はともかく、俺のことは心配ないよ。あんたも俺の剣の腕は見ただろう?」

しかし、ディルクは真剣な表情を崩さない。

「君が強いことはよく知っている。ただ、敵と目されるあの男が、どういう手段を使ってくるかわからない。調べるのはこちらにまかせるんだ。いいな」

ヨセフは笑った。笑うと優しげな顔つきになる。

ディルクはその頭をこづいた。

「笑うなよ、こっちは真剣なんだ」

「わかってる。ただ、俺が関わってもいいことがあれば、関与させてくれるとありがたい。レオリーノ様も少しでも情報が入れば、気が紛れておとなしくしていると思うから」

「めずらしく素直だな」

ヨセフがフンと鼻を鳴らす。

「俺がこの手のことに役に立たないことはわかってるよ。鈍いしな。ただ、レオリーノ様には、少しずつでも進捗を教えてやりたい。そしたら、安心して花嫁修業できるだろ。レオリーノ様には悪いが、あの方は関わらせないほうがいい。ご本人の気が少しでも晴れれば……それくらいでいいさ」

案外冷静に状況を判断していると、ディルクは感心した。ヨセフが睨む。

「……なんだよ。なんか文句あんのか」

「君は鈍くなんかないよ。ただ、基本的に人に関心がないだけだろう。その証拠に、レオリーノ君の立場も、心情も敏感に察しているじゃないか」

その言い様が微妙だったのか、ヨセフはぷいと顔を背けた。本当に気まぐれな猫のようだ。

「……じゃ、またな」

「ああ、何かわかったらまた報告しよう」

馬車の扉を開けて周囲を見渡すと、飛び降りる前に、ディルクにちらりと視線を流す。

「……そうだ。あの人はどうしてる」

「誰のことだ？」

「……あの、でっかいおっさんだよ」

「グラヴィス閣下のことか」

ヨセフはめずらしく言い淀《いよど》む。

「ちがう。副将軍閣下のほうだよ。その……元気にしてるのか」

「ああ、会議でよくお目にかかっている。お変わりないご様子だが、なぜだい」

「や、レオリーノ様と……いや、なんでもない。変わりなきゃいいんだ。悪かったな、それじゃあ」

「あっ、ヨセフ？」

ヨセフは不思議なことを言い残すと、気配を殺したまま、するりと馬車から降りていった。

レオリーノは帰宅したヨセフの報告を受けていた。

「エドガルの母親は産婆をしていたんだね」

「正確には『見習い』みたいだけどな。王都に来てからは、産婆らしきことはやってなかったっぽい」

レオリーノは顎に手を当てて考え込む。

「なぜラガレア領から、わざわざ王都へ出てきたんだろう。追い出されでもしないかぎり、女性一人で王都に出ようなんて発想になるかな。しかも産婆見習いで、仕事も一人前にできないのに。僕ならその道は選ばないように思う」

「そうだな。悪いこととして追い出されたのなら、金を持ってるのはおかしい。金を盗んで逃げ出したのかな？」

二人は向かい合って、うぅむと考え込む。フンデルトが二人の前に茶を供する。

「何かの見返りに大金をもらった、ということはございませんか？　その条件のひとつが、領地を出ることだったということは」

レオリーノはフンデルトに向かって頷いた。

「たしかに……ねえ、ヨセフ。エドガル・ヨルクの母親は『見習いだけど高貴な人のお産を手伝った』って自慢していたんだよね。そして、ヨルクの兄が、母親のおかげでいい暮らしができていると」

「そのお産の報酬に大金をもらったのか？　そして王都に出てきたのかもな」

「でも高貴な人が、経験不足の見習いにお産の介助を頼むだろうか？　どう思う、フンデルト」

レオリーノの疑問に、フンデルトが答える。

「お産そのものを隠したければ、あり得るかもしれません。王都に来たのも、口封じで金を渡されて追い出されたのかもしれません」

「お産そのものを隠した……」

ヨセフがぽんと膝を叩く。

「それだ。別に犯罪を犯したというわけではなく、金をもらって、合意のもとに去ったという可能性もあるか」

「ここから先はもう、僕達では調べることは難しいね……それに、結局、ラガレア侯爵とエドガルに繋がりがあるかどうかもわからないし」

「エドガルが入軍直前に家に連れてきたという男だけど、ディルクがそれを突き止めるのは難しいって言ってたな。何しろ目撃者は家政婦の婆さんだけだ」

レオリーノは残念そうに溜息をついた。

「ヨセフ、ごめんね。あまり行ってもらった甲斐がなかったね」

「いいよ。レオリーノ様に、こうして情報を伝えられるだけでいいさ」

レオリーノはわずかばかりの情報でも納得したよ

うだ。ヨセフは美味しそうに、フンデルトが淹れた茶を啜った。

「そんなことよりレオリーノ様、今週末のレーベン公爵家の夜会は、結局どうするんだ。行くのか」

「行くよ。当日ラガレア侯爵は、殿下と僕の婚姻の審議に参加するから欠席らしい」

「ラガレアがいなくたって危ないよ。俺は反対だ」

恐ろしい顔つきになる護衛役をレオリーノは笑顔でなだめる。

「大丈夫。伯父上ご夫妻とお祖母様と一緒に行くことになったから」

「行き帰りはともかく、会場の中も不安だ。公爵家の夜会に俺は入れない。守りようがないだろう」

「それも大丈夫。ずっとお祖母様のお傍にいるから安心して」

どういうことだと、ヨセフは首をひねる。

「お祖母様はヴィーゼン公爵家に降嫁されても、引き続き『王女殿下』の称号を所有されているんだ」

「あ？　それが夜会となんの関係があるんだ」

「ええとね。王族の称号を持っているってことはね、王族がいない場では、お祖母様は最高位にあたる。言うなれば、準王族的な扱いで、お祖母様が許可しないかぎりは、誰も話しかけられないんだ」

ヨセフは初めて知る貴族のルールに驚く。

「だからお祖母様のお傍にいるかぎりは、僕にも、誰も話しかけることはできないんだ」

「なんてこった。それが貴族の世界ってやつか」

ヨセフの呆れたような、理解不能といった表情に、レオリーノは苦笑する。

「だから母上も許可してくださったんだよ」

「なるほどな……」

「それに母上に話を伺ったところ、お祖母様はかなりのご高齢だから、親しいお友達と会話された後は、礼儀として半刻《はんとき》ほどその場にいらっしゃったら、すぐにお帰りになるんだって。僕もユリアン様にご挨拶をしたら、すぐにお祖母様と一緒に帰宅するよ。だから大丈夫」

「わかった。まだ不安は拭えないけど……」

しぶしぶとながらヨセフが納得する。

レオリーノはにっこりと微笑んだ。

「ありがとう。行きは伯父上の馬車に同乗することにして、帰りはお祖母様と一緒に、我が家の馬車で帰るから」

ヨセフは眉をひそめた。

「レオリーノ様……本当に、何か自分で調べようと思っていないか？　だめだぞ、それは」

「そうですよ。レオリーノ様、くれぐれも欲張りを起こしませぬように、慎みくださいませ」

二人にたしなめられ、レオリーノは内心ドキッとした。ユリアンに謝罪したいというのが夜会に行く主な理由だが、もし叶うことならば、ラガレア侯爵の妹であるレーベン公爵夫人から、何か侯爵の秘密に繋がることを聞けたらと思っていたのだ。

しかし、無茶をしてはいけないことは、レオリーノも重々承知している。

「わかっているよ。基本はお祖母様の傍にいて、ユリアン様とお話ができたら、すぐに帰ってくる。会場にいるのは半刻だけ。それでいいかな」

「……わかった。レオリーノ様を信じるよ」

ヨセフもフンデルトも、ようやく許してくれたようだ。

その言葉をきっかけに、フンデルトがヨセフに退席を促す。レオリーノにも就寝の時間だと告げた。

「レオリーノ様、そろそろお休みになりませんと。明日は王宮で謁見《えっけん》のご予定です。万が一体調を崩されては、王弟殿下にご迷惑をおかけいたしますよ」

「ん？　ああ、そうだね」

護衛役のヨセフもレオリーノの予定は把握してい

る。軽く片手を挙げて、あっさりと出ていった。

「さ、お休みの準備をいたしましょう」

「うん」

明日は、婚姻の審議の前に、国王陛下や王太子、それにグラヴィスの母后である王太后に謁見する予定だ。実際のところ、審議は形式的な承認の場であり、事前に国王に婚姻の承認をもらいにいくのだ。

レオリーノは、記憶にある王太后との面会を思い出して、腹の底が冷たくなるのを感じる。

そっと腹に手を当てていると、フンデルトが目ざとく主の仕草に気がついた。

「緊張していらっしゃいますね。あたたかい薬茶をご用意しましょう。ゆっくりお眠りになれますよ」

「……にがいのはいやだ」

「大丈夫です。熱覚ましなど入っておりませんから、苦くはありません。お腹《なか》があったかくなりますから」

「……わかった、飲む」

レオリーノは寝る準備を整えてもらい、寝台に上がる。フンデルトがすぐに薬茶を持ってきた。たしかにどことなく甘く、すっきりとした透明な薬茶だ。喉から滑り落ちたそれに、腹の奥からほんわりとあったかくなる。

寝台に仰臥《ぎょうが》して、皺だらけの侍従の顔を見上げる。

小さい頃《ころ》から、毎晩就寝前に必ず見ているフンデルトの優しい表情に、レオリーノは思わず内心の不安を吐露していた。

「僕がイオニアだったとき、王太后陛下……当時の王妃殿下に、呼び出されたことがある」

「さようですか……そんなことが」

「王太后陛下のお顔は覚えている。その場には、当時のヴィーの婚約者もいた」

上掛けを肩まで引き上げたフンデルトは、静かに主人を見下ろす。

「王太后陛下から、ヴィーと距離を置け、と言われた。そして婚約するように進言しろ、と言われた」

「イオニア青年は、どう思われたのでしょう」

レオリーノは、侍従の老いて色の薄くなった目を、じっと見つめた。

「公爵令嬢との結婚がヴィーの未来に繋がるなら、応援しようって決めた」

「……そうでしたか」

「イオニアは、自分がヴィーの進むべき道の邪魔になるのなら、自分自身を遠ざけてしまえばいいって思ったんだ」

フンデルトは、レオリーノの肩をなだめるようにぽんぽんと叩く。

「今度は、大丈夫ですよ。きっと王太后陛下からもお許しいただけます」

「……そうかな。身分の差は多少縮んだとしても、僕は男子だから……どちらにしても実を結ばない、虚《むな》しい関係と反対されるかもしれない」

「不安に思うのはごもっともです。ですが、どうか、王弟殿下をお信じになってください」

「ヴィーを……信じる」

フンデルトは頷く。そして孫のような年頃の主を優しく見下ろした。

「レオリーノ様は、自らと比べてイオニアを立派な青年だと神聖視していらっしゃいませんか？　……でも、フンデルトは、けしてそうは思いませんよ」

その言葉にレオリーノは目を見開いた。

「私には、イオニア青年はレオリーノ様とさほど変わらない、人付き合いの経験も浅い、未熟な青年であったように思います。もちろん彼の勇気と、我が国に対する功績に代わるものはありませんが」

そんなことは考えたこともなかった。

レオリーノは、ぽつりと尋ねた。

「……イオニアは、何を学ぶべきだったんだろう」

「王弟殿下を信じることです」

侍従の優しい声を、レオリーノは噛みしめる。

「イオニア青年は忠誠を捧げつくしたのでしょう。でも、その代償に、心を殺したのです。それはイオニア青年の覚悟であっても、王弟殿下にとってはどうだったのでしょうか」

「ヴィーにとって……」

「王弟殿下は、二人で歩く道を模索していらしたのでしょう。ですがイオニア青年は、みずからその可能性を閉じてしまったように思えます」

たしかにそうかもしれない。あのときイオニアは、もう何ひとつ、グラヴィスから欲しがることはなかった。自分の中にある感情だけで、もうイオニアの世界は完結していたのだ。

「レオリーノ様。本来、人間同士の関係とは、どちらか片方だけで決められないものなのですよ」

「…………」

「相愛の相手ができるということは、人生の喜びが倍になることです。同時に、人生のままならないことも倍になるということなのです」

レオリーノは、侍従の言葉を黙って聞いていた。

「貴方の人生は、これから王弟殿下とともにあるのです。お一人で決めるものではないのですよ」

「僕の人生だけど、僕一人で決めるものではない……」

「そうです。愛するということは、一人では得られぬ幸福と同時に、一人なら感じるはずもない絶望をもたらすものです。ご自分をきちんと持ちながら、それでも、心の半分を、愛する人に預ける勇気が試されるのです」

レオリーノはあたたかくなった腹からゆっくりと眠気に引き込まれながらも、フンデルトの言葉を咀《そ》嚼《しゃく》していた。

「レオリーノ様、イオニア青年にできなかったことをなさいませ」

「……イオニアにできなかったことで、僕ができることがあるのだろうか」

ございますよ、と、フンデルトは頷いた。

「王弟殿下を信じる勇気を持つことです。王弟殿下は貴方とともに生涯を歩むと決められて、慣例も破る覚悟で尽力されておられる。その気持ちを信じて、レオリーノ様の心の半分を、殿下に委ねることです。『力』ではなく、『心』で戦うのです」

フンデルトがもう一度優しく、肩のあたりを落ち着かせるように叩く。レオリーノは目を瞑ったまま、あたたかいその手の感触を感じた。

信じる気持ち。信じて、心の半分を預ける勇気。力ではなく、残った半分の心で、戦う勇気。

自分にも、できるだろうか。


「……ありがとう、フンデルト」

「おやすみなさいませ、レオリーノ様」

フンデルトは、主人の眦《まなじり》からこぼれ落ちる一筋の涙を、そっと拭った。

謁見

レオリーノは両親に付き添われて、王族との面会に臨んでいた。

正装を身にまとい、国王ヨアヒムと王妃エミーリアの夫妻、そして王太子カイルの前に座る。隣には伴侶となる予定のグラヴィスが、背後には両親が控えている。

そこに、王太后アデーレの姿はなかった。

「相変わらず天使のように麗しいわね」

エミーリア王妃が、レオリーノを見てうれしそうに声をかける。アデーレと同じ大国フランクル出身の王妃は、レオリーノの人形のような美貌を殊の外気に入っているのだ。

「あ、ありがとうございます」

レオリーノは深々と頭《こうべ》を垂れる。緊張のあまり言いよどんでしまう。

「まあ、可愛いこと。緊張することはないのよ、レオリーノ。いずれわたくしたちも家族になるのですから」

「母上、お二人の審議はこれからですよ？」

カイルが苦笑して王妃をなだめる。

「まあカイル、そんな意地悪なことを言わないの。男子だけれども、家柄も素晴らしい、こんな天使のような子をグラヴィス殿下がお迎えすることに、誰が反対するの。御子を望めないのは残念だけど」

「……おそれおおいことでございます」

エミーリアの無邪気な発言に、ヨアヒムが小さく笑った。茶色い髪に白髪《しらが》の混ざりはじめた、温和な顔つきの国王だ。

「レオリーノ、なぜグラヴィスの伴侶になろうと思ったのだ。そなたとグラヴィスでは、年もかなり違うだろうに」

国王の質問にレオリーノはびっくりする。レオリーノは隣のグラヴィスを見上げて、目で確認する。グラヴィスは、心のままに答えてよいと頷いてくれた。

レオリーノは体裁の良い言葉を持たない。母からは感情をあらわにするなと教えを受けたが、やはり家族となる相手には、偽りなく真摯に答えようと、国王の目を見つめて、レオリーノは答えた。

「釣り合わないことはわかっていますが、私は、グラヴィス殿下を、心からお慕いしております」

王族たちは目を見開いた。背後から、小さく溜息のようなものが聞こえる。

「伴侶というのが、一生ずっと殿下のお傍にいることをお許しいただける立場なのであれば、おそれおおいことではありますが、ぼ、私を、殿下の、は、伴侶にしていただきたいと思っております」

国王は黙ってレオリーノの話を聞いている。レオリーノはそれに勇気づけられて、緊張しながらも、必死に言葉を繋いだ。

「殿下を幸せに、その……笑顔でいてくださるように、精一杯伴侶としておつとめに専心いたしますので、未熟者ではありますが、どうか殿下の伴侶となることをお許しください」

そう言って深々と顎を引く。レオリーノのせいいっぱいの訴えを聞き終えた国王ヨアヒムは、わずかに口角を引き上げた。

「エミーリア、いまの発言を聞いたか。まるで、むしろあの子がグラヴィスを貰い受ける婿のようではないか」

レオリーノはその言葉にびっくりした。グラヴィスを貰い受けるなどとんでもないことだ。

「……陛下。おそれながら、私が婿になるのではございません」

「わかっておる。いかに名門カシュー家とはいえ、王族であり、我が国の将軍である弟を、そなたに嫁がせることはさすがにできない」

ヨアヒムのからかいに、レオリーノは気づかない。

「は、はい、それはもちろんでございます。グラヴィス殿下にそんなことはさせられませんので、私がカシューの名を捨てることになると思います」

王族達は一様に笑いをこらえる。

しかし、レオリーノのどこまでも真剣な顔つきに、カイルがついに声を上げて笑い出した。

「まあ、カイル。レオリーノの真剣な思いを笑うなんて」

エミーリアが息子を咎める。だが、そのふくよかな顔にも笑みが浮かんでいた。

「いや、母上、これは失礼。だが、もうたまらんのです。叔父上《おじ》よ、この純粋無垢と、よくぞまあ心を通わせられたものだ」

もしや失言したのかと、レオリーノは頭を上げておそるおそるグラヴィスを見上げる。

グラヴィスはわずかに相好を崩すと、レオリーノの膝に置かれた手を叩いて、安心させた。

それでレオリーノは安心したのか、花が咲き綻ぶような笑みを浮かべる。『感情を見せるな』というマイアの教えは、早速どこかにいってしまった。

その無邪気な笑顔を見たカイルが、またもや吹き出す。国王の前で、これほど素直に喜びの笑みを浮かべてみせる貴族はいなかった。

国王も、レオリーノのあまりに邪気のない笑顔には驚かされたようだ。

「エミーリアよ、そなたが言っていたとおりだ。外見だけではなく、心根も天使のような子だな」

「ええ、ええ。そうでしょう。わたくしには、見ればわかりますよ」

背後から、もう少し大きな溜息が聞こえた。

褒められているように聞こえているが、もしかしたら、国王夫妻からおまえは失格だとほのめかされているのだろうか。

レオリーノは両親の溜息の意味が知りたくてたまらなくなったが、ぐっと我慢した。マイアから何があっても振り返るなと、指示されていたのだ。

レオリーノが不安に手をにぎにぎしはじめると、グラヴィスが、今度はしっかりと手を繋いで、落ち着くようにとなだめた。

「大丈夫だ、レオリーノ。陛下も王妃殿下も、おまえの素直な心根を褒めてくださっているんだ」

「そうですか。はい。殿下、ありがとうございます」

二人の仲睦《なかむつ》まじい様子を見た王妃の目が輝く。

「マイア夫人、貴女は天使を産んだのねぇ。その子を我々王家が貰い受けるなど、ありがたいこと」

マイアは優美な仕草で王妃に頭を下げた。

「王妃殿下、恐れ多いことですわ。なにぶんご覧のとおり、世間知らずが過ぎるゆえ、王家に入りましたら、王妃殿下のご指導を賜りたく存じます」


「ブルングウルト辺境伯よ。カシュー家の男子を、我がファノーレンに伴侶として貰い受ける意味は、我々もわかっておる。王族が男子を娶《めと》るのも初めてならば、カシュー家の男子が、これまで『ブルングウルト』の名を捨てた前例がないことも。今回の件、本当にそなたは納得しておるのか」

アウグストは国王に頷くと、その質問に重々しい口調で答えた。

「此度《こたび》のことは、純粋に殿下のお気持ちと、そして愚息の気持ちを汲《く》んでのことであります」

アウグストの言葉の真意は、すなわちこうだ。

今回の件は、グラヴィスとレオリーノの相愛の気持ちを優先した特例であること。ブルングウルトの意志としては、今後もそのような特別なことがないかぎり、男子が『カシュー』の名を捨てることはないという宣言である。


「なるほど。あくまで二人の思いを尊重しての、此度の決断ということか」

「王家と当家の関係は、これまでと変わりませぬ。これからも当家はファノーレン王家に忠誠をお誓い申し上げる」

「そうか。それならば良い。男子同士であれば、血の濃さも関係なかろうしな」

国王は次に、グラヴィスと目を見合わせた。

「子ができぬぞ。グラヴィスよ」

「私に子は必要ありますまい。カイルがおります」

かつて、周囲の勝手な思惑によって、王位継承の争いをしていた兄弟である。十八年の歳月を経て、お互いにどういった感情を持っているのか、レオリーノには想像もできなかった。

だが、ヨアヒムの感情が削《そ》ぎ落とされたような凪いだ表情からは、何も読み取ることができない。まったく似ていない兄弟だが、表情が乏しいところはよく似ている。

国王は、一同に向かって宣言した。

「ファノーレンとブルングウルトのあいだに、さらに強い絆《きずな》が結ばれることを歓迎しよう」

国王が二人の婚姻を認めた。

レオリーノはほっと胸をなでおろした。

するとヨアヒムが、うれしそうなレオリーノにおもむろに語りかける。

「レオリーノよ」

「はい。陛下」

おだやかな声だ。

「ひとつそなたに忠告しておこう。ファノーレン王家の男は、情がこわい」

突然の国王の言葉に、誰もが戸惑う。

しかし国王は、その微妙な空気を気にすることなく、淡々と言葉を紡いだ。

「王族になるからには、そなたはそれを受け入れることを覚悟せねばならん」

「……はい」

「ファノーレン王家の男は、愛を前にすると、ときに狂気を宿す。この国の王族として生きるのならば、そなたは何があろうと、すべてを受け入れなくてはならん」

「陛下。レオリーノは何も知らぬ。それはこれからもだ。そこまでにしていただこう」

グラヴィスが静かに兄王の言葉を遮ると、ヨアヒムは、そうか、とあっさりと引いた。

「レオリーノ、余計なことを言ってしまったな」

「……いいえ、陛下。ありがたいお言葉、心に刻みます」

レオリーノは、国王から言われた言葉の意味を必死で理解しようとしていた。

――愛の前に、ファノーレンの男は狂気を宿す。

それはヨアヒムとグラヴィスの父、前国王ゲオルクのことを指しているのか。それともヨアヒム本人のことか……あるいは、グラヴィスのことなのか。

沈黙が訪れたのを契機に、ヨアヒムは背後に向かって頷いた。退席の合図だ。

一同は椅子から立ち上がる。

「では近日また婚姻の審議で会おう。辺境伯よ」

「本日は、愚息ともども謁見のお時間を賜り、陛下には心より感謝申し上げます」

アウグストが重々しい声で答える。ヨアヒムが扉の前で振り返った。

「レオリーノ、別室で王太后が待っておられる。そなただけ、この男についていくように」

そう言って背後の従僕を指し示す。レオリーノはその命令に戸惑ったが、はい、と答える。

グラヴィスが低い声で兄王に聞き返した。

「陛下、母上とレオリーノを二人で会わせると？」

「王太后の希望だ」

国王は淡々とした声でそう言うと、さっさと退室していった。

厳しい表情のグラヴィスに向かって、レオリーノは笑顔で頷いた。

「大丈夫です。王太后陛下にも、ご挨拶をしてまいります」

グラヴィスは不満と怒りの気配を抑えて、そうかと頷いた。審議の前に、国王の命令に背くのは得策ではない。

しかし、アウグストとマイアも懸念を表情に浮かべていた。

「四半刻だけだ。それを過ぎるようであれば、迎えに行く」

グラヴィスの言葉に、レオリーノは頷いて、腹に気合を入れなおす。

そして、入口付近で待機している侍従の後について、一人で王太后の待つ部屋に向かった。


レオリーノは王太后の待つ部屋に案内される。

そこは王宮にしてはこぢんまりとした、小さな応接間のような部屋だった。最奥の一人掛けの椅子に、王太后と思しき女性が座っている。

レオリーノはマイアに徹底的に仕込まれた最敬礼を取った。

「もう少しこちらへ近寄りなさい」

レオリーノは、はい、と答えて、目を伏せたまま王太后の前に進み出る。

「顔を上げなさい」

聞き覚えがある声だ。レオリーノは緊張のあまり掌《てのひら》に汗をかきながらも顔を上げた。

グラヴィスとよく似た、冷たく整った美貌の女性が目の前に座っている。

「ブルングウルト辺境伯アウグスト・カシューの四男レオリーノ・カシューでございます」

レオリーノの深々とした挨拶に、アデーレはわずかに顎を引く。

「そこに座りなさい」

王太后の向かいの長椅子を指差される。

「もう一度、顔をちゃんとお見せなさい」

勇気を出して、王太后と目を合わせた。

前国王ゲオルクの正妃であり、フランクルの王女であったアデーレは、年齢を感じさせぬ美貌の持ち主だが、記憶よりもやはり老いていた。

藍色《あいいろ》に金色がちりばめられた星空の瞳。フランクル王族にのみ稀に現れるという、稀有な瞳だ。顔の造りも、グラヴィスに本当によく似ている。


「その瞳……」


レオリーノの菫色の瞳を間近で見た王太后は、驚いたように目を見開いた。イオニアの目を見たときも、彼女は『めずらしい色』だと言った。

「なるほど……これが運命というものなのか。であれば、なんと皮肉な」

王太后は自嘲したようにつぶやいた。

「グラヴィスとそなたの婚姻をいまさら反対はしません。そなたは家柄も良く、また見目麗しい。まだ子どものようだが、息子の良いようにすればよい」

「……お許しをいただきありがとうございます」

レオリーノはなぜかとても傷ついた。あっさりと許しを得られたのに、あの日のイオニアと同じ傷をつけられたような気持ちになる。

「あの子がそなたくらいの年の頃、公爵令嬢と婚約していたことを知っていますか」

「…………いいえ。存じ上げません」

レオリーノは目を伏せて嘘をついた。

もちろん覚えている。

ヘレナという名の亜麻色の髪の令嬢だった。当時、レオリーノより年下の彼女はこう言ったのだ。

『これから先も貴方はグラヴィス殿下の前に立ち、盾となってあの御方をお守りください。横に並び立つ資格があるのは、平民の貴方ではない。女性で、貴族であるこの私です』

イオニアはその言葉に、己の立場をわきまえることしかできなかった。

王太后はレオリーノから目を逸《そ》らした。

「知らないのも無理はないでしょう。結局、先の戦の戦後処理にまぎれて、その話は立ち消えとなった」

そうだったのか、とレオリーノは驚いた。

「いや、立ち消えたのではない。我が息子が強引に消したのです、私の希望の火を。そして此度は、そなたという、完全なる絶望を連れてやってきた」

その厳しい言葉は、レオリーノの胸を貫いた。

感情を見せてはならないと、とっさに下を向いてこらえる。

「そなたと息子の婚姻を反対しているわけではない。結局、私はこれまでなんのために耐え忍んできたのかと考えているだけです」

王太后は低い声でうつろに笑う。

「私がファノーレンに嫁いでから、およそ五十年。嫁いで十三年目にしてようやく繋いだ血も、そなたという存在を迎えることで、虚しく途絶えることが決まったのです。少しくらい恨み節を言うのは許しなさい」

レオリーノは顔を上げて、王太后を見つめた。

そこにいるのは、正妃でありながら夫である国王に愛されなかった女性だ。妾妃の息子に国王の座を渡した、不運の王妃。

そして、二つの大国の高貴なる血が融合した彼女の息子である王子は、その血を次代に残すことができない男子を伴侶として連れてきた。

結局、息子にも裏切られた母親だ。

(王太后陛下の人生の希望を奪うのは、これで二度目か)

「……お許しください」

レオリーノの謝罪を、王太后は静かに受けとめた。

「許すもなにも、陛下が反対していないのに、私が何を許す必要がある」

「私の存在が『絶望』であるのならば、本来、私は殿下のお傍を離れるべきなのでしょう……ですが」

王太后の星空の瞳と目が合う。

この星空の瞳を次代に継がせることができないのだと思うと、レオリーノはやはり、自分が男子であることは罪深いことなのだと自覚した。

この瞳が息子に受け継がれていることこそが、王太后の矜持であっただろうに。

「ですが、私は殿下のお傍を離れることができません……どうか、お許しください」

レオリーノはそう言って頭を垂れた。


「……レオリーノ・カシュー。顔を上げなさい」

「はい」

レオリーノは目を逸らさなかった。しっかりと目を合わせて王太后と向き合う。

「私がなぜ、反対しなかったかわかりますか」

「……いえ」


「そなたは知らないだろうが、王宮は華やかな分、影も濃い。誉れ高き我が息子の足元は、常に暗かった。その暗がりを歩かせてしまったのは私です」

「……」

「逃《の》がしたいと思ったこともある。だが結局、私が囚《とら》われているかぎり、王子に自由を与えることはできなかった。まさか、あの年まで孤独に生きるとは思わなかった。それも私の愚かさが招いたことです」

王太后の言っていることを、レオリーノは完全には理解できなかった。

だが、なんとなく言わんとすることはわかる。


「これは諦めです。私の血が潰《つい》えることが決まった絶望と、息子の孤独を癒《いや》す存在ならば、たとえ男子でも受け入れるべきだという諦め」

祝福されるとは思っていなかったが、やはり歓迎されなかった。それでも、許しを得られただけマシだと思わなければいけないのだ。

「王宮に……王家に自由はない。そなたもいつか、ファノーレン王家の闇《やみ》を目の当たりにすることになるでしょう。それでも……そなたは最後までグラヴィスに寄り添えますか」

「はい。どんなときも……もう、二度とお傍を離れません」

菫色の瞳が、決意を込めて王太后を見上げる。

「……そうですか」

王太后は目を逸らし、どこでもない場所を見つめながらつぶやいた。

「十八年を経て、まさかその菫色の瞳をもう一度見ることになるとは。これも私への罰なのだろうな」

「王太后陛下……あの、私は」

「そなたとの婚姻は認めます。陛下にもその旨はお伝えしておく。そろそろ息子が痺《しび》れを切らしていることでしょう。話は終わった。退室してよろしい」

それ以上、何も言うことができなかった。

レオリーノは胸に激しい痛みを感じたまま、丁寧に一礼して部屋を後にした。

すると、廊下にはグラヴィスではなく、なぜか王太子カイルが待っていた。

「その顔を見ると、王太后陛下に苛《いじ》められたか」

「いいえ。まさかそんな」

苛められたわけではない。ただ、王太后の苦悩と、それをわかっていてなお、身を引くことができない己の我欲が、平行線のままそこに横たわっていた。それだけだ。

王太后は意地悪な女性ではない。ファノーレンに嫁いだものの、心の半分を誰にも渡せないまま、人生の意味を求めてもがいている、一人の人間だった。

レオリーノは、カイルの問いに沈黙で答えた。

たとえグラヴィスにも、先程の王太后との会話について、詳しく話すことはないだろう。

グラヴィスの人生に、これ以上母親に対する罪悪感はいらない。それは、彼女の最後の希望を絶った『絶望』であるレオリーノが、これから背負って生きていくものだ。

運命に翻弄《ほんろう》されたアデーレの人生を孤独の中に取り残し、息子からその子に継がれるはずだった血を絶つ、その罪を。


カイルも、それ以上深く突っ込んで聞くことはなかった。

「待ち伏せしていたようで悪いが、俺もおまえと少しばかり話したくてな……先程の部屋に案内しよう」

「はい、ありがとうございます」

カイルに王宮を案内されるのは、これで二度目だ。

隣り合って歩き出す。

カイルは、こうして改めて見ると、本当にグラヴィスによく似ていた。

グラヴィスの年齢を感じさせない容貌のせいでなおさら似ているが、甥《おい》のほうがやや明るい印象だ。

「私に話したいこととは、なんでしょう」

「別にかしこまらなくていいぞ。そうだな。俺が、おまえと叔父上との婚姻には反対だと伝えたかっただけだ」

「……っ」

レオリーノの足が止まる。

カイルが振り返り、厚手の手袋をした手を伸ばす。礼装でもないのに、王太子はいつも手袋をしている。レオリーノは無感覚になった頭の中で、ふと、どうでもいいことが気になった。

「おまえは悪くない。外見も中身も、完璧に美しい。ただ、その胎の中に叔父上の胤《たね》を注がれても芽吹かないことが問題なんだ……俺は、叔父上に子どもをもうけてもらいたい」

レオリーノは奥歯を噛んだ。泣きたい衝動をこらえる。胸を貫く痛みは、先程と同じものだ。

「審議では、おまえを王弟配として迎える代わりに、妾妃を娶り、子どもをもうけることを条件として提示しようと思う」

「……」

「まあ、叔父上が素直に受け入れるとは思えんが、一か八かだ。結果次第ではおまえは傷つくだろう。だがたとえそうなっても、それは叔父上のせいではなく俺のせいだと、あらかじめ伝えておきたかった」

伝えてほしくなかった。祝福されなくてもいいと思っていたが、やはりとても悲しかった。

「……子がなせないことが、王家にとって問題になりますか」

「ああ。少なくとも俺にとっては」

それは、どういう意味だろう。レオリーノは疲れた頭で、王太子の言葉が意味することを必死で汲み取ろうと頭を働かせるが、やはりわからなかった。

途方に暮れたようなその表情を見たカイルが、苦々しく顔を歪める。

「そんな顔をするな。おまえを傷つけることは本意ではないんだ……だが、どうしても、俺にも譲れないものがある。許してくれとは言わない。俺を恨んでくれてかまわない」

「てぶくろ……」

「？」

「……王太子殿下はなぜ、手袋をされているのですか？」

唐突な質問に、カイルはああ、と自分の手を見た。

「これは、むやみに変な場所に触れないようにするためだ」

レオリーノはぼんやりと首をかしげる。

「王宮には、見たくないものがたくさんあるからな」

やはり意味はわからなかった。

その後は、互いに無言で歩いた。先程国王夫妻と謁見した部屋にたどり着く。

「レオリーノ、先程はああ言ったが、それでも叔父上がおまえだけを選ぶのなら、俺はもう、諦めよう。それもこの国の運命だと」

「……どういう意味でしょうか」

グラヴィスによく似た青年が、王太后と同じ目でレオリーノを見つめる。なぜ、王家の人間は、誰も彼も、これほど孤独な目をしているのだろうか。

「叔父上と幸せになってくれ。奇跡があると俺に信じさせてくれ」

妾妃をつけて叔父の子どもを生んでもらうと言ったその口で、どうか幸せになれと言うカイル。

愛する男によく似た男は、謎めいた言葉を残し、レオリーノの心をかき乱して去っていった。

部屋に入る前に、ひとつ深呼吸する。

傷つく必要はない。こんな胸の痛みくらい、炎で全身が燃える苦痛に比べれば、なんでもない。グラヴィスと幸せになるための、ささやかな代償を払っただけ。必要な通過儀礼にすぎないのだから。

レオリーノは笑顔を作り、グラヴィスと両親が待つ部屋へ入っていった。

王族との謁見は、レオリーノの心に孤独と秘密を植えつけて終了した。

だが、後戻りはできないし、するつもりもない。子をなさぬ虚しい腹と、誰からも歓迎されなくてもかまわない。

この孤独と秘密の道こそが、愛する男のもとにたどり着く唯一の道だと、レオリーノはすでに気がついていた。

公爵家の夜会へ

レオリーノは、久しぶりに夜会用の正装を身に纏った。

「素晴らしいですよ、レオリーノ様」

フンデルトは胸元の飾り布を整えながら、主の麗しい立ち姿に目を細めた。

「そうかな。ぴったり作ってもらっているから動きにくくはないけど、正装はやっぱり重いね。これは新調したの？」

「それはやはり正装でございますから……いいえ、こちらのお衣装は新調してはございませんよ。もともと王都にいらっしゃるときにマイア様がご用意した服が、まだ何着もございますから」

「そうか。僕、三着くらいしか使ったことないけれど……申し訳ない。母上に散財させてしまったね」

侍従は、その十倍以上の服が、未使用で衣装部屋に眠っていることは言わなかった。

最近は軍服を着る機会もなくなったため、レオリーノは終始ゆったりとした室内着で過ごしている。

そんな生活に慣れていると、身体に合うように仕立てられているものの、正装はやはり重く窮屈だった。レオリーノは衣装そのものの仕上がりよりも、負担なく動けるかどうかばかりが気になる。

マイアはいささか不安げな顔で末息子を見送る。

「よいこと？　お母様はじめご年配の方に囲まれるのは、つまらないかもしれないけれど、とにかく、お兄様とお母様のお傍を離れてはだめよ」

「はい。母上」

相愛の相手を得て輝きを増したレオリーノは、いままで以上に目を惹《ひ》く。生身の人間とは思えない浮世離れした気配はそのままに、よりあざやかに、その存在感を増していた。

マイアはレオリーノが夜会に参加することに、一度は反対した。成年に達した息子の行動を止める権利はないが、末息子を付き添いなしで外出させてはならないと、アウグストから指示を受けていたのだ。

しかし、兄夫婦であるヴィーゼン公爵夫妻が付き添いに名乗り出てくれた。母である前ヴィーゼン公爵夫人も同席するとなれば、誰も迂闊《うかつ》にレオリーノに手を出すことはできない。まさに王族特権だ。

それでマイアは、少しの気晴らしならばと、外出の許可を出したのだ。

「ユリアン様にご挨拶なさったら、お母様とすぐに帰っていらっしゃいね」

「はい。承知しました」

本人からはユリアンと話がしたいと言われており、マイアはそれにも同意した。おそらくレオリーノ本人も、好意を寄せてくれていたユリアンと直接決着をつけたいのだろうと、その思いを理解していた。

母方の伯父であるヴィーゼン公爵の馬車は、すでに玄関前に待っていた。

「お待たせして申し訳ありません。伯父様、伯母様、そしてお祖母様、ごきげんよう」

レオリーノが馬車に乗り込むと、ヴィーゼン公爵夫妻はうっとりとした目で甥を見つめた。末の甥は、とにかく信じられないほど美しい青年だった。

女性的かというとそうでもなく、しかし、男性の生々しさも感じさせない。とにかく、妖精か天使かと見まがうばかりの麗容なのだ。身動きするたびに芳香が香り立つような錯覚さえ覚える。

向かいに座る祖母に向かって、レオリーノはにっこりと微笑んだ。エレオノラも笑顔で応える。

「お祖母様、ご無沙汰しております。本日は同行をお許しいただきありがとうございます」

「レオリーノと一緒に過ごせるのはうれしいわ。今日は、年寄りが面倒をかけてしまうわね」

おっとりとした口調だが、高齢ながらまだまだ頭も足腰もしっかりしている祖母だ。

「僕のほうがこの脚ですから、ご迷惑をおかけしないようにしたいと思います」

「あら、ふふふ、謙虚ね。貴方みたいな美しい子をお友達に紹介できると思ったらうれしいわ」

「どうか今夜はずっと、お祖母様のお傍にいさせてください」

祖母は若い頃の美貌を彷彿《ほうふつ》とさせる、優美な笑みを浮かべた。


エレオノラは真正のお姫様だ。公爵家に降嫁しても『王女殿下』の称号を名乗ることを許されている元王族である。現在のファノーレンの貴族階級においては、最も高貴な女性である。しかし、社交界の中でも最年長といえるほど高齢のため、最近は滅多に夜会に登場することはなかった。

「レオリーノ、マイアから聞いたぞ。王弟殿下と婚約が決まったとか」

「ありがとうございます、伯父上。王宮と議会からの承認をいただいておりませんので、まだ内々にですが」

伯父の祝辞に、レオリーノはほんのりと微笑んだ。

「王弟殿下がおまえに惚れ込むのもわかるぞ。母上もおっしゃったが、我が甥ながらなんという麗しさだ。おまえのその独特の優雅さは、マイアを飛び越えて、むしろ母上譲りなのだろうな」

伯父の惜しみない賛美に、レオリーノは面映《おもは》ゆそうに微笑む。ヴィーゼン公爵は満足そうに頷いた。

「王宮と議会の承認はいつ出るのだ」

「殿下と父上がちょうどいまごろ、王宮で審議に参加なさっておいでです」

「そうか。まあ問題なく審議は通るであろう。正式な祝いは、それを待ってだな。何しろ王族において、同性との婚姻は前代未聞だからな」

「僕が男子であることは、やはり問題になりますか」

「法的には問題はない。だが、前例がない。しかし王弟殿下はこのまま生涯未婚を貫くであろうと思われていた方であるし、この際伴侶が同性でもかまわないと、議会が判断するかどうかだな」

やはり覚悟をしていた以上に、王族が同性と婚姻することには障壁があるのだろう。


「しかし、王弟殿下がお決めになったことだ。さらにブルングウルト辺境伯であるアウグストが了承したとなれば、議会に文句を言える者はおらんだろう。すでに国王陛下の許可はいただいたのであろう?」

「はい。一昨日《おととい》王宮で謁見をいたしまして、内々にお許しをいただきました」

エレオノラがにっこりと笑う。

「それはよかったわね。陛下からご許可が下りているならば問題ないわ」

「お祖母様、ありがとうございます」

ヴィーゼン公爵も、甥を励ますように笑みを浮かべた。


「もちろん私も応援するぞ。性別はさておき、我が国におまえを超える血筋の姫は、そうそうおらん。なにせブルングウルトと我がヴィーゼンの血筋だ。おまえの祖母は王族でもある。おまえが女子であれば、カイル王太子の正妃か、他国の正妃に望まれてもおかしくないのだぞ」

「血筋……でも僕は男子ですから、あまりそういうことは関係ないと思います」

レオリーノは王太后の言葉を思い出していた。

レオリーノが男子であることで、彼女から『絶望』と呼ばれたことを。


ポツリと、内心の思いがこぼれてしまう。

「婚姻などせずとも、本当に、ただ閣下のお傍にいられるならば、どんな立場でもよかったのです」

ヴィーゼン公爵夫妻はその言葉に無言になる。エレオノラだけは、穏やかな笑顔のままだ。

「あらあら。レオリーノ……貴方、グラヴィス殿下のことを本当にお慕いしているのね」

「はい。心から」

それだけは自信がある。レオリーノが小さく微笑んで祖母に答えると、エレオノラもニコニコと鷹揚《おうよう》に、孫息子の純情を受け止めた。


ヴィーゼン公爵は二人を感心して眺めていた。

エレオノラとレオリーノだけは、親族の中でも本当に特別な存在だ。血筋でいえば、カシューの上の兄達も同じだ。だが、微笑むだけで光がこぼれ落ちるような、なんとも浮世離れした雰囲気を持つこの二人は、『血』が持つ特別さを感じさせずにはおれない。

「レオリーノ……おまえを見ていると、なるべくして王族になるという感じだな。たとえ反対する人間がいたとしても、おまえを一目見れば、何も言えなくなるだろう」

「……そうでしょうか?」


レオリーノ自身は、伯父の言っていることがピンと来ない。自分でも貴族らしからぬ自覚はある。国王や王太后のあの高貴な振る舞いを思い出せば、自分が王族にふさわしいとも思えない。


「ふふ、想いを寄せたら一直線なところは、マイアにそっくりだと思わないこと? ねえ、マリウス」

母親に話を振られた公爵も、その言葉には苦笑した。アウグストと結婚したいと主張した妹の、当時の猪突猛進な様子を思い出したのだ。

「並みいる求婚者にまったく興味を示さないと思ったら、突然十近く年上の男と相愛になりましたと言って、連れてきたのがブルングウルト辺境伯だからな。あれほど家族を驚かせたことはない」

「そういえば、レオリーノ。レーベン公爵家に行くのはその、少し気まずいのではなくて?」

それまで黙って話を聞いていた公爵夫人が、心配そうに聞く。

ユリアンのことを言いたいのだろう。

「こら、王弟殿下との婚約が決まろうかというのに、めでたい話に水を差すのはやめなさい」

「まあ、ごめんなさい。それもそうね」

公爵が夫人をたしなめた。

「いいえ、伯母上、かまいません」

たしかにユリアンに会うのは気まずい。

レオリーノ自身はとっくにユリアンの求婚の話はなかったことになったと思っていた。しかし実際には、しばらく保留にされていたことを、レオリーノはマイアからすでに聞かされていた。

そうであったのならば、ユリアンのあの親しげな態度も頷ける。レオリーノ側にも責任はあるのだ。

だからこそ、ユリアンにはきちんと謝罪をしなくては、そう思っていた。

「たしかにユリアン様から求婚のお申し出をいただいていました。父上から正式にお断りを入れてもらいましたが……僕からも、きちんと謝罪をお伝えしたいと思っています」

「前向きに考えてみれば、レーベン公爵は、嫡男が同性婚を選ばずに安堵をしているかもしれんぞ」

公爵の言葉に、夫人も頷く。

「もともとはラガレア侯爵のお口利きだったのかしら。であれば、彼も残念でしょうけど、公爵家にとっては跡継ぎの問題が回避できたわね」

伯母の言葉を、レオリーノは目を伏せたまま、否定も肯定もしなかった。

「ああ、彼はアウグストとはかなり親しいからな。姪《めい》だけではなくできれば甥も、カシュー家と縁を繋ぎたかったのかもしれん」

レオリーノは悲しそうな表情をつくる。

「ラガレア侯爵の顔に泥を塗るような真似《まね》をしてしまったでしょうか？」

この機会に、少しでもラガレア侯爵の話が聞きたかった。

「ラガレア侯爵ね、あの方も王家に複雑な思いを抱いているでしょうから。お気に入りのレオリーノを王家に奪われたとあってはね」

エレオノラの言葉に、レオリーノはハッと顔を上げる。

「……お祖母様、それはどういう……」


そのとき、大きく馬車が揺らいで止まった。

「ああ、着いたぞ。レオリーノ、お祖母様をエスコートしなさい」

「は、はい。伯父様」

外側から馬車の扉が開けられると、まず公爵が下りて、夫人が下車するのに手を貸した。

次はレオリーノがエレオノラをエスコートする番だ。足を滑らせないように慎重に馬車から下りる。

レオリーノが姿を現すと、周囲にさざなみのように歓声が広がる。エレオノラはにっこりと笑い、レオリーノの手を借りてゆっくりと馬車を下りた。

ゆっくりと歩き出しながら、レオリーノは祖母の耳元に唇を寄せて囁いた。

「あの……お祖母様、先程おっしゃっていたのは、どういう意味ですか？」

「なんのことかしら」

「ラガレア侯爵のことです。王家に複雑な思いを抱いていると……」

エレオノラは優雅に扇で口元を隠した。

「そうね。きっとお母様のことで思うところがあるでしょうに、彼は長年、よくこの国に仕えてくれているわね。できた人物だこと」

「ラガレア侯爵のお母様……？」

意味がわからない。どういうことだろうか？

「ラガレア侯爵の母上のことならば、領地の近くの下級貴族だと」

「あら、いいえ……どうしてそんな話に」

「そうではないのですか」

「まあ、もう七十年近く前の話ですものね。その当時のことを知っている者もほとんどいないでしょうから。でも、ちゃんとしたお血筋の方なのに、母親が下級貴族と誤解されるのは可哀想《かわいそう》ですよ」

その言葉に、エドガル・ヨルクの家に勤めていた家政婦の証言から推測したことを思い出す。

エドガルの母は、ラガレアの領地で産婆見習いをしていた。そのときに高貴な人物のお産を手伝った報酬で、王都に出て豊かな暮らしをしていたのではないかと。

人々に遠巻きにされているのをいいことに、レオリーノはなるべくゆっくりと歩いて、祖母との会話を長引かせようとした。

エレオノラがいるせいか、歩みを進めるたびに、招待客が次々に頭を垂れて道を空ける。

（平常心で……誰にもあやしまれないように）

祖母に顔を寄せて、小さな声で尋ねる。

「ラガレア侯爵の母上はどなたなのです。そして、なぜ侯爵は王家に複雑な思いを抱いていると？」

エレオノラは不思議そうにレオリーノを見上げる。扇で口元を隠しながら首をかしげた。

「どうしたの？　ずいぶんと昔のことを知りたがるのね」

「……ブルーノおじさまのことで記憶違いがあっては失礼ですから。それに、王家に複雑な思いを抱いているとあっては、僕もそれを把握しておかねば」

「まあ、もう王族になる決意が芽生えているのね。健気なこと」

エレオノラは少女のように無邪気に笑う。レオリーノは祖母が答えてくれるのを、辛抱強く待った。

「ラガレア侯爵の母上は、ファノーレンの貴族ではないはずよ」

「？　外国の方だということですか？」

「ええ。あのね、むかしカロリーヌ様が、兄上の所業を嘆いてらっしゃったの」

「カロリーヌ様とは？」


まもなく入口に到着する。そこにはレーベン公爵と挨拶するための列ができ、人が密集していた。

早く聞き出さなくてはと、レオリーノは焦る。

「カロリーヌ様は兄王の正妃だった御方よ。兄上は清廉潔白ではなくて……むしろ、どちらかというと、色欲の強い方だったわ」

優美な手をひらめかせながら、エレオノラは眉を顰めた。エレオノラの兄、即ちファノーレンの先々代の国王タイロンである。

「正妃であるカロリーヌ様以外にも、後宮にたくさんの妾妃を抱えていたの。王家の恥ずかしいところね。家族としては褒められたものではなかったわ」

「……タイロン前々国王陛下の後宮と、ブルーノおじさまとどんな関係が？」

祖母の兄である前々国王の後宮が、ラガレア侯爵の話とどう結びつくのか。祖母の話の飛躍に、レオリーノはいまいちついていけない。

しかし、次の瞬間、レオリーノは祖母の言葉に衝撃を受けた。


「だからね。兄上の後宮に集められた、どこかの小国のお姫様が、当時のラガレア侯爵に下賜されたの」

「……っ」

思わず足が止まる。

祖母の不思議そうな表情に気がついて、レオリーノはあわてて再び歩き出した。

「……お祖母様、それはまことですか？　その姫君のことはご存じで？」

「いいえ。私はまだ幼かったから、その姫のことはあまりよく知らないわ。でもカロリーヌ様から聞いたの。他国から呼び寄せておいて、すぐに王家から遠いところに追いやったのですって」

「では……では、その姫君が」

――ああ、挨拶の列にたどり着いてしまう。

レオリーノは祖母を見つめた。エレオノラが自分によく似た孫息子を見上げて微笑む。

「ええ、その姫君が前ラガレア侯爵と離縁していないのならば、その方がラガレア侯爵の母上なのではないかしら」

「エレオノラ王女殿下、ようこそお越しくださいました」

エレオノラとレオリーノが公爵家の入口に到着すると、潮が引くように挨拶の列が割れて、二人に道を譲った。エレオノラは慣れた様子で、ゆっくりと進み出る。一列に並んだレーベン公爵家の人達が、深々と王族に対する最敬礼を取った。

「お招きありがとう、レーベン公爵。今日は孫息子を連れてまいりましたよ」

最初に顔を上げたのは、ユリアンの父レーベン公爵だ。レオリーノはなるべく落ち着いて優雅に見えるように、レーベン公爵に対して礼を取った。

「レーベン公爵、今夜はお招きいただきありがとうございます」

「……よくぞ来てくれた、レオリーノ君。今日も、この世のものとも思えないほど麗しい。我が家の夜会を、どうか楽しんでおくれ」

レオリーノは感謝の笑みで応える。

先程の祖母の話をきちんと考えたかったが、ひとまず後回しにした。

次にレオリーノの前に進み出たのは、若々しく優雅な貴公子だった。

「レオリーノ、我が家へようこそ」

「……ユリアン様、お招きありがとうございます」

ユリアンは、レオリーノの手を持ち上げると、まるで女性に対するように、その手に唇を寄せた。

レオリーノは少し表情を固くする。

「あらあら……困ったことね」

エレオノラが苦笑する。

レーベン公爵が控えなさい、と息子に注意する。

公爵家には、すでにグラヴィスとの婚約の話は伝わっているはずだ。にもかかわらず、このユリアンの親密な態度はなんだろう。

ユリアンはどこかうつろな、思いつめた表情で囁いた。

「レオリーノ……君とずっと、話がしたかった」

婚姻の審議

レーベン公爵家の夜会と同日、執政宮では、グラヴィスとレオリーノの婚姻に関する審議が開催されていた。

かなり遅い時間からの開始となったのは、急遽《きゅうきょ》フランクル王国からの使者に謁見を申し込まれ、外事宮の長でもあるグラヴィスと宰相ギンターが対応したせいだ。

当事者であるグラヴィスと、そしてその伴侶となるレオリーノの生家の当主であるアウグストが、審議に参加する。

審議者として、王族を代表して国王ヨアヒムと王太子カイル、議会を代表して五人の貴族達、そして王宮の官僚からは、内政長官であるラガレア侯爵と宰相ギンター、国教を司《つかさど》る神祇《じんぎ》宮の長、法を司る大審宮の長が参加していた。

王族の婚姻は、三者から承認と同意を得る必要がある。

一つめは、王族を代表する国王の承認である。基本的に絶対王政のファノーレンでは、国王の裁可が下れば、ほぼ承認されたに等しい。

二つめは議会の承認だ。

なぜ絶対王政を敷く国家において、王族の婚姻が議会の承認を必要としているか。それはひとえに、内政の安定のためだ。国内の権力が一部の貴族に偏ることを防ぐために、王族と貴族の婚姻に、形式的に抑止力があてがわれている状態なのである。

三つめは、王宮の官僚からの同意だ。法律上は王宮の承認は必要ないが、現実はこの王宮の意見が、かなり国王の最終承認に影響する。

王族の結婚が、あくまで国政における重要な政策の一環と位置づけられているためだ。

口火を切ったのは、審議の場を仕切る宰相ギンターだった。

「此度のグラヴィス・アードルフ・ファノーレン王弟殿下と、ブルングウルト辺境伯が四男レオリーノ・ウィオラ・マイアン・カシューの婚姻について、まずは国王陛下のご裁可を仰ぎたく」

国王ヨアヒムは淡々と許可した。

「王家は、我が弟とブルングウルト辺境伯の息子との婚姻の申し出を承認する」

「陛下よ、感謝します」

グラヴィスは表情を変えずに頭を下げた。

宰相ギンターは頷くと、次に議会の代表であるハウフマン侯爵に話を振った。

「議会の承認はいかがか」

議会の代表であるハウフマン侯爵は、どこかためらいがちな顔で頷いた。グラヴィスにじっと見つめられると、途端に額にじんわりと汗を浮かべる。

次に侯爵は、老境に差し掛かってもなお逞しいブルングウルト辺境伯をおそるおそる見る。

「まずは陛下のご裁可を尊重いたします。そのうえで、我ら議会もグラヴィス王弟殿下のこの度のご婚姻の申し出を承認いたします」
ハウフマン侯爵の言葉に、アウグストは重々しく頷いた。これでファノーレンの国法のもとでは、グラヴィスとレオリーノの婚姻が承認された。

もともとファノーレンは同性婚を国法で認めており、禁忌ではない。一方で、貴族階級においては家督を継ぐのは男子のみと定められている。そのため貴族階級の男子——とくに長子は跡継ぎをつくる必要があることから、同性婚を選択することはない。

それにしても、一生独身であろうと思われた王弟が、突然伴侶を娶ると言い出したことで、議会は大いに驚いた。しかもその相手が、成年を迎えたばかりの青年で、いまや王国一の美貌と名高いカシュー家の末子だというのだ。

この国政の中枢にいる男達は、ファノーレン王家とカシュー家の、連綿と続く血の絆を知っている。そのため当初は、なんらかの政治的な配慮があったのではと憶測された。当代にそれぞれ適当な年頃の男女がいなかったため、美貌と名高いレオリーノが、王弟に差し出されたのではないかと。
仮にレオリーノを女性に置き換えてみても、この国に、未婚で彼以上の血筋を持つ姫はいないからだ。

同性であるということは、跡継ぎが望めないということである。それが最大にして唯一の問題だったが、そもそも終生独身を貫くと思われていた王弟である。
それにレオリーノをカシュー家の『外』に出しても良いと当主が公表したも同然のいま、貴重な血筋を王族以外の貴族が手に入れ、権力の均衡が崩れることを、むしろ議会は恐れていた。
そういった様々な角度から検討し、また事前に内々に陛下の意向を探って、議会は二人の婚姻を承認したのだった。

「皆様、王弟殿下の婚姻について議会の承認も下りました」

ギンターが書類の準備をはじめる。具体的な手続きとしては、公的な書類に国王と議会がそれぞれサインをすれば、正式に婚約が成立する。

「最後に我が国の慣例として、王宮の意見を問うものとする。ラガレア侯爵、王宮の官僚を代表していかがだろうか?」

ギンターはそう言って、長らくこの国の内政長官の座に就いている老練の政治家に視線を送る。

——来たな。

はたして何を言ってくるかと、グラヴィスはラガレア侯爵を、それとなく観察していた。

さすがにこれほど大人数の前で、《力》を使うようなことを仕掛けてくることはないだろうと思うが、けして油断できない。その《力》がどのようなかたちで発揮されるのか、レオリーノの記憶だけでは、まだよくわからないところもあるのだ。

わずかでも《力》を発動させる様子を見逃すまいと、グラヴィスはゆったりとした表情を保ちつつも、腹に力を込めた。アウグストも同様である。

しかし、ラガレア侯爵の言葉は、アウグストとグラヴィスにとっては拍子抜けなものだった。

「内政宮としては、とくに王弟殿下のお申し出に反対することもございません。神祇長官、大審長官、いかがだろうか」

ラガレア侯爵の穏やかな笑顔に裏は感じられない。アウグストはつい首をかしげて、親友であった男をまじまじと見つめていた。

「なんだ、アウグスト。私の甥がレオリーノ殿と婚約しかけていたからといって、王弟殿下の御心を退けてまでその約束が叶うものではないことは、儂も理解しているぞ」

　その言葉に、議会や王宮側の参加者はざわめいた。

「ラガレア侯爵の甥といえば、レーベン公爵家の……」

「では、ユリアン殿が男子に夢中になっているという、あの噂《うわさ》はまことだったのか」


（……なるほど、そう来たか）


　これは、ラガレア侯爵の確信犯的な発言だ。

　ユリアンもまた、この国では最高位の公爵家の跡継ぎだ。レオリーノは男子だけに、貞操云々《うんぬん》と直接言われることはないだろうが、それでも王族の伴侶となる人物には貞節が求められる。

　ラガレア侯爵は裏がないように振る舞う一方で、レオリーノが……ひいてはカシュー家が、王弟と公爵家子息の両方を手玉に取り、どちらを選ぶか天秤《てんびん》にかけていたという印象を、周囲に与えようとしているのかもしれない。

　実際に貴族達は、ラガレア侯爵の言葉によって疑惑を持ちはじめている。レオリーノの人物像がほとんど知られていないのも災いしていた。


　グラヴィスは腹の底で静かに怒りが沸き起こるのを感じながらも、それを押し殺してどう応えるべきかと考えていた。

　そのとき、それまで静観していた王太子カイルが口を挟む。

「わかるぞ。実は俺も、あの美貌に目が眩《くら》んで、レオリーノに求婚したことがある」

「なっ……なんですと？」

「王太子、それはまことですか」

　カイルは面白そうに、その発言に狼狽《うろた》える周囲を見回す。グラヴィスは甥が何を言いはじめたのかと、しばらく様子を見ることにした。

「おまえたちもあの成年の誓いの夜会で、レオリーノを見ただろう。あの美貌を見て欲しがらない男がいるか？　それはもう枯れた男であって、男ではない。これまで異性愛者だと思っていた俺でさえ、思わずよろめいてしまうほどの類稀なる美貌だ。その手の噂を信じればきりがないぞ」

男達は脳裏にレオリーノの美貌を思い浮かべ、さもありなんとばかりに頷いた。

「当然ユリアン・ミュンスターも、あの美貌に一目惚れしたのに違いなかろう……まあ、レオリーノ本人は純真すぎて、俺にコナをかけられたことさえわかっていなかったが。案外そういったところではないのか」

グラヴィスはわずかに口角を引き上げた。

カイルは自分をダシにすることで、レオリーノの名誉を守ろうとしてくれたのだ。

「本人と話をしたが、王都も初めての、辺境育ちの純粋無垢な子だ。あれほど麗しい天使が、我が国の英雄である叔父上の伴侶となるのだ。邪推で水を差すのは、貴殿達の良識を疑われかねんぞ」

ラガレア侯爵が苦笑した。

「王太子殿下よ、私の発言にも他意はありませぬ。ただ、我が甥が残念がるだろうと思っただけです。皆様方、誤解をさせたならばすまなかった」

ラガレア侯爵は先程の発言を謝罪した。それで議員達は落ち着く。

アウグストもいかにも申し訳なさそうな顔をつくり、ラガレア侯爵に詫びる。

「ユリアン殿の求愛には、どうやらレオリーノが幼すぎて気がつかなかったようだ。あいすまぬ」

「なに。甥にとっては、良い勉強であっただろうよ」

老練の男達は笑みを浮かべて視線を交わしあう。

ギンターが重ねてラガレア侯爵に問う。

「それでは、王宮も今回のグラヴィス殿下の婚姻について異論はないということで、よろしいですな？」

三人の長官が頷いた。ギンターはそれを確認すると、背後の副官に用意させていた書類を手に取り、国王に手渡す。

「陛下、それではこちらにご署名を」

そう言って筆を差し出す。国王が頷いて筆を取り、まさに署名しようとしたそのときだった。

「父上。最後に俺にも意見を言わせていただきたい」

おもむろに王太子が手を挙げた。

周囲がざわつく。

「カイル。申してみよ」

ヨアヒムは顔を上げると息子に発言を許した。

「叔父上のレオリーノとの婚姻には賛成です。とはいえ、これまで王族が同性と婚姻したためしはない。可愛いレオリーノを叔父上の王弟配として認めるが、跡継ぎの問題のためにも、叔父上が女性の妾妃を娶ることを条件としてはどうか」

王太子の発言に、その場の全員が驚いた。

グラヴィスは眉間に深く皺を寄せ、アウグストは憤慨してガバリと立ち上がった。

「……カイル。俺は終生、レオリーノ以外に誰かを娶るつもりはない」

冷え冷えと怒りをあらわにするグラヴィスの様子に周囲が凍る中、実の父親以上に叔父によく似た甥である王太子は、その怒りを平然と受けとめていた。

国王ヨアヒムが、息子に穏やかな声で質問する。

「カイル、発言の意図を説明してみよ」

「はい、陛下。我が国の直系の王族の男子の数が先細りしている現状を、俺は嘆いております。四代前から枝分かれた王族は存在する。だが、曽祖父《そうそふ》王の代から、王家の直系に生まれた男子は、一人か二人だけ。しかも叔父上はこれまで独身、残る直系の男子は俺だけです。これでは不安になりませぬか」

「おまえの言うとおりだ。祖父王の代から、ファノーレンに、直系男子はきわめて少ない」

カイルは怒りを滾《たぎ》らせる叔父を見つめた。

「叔父上は、我らの血筋の危機を真剣に捉《とら》えておられないとみえる。だからこそ、幸せに水を差すようだが、あえて申し上げた」

グラヴィスはその提案を一蹴する。

「却下だ。もう一度言う。妾妃を娶ることはない。レオリーノを王族に取り込むだけでも、おまえ達は俺に感謝をすべきだ。レオリーノを伴侶にすることが不可能ならば、誰とも婚姻することはない」

よく似た叔父と甥が、しばし睨み合う。

そのとき、辺境伯アウグストが重々しい声で口を開いた。


「王太子、ブルングウルトに野心はない。当然レオリーノを王弟殿下に嫁がせるのは、二人の気持ち、我が息子の希望があってこそだ。そうでなければ、『カシュー』の名を持つだけで、あの子の幸せは充分約束されるというのに、わざわざ苦労することがわかっている王家に差し出すことなどいたしません」

その言葉に、議会はざわつく。

「ブルングウルト辺境伯、何が言いたいのだ」

「我らブルングウルトを、あまり軽く見ないでいただきたい、と申し上げておる」

アウグストは、自分の息子とほぼ同世代の王太子を、静かに恫喝《どうかつ》した。北の男らしい巌のような肉体が、ムクリと覇気で膨れ上がる。

グラヴィスは、とりあえずその場を、未来の義父にまかせることにした。

「殿下がおっしゃる直系王家の男子としての義務もわかるが、それは我々には関係ない」

その言葉に、カイルもさすがに真顔になった。

ブルングウルトの領主が、初めて王族の前で、チラリとその本気を見せたのだ。

「我が息子を唯一と思《おぼ》し召《め》して、終生我が子の立場を尊重するという誠意を、王弟殿下がお示しくださったからこそ、この審議が成立している。王弟殿下のご意志に背いてまで、我が息子を甘んじて苦悩の道に歩ませるような提案を、儂のいるこの場でおっしゃる意味をよくよくお考えになられよ」

いつでもこの国を離れてもかまわない、ブルングウルトにはその力があると、アウグストは言外にファノーレン王家を脅したのだ。


審議の場は、シンと冷え込んだ。

アウグストの怒気は本物だ。

グラヴィスは、これ以上は両家のあいだに軋轢《あつれき》を生むと判断して、義父となる男の後に話を続けた。

「カイル。王家の血を継ぐ義務もわかっている。わかっているが、すまない。それだけは応じることはできない。俺は終生、レオリーノ以外の伴侶を持つことはない……たとえこの先、レオリーノに何があろうともだ。そうだな……ギンター、その旨をその書面に書き加えろ」

「しかし、王弟殿下」

ギンターはわずかに狼狽を見せた。

「そうでなければ、辺境伯が納得しないだろう。俺も将来の義父に激怒され、愛しい伴侶が我が手に来ないのはごめんだ。さ、書き加えろ」

ギンターは国王の意向を視線で問う。国王ヨアヒムは鷹揚に頷いた。

「ギンターよ、グラヴィスの言うとおりにせよ。その一文を書き加えてかまわない」

「……は、承知いたしました」

ギンターは条文の末尾にさらさらと一文を書き加え、グラヴィスに提示する。グラヴィスはそれを一読して頷いた。

「それでいい」

その瞬間、カイルはお手上げとばかりに両手を上げた。

「…………ああ、やはりだめだったか。これで、俺の唯一にして最大の懸念も解消されるかと思ったのに。むしろ、永遠にその機会を失ってしまったか。しくじったな」

「おまえの負けだ、カイル。おまえではまだ辺境伯には敵《かな》わん」

王太子のぼやきに、国王ヨアヒムは小さく笑った。

カイルは父王を振り返ると、ふぅと溜息をついて肩をすくめた。

「俺の懸念も真剣なのです、父上。俺達は、王家の正当な血筋を継がなくてはならない」

国王と王太子がしばし見つめ合う。やがて国王が溜息をついた。

「カイル……おまえの嗜好《しこう》は同性には向いておらんだろう。おまえが早く結婚して、世継ぎと、その予備をたくさんつくればいいのだ」

「ああ、それを言われるから嫌だったのですよ」

カイルは顔を歪ませる。

「辺境伯。ファノーレンは、カシュー家から我が王家に貰い受ける末息子の立場を尊重すると誓おう。それでよいか？」

国王自らが詫びの代わりに、アウグストを慮《おもんぱか》る。

その言葉に再び議会の代表達はざわついた。国王が、カシュー家に妥協したのだ。

アウグストはその場で国王に礼を取った。

「陛下御自らのお言葉、恐悦至極でございます。このご高配を賜ったことは、我が家も忘れますまい」

アウグストは王太子が持ち出した話を不問にした。

それが王家との手打ちとなり、ブルングウルトのレオリーノ・カシューの婚姻の審議は無事に終わった。

グラヴィスはアウグストに感謝した。

「舅殿よ。感謝する」

「ふ、殿下の実家を脅しておきながら、感謝されるとは……なに、可愛い末息子のためです。あの子自身は戦う力を持たんからな。父からの、せめてもの結婚祝いです」

あそこでアウグストに実家の力を誇示し、牽制《けんせい》してもらうことで、王家はもとより、議会や王宮にも、レオリーノの価値を認識させることができた。国王がブルングウルト辺境伯を慮った状況を見せられただけでもよかった。

これでレオリーノが王弟配となっても、議会や貴族達が、同性だからといってレオリーノを軽んじることはないだろう。

すると、ラガレア侯爵が二人のもとに近づいてきた。二人は静かに緊張したが、そこは百戦錬磨の男達である。なにくわぬ顔で老貴族を迎えた。

「ラガレア侯爵。レオリーノのことは、まことにすまなかった。ユリアン殿には悪いことをした」

白髪《しらが》に薄茶色の目の穏やかな老人は、なんとも推し量りがたい表情を浮かべている。

「いや、これはもう自然の成り行きだと諦めておる。我が甥の魅力も、王弟殿下には敵わなかったということだ」

穏やかに苦笑するその様子は、アウグストにとってはいまだに、昔ながらの親友そのものだ。しかし、これは男達の騙し合いなのだ。

「そういえば、レオリーノは、今夜義兄の夜会に出席しているのだろう。いまごろユリアンと会って、何を話しておるのだろうな」

その言葉に、グラヴィスとアウグストは目を見合わせた。

不穏な誤解

ユリアンにあとで、と小さく囁かれる。

レオリーノ達は、深々とした礼に見送られながら、会場に足を踏み入れた。

ユリアンのこともとても気になっていたが、何よりも祖母が教えてくれた衝撃的な話で、レオリーノの頭の中はいっぱいになっていた。

だが、いまは夜会に集中だと、レオリーノは考えることをやめた。ただでさえこういった場には慣れていないのだ。粗相をして、祖母や伯父夫妻に迷惑をかけるわけにはいかない。

エレオノラの傍にいるのは、とても気が楽だ。エレオノラから話しかけないかぎり、この会場で最も格上の存在である彼女には、誰も声をかけられないからだ。

ヴィーゼン公爵夫妻は、すでにそれぞれ別々の場所で数人と会話していた。会場の奥を視線で示される。そこに祖母を案内しろという意味だ。

ヴィーゼン公爵もわかっていた。美しすぎる甥を夜会で一人にするのは心配だが、エレオノラの傍においておけば安心だ。エレオノラも美しい孫を見せびらかすことができて、さぞや満足だろう。

会場奥の壁際には、休憩用の椅子が並べられている。エレオノラは早々とそこに腰掛けた。

エレオノラが長椅子に腰掛けると、すぐさま数人の高齢の夫人達が集まってきた。エレオノラの前で深々と礼を取ると、声をかけられるのを待っている。

祖母は微笑みを浮かべて、彼女達を出迎えた。親しい友人達なのだろう。

「みなさま。顔を上げてくださいな」

エレオノラに許しを得たのをきっかけに顔を上げると、夫人達はとてもうれしそうに、レオリーノとエレオノラの周囲を取り囲んだ。

エレオノラよりは年下のようだが、いずれも母親よりも高齢の女性達である。社交に馴染みのないレオリーノには、誰が誰なのか、さっぱり見当もつかない。

レオリーノはおとなしく祖母に寄り添い、黙って笑みを浮かべていた。感情がそのまま顔に出てしまわないよう、マイアから厳しく指導されたとおりに気合を入れて、外向きの表情をつくる。

「みなさまにお会いできてうれしいわ。足を運んで良かったこと」

「私達も、エレオノラ様にお会いできてうれしゅうございます」

「最近はお目にかかれなくて残念でしたわ」

さすがに祖母の友人達だ。レオリーノの美貌を間近に見ても落ち着いているが、やはり感嘆と好奇の目でチラチラと視線を送ってくる。レオリーノがその視線に応えるように微笑むと、夫人達はまるで少女のように小さく歓声を上げた。

「エレオノラ様、どうか我々に、そちらの麗しいお孫様をご紹介してくださいな」

エレオノラは、孫の美貌に驚嘆している友人達の様子に、うれしそうな笑みを浮かべた。

「マイアの末息子のレオリーノよ。レオリーノ、皆様にご挨拶しなさい」

エレオノラは一人ずつ紹介してくれた。いずれも家名だけは聞いたことのある、高位貴族の夫人だ。

「ブルングウルト辺境伯アウグスト・カシューの四男、レオリーノ・カシューと申します。どうぞお見知りおきください」

レオリーノがすっと首を伸ばして礼を取ると、夫人達はいっせいに感嘆の溜息をつく。

「男の方にこう申し上げるのは、失礼かもしれないけれど、レオリーノ様の美貌は奇跡ですわね」

「素晴らしいお孫様をお持ちですこと」

高齢の夫人達に手放しで容貌を称賛され、どうにも面映《おもは》ゆい。

祖母や母のほうがよほど繊細で美しいと思うのだが、二人によく似た顔が男の身体に乗っているのがめずらしいのだろう。

「マイア様にもよく似ておいでですが、その御髪《おぐし》と雰囲気は、エレオノラ様から引き継がれたのね」

エレオノラはその言葉にうれしそうに微笑んだ。

「アウグストには悪いけれど、この子は完全にヴィーゼンのほうの血が出たわね。ブルングヴウルトは濃い色の髪に、青緑色の目ですからね。この子の髪の色は私譲りで、菫色の目は亡くなった夫譲りなのよ。夫の瞳のほうがマイアに似て、もう少し青みがかっているけれど」

エレオノラの言葉に、老婦人方はまぁ、と感嘆の声を上げる。無邪気な老婦人達の会話はたわいもなく、いっそ少女のそれのようである。

そうこうしているあいだに、音楽が鳴り、夜会は盛り上がっていく。

「レオリーノ、私はここでお友達と過ごしているから大丈夫よ。少しばかり夜会を楽しんでいらっしゃいな」

「はい、お祖母様。でも……」

レオリーノは会場を見渡して、困ったように首をかしげた。楽しむもなにも、会場にいる知り合いといえば、レーベン公爵夫妻とユリアン、そして伯父夫婦くらいなのだ。

防衛宮で見かけた顔もちらほらいるような気もするが、正式に紹介されたわけでもない人間に、話しかける勇気もない。

それに会場のあちこちから、男女問わず熱っぽい視線を感じる。

成年の誓いのときと同じだ。よこしまというほどではないが、あからさまな興味と、うっすらと欲望の滲むその視線に、レオリーノの防衛本能が働く。

「お祖母様、それならばお飲み物を取ってまいりましょうか」

「あら、いいえ。まだ結構よ」

却下されてしまった。

（うう、どうしようかな……）

そのとき、レオリーノの目に、極めて大柄の男の姿が飛び込んできた。会場を堂々たる態度で歩く様子はまるで獅子のようだ。

「……ルーカス」

レオリーノがびっくりしていると、男もその視線に気づいたのか、こちらに顔を向ける。レオリーノを見つけて、ルーカスはひどく驚いていた。

なぜか眉間に皺を寄せ、険しい表情を浮かべると、人混みを縫ってずんずんとこちらに近づいてくる。

ルーカスは通常用の軍服ではなく、格の高い礼装となる軍服を着用している。どこか剣呑《けんのん》な気配を纏った、とにかく迫力のある偉丈夫だ。

「ル……ブラント副将軍閣下、ごきげんよう」

レオリーノは知った顔に会えて喜んだ。その笑顔に、またもや周囲から溜息が漏れ聞こえる。

一方のルーカスは、厳しい顔だ。

「レオリーノ、なぜここに」

「はい。お祖母様の随伴で……あ、お祖母様」

エレオノラが座ったまま、ルーカスをじっと見つめていた。レオリーノがあわてて紹介しようとするが、その前にエレオノラがルーカスに声をかけた。

「初めてお会いするかしら」

ルーカスがすっと膝をつき、王族に対するように最上級の礼を取る。

「お初にお目にかかります。ルーカス・ブラントと申します。王国軍の副将軍を拝命しております」

「ああ、グラヴィス殿下のところの……ブラント家ということは、ヘクスター伯爵家のご出身ね」

「はい。いまは兄が爵位を継いでおります」

「ああ。貴方のお父様とは親しくしていましたよ。もうお亡くなりになって何年経《た》つかしら。残念でしたこと」

「ご厚情いたみいります」

ルーカスが正しく貴族的な振る舞いをしているところを、初めて目の当たりにした。

記憶にもないその光景を、レオリーノはただ目を丸くして見つめていた。


「エレオノラ王女殿下……失礼ですが、レオリーノ殿を少しお借りしても？」

「よいでしょう。レオリーノ。せっかくだから楽しんできなさい」

「はい……では、お祖母様。すぐに戻ります」

エレオノラは孫に雰囲気のよく似た笑みを浮かべて、ルーカスに孫を託した。


「ブラント副将軍、この子は世間知らずですから、くれぐれも頼みましたよ」

「御心のままに」

そのおっとりとした笑顔に込められた言外の命令を正しく理解したルーカスは、深々と頭を下げる。

さっと立ち上がると、レオリーノの腰に手を回した。

「さあ、レオリーノ。少し会場を回ってみるか」

レオリーノはびっくりしておどおどしてしまう。

「はい。ブラント副将軍閣下。お祖母様、それでは少し御前を失礼いたします」


レオリーノが会場を移動しはじめると、周囲がざわついた。しかし、強面《こわもて》のルーカスが防波堤となり、レオリーノに声をかけてくる人間はいない。

ルーカスはさりげなくレオリーノを目立たない場所に誘導しながら、周囲に聞かれない程度にひそめた声で話しかける。

「……おまえを見つけたときは、本当に驚いたぞ」

「僕もです。どうしてこちらの夜会へ？」

「ああ……領地に引きこもっている兄に代わって親交を深めるためだ。レーベン公爵も無類の馬好きでな。兄の領地産の馬を何頭か所有してくださっていて、我が家と親交が深いんだ。たまには家のために義務を果たさなくてはならん」

そういえば、ルーカスとユリアンと三人で会ったのも馬の競り会場だった。

レオリーノは、あの美しい芦毛《あしげ》の若駒を思い出す。

「アマンセラは元気ですか？　結局どなたのものになったのですか」

「誰のものにも。結局俺が買った。生半可な買い手にやるには惜しい馬だからな。今度会わせてやろう」

「それはとてもうれしいです」

そういえば、と、先程のルーカスの洗練された振る舞いを思い出した。

「ルーカスがあんなに貴族らしく振る舞えるなんて知りませんでした」

レオリーノがにっこりと笑う。しかしルーカスは反対に、思いきり渋面を浮かべた。

「何を呑気《のんき》なことを言ってるんだ」

「呑気？」

「どうして夜会に参加しているんだ。殿下にこの夜会に来ることは伝えているのか？　あの生意気な護衛役のヨセフはどうした」

レオリーノは立て続けに聞かれてびっくりする。グラヴィスもそうだが、ルーカスを間近で見上げると、目線を合わせるのが大変だ。

「……その様子では、殿下に報告していないな」

レオリーノはそのとき、肝心なことを失念していることに気がついた。

「わ、わかりません」

「わからない？　どういうことだ」

「あの……家人が殿下にお伝えしているのかを把握

しておりません」

レオリーノは反省のあまり、深々とうつむく。

「馬鹿者が……呑気にもほどがある」

ルーカスから呆れ声で叱《しか》られる。

「申し訳ありません……でも、すぐに帰ります」

「そういう問題ではない。例の問題もあるのに、危機感がなさすぎる」

「……本当に申し訳ありません」

ルーカスは溜息をついた。

「本当に、すぐ帰るんだな」

「はい。お祖母様は親しいご友人の方とお顔合わせされたら、半刻もせずに退席されます。僕もユリアン様にご挨拶したら、祖母と一緒に帰宅します」

「あの生意気な護衛役は？」

「馬車で待機させています。あの、行きは伯父夫妻と同行しましたし、帰りは護衛もついています。会場にいるのは半刻だけなので、問題ないと思ったのです……いけなかったでしょうか」

「ああ。まずおまえが護衛もなく、一人になるのが問題だ。まだ公表されていないとはいえ、おまえは殿下の伴侶になる。自覚がないにもほどがある」

「……反省の言葉もありません」

「ああ。おまえは殿下の掌中の珠なんだ……それに、俺達にとっても。どうか、無防備に危険な真似をしないでくれ」

レオリーノは、たしかにそれは良くなかったと反省した。しかし、しかたがなかったのだ。

「ヨセフは会場まで入れなくて……キリオス君にも相談してみたのですが、参加しないとのことだったので……しかたなく」

ヨセフ経由でキリオスにも確認したが、格の高くない家柄のキリオスは、レーベン公爵家の招待が来ていなかった。

「ああ、あの家柄では公爵家の夜会には入り込めん。

殿下に同伴を頼まなかった理由は何だ」

「……殿下は、今日は父とともに王宮で審議を……それを邪魔したくありませんでした」


ルーカスは、再び深々と溜息をついた。

「なるほど。しかし、何を目的に参加したんだ。おまえがこんな華やかな場所を好むとも思えん。そもそも、知り合いもいない状態は楽しめないだろう」

夜会を楽しみに来たわけではないが、これでは完全に説教である。レオリーノはしょんぼりと落ち込み、反省の色を濃くした。

正直そこまで危険だと思っていなかったのだ。ラガレア侯爵は王宮の審議に参加すると聞いて、直接会う可能性はないだろうと安心していた。

「……ユリアン様と、ちゃんとお話をしなくてはいけないと思って」

「ユリアン殿と？　なんの話だ」


そのとき、二人の背後から柔らかな声がかかる。

「私も君と話したいと思っていたんだ、レオリーノ」

レオリーノが振り返ると、次期レーベン公爵となる優美な青年が、そこに立っていた。

「副将軍閣下、レオリーノをお借りしても？」

「……俺は、エレオノラ王女殿下に彼のことを頼まれている」

ユリアンは苦笑した。

「ここは我が家ですよ？　よもやレオリーノに危険なことはないと、当家の名誉にかけてお約束します」

「副将軍閣下、ご心配ありがとうございます。ユリアン様と少しだけお話しして、お祖母様のところに戻りますから」

レオリーノは、ここに来た目的を叶えたかった。

もうひとつの目的は、すでに祖母から貴重な情報を聞けたことで、充分に収穫はあった。

ルーカスが険しい顔でレオリーノを睨むが、レオリーノは真摯な目で許可を求めた。

ルーカスは周囲の視線に気がついて、舌打ちをこらえる。周囲は何事かと、さりげなく三人に注目している。それもしかたがない。目立つ男達なのだ。

ルーカスは、レオリーノの安全と評判を天秤にかけた。いずれ王弟との婚約発表を控えているレオリーノが、公爵家で揉め事を起こすのはよくない。

ここはしかたないと、ルーカスは折れた。

「俺の目のつくところであれば……レオリーノ、わかっているだろうな」

レオリーノは頷いた。その様子を見ていたユリアンが、苦く笑う。青年はどことなく荒《すさ》んだ様子だ。

「なんとまあ。君には手強《てごわ》い保護者がたくさんいるね。副将軍閣下といい……王弟殿下といい、ね」

ルーカスが警戒で覇気を強める。男達は、レオリーノの頭越しに睨みあった。

「さ、レオリーノ。保護者殿の許可も得たことだ。部屋を案内した後、飲み物でも取りにいこう……では、ルーカス殿、こちらで失礼する」

その状況は、まるで競り市の再現だった。

華麗な容姿の二人が揃って歩くと、周囲の視線が否応《いやおう》なくついてくる。ルーカスはけして目を離さないように、背後から二人の様子を眺めていた。

ユリアンはまたもや苦々しく笑った。

「これでは話もできないね」

「ユリアン様……」

「おいで。暗いけれども、篝火《かがりび》に照らされた我が家の庭も、なかなかのものだよ」

ユリアンはレオリーノの背中に手を当てると、庭に向けて開放されたテラスに連れ出した。

レオリーノは緊張していたが、テラスからの眺めに、思わず感嘆の声を漏らした。建物の内装もそうだが、篝火や蝋燭《ろうそく》で照らされた中庭も、レーベン公爵家の財力を誇示するように、それは豪華で見事なものだった。レオリーノは後ろをちらりと振り返る。

まだルーカスは見えていた。ルーカスもこちらを見てくれているのがわかって、少し安心する。

テラスに出ると、夜風が心地よかった。ユリアンにじっと観察されていることに気がついて、レオリーノはあわてて何か言わねばと考えた。だが、結局凡庸な社交辞令しか思いつかない。

「あの、すばらしいお庭ですね」

「ありがとう。君に褒めてもらえると、次期当主としてとてもうれしいね」

優しく返事をしてくれるユリアンの笑顔に、レオリーノの緊張がほどけていく。しかし次の瞬間、レオリーノの顔がこわばった。

「あのまま邪魔が入らなければ、君のものになる予定だった庭だよ」

「……ユリアン様」

ユリアンの榛色《はしばみいろ》の瞳の奥に、複雑な感情が見え隠れしていた。

「聞いたよ。王弟殿下の伴侶として迎えられることになったと。私との話はなかったことにと、カシュー家から、父宛てに謝罪の手紙をいただいた」

ユリアンは笑顔のままだ。だが、笑顔だからといって、その心まで穏やかとはかぎらない。レオリーノは、すでにそれを学んでいた。

貴族は、簡単には内面を悟らせないのだ。

ユリアンがひとつ、哀《かな》しげな溜息をついた。

「私は完璧に振られてしまったということかな」

ここで言わねばと、レオリーノは謝罪した。

「ユリアン様からご好意をお寄せいただいたことに感謝しております。ですが、僕はそのご好意にお応えすることができません。申し訳ありません」

レオリーノは深々と頭を下げた。

しかし、ユリアンから返ってきた答えは、意外なものだった。

突然手を握られて、レオリーノはぎょっとする。

「なぜ？」

「……？　なぜ、とは」

「なぜ王弟殿下と結婚しなくてはならないんだ」

――しなくてはならない？

レオリーノはユリアンの言葉に困惑した。

「君はあんなに年が離れた王弟殿下と、本当は結婚したくないんだろう？」

「ちがいます！」

何がどう伝わって、ユリアンはそんなひどい誤解をしているのだろうか。

優しげだが熱を潜ませたユリアンの目つきが怖い。

レオリーノは危険を感じて、思わず身をよじる。

「……ユリアン様、手を放してください」

レオリーノはルーカスに救いの視線を送る。ルーカスもすぐに気がついてくれたようだ。

怒気を纏って、こちらに早足で向かってくる。人をかきわけながらずんずんと近づいてくる男をチラリと見て、ユリアンがなぜか嘲笑《ちょうしょう》を浮かべた。

「王弟殿下の次は、ブラント副将軍か？　……本当に君はいけない子だな。僕を裏切って、あちこちに愛想を振る。なんて悪い子だ」

レオリーノは耳を疑った。

次の瞬間、レオリーノは大きな手に口を塞がれる。

「……っ!?」

小さな顔は、鼻筋から顎まで、ユリアンの手ですっぽり覆われてしまう。鼻声を漏らすどころか、呼吸さえままならなくなる。

室内に背を向けた状態で、レオリーノの身体はユリアンの陰にすっぽりと隠れてしまう。

レオリーノはなりふりかまわずもがいたが、優しげな風貌《ふうぼう》にもかかわらず、すごい力で抱え上げられ、そのままテラスから連れ出された。

ルーカスがテラスに駆け込んだときには、二人の姿は、すでに中庭の闇《やみ》に消えていた。

複雑かつ精妙に計算された庭園には、美しく影が伸びるように樹木が配置されている。気配を探るが、背後の会場のざわめきで、足音も、木立を揺らす音もかき消されてしまった。

「クソッ……！」

ルーカスは後悔した。

やはりレオリーノから、ほんのわずかでも離れるべきではなかったのだ。

ルーカスの焦燥とは裏腹に、会場は二人が消えたことに気づいた様子もなく賑《にぎ》わっている。庭の構造を熟知するユリアンを手がかりなく探すのは、あまりにも分が悪い。

「レオリーノに何をする気だ……」

レオリーノを宝石のように大切に思っているユリアンのことだ。庭先で乱暴するようなことは考えにくい。必ず、どこかの部屋に連れ込むだろう。

ルーカスは会場に引き返すと、上背を生かして会場を見回し、ユリアンの父親であるレーベン公爵の姿を見つけた。

不審に思われない程度の早足で、人混みをかきわけて公爵に近づく。焦燥と怒りを隠し、背後から声をかけた。

「レーベン公爵、邪魔してすまない。急ぎの話があるのだが、よろしいだろうか」

「おお、ブラント副将軍。ようこそいらしてくださった」

ファノーレンで最も裕福な貴族であるレーベン公爵は、息子によく似た端整な顔立ちに笑みを浮かべている。ユリアンの髪と瞳の色は父親譲りだ。

「競りに出した馬のことで、内密の話があるのだが」

大の馬好きであるレーベン公爵は、ルーカスの提案に喜色を浮かべた。

「なんと。息子から素晴らしい馬だったと聞いております。ぜひお聞かせいただきたい」

「どこか、二人で話せるところがありがたい。実は少々急いでいる」

「おお、さようですか。では、皆様、少し失礼する」

公爵は周囲を取り囲んでいた客達にいそいそと断りを入れると、ルーカスとともに歩き出す。二人は大広間を出てすぐに近くの控えの間に入った。


扉が閉まった瞬間、ルーカスは外面《そとづら》をかなぐり捨てた。鬼気迫る表情で公爵にずいと詰め寄る。

「レーベン公爵……時間がない。ユリアン殿が大変な問題を起こした」

「なっ……？　アマンセラの話ではないのか」

「それは口実だ。ユリアン殿が、会場から本人の了承なくレオリーノを拐《かどわ》かした」

「……それはまことか」


レーベン公爵の柔和な顔が途端に厳しいものに変わる。

「グラヴィス殿下の伴侶に、レオリーノが選ばれたことは、もうご存じか」

「ああ。アウグスト殿からすでに聞いている。一昨日《おととい》ユリアンとの話を断る謝罪の手紙を息子に見せたのだ。その後、ブルーノが二人きりで慰めて、奴も落ち着いたかと思ったが……まさか、息子は思いつめて……」

ルーカスの表情がこわばる。ブルーノとは、ラガレア侯爵のことだ。

（ラガレア侯爵が、ユリアンと話しただと……？）

悪い予感しかしない。

「公爵……レオリーノと殿下は、年齢は離れているが、政略結婚ではない。相愛の仲だ」

ルーカスの言葉の意味を理解したレーベン公爵が、

はっきりと顔色を悪くした。

「殿下を本気で怒らせてはならん。レオリーノの身に何かあってみろ。ユリアン殿はおろか、公爵家も危うくなるぞ」

「……あやつは、なんということを」

レーベン公爵は息子に対する怒りを、はっきりとその顔に浮かべていた。


「レオリーノの評判に傷をつけたくない。目立たぬように、捜索に協力していただきたい。中庭から、目立たず連れ込める部屋はどこだ」

レーベン公爵は思案する。

「右翼棟の一階に、中庭から直接入れる部屋がいくつかある。急ごう。ルーカス殿、こちらへ」

二人は平静を装いながらも、最大限の急ぎ足で右翼棟に向かう。レーベン公爵家の邸宅は広大だ。

「……ルーカス殿。感謝する」

「感謝するのはまだ早い。万が一にも、レオリーノがユリアン殿に傷つけられたら」

「……我が家は終わりだ。殿下が心底からお怒りになられたらどうなるか、先の戦で私も知っておる」

まだそれほど時間は経《た》っていない。

レーベン公爵の読みが当たって、二人がすぐ見つかるようにと、ルーカスは厳しい表情のまま祈った。


レオリーノが連れ込まれたのは、中庭に面した薄暗い部屋だった。細身とはいえ、さすがに成人男性一人を抱えて庭を走り通したせいか、ユリアンは少し息を切らしていた。

部屋に入ると、すぐにレオリーノを解放した。レオリーノはよろめきながらも、すかさずユリアンと距離を取る。

「ユリアン様……どうしてこんなことを」

室内を見渡して、逃走経路を探る。中庭側か、廊下側か。しかし、それほど広い部屋ではない。どちらに逃げても、レオリーノの足ではすぐユリアンにつかまってしまうだろう。

――紳士だったユリアン様が、どうして……

レオリーノは己の愚かさを呪《のろ》った。ユリアンは常に優しく誠実な男だった。そんなユリアンに、自分でけじめをつけたい。ほんのわずかの時間であれば、話をするくらい大丈夫だと思っていた。

そして、あわよくばラガレア侯爵に関する情報を手に入れたい。レオリーノ自身が、グラヴィスの役に立てることを証明したい。そんな愚かで幼稚な虚栄心がなかったとは言えない。

しかし、ユリアンこそが危険であるなど、考えもしなかったのだ。

ユリアンはようやく落ち着いたのか、ふぅと溜息をつくと満足げに笑った。普段どおりの優しく優雅な笑顔が、いまはとても恐ろしい。

それと同時に、ユリアンの様子には違和感を感じていた。いつも洗練されている男が、あまりにらしくない振る舞いだ。そして、よくわからない思い込みをしている。

「乱暴な真似をしてすまなかったね。君を助けるために、どうしても二人きりになる必要があったんだ」

「……助けるため？」

動揺を見せたくなかったが、どうしても声が震えてしまう。

「君が高貴な血を持つからと言って、あんな非道な王族に召し上げられる必要はない」

その言葉にレオリーノは目を見開いた。ユリアンは大きな誤解をしている。

「おっしゃる意味が、わかりません。召し上げられてなど……どうしてそんな誤解を」

「だから、ここで私と誓ってしまおう」

レオリーノははっきりと震え、嫌悪の表情を浮かべた。

「……できません。僕は夜会に戻ります」

誓う、というのが、おそらく性的な意味を指していることは、レオリーノにも察することができた。

レオリーノはこの瞬間、ユリアンをこれまで慕っていた礼儀正しい貴公子だと思うことをやめた。

もしこの身に少しでも何かしようとするならば、この男は敵だ。

にこやかにユリアンが近づいてくる。レオリーノは後ろに下がりながら、ひそかに胸元を探った。

そこには、いつもお守りのように短剣を忍ばせている。短く薄く細い剣だが、そんな頼りない武器でも、首に突き立てれば相手の命を奪うこともできる。

細々とではあるが、時間を見つけてはヨセフと練習してきた。しかしまだ一度も、誰にもその剣先を向けたことはない。

(敵だ。目の前にいるのは、ユリアン様じゃない。敵だと思うんだ……)

レオリーノは覚悟を決めた。

公爵家の後継者であるユリアンを傷つければ、処罰されるかもしれない。だが、グラヴィスの名誉にかけて、絶対にこの身を傷つけられるわけにはいかない。

緊張にこわばる手で、剣をぎゅっと握り締める。

「……ユリアン様、お願いです。それ以上、僕に近寄らないでください」

「つれないな。私は本当に、心から君のことを助けたいと思っているんだよ」

ユリアンは、レオリーノの威嚇を歯牙《しが》にもかけずに嘲笑《あざわら》う。レオリーノは屈辱に震えた。それでも、必死で言い返す。

「僕は、グラヴィス殿下の伴侶となります。貴方に差し上げられるものはありません」

その言葉にユリアンは微笑むと、レオリーノに向かってヌッと手を伸ばす。

胸元から剣を抜き、レオリーノは青年の手を薙《な》ぎ払《はら》った。

剣先が肉を抉《えぐ》る感触がある。

「……っ！　な……っ」

空中にぱっと鮮血が飛び散った。

「……レオリーノ……君は…………」

ユリアンが苦悶《くもん》の表情で掌を押さえる。その指のあいだから、ぽたりぽたりと血が滴り落ちた。

レオリーノは、生まれて初めて自分の手で人の肉を斬《き》った感触にぶるぶると震えた。

しかし、不思議と感覚でわかる。レオリーノが与えた程度の傷では、人は死ぬことはない。

「これ以上近づいたら、今度こそ刺します……！」

その傷は、戦う男ではないユリアンを威嚇するには充分だったようだ。貴公子は美しく整えられていた髪を乱して、傷の痛みに顔を歪めている。

「……っく、ひどいな。私に斬りつけるなんて」

「……謝りません。貴方は、僕を無理矢理ここに連れてきた。ユリアン様、二度は申し上げません。僕はグラヴィス殿下のもので、貴方に救っていただく必要はありません」

「……そうか」

途端にユリアンが悲しそうな顔をする。

「悪かったよ……レオリーノ。もう何もしないと約束する」

その様子は心底反省しているようだ。

レオリーノは緊張を解いたが、まだ胸がドキドキしている。ユリアンはうなだれたまま動こうとしない。その哀しげな様子に、レオリーノの胸に罪悪感が沸き上がる。

そんなものを感じる必要はないとわかっている。最初に合意なくレオリーノを拐かしたのはユリアンだ。だがレオリーノもまた、イオニアとは違って戦う男ではない。

　こうして反省している様子を見せられれば、敵かそうでないかの境界は、すぐに曖昧になっていく。


　ユリアンは手を押さえたまま、力なく長椅子に座り込んだ。存外深い傷なのだろうか。まだ血が止まらないようだ。

　レオリーノは胸が苦しくなった。

「……ごめんなさい」

「傷つけておきながら謝るのか」

「いいえ……剣を振るったことについては、謝罪しません。僕のことで貴方を悩ませてしまったことに対する謝罪です」

　二人はしばし、無言で見つめあった。

「……手当てを手伝ってくれるかい？　そこの水差しを取ってくれ。手を洗いたいんだ」

　レオリーノは頷くと、水差しを取って長椅子のユリアンにゆっくりと近づく。少し距離をおいて水差しを差し出すと、ユリアンは片手ずつ水差しに手を突っ込んで、血を洗い流した。

「ありがとう」

「……いいえ」

　首元に巻いた飾り布を引き抜いたユリアンは、傷ついた手に、片手でそれを巻こうと奮闘する。しかし、なかなか上手くいかないようだ。

　なさけない顔で、レオリーノに手を差し出す。

「片手では巻けない。申し訳ないが、巻いてくれるかな」

「は、はい……痛みますか」

　レオリーノは布を手に取ると、差し出された手に、慎重にそれを巻こうと試みる。同時に傷を観察した。

　皮一枚というには少し深手だったが、手の機能に損傷はなさそうな浅手であったことに、レオリーノは内心胸をなでおろした。

　ユリアンは黙って、レオリーノを見下ろす。

　レオリーノはあえて、目を合わせなかった。

どうにかその布を手に巻いて両端をきゅっと結び終わると、様子を窺《うかが》うようにユリアンを見上げた。ユリアンは穏やかな笑みを浮かべている。するとユリアンが傷ついた手を伸ばし、レオリーノの頬を撫でた。思わずその手を避ける。

「本当に、君は優しい子だね」

「……そんなことは」

傷つけた相手にそう言われると、心が痛む。

しかし次の瞬間、形相を一変させた男に両肩をつかまれて、レオリーノは長椅子に押し倒されていた。

「……っ、ユ、ユリアン様……っ」

「優しくて、本当に愚かだ」

笑ってレオリーノを見下ろす青年は、胸元から何かを取り出して呷った。

そのまま身体を倒すと、恐怖にわななくレオリーノの唇に、何かを含んだ唇を重ねる。不思議な香りの液体が、唇の隙間《すきま》から流し込まれた。

「……っ！」

レオリーノは必死でユリアンを押し返そうとする。だが力では敵わず、そのまま唇を塞がれ続けた。

息苦しさに耐えられず空気を求めて喘《あえ》いだ瞬間、注ぎ込まれた液体が、喉奥に流れ落ちる。

レオリーノが飲み込んだのを感じたのか、ユリアンが唇を拭いながら、笑って身体を起こす。

レオリーノは、咄嗟にユリアンの傷ついた手に爪を立てた。

「……っ、くっ」

ユリアンが痛みに呻く。その隙に身をよじると、レオリーノは長椅子から転げ落ちた。

みっともないとわかっていたが、必死に尻で這《は》いずって遠ざかる。ユリアンは痛みに顔を歪めながらも、その様子を笑いながら見ていた。

「天使のような外見なのに手強《てごわ》い。さすがはカシュー家の男子だ」

「な、なにを……のま、せ」

「なに、悪いものではない。あまり時間はかけていられないが」

ユリアンは優雅に笑う。レオリーノは恐怖に震えて、必死で後退《あとずさ》りしようとする。

「……っ？」

しかし、なぜか脚に力が入らない。

レオリーノは先程転げ落ちたときに、脚を痛めたのかと疑った。だが、痛みはない。ただ、力が入らないのだ。それと同時に、全身にぞわぞわと虫が這うような感触を覚えた。思わず身震いする。

レオリーノは耐えきれず、絨毯《じゅうたん》に無様に転がった。

ユリアンはゆっくりその身体に跨《また》がると、上から見下ろす。

「なにをした……僕に、なにをしたんだ……」

「大丈夫だよ。レオリーノ、多少評判は悪くなろうが、私は君を見捨てない。私が君を助けてあげるからね」

そう言ってユリアンがゆっくりとレオリーノの上にかがみこんだときだった。

扉がバンと乱暴な音を立てて開いた。

「レオリーノ！」

「ユリアン！」

床に転がるレオリーノと、青年に跨がるユリアンの姿を認めたレーベン公爵が、後ろ手ですぐに扉を閉める。

「貴様……！」

ルーカスは怒気に髪を逆立てて、レオリーノに跨がっていたユリアンを弾き飛ばした。

家具を巻き込んで、ユリアンが吹き飛ぶ。

ルーカスは床に転がっているレオリーノを腕の中に抱え上げた。ざっと全身を検《あらた》めたが、衣服は乱されていない。最悪の事態は免れたのだ。

「間に合ったか……よかった」

「……ル、カ………」

レオリーノの顔を覗《のぞ》き込む。蒼白な顔には恐怖と混乱が浮かんでいるが、痛めつけられた様子はない。

一方、レーベン公爵は、息子のしでかした惨事に呆然としていた。

「ユリアン……おまえは、なんということを」

ユリアンはよろよろと身を起こす。

「父上……なぜ邪魔をするのですか」

「ユリアン！」

ユリアンは、傷ついていないほうの手で頭を掻きむしる。いつもの貴公子らしからぬ態度だ。

「……私がレオリーノを助け出したかったのに」

そして、残念そうな声でつぶやく。己のしでかしたことに悪びれる様子もない。

ルーカスとレーベン公爵は、その様子に尋常ならざるものを感じて、思わず目を見合わせた。


ルーカスはしかし、腕の中のレオリーノの様子がまず気にかかった。

「……大丈夫か。起き上がれるか？」

レオリーノはわずかに首を振った。菫色の瞳は大きく見開かれ、惑乱している。

「ルカ……な、にかのまされ、て、ちからが……」

その小さな声に、レーベン公爵とルーカスはぎょっとする。

「ユリアン！　レオリーノ殿に何を飲ませた!?」

「……レオリーノを救い出すため、仕方がなかったんですよ。父上」

ユリアンは、投げやりな目で父親を見る。

「レオリーノは王弟殿下のもとに行きたくない。救い出せるのは、公爵家の跡取りである私だけだ」

「……ユリアン、おまえ……」

ユリアンの様子がおかしい。レーベン公爵が困惑の表情を浮かべた。王弟殿下の腹心の部下の前で、こうもあけすけに自白するとは。

案の定、それを聞いた副将軍は、ユリアンを厳しい目で睨んでいる。

「もう一度聞くぞ、ユリアン。レオリーノ殿に何を飲ませた」

「……命に危険があるものではありません」

ルーカスはマントを外すと、その上にレオリーノを転がした。頭から足先まで、大きな布で完全に包み込む。

いまは一刻も早く、レオリーノを医者に見せなくてはならない。だが、公爵家でこのまま治療させるわけにもいかない。

「――レーベン公爵、貴殿の息子に対する沙汰《さた》は、殿下から追って伝えられるだろう」

「……息子の不始末、お詫びしようもない」

ユリアンが犯行を認めている以上、もはや言い訳もできない。レーベン公爵は腹をくくった。

「レオリーノはこのまま連れて帰る。ヴィーゼン公爵とエレオノラ王女殿下には、飲み慣れぬ酒でレオリーノが体調を崩したとでも……とにかく、レオリーノの身柄は、このルーカス・ブラントが責任を持って預かるとお伝えしてくれ」

「……承知した。ルーカス殿、かえすがえすも申し訳ない」

「この話が万が一にでも外部に漏れた場合は……」

「わかっておる。私も公爵家の人間だ。王弟殿下の伴侶となる方に当家の者が手をかけたことがどういう意味を持つのかは、充分に理解しておる」

ルーカスは頷いた。

去り際にちらりと暗い室内を振り返る。ユリアンは普段の貴公子の面影をかなぐり捨て、放心したようにだらしなく足を投げ出していた。その目元は、手で隠されている。

「……レオリーノを愛していた。助けてあげたかったんだ」

ルーカスは青年の独白に、思わず顔を歪めた。

ユリアンに、まったく同情の余地はない。しかし狂恋の果てに衝動のままに行動したことは、ルーカスにもある。だからこそ、ルーカスには何も言えなかった。

あの日イオニアに無理矢理手を出したルーカスと、今回レオリーノを強引に我がものとしようとしたユリアンは、どちらも同じ延長線上の対角にいる。

違いは、結果として相手に受け入れられてもらえたか、そうでないか。それだけだ。

頭の先から足の先まですっぽり布で覆われた人間を屋敷から運び出すルーカスの様子は、幸いにして、レーベン公爵家の執事にしか目撃されることはなかった。

右翼棟の端に回すよう指示したカシュー家の馬車に乗り込み、速やかに夜会を後にする。馬車の中には、レオリーノの護衛役が待機していた。突然乗り込んできたルーカスと、その腕に抱かれた主の異常な様子に、ヨセフはひどく狼狽した。

王都の中心に向かって、馬車はものすごい速度で疾走する。向かうのはブルングウルト邸ではない。王宮の最奥——王弟グラヴィスの離宮だった。

媚薬《びやく》

ルーカスは馬車の中であえて気絶させたレオリーノを、グラヴィスの離宮へ運んだ。奥庭の入口で届けがないことを守衛に厳しく咎められたが、ルーカスはそこを強行突破する。

「ええい！　あとから懲罰でもなんでも受けてやるから、いますぐここを通せ!!」

王宮でも有名な副将軍に鬼の形相で大喝され、離宮の守衛は奥庭の門を開放した。馬車はものすごい勢いで、最奥の離宮まで疾走する。

「グラヴィス殿下はおられるか！」

ヨセフとともにレオリーノを抱えてエントランスに駆け込むと、離宮付きの近衛兵達が、何事かと駆け寄ってくる。

「副将軍、どうなさいましたか！」

「あいにく王弟殿下はご不在であります！」

ルーカスは舌打ちした。王族が在宅時に屋根に掲げられている王族旗を見る余裕がなかったのだ。すると、正面の階段からテオドールが駆け下りてくる。

「ブラント副将軍閣下！　約束もなくどうなされた。どうやって奥庭を突破されたのか！」

「テオドール！　貴殿がいてよかった。殿下に今すぐお目通りを願いたい」

テオドールはルーカスの腕に抱えられた、マントに包まれた人体と思しきものをチラリと見る。

「それは？」

ルーカスはテオドールに顔を近づけて、近くの近衛兵達に聞こえないように低い声で囁く。

「レオリーノだ。レーベン公爵家の夜会で、ユリアン・ミュンスターにあやしげな薬を飲まされた」

テオドールの表情が、途端に厳しいものになる。

「それで意識が？　毒ですか？」

「いや、命に別状はないと奴は言っていた。苦しまぬように、俺が途中で馬車の中で気絶させた」

「……わかりました。こちらへ」

テオドールの先導で、マントで包み込んだ身体を抱き上げてグラヴィスの寝室に向かおうとする。


しかし、ここで問題があった。玄関でヨセフが止められたのだ。面の割れていない人間を離宮の中に入れることはできないと、近衛兵に阻まれてしまった。レオリーノの護衛役だと言ったが無駄だった。

「副将軍様……！」

蒼白になったヨセフが叫ぶ。しかし、ヨセフの身元を検めるのを待っている時間はない。

「ヨセフ！　そこで待っていろ……！　必ず後で状況は知らせるからな！」

悲痛な表情のヨセフに言い聞かせると、ルーカスはテオドールと先を急いだ。


「殿下は？」

「殿下はまだ王宮です。例の審議でしたので」

「なるほど、レオリーノが邪魔したくないと言っていたのはそのことか」

このタイミングで婚姻の審議が行われていたとは、と、ルーカスは苦々しげに再び舌打ちする。

「タイミングが悪かったな。殿下にいますぐお戻りいただくことはできるか」

「可能です。レオリーノ様の状況をお伝えすれば、すぐにお戻りになられるでしょう」

「どうやって殿下を呼び出すんだ」

テオドールは振り返った。

「お答えするとでも？」

「いや……聞いた俺が愚かだった」

この最奥の離宮から執政宮までは、かなりの距離がある。素朴な疑問だったが、王家にしかわからぬなんらかの伝達方法があるのだろう。


グラヴィスの私室に許可なく入室できるのは、テオドールだけだ。テオドールは飾り棚の上の燭台《しょくだい》をひっつかむと、そのまま寝室に直行した。

寝室は薄暗かった。

「寝台へ。上掛けを剥いで、レオリーノ様を寝かせてください」

そうルーカスに指示すると、寝室のあちこちに前室から持ち込んだ灯《あか》りを点《とも》していく。大きな寝台に寝かされたレオリーノは、呼吸も浅く、その顔は紅潮している。だが、まだ意識は戻っていない。

「レオリーノ様が何を飲まされたかわかります

か？」

ルーカスは薬物に詳しくない。だが馬車の中でのレオリーノの興奮を思えば、薬の種類はおのずと見当がつく。

「おそらく媚薬のたぐいだ。あまりに苦しむので、途中で気絶させた」

テオドールには、侍従として医術の心得がある。

レオリーノは、徐々に意識が戻りはじめているのか、わずかに苦悶の表情を浮かべていた。

テオドールはレオリーノの瞼《まぶた》を開き、瞳孔《どうこう》の開きを確認すると、胸の音、脈の数を測っていく。次に、レオリーノの唇に鼻を寄せて、くんと匂《にお》いを嗅ぐと眉を顰めた。枕元の水差しからグラスに水を注ぐと、指を突っ込んで洗浄する。すると、その指を開かせたレオリーノの口内に挿《さ》しこんでかき回した。

「おいっ、何をする！」

突然の奇妙な行動に、ルーカスが隣でぎょっと驚く。テオドールは指先にレオリーノの唾液《だえき》を絡めて引き抜くと、その指を口に含んで、目を閉じた。

「……テオドール！」

「……毒ではありません。この薬で命が危ぶまれることはないでしょう。たしかに媚薬に違いない」

テオドールは口をゆすぐ。

「いつ頃飲まされたかわかりますか」

「おそらく一刻ほど前だ」

「かなり時間が経《た》っていますね。薬は浸透しているかと。目覚めたら、さぞ苦しまれるでしょう」

レオリーノは覚醒《かくせい》に向かっているようだった。落ち着いていた呼吸が荒くなっている。

「薬はどれくらいの量を？」

「それはわからん。見つけたときにはすでに飲まされた後だった。だが、そのときにはまだ意識があった。馬車の中で様子がおかしくなっていった」

テオドールがめずらしく唸り声を上げる。

「見つけた時点で大量に水を飲ませるべきでした」

「すまん……そこまでは気が回らなかった。ただ、公爵家から助け出してここに運ばなくてはと」

「いえ、レオリーノ様の名誉のためにも、離宮にお運びいただいたのは賢明なご判断です。貴殿を責めたかったわけではない……このことを知るのは？」

「飲ませたユリアン・ミュンスター本人と、レーベン公爵。それと俺だ」

テオドールは頷き、ルーカスに指示を出す。

「少し失礼して、殿下をお呼びしてきます。そのあいだにレオリーノ様の衣服をゆるめて、楽なお姿にさせてください」

テオドールが退室する。

ルーカスはテオドールの指示どおり、レオリーノを手際よく転がして、刺激しないように服を脱がしはじめた。治療と思えば、それがたとえレオリーノであっても脱がすことをためらうことはない。

とりあえずシャツと下着だけの姿にすると、レオリーノの下腹が勃ちあがっているのがわかった。

あの夜以来、ルーカスはレオリーノとイオニアを、完全に別人に見ている。レオリーノに対して強烈な庇護欲を抱くものの、仕える男の相愛の相手だと思えば、もはや情欲の対象ではない。

イオニアの思いを王都まで運んできてくれたこの青年を、ただ純粋に守りたい。

そしてグラヴィスの傍で、イオニアの代わりに幸せな人生を歩んでほしい。いまはその気持ちが強い。

「ん……ん………」

「もうすぐ殿下が来るからな……がんばれ」

煩悶《はんもん》する白い肢体に劣情をもよおすどころか、むしろ強烈な憐憫を覚えた。

とうてい同性とは信じられないほど、どこもかしこも真っ白でなめらかな身体だ。およそ生身の人間とは思えない。だが、左膝《ひだりひざ》から下に、薄桃色の引《ひ》き攣《つ》れた大きな傷が残っている。

六年前の傷が、こんなかたちで残っているとは。

ルーカスの指が、その傷をたどる。レオリーノの身体がびくびくと震えた。

「…………ん」

「レオリーノ、目が覚めたか」

睫毛が小刻みに震えて、菫色の瞳が現れる。しかし、その視線は、ここではないどこかを彷徨《さまよ》っているようにうつろだ。

「あぅ…………んぅぅ」

その喉から、呻き声が漏れ出す。起きたと同時に、肉体の昂《たかぶ》りが戻ってきたのだろう。

「あぁ……っ、身体が、あつ…………んぅ、いや……っ、なんで……？」

「ユリアンに薬を飲まされたんだ。媚薬だ。わかるか？」

「びやく……ルカ、……たすけて……くるしい」

レオリーノの目から、ぼろぼろと涙が溢れた。ルーカスは悲痛な顔でその肩を撫でる。

「あうっ……やあっ」

しかし、そのささやかな感触にさえ、レオリーノはのけぞった。見開いた目から涙がこぼれる。身体中の感度が、異常に高められているのだろう。

「やあ……たすけて、ルカ……ヴィー、たすけて」

「すぐ殿下が帰って来る。がんばれ」

テオドールが再び入室してきた。大量の布を運び込んで、枕元に椅子を引きずってくると、その布を積んだ。

「ルーカス殿、前室に水を用意しています。それを持ってきてください」

「わかった」

ルーカスが前室に戻ると、そこに清拭《せいしき》用の盥《たらい》と湯、それと飲用の水が入った水差しとグラスが置いてある。先に飲用の水を運ぶかと思った瞬間、寝室から痛々しい悲鳴が響いた。ルーカスはあわてて、水差しとグラスを持って引き返す。

「どうしたっ」

レオリーノが苦しそうに呼吸しながら、悲痛な嗚咽を漏らしている。テオドールは枕元に腰掛けて、その様子を厳しい表情で観察していた。

「水をください」

ルーカスが水差しを手渡すと、その水に、ポチャリと数滴、何かの液体を垂らす。水が薄青く濁った。

「それはなんだ。何を入れた」

「手足の感覚を鈍くする薬です。一、二回使う程度ならば害はありません。身体の感度が上がりすぎているので、それを抑えます。後ろに回って起き上がらせてもらえますか？　飲ませます」

ルーカスが背後に回り、レオリーノの上体を引き上げる。

「いやっ……いやだぁぁっ」

きわめて慎重に触れたものの、やはりレオリーノは涙を流して悶絶《もんぜつ》した。

「我慢しろ、レオリーノ。すぐ楽になるからな」

「やっ……いや……たすけて」

テオドールが、グラスを嗚咽に震える口に近づける。レオリーノはいやいやと顔をのけぞらせる。

「あつい……いやだ……たすけて、ヴィー」

「……レオリーノ様、楽になりますから、お飲みになってください！」

テオドールが困り果てたそのとき、背後からそのグラスを奪いとる手があった。

「これを飲ませればいいのか」

「グラヴィス殿下！」

テオドールがあわてて場所を空けると、代わりにグラヴィスがそこに座る。

「これに害はないな」

「ございません」

グラヴィスは頷いた。そして、レオリーノを後ろから支えているルーカスを見る。

「顎を押さえていてくれ」

「……わかった」

ルーカスが背後から顎を固定すると、レオリーノはその接触にあえかな悲鳴を上げた。必死に逃れようと身をよじるが、ルーカスの腕の中で、小鳥のように肩を震わせることしかできない。

グラヴィスは薄青い水を呷ると、ゆっくりと口移しで注ぎこむ。

「んーん、んぅっ」

数回に分けて飲ませると、さらにテオドールが追加で水を差し出してきた。

「これはただの水です。もう二杯飲ませてください。これからさらに、お身体の水が抜けてしまいますので」

それは、これからレオリーノが、つらく苦しい時間を過ごすという予告だ。


グラヴィスは厳しい顔で頷いて、ルーカスの腕の中で涙をこぼすレオリーノの唇を覆い、再び水を飲ませた。苦しげにもがいていたが、最終的には少しずつ、与えられた水を飲み干した。

それで力尽きたのか、ぐったりとルーカスに背中を預けたまま、レオリーノは再び意識を失った。


レオリーノを挟んで、二人の男の視線が交錯する。

「……ユリアン・ミュンスターの仕業か」

「ああ。レオリーノを強引に手に入れようと図ったのだろう。無理矢理薬を飲ませたようだ。現場は見ていない」

グラヴィスは、ひとつ深い息を吐いた。激情をこらえているのだろう。握りこんだ拳の骨が、白く浮かんでいる。

「おまえがいてくれてよかった……感謝する」

「レオリーノの名誉のために言っておくが、衣服も乱されていない状態で見つけたからな。それにレオリーノ自身が、ユリアンに一矢報いていた」

グラヴィスはその目の奥に怒りの炎を滾らせたま
ま、表情だけは淡々と頷いた。

「……テオドール、これからどうすればいい？」

「基本的には熱を発散していただくことです。普通の薬なら、一日程度で抜けるでしょう」

「ユリアン・ミュンスターが使った薬を調べさせろ。明日の午後、レーベン公爵を防衛宮に呼び出せ」

「こちらではなく？」

「公爵は官僚ではないから、ドゥリテライヒは関係ない。ディルクにも伝えろ」

承知しました、と言って、テオドールは下がっていった。

ルーカスは、レオリーノを支えていた手をゆっくりと離して再びその身体を寝かせる。寝台から立ち上がって、グラヴィスに向き直った。

「ユリアン・ミュンスターを処罰するつもりか」

「本音を言えば、有無を言わさず首を刎《は》ねたいところだ。しかし、レオリーノの名誉のためには大事にできん。それにレーベン公爵家は、これの長兄の嫁の実家でもある。表向きたいした処罰はできないだろうな……だが、裏でどうにでもすることはできる」

淡々としたグラヴィスの言葉に、ルーカスは背筋が寒くなった。

この男は冷たい外見に反して、情が深い男だ。しかし王族たる所以《ゆえん》なのか、どこか底知れぬ冷酷さを秘めている。目的のためなら手段を選ばない冷徹さが、思考の根本に存在するのだ。

ルーカスは、去り際に見た、ユリアンの絶望的な表情を思い出していた。

ユリアンに同情するわけではない。しかし、無理矢理にでも愛しい者を手に入れたいという激情には、ルーカスにも覚えがあるものだ。

「奴は……もはや名実ともにレオリーノを手に入れられないことが決定したんだ。奴にとって、それ以上の罰はないだろう」

「おまえにしては甘いな。ユリアン・ミュンスター一人くらい、消しても影響はないだろう」

グラヴィスが無表情に言い放つ。

これは、心底激怒しているのだ。イオニアが戦死した後の、グラヴィスがこうだった。

ツヴェルフを滅ぼせ、と咆哮した獣。


「殿下の怒りはわかる……だが、なるべくレオリーノと殿下の歩む道に傷をつけないように、今回だけは温情をやってくれ。ユリアンが処罰されたとなれば、夜会に出席したレオリーノも苦しむだろう」

グラヴィスが瞠目した。考えてもなかったという表情だった。

「……なるほど、検討しよう。ルーカス、いずれにしても本当に助かった」

ルーカスはちらりとレオリーノを見た。まだ時間の猶予はありそうだと、ルーカスは話題を変えた。

「そちらの審議のとき、ラガレア侯爵の様子はどうだった」

「反対することなく認めたぞ。ただ、レオリーノがユリアンにも色目を使っていたと匂わせた。周囲もそれに乗せられていた。疑いすぎているかもしれんが、今日の夜会でのユリアンの企《たくら》みをわかっていたのかもしれん」

「なるほど、ユリアンが本懐を遂げているその現場を押さえられたら、レオリーノはおまえの伴侶として失格だ。下手をすると破談になっていたということか……本当に間一髪だったな」

ルーカスが考え込んだ。去り際のユリアンの様子を思い出したのだ。

「どうした？」

「……いや、まさか」

「なんだ、言え」

ルーカスは眉根《まゆね》を寄せながら答える。

「ユリアン・ミュンスターの様子がおかしかった。まるで、レオリーノを殿下から助け出すのだと言わんばかりの主張だった。あの思考はどこから来た」

「……どういうことだ」

「殿下とレオリーノの婚約を知らされた後、レーベン公爵によれば、ユリアンはラガレア侯爵と二人きりで話し込んでいたそうだ」

グラヴィスが俄然《がぜん》厳しい表情になる。

「……ラガレアに、記憶を弄《いじ》られたということか」

「わからん。だが、一度ユリアンと話をしたことがある。奴なりに、レオリーノを宝石のように大切にしていた。あの何事にもそつない貴公子にしては、今回の凶行といい、あの支離滅裂な主張といい、いかにもらしくない振る舞いだった」

その言葉に、グラヴィスも考え込む。

たしかにこれまでのユリアン・ミュンスターの印象は、狡猾《こうかつ》かつ慎重に策を練るタイプで、けして激情のまま行動する男ではなかった。

「はたしてあの男が、自身の破滅を顧みずに、今回のような暴挙に出るだろうか」

「……」

「それに、ユリアンは徹底した血統主義者だ。いかにレオリーノに惚れこんでいるとはいえ、王族である殿下がレオリーノを娶ると言えば、あの男がその決定に逆らうとは思えない」

「……ラガレアの仕業だとして、俺とレオリーノの婚姻を妨げるためか……理由がわからんな」

「王家への恨みというのは、案外と的を射てるかもわからんな」

そのとき、レオリーノの口から小さな呻き声が漏れた。再び覚醒したのだ。

「――ルーカス。二人にしてくれ」

頷いたルーカスは、煩悶するレオリーノを憐憫の眼差しで一度見つめると、部屋を辞していった。

罰

身体のあちこちから、強烈な刺激が体内を駆け巡る。レオリーノは啼《な》き続けた。もう何度、その花茎から欲望の証《あかし》をこぼしたかわからない。

「えっ……えっ……いや、まえ、いたい……やっ」

媚薬の熱を吐き出すように擦られつづけた花茎は、すでに真っ赤《まか》に腫《は》れ上《あ》がっていた。だが、それでも男から与えられる刺激を喜ぶように、薄くなった半透明の液をとろとろと垂らしている。

やめてほしいと泣きながら訴えた瞬間、さらに身体が激しくゆさぶられる。

男の割れた硬い腹に前を擦られて、そのビリビリとした痛みと快感にのけぞった。

「んあ……っ！」

「いやだと？　そんなことが言える立場か」

「あっ……ごめんなさいっ……いやっ、いたい……いや」

大きく開かされた脚のあいだを、みっしりと充溢《じゆういつ》した男の腰に占拠されている。レオリーノの小さく狭い後肛は、媚薬によって柔らかく綻んでいた。

指によって丹念に慣らされたあとは、柔らかくなったそこを男の長大な陰茎によって穿《うが》たれた。その後は一度も抜かれないまま、延々と律動を繰り返され、媚薬に燃え上がる肉壁に容赦なく刺激を与えられ続けている。

「……あの場にルーカスがいなかったら、どうなっていたと思う」

「ごめんなさい……ごめ、あっ、あっ、あっ」

グラヴィスは柔らかい尻朶《しりたぶ》にゆっくりと腰を打ちつけながら、柔らかく蕩けた淫蕩な穴を味わった。潤いも充分足していたが、それ以上に、媚薬の効果で自然とぬめりを分泌しているのかもしれない。潤滑油とは違う感触で、女性の愛液で濡れているように、そこは熱くぬかるみ、蕩けていた。

あれほど男を飲み込むのに苦労していた細く華奢な身体が、媚薬の効果でこれほどまでに劇的に変化するとは。この艶めかしくもみだらな姿を、ユリアンの前に晒していたかもしれないと思うと、怒りで腸《はらわた》が煮えくりかえるようだ。

「おまえの股《また》のあいだでこうしているのは、別の男だったかもしれないんだぞ」

「いやっ、いや……ヴィー、が、いい、いや」

レオリーノは泣きすぎて汚れた顔で、必死でイヤイヤと首を振る。グラヴィスがもう一度、大きく腰を打ちつける。

「あうっ」

「……こうして、誰のモノを咥《くわ》えこんでも喜んでいたのか」

グラヴィスは怒っていた。

ユリアンに、レオリーノに。そして何よりも、愛する者を危険に晒した自分自身に。

男の中で荒れ狂う怒りと後悔、そして安堵が、脆《もろ》く蕩けて容易に男を受け入れる肉体に煽られる。

紅潮して濡れた膚。痛々しく腫れ上がった胸の尖り。えぐれたような細い腰が、男の突き上げに敏感に応えて、跳ね上がる。

菫色の瞳は、官能に溺《おぼ》れきっていた。長大なそれに快感の坩堝《るつぼ》を埋められて、最奥まで抜き挿しされる悦びにすっかり目覚めたようだった。

グラヴィスはいまだに収まらない怒りを、華奢な肉体にぶつけないように、沸騰する頭の中で理性を繋ぎとめていた。だが、打ちつける腰の動きは止めない。すべてを埋め込むことさえしないが、レオリーノの柔らかさをたしかめた後は、遠慮なく前後に抜き挿しを繰り返す。

みっしりと隘路《あいろ》を埋められ、最奥に亀頭が当てられたままかきまぜられると、レオリーノは悲鳴を上げて快感の頂点に達した。


「んっ……あ……あ、あ」

時間の感覚は、とうに失われていた。

何時間も揺さぶられている気がする。あれほど大きくて受け入れるのも苦労していたのに、一度受け入れてしまえば、太く長大なそれに後肛を虐められる行為は、信じられないほど気持ちがよかった。

いやらしい蜜液を、無意識に何度もこぼす。レオリーノはひたすら、男の注挿のもたらす快感に溺れきっていた。


もはや男にしがみつくことさえできず、レオリーノは両手を投げ出したまま脚を抱え上げられ、人形のように揺さぶられている。

「……っく」

「……ああっ」

きつく熱く蠢《うごめ》くぬかるみに引き絞られて、男はようやく最奥に熱い飛沫《ひまつ》を放った。

「……っあ、あっ」

腹の奥に広がる熱に、レオリーノは何度めかの絶頂に押し上げられた。しかし男の責めは終わらない。

「いやっ、やっ……いや、あっ、あっ」

達してなお逞しさのある陰茎で、熱い放埒を腸壁に塗り込められるように前後に動かされる。敏感な穴に、あますところなく男の吐き出した欲望を擦りつけられ、レオリーノは再び泣きながら絶頂した。

グラヴィスがゆっくりと腰を離す。抜かれるときの強烈な快感にも感じきって、レオリーノはか細い悲鳴を上げ続けた。

身体は泥のように疲れきっていた。このまま意識を失ってしまいそうだが、一方で霞《かすみ》がかかったような思考が、ようやく明瞭《めいりょう》になってくる。

ぜいぜいと乱れた息を必死で飲み込みながら、レオリーノは経緯を思い出そうとする。

(夜会で、ユリアン様に何か薬を飲まされて、ルーカスに助けられて……そして……そして)

「正気に戻ったか」

「……ヴィー……？　けほっ」

喉が嗄《か》れている。ぐっと眉を寄せた男は、水差しから直接水を呷ると、そのままレオリーノに口移しで飲ませた。ぬるい水だが、身体のあちこちに染みわたる。

喉を潤わせると、レオリーノもようやく周囲の状況を観察する余裕ができた。

ここはグラヴィスの離宮だ。

「何があったのか、覚えているか」

重く、気怠《けだる》く火照った身体。いまだに痙攣《けいれん》する尻の奥。濡れた身体。すべてを晒して、愛する男に熱に悶える肉体を鎮めてもらったのだ。

レオリーノは、その目に涙を滲ませた。

肉体の快楽に支配されていたときとは、明らかに違う、後悔の涙だ。

グラヴィスは溜息をつくと、レオリーノの顔の脇《わき》に手をつく。男の手が汗ばんだ髪の毛を撫でつけた。

優しい手とは裏腹に、冷たく怒りを浮かべた星空の瞳。しかし、その瞳の最奥には、レオリーノに対するかぎりない愛情と心配、そして安堵が見える。

レオリーノの菫色の目には、いまにも決壊しそうな膜が張り、その喉はひくひくと震えていた。

「……っ、……っ」

「痛むところはないか」

その言葉に、ついに涙がこぼれる。

痛いのは心だ。自分の油断が招いた過ち。その重さに胸が痛い。グラヴィスの目を見れば、どれほど心配をかけてしまったのかわかる。

「……ご、めんなさい」

グラヴィスは明らかに怒っていた。しかし、レオリーノを責める言葉は口にしない。

「何を謝る。薬を盛ったのはあの男だろうが」

「は、反省しています……危ないと言われたのに、で、出かけたこと……」

泣いているだけでは駄目だとわかっていた。必死で嗚咽をこらえる。

「なぜ、夜会に出かけた。おまえの行動を制限した俺へのあてつけか？」

「ちが、ちがいます……ただ、ユ、ユリアン様におことわりを……ちゃ、ちゃんと……しなくてはと……っ」

「それだけか？」

レオリーノは怯《おび》えた。自分の本心に向き直り、反省する勇気が出ない。

しかし、グラヴィスには、レオリーノの浅はかな虚栄心など、すべて見透かされているのだろう。

「……っ、……っく」

「レオリーノ」

男の目はごまかしを許さなかった。黙ってレオリーノを見つめて、素直に告白するのを待っている。

「……ほ、ほんとうは、なにか、僕にも、し、調べられたらって……ほんのすこしだけでも、お役に立てたら……っ、て……」

それ以上は、言葉にならなかった。

「ごめんなさい……ごめんなさい」

「反省するのは俺だ。おまえを、おまえ自身の無謀な行動から守ることができなかったのだから」

「……っ」

グラヴィスの言葉を聞くなり、レオリーノは目の前が真っ暗になった。

この瞬間、レオリーノは男の信頼を失ったのだ。

「……愛おしさに溺れて、油断した俺が悪い。この手から、またすり抜けてしまうところだった」

「ごめ、ごめんなさい……」

グラヴィスは一瞬だけ微笑むと、なぜか突然、話題を変えた。

「おまえを伴侶にする審議が終わった。陛下の署名も、議会の承認も取った。明日両家から、国内外に告示を出す」

疲れきって力の入らないレオリーノの太腿《ふともも》を、男は再び押し開いた。

先程まで男に散々犯されていた薄紅色の蕾は、その縁を充血させ、いまだ閉じきることなく、やわらかく綻んでいた。そこはさまざまな体液でみだらに濡れそぼっている。

「やっ……な。な、……あうっ」

レオリーノは、男の行動の意味がわからずおののいた。しかし、抵抗しようにも力が入らない。

グラヴィスは、熱く蕩けたそこに、束ねた指を挿し入れた。蕩けきった蕾が絡みつく感触を味わうように、ゆっくりと出し入れしはじめる。

「あっあっ……ヴィー、っ、ど、どうして……?」

先程までの男の動きを模したその注挿に、媚薬の名残《なごり》でいまだに甘く火照る肉体は、あっというまに燃え上がる。

男の指は、そこの具合をたしかめていた。感度は高まりきってつらいようだが、まだ充分使い物になりそうだ。男の欲望を受け入れる性器として、やわらかく熟れきっている。

痺れるような快感に腰が流れてしまいそうな心地《ここち》でいると、指で開かれたそこに、再び男の熱く大きな昂りが押し当てられる。

「んああっ……あっあっ」

一気に侵入してきた充溢に、レオリーノは喉を反らした。

レオリーノの蕩けきった蜜孔は、潤んだ内壁を蠕《ぜん》動《どう》させながら、男の欲望にきゅっきゅっと吸いつく。

「……みだらな穴だ」

グラヴィスがゆっくりと律動を再開した。

「あっ……ヴィー、いや、いやっ」

蕩けたそこを硬いもので擦られる気持ちよさは、筆舌に尽くしがたいものがある。頭が真っ白になるほどの快感が、レオリーノの中で弾けた。

すると、グラヴィスが軽々とレオリーノを抱き起こして、レオリーノを腰に乗せた。倒れそうになったところを、腰をつかまれて固定される。

初めての体位に、レオリーノは困惑と怯えから、全身を震わせた。

「や……ヴィ……こわい、なんで……こわい」

レオリーノは、自重で深々と男を飲み込みつつあることに気がついた。

「い、いや！　この体勢、ふかい……」

グラヴィスは、何も話してくれない。レオリーノは男の腹に手をついて、必死に身体を支える。

しかし、踏ん張ろうにも、男の引き締まった腰回りがあまりにも逞しく肉厚なせいで、寝台に膝を突くことができない。

「いや、いやぁ……ヴィー……どうして、こんな」

泣きながら騎乗位から抜け出そうとするレオリーノの奮闘を、グラヴィスは黙って好きなようにさせていた。どうせ自力では何もできない。

レオリーノは、みっともない姿勢を覚悟で、膝を立て、足で踏ん張ってみる。しかし、大きく開脚させられているせいで、レオリーノの脚力では、その姿勢から身体を浮かすことができなかった。

「んっ……ん」

ならばせめてと、レオリーノは男の硬い腹に両手を突っ張った。んんっと猫のように身体を反らせて、最奥を深く貫く太い杭《くい》から逃れようと試みる。

しかし、どれだけ前のめりに伸び上がって距離を稼いでも、後ろに含まされた男のものが長大すぎて、抜くことができない。体格に差がありすぎるのだ。

レオリーノは絶望した。

男に持ち上げてもらわないかぎり、この体勢のまま、ただ揺さぶられることしかできないのだ。

「……っ、おねがいします……、おろして、こわい。ぬ、ぬいてください」

惑乱のあまりすすり泣きながら、レオリーノは必死に男に哀願した。

グラヴィスは答えの代わりに、無言で腰を揺らし、わずかに突き上げる。その冷たい仕打ちに、レオリーノはのけぞって涙を散らした。

「うっ……ひっ……や、いや……は、はいって」

蕩けた後ろに、さらに充溢が潜り込んでくる。喉まで届くような苦しさだ。しかし、深みに侵入されるたびに、またそこから壮絶な快感が生まれるのだ。

さんざん吸われたせいで乳暈《にゅううん》ごと膨らんだ胸の先を、男が両方の親指で弄りはじめる。

レオリーノはあまりの刺激に泣き叫んだ。最奥が激しく痙攣し、男を強烈に締めつける。その瞬間、後ろだけでレオリーノは絶頂に達していた。

「……明日からは、おまえは公に俺のものになる」

レオリーノはその低い声に、全身をさざなみのように震わせた。ぼんわりとした聴覚で拾う男の言葉が、いまは怖かった。うれしいが、怖い。

「……このまま、しばらく離宮《ここ》で過ごすといい」

「あうっ……あ……」

「何も考えずに、ただ気持ちよくなっていろ」

グラヴィスはそう言うと、あとは無言で、華奢な身体がもたらす絶妙な締めつけを味わった。

どれほどゆるんでも、もともと小さく狭い隘路は、経験豊かな男も充分に愉《たの》しませる。男が腰をつかうたびに、繋がったそこから卑猥《ひわい》な音が漏れた。

深い官能の海に堕《お》ちていきながら、同時にレオリーノは、絶望と後悔に溺れかけていた。

過ぎた快感は拷問になる。この交わりは、もはや薬を抜くためではない。官能による罰だ。

レオリーノの肉体的な自尊心は、グラヴィスによって、徹底的に壊されようとしている。

男は無言で伝えているのだ。男にされるままになるしかない己の無力さ、快楽に弱い肉体的な脆さを自覚しろと。

傷ついているのは、グラヴィスのほうだった。

心ごと、大切に守ってくれていたのに。

グラヴィスにこんな酷い真似をさせてしまった。


グラヴィスはレオリーノを乗せたまま軽々と身体を起こすと、対面座位に変える。

ひくひくと喉を震わせながら泣き喘ぐレオリーノの唇を容赦なく塞いで、その呼吸までも奪う。

胸を弄る手も止めない。吐精しすぎて腫れた花茎は、深い律動のたびに男の硬い腹に擦られ続けた。

あらゆる官能の在《あ》り処《か》を男に支配され、レオリーノはただ、子どものように泣きじゃくることしかできなかった。ゆるやかに打ち込まれる腰のリズムで、あっあっと嗚咽が漏れる。

目眩がするほどみだらな音が、淫猥《いんわい》な匂いが、レオリーノの肌を染め上げ、その理性を奪っていく。

圧倒的な肉体の檻《おり》から抜け出す気力は、すっかり失われていた。

再び仰向けで寝転がった男の逞しい身体の上に、レオリーノは子どものように寝かされた。後頭部をつかまれ、小さな口の中を男の舌で犯される。

「んっ……んっ」

口内を弄るのと同じリズムで、尻のあわいのもろい箇所を、太い陰茎で蹂躙される。ゆっくりと長いストロークで、延々と犯され続けた。

レオリーノの意識は朦朧《もうろう》としはじめ、もはや肉体の輪郭も失われつつあった。

レオリーノは、ただの柔らかい『快感』という名の肉の塊だ。そして、硬い官能の芯《しん》で、その肉の中心をかき混ぜられている。

男が長い蹂躙を終え、再び花筒をその欲望で汚したとき、レオリーノは吐き出すものもないまま極め、そのまま意識を失った。

ヨセフの蛮勇

翌日、グラヴィス・アードルフ・ファノーレンと、ブルングウルト辺境伯四男レオリーノ・ウィオラ・マイアン・カシューの婚約が公示された。

ファノーレン建国以来、初の王族の同性婚ということで、貴族はおろか平民までもがその発表に驚いた。血統主義者の高位貴族達は、この発表を歓迎した。

レオリーノの尋常ならざる美貌をすでに見たことがある貴族達は、その類稀なる美貌が、さすがの王族をも陥落させたかと納得した。

一方、市井では、二人の年齢差、しかも同性であることから、政略的な結婚なのだろうと噂された。

レーベン公爵家で問題に巻き込まれた後、レオリーノは実家に帰ることを許されず、そのまま離宮で過ごしている。

ブルングウルト辺境伯からは、一度だけレオリーノを返すように離宮に嘆願があったが、グラヴィスはそれを却下した。

ヨセフ経由で夜会で起こった事の顛末を知っているカシュー家は、レオリーノの無事をたしかめたがったが、それ以上強く出ることはなかった。すでに二人の婚約は公示され、レオリーノの安全を守る権利と義務は、グラヴィスにも備わっているからだ。

カシュー家からは、世話役及び連絡役として、専任侍従のフンデルトと、護衛役としてヨセフが離宮に派遣された。

レオリーノ自身は、何もすることがないまま、離宮に軟禁されている。

薬を盛られた翌日は、徹底的に抱かれたこともあり、熱を出して寝ついてしまった。ただ幸い、体調不良を長引かせることはなく、翌々日には起き上がれるようになった。

ようやく起き上がれるようになったレオリーノは、祖母エレオノラから聞いたラガレア侯爵の出生にまつわる秘密を、グラヴィスに伝えた。その情報をもたらしたことによって、グラヴィスの信頼が少しでも回復しないかと、虚しく期待していたのだ。

だが、それは甘い考えだった。グラヴィスはそうか、と頷くにとどまった。それだけだ。

その後は、ただレオリーノを甘やかし、毎朝毎夕、その身体に徹底した快楽を注ぎ込んでいる。

みだらな閨の睦言《むつごと》以外は、二人はほとんど言葉を交わすことがなくなった。昼夜問わず、胸の尖りを、男の証を、そして後蕾《こうらい》を愛され、消化しきれないほどの快楽を与えられ続けている。

グラヴィスはレオリーノを壊すような真似はしなかった。

イオニアと違い、レオリーノは男と対等に性交ができるほど、体格に恵まれているわけではないからだ。レオリーノにとって連日の荒淫《こういん》は、過酷で過剰なものだったが、それでも充分グラヴィスは手加減していた。

「あっ……いや、もう、もうっ……」

レオリーノは長椅子の上で下肢をあらわにされ、男の口淫を受けていた。後蕾はたっぷりの潤滑油で濡らされた指で、ぬくりぬくりと犯されている。

あの日、媚薬に悶え苦しむ身体を慰めてもらって以来、レオリーノはこうして部屋に軟禁された状態で、朝な夕なに、グラヴィスによって快感を与えられ続けている。


レオリーノが出迎えるなり、グラヴィスは挨拶もそこそこに、激しく唇を貪ってくる。今日もそうだ。レオリーノの口内を舌で犯しながら、同時に下穿《したば》きの中に手を入れて、すぐに蕾をまさぐった。そこは、今朝《けさ》もさんざん指でいじめられたところだ。

前戯もそこそこに、まだ柔らかい蕾をおもむろに弄られ、レオリーノはおののいた。

男のペースで仕掛けられる濃厚な愛撫に、すぐにレオリーノはその身体の主体性を喪失する。グラヴィスは、力の入らなくなった細身の身体を軽々と持ち上げ、長椅子に横たえた。あっというまに衣服を乱すと、自分自身の肉体の反応に怯え惑うレオリーノを、その舌で、指で、どんどん追いつめていく。

無自覚ながら淫蕩な肉体は、すぐに燃え上がる。しかし、レオリーノの心は、肉体が陥落する速さについていけない。心だけが置き去りのままだ。

一度目は、男の舌に強制的に追い立てられ、二度目は、根本を押さえられたまま後ろを犯され、レオリーノは何も出すことなく達した。

舌で、指で丹念に愛され、感じやすい身体は、性交のための肉体に、徹底的に作り変えられていく。

「もういや……いやです……」

レオリーノが快感に嗚咽をこぼしながら訴えると、グラヴィスは、仕草だけは優しくその頬を撫でる。

しかし、そこに言葉はなかった。

レオリーノの両脚が逞しい肩にひっかけられる。細い足首をつかみ、左脚の傷痕《きずあと》を舌でたどられた。もはや、そんなところでも感じてしまう。

レオリーノが惑乱のあまり本気で泣き出すと、グラヴィスはなだめるように乳首を弄って、後ろに意識を集中させ、男の固い欲望をそこに嵌《は》めてほしくなるように追いつめていった。

蕩けきったそこが、男を求めて激しく収縮を繰り返す。

「力を抜け」

「……んーっ、んんっ、あ、あ……」

連日の淫蕩な行為で柔らかいままのそこに、男の欲望があてがわれる。そのまま一気に、奥まで、腰を押し込まれる。

真っ白な身体はびくりと硬直すると、そのままとろりと脱力した。白く細い喉が、惜しげもなく男の前に晒される。

「やあっ……あぅっ……いや、おく、おく……突かないで」

「いやじゃない。こんなに柔らかい。ほら」

「んうぅ……っ！」

喉骨の稜線《りょうせん》に舌を這わせながら、感じやすいレオリーノの内部を、ゆっくりとしたリズムで蹂躙する。

「あっあっあっ」

男が吐く深い息遣いと、レオリーノの乱れきった息遣いが室内に響きわたる。

この数日で、レオリーノの後腔は丁寧にほぐされれば、男の長大なそれを呑み込めるように、そしてそこで極められるように躾けられていた。

しかし、心は途方に暮れたままだ。

グラヴィスは肉体とともにレオリーノの思考を奪い尽くし、男のこと以外を考える余地を与えなかった。

「このまま達け」

「あっ、あ、いい……いあっ、ん、ん」

男の腰の動きが激しくなる。後ろを突き上げられる快感で頭が真っ白になって、レオリーノは何も考えられなくなる。やがて前を弾かせることなく、そのまま最奥をゆるやかに突かれて絶頂した。

心と身体が、乖離《かいり》しはじめる。

自分が無価値で、何者でもなく、グラヴィスの思うままに身体をひらく人形になったような感覚に陥っていく。

たくさん、グラヴィスに話したいことがあった。

自分の浅はかな行動を誠心誠意謝って、叶うことならば、男の信頼を取り戻したかった。

涙をこぼしながら、レオリーノは目を閉じた。


そんなレオリーノの状況に行動を起こしたのは、レオリーノの護衛役ヨセフだった。

連日のように、レオリーノが婚約者にその身体を貪られていることをヨセフは知っている。一度きちんと将軍と話し合うように進言したが、その言葉にレオリーノは力なく首を振るだけだった。終始うつむきがちで、徐々に気力を失っていく主の様子に、ヨセフは心を痛めていた。

そして今日も、朝から男に自由にされたのだろう。濃厚に抱かれたせいで、レオリーノは寝台から起き上がることができなかった。

運ばれた朝食も受けつけることができずに、真っ青な顔で謝罪する主を見て、ヨセフは決意した。

目的の男の姿を探して、ヨセフは広い離宮を走り回る。侍従のテオドールと一緒のところを見つけると、勇気を振り絞って声をかけた。

「将軍様……お話があります！」

明らかに震えているとわかる声に、グラヴィスは振り返った。レオリーノの護衛役をそこに認めると、静かな声で尋ねる。

「ヨセフか。どうした」

「レオリーノ様のことです」

その途端に、グラヴィスの冴え冴《さざ》えとした表情がさらに凍りつく。

「レオリーノのことなら、おまえと話すことはない」

男の静かな迫力に足が震える。

しかしヨセフは、大切な主のために必死でその威圧に耐えた。すべては主人のためだ。

「……レオリーノ様もすごく反省しています。で、でも、あ、あんな風に追い詰めるのは、違うと思います」

「グラヴィス殿下、お答えになる必要はありません。下がりなさい、ヨセフ」

テオドールが厳しい表情でヨセフを排除しようとする。グラヴィスが片手を挙げてそれを止めた。

「蛮勇だな。だがその勇気に免じて、話を聞こう。何が違うんだ」

「たしかにレオリーノ様が夜会でユリアン様と二人きりになったのは、その……迂闊だったと思います。だけど、このままだと、レオリーノ様が壊れてしまいます」

グラヴィスは続きを話すように、無言で促した。

ヨセフはつっかえながらも、必死で言葉を繋ぐ。もともと流暢《りゅうちょう》に話せるわけでもない。

「将軍様がいないときは、ずっと落ち込んでるんです。レオリーノ様は将軍様のことが好きだから、貴方のすることはぜんぶ黙って受け入れている。でもだめだ。それ以外のときは、ずっと下を向くばっかりで、飯もあんまり食わなくなってる」

グラヴィスがテオドールに視線で問いかける。侍従は溜息をつきながらも、ヨセフの言葉を肯定した。

「……たしかに、食欲が落ちておられます」

「そうか。ヨセフ、報告ご苦労だった」

そっけなく踵を返そうとするグラヴィスに、ヨセフは歯噛《はが》みした。

「待ってください！　……将軍様は、レオリーノ様をどうしたいんですか！」

「下がれ、ヨセフ！　不敬にもほどがある！」

テオドールは激怒した。本来、血統主義者の侍従にとっては、目を剥くような出来事だ。

王族のグラヴィスにそんな口の利き方をする平民など前代未聞だ。レオリーノの護衛役だからといって、とうてい許せるものではない。

しかし、ヨセフはテオドールの叱責を無視した。

「お願いします！」

そう叫ぶと、グラヴィスに向かって、ヨセフは床に平伏した。その様子を、グラヴィスは醒めた表情で眺めていた。

「……いまさら恭順を示して、なんのつもりだ」

「処罰は覚悟の上です！　で、でも、言わせてもらいます……！　レオリーノ様をあんな風に追いつめないでくれ！」

男の静かな怒気に、ヨセフは額に汗を浮かべた。

ヨセフの動物的な勘からすると、一見厳《いか》つく強面《こわもて》のルーカスよりも、目の前の王弟のほうがよっぽど恐ろしいのだ。

「お願いです……！　レオリーノ様と、ちゃんと話をしてください。あんな風に閉じ込めて……会話もしないで、あんな風に扱うなんて……将軍様のお怒りはわかるけど、あれじゃ、レオリーノ様の良いところが萎《しお》れてしまいます！」

テオドールはとんだ茶番だと、主の前に出てヨセフを窘《たしな》める。

「黙れ、ヨセフ・レーヴ！　これ以上の無礼を働く前に、いますぐ殿下の前から下がりなさい！」

「……黙らない！　テオドールさんだって、間違っているって、本当はわかってるだろうが！」

ヨセフは侍従に怒鳴りかえすと、グラヴィスの目を見て叫んだ。

「レオリーノ様は、将軍様……閣下、あんたのことしか想ってない……あんたのために、もう一度この世に生まれてきたんだ」

「……」

それでも、グラヴィスは何も言わなかった。ヨセフはついに爆発する。

「あんたの愛し方は傲慢だ！　……ルーカス様に比べて、あんたの愛し方は苛烈すぎるんだよ！」

その叫びに、グラヴィスの表情がこわばった。

「――俺が、レオリーノに……なんだと？」

「レオリーノ様に絶望しないでくれって言ってるんです！　優しく愛してやってくれって……！」

ヨセフの必死の訴えに、グラヴィスの脳裏に、獅子のような男の顔が浮かぶ。

グラヴィスに命を捧げるイオニアを、それでもいいからと、背後から包み込むように愛した……ルーカス・ブラントの姿が。

「……頼みます。俺だって、将軍様が、レオリーノ様をこの上もなく大切にしてることはわかってます。レオリーノ様もわかってる。だからこそ、将軍様の信頼を裏切ったことを後悔している。だから、どれほど怖くて恥ずかしいことでも、将軍様のやることに逆らわない。罰と思って、耐えてるんだ」

「……」

「わかってるんでしょう？　……レオリーノ様は、何をされてもいいと思うくらいに、それくらい将軍様のことを愛してる」

「……わかっている」

グラヴィスは拳を握りしめた。

「止められなかった俺達にこそ、責任はあります……ご当主様も、今回のことは監督不足だと、本当に申し訳なく思っています。でも、レオリーノ様なりに、なんとかして貴方の役に立ちたかったんだ。王都まで、その思いだけで出てきたんだ。レオリーノ様も過ちを認めて謝っているんでしょう？」

「……取り返しがつかないことになっていたかもしれないのにか」

　ヨセフは唇を噛んでうつむく。

「でも、肉体だけ安全でも……身体だけ愛されても、それは違う」

「…………」

「レオリーノ様の想いは、どこにいけばいいんだよ……」

　ヨセフの声は勢いを失いつつあった。

「将軍様……レオリーノ様と、話をしてください。無言であの方を追いつめないでくれ。お願いします」

　それだけ言いきると、ヨセフは処罰されることを覚悟して、両膝《りょうひざ》の上に拳を置いた。下を向いて沙汰を待つ。


　グラヴィスはしばらく黙って、ヨセフの頭を見つめていた。

「レオリーノが、おまえに訴えたのか」

「レオリーノ様はそんなことしない。ただ黙って、部屋で反省してるよ。これは本当に、俺の勝手な行動です。だから、罰するなら俺だけにしてくださ い……ただ、レオリーノ様に、もう一度やり直しをする機会を与えてほしいんだ」

　テオドールが厳しい声で注意する。

「ヨセフ。これからもレオリーノ様のお傍にいるつもりなら、その壊滅的な礼儀作法と言葉遣いを正しなさい」

「……ほしいです」

　テオドールは苦々しげに溜息をついて、どうするかと主を見る。黙って砂色の髪を見下ろしていたグラヴィスが、やがて静かに答えた。

「おまえの言いたいことは、よくわかった」

ヨセフはおそるおそる頭を上げた。グラヴィスと目が合うと、ビクリと硬直する。

その冴え冴えとした双眸《そうぼう》に見つめられると、背筋に戦慄が走る。しかし畏《おそ》れを乗り越えて、よく見てみれば、その星空のような瞳は、もはや怒りを浮かべてはいなかった。

「……レオリーノは良い護衛役を持ったな」

「殿下、この者の処罰は」

「ああ。いまの無礼は許す。ヨセフ、おまえの訴えを受け入れよう」

ヨセフは不安そうに、グラヴィスの隣に立つテオドールを見上げた。本当に許されたのかと言わんばかりの視線に、テオドールは苦笑いを浮かべつつ、無言で頷いた。

「蛮勇などと言ってすまなかった。勇気を出して進言してくれたことに感謝する」

「いえ、は、はい……」

一か八かだったが、言いたいことはどうやら伝わったらしい。そして将軍は寛容に受け止めてくれた。厳罰も覚悟していたヨセフは、緊張の糸が切れて、ヘナヘナとその場にへたりこんでしまう。

やりかたは無茶苦茶だが、主のことを考えて無謀な訴えを敢行したヨセフに、グラヴィスの眼差しがふっとやわらいだ。

「……おまえは、ルーカスのこともよく見ているな」

「へっ……？」

「あの厳つい男の優しさを、よくぞ見抜いたものだ。ディルクがおまえを気に入っているのもわかる」

その言葉に、ヨセフはわずかに頬に血を昇らせた。

「……俺の愛し方は、苛烈か──耳が痛い」

ヨセフは、ルーカスとグラヴィス、二人の男の愛情を比較するような発言をしたことを、いまさらながらひどく後悔した。どちらの男の愛し方も、ヨセフに口を出す権利はない。

それができるのは、イオニアと、そして、レオリーノだけだ。

「レオリーノ様は、貴方様を愛しています。でも、だからこそ、我慢しちゃうから……あの方は、ずっと我慢してきたから、色々」

「ああ、わかった。肝に銘じよう」

ヨセフの言葉遣いは、完全におかしくなっていた。だが、それでも、青年の主を思う気持ちは伝わってくる。テオドールも、もはや咎めることはなかった。

「じゃあ、レオリーノ様の話を、聞いてくれますか……?」

「……ああ。レオリーノの話を聞くと約束しよう」

その言葉に、ヨセフはようやく安心したように肩の力を抜くと、ぎこちない笑みを浮かべてみせた。

死してなお贖《あがな》えぬ罪

グラヴィスの数歩後ろを、テオドールは無言で付き従って歩く。この主従も、出会ってから三十年以上の付き合いだ。

テオドールはグラヴィスの侍従になるべく、幼少期から王宮で一緒に育てられた。幼馴染でもある侍従には、長年仕えている主が何を考えているのか、言われずともたいていのことが推測できる。

グラヴィスは幼い頃からきわめて優秀で、王族としてこの上もなく完璧な王子だった。

しかし、第二王子でありながら、兄より優れた資質を持って生まれてきたことこそが、グラヴィスにとって最大の不幸だったのかもしれない。

グラヴィスがこれまで歩んできた道の険しさを知る者は、おそらくテオドールしかいないだろう。

母后の期待、兄王への思慕、双方への忠誠心の狭《はざ》間《ま》に立たされながら、命を狙《ねら》われ続けた王子の苦悩。

王国の平和と安寧を守るという使命感は、グラヴィスに科せられた軛《くびき》だ。

テオドール以外に、唯一グラヴィスの苦悩に気がついたのが、いまは亡き赤毛の青年だった。

そして、グラヴィスが王族としての責任をなげうってでも、唯一自分の想いを貫こうとした相手が、その青年、イオニア・ベルグントだったのだ。


無言で歩いていた主が、やがて、苦い笑いを滲ませてつぶやく。

「ルーカスと比べられたら、俺に勝ち目はないな」

「レオリーノ様は貴方のことを愛しておられます」

「当然だ。レオリーノの心を疑ってはいない。疑っているのは、俺自身の資質だ」

侍従の脳裏に、太陽のような男の顔が浮かぶ。

テオドールは、出会った瞬間から、ルーカス・ブラントのことが大嫌いだった。

武勇に優れ、性格も鷹揚な、人間としてとても魅力的な男だ。そのことがなおさら、テオドールには許しがたい。

グラヴィスの唯一無二であった青年を、あの男は身分の垣根を軽々と越えて欲しがってみせた。主がどれほど願っても手に入れられなかった、青年の隣の立ち位置。それを、いともたやすく手に入れてみせたのだ。


あの学舎《まなびや》での日々、ルーカスは誰にはばかることなく、堂々と赤毛の青年の隣にいた。日の当たる場所で、肩を寄せあい、笑いあっていた。

イオニアを自身の『人間の盾』にすると決められ、失う恐怖に苦悩するグラヴィスを、ひとり、暗闇《くらやみ》の中に置き去りにしたまま。

グラヴィスは、夜の闇にまぎれてしか、イオニアとの時間を過ごすことができなかった。

あの当時は三歳の年の差も大きかったのだろう。

その感情が恋だと自覚することもなく、明確なかたちを与えられないまま、グラヴィスはやみくもにイオニアを求めていた。

しかし、そんなささやかな時間さえも、あの男は『恋人』という立場で、主から奪っていったのだ。

武勇で名高い伯爵家の次男と、王位継承争いの只《ただ》中《なか》にいた王子。心が赴くままに愛する人を求めることができる自由を無自覚に主に見せつけ続けた、あの男が憎い。

グラヴィス自身は、とうの昔に己の運命がそういうものだと受け入れている。それどころか、イオニアの死についても、ルーカスに贖罪の念を抱き続けている。

自由と愛を諦めるグラヴィスを、テオドールは幼い頃から、誰よりも近くで見ていた。だからこそテオドールは、主の代わりにルーカスを嫌い続ける。

そうしなくてはならない。

しかし、テオドールが誰よりも憎んでいるのは、自分自身だ。

なぜならば、テオドールこそが、グラヴィスとイオニアの愛を阻んだ真の罪人だからだ。

永遠に償えない罪を背負う罪人というならば、己こそがふさわしい。


母后であるアデーレに、グラヴィスが想いを寄せる存在がいると伝えたのは、テオドールだ。

テオドールは、グラヴィスこそがこの国の王位にふさわしいと考えていた。グラヴィスを王位に就けるためには、平民で、しかも男であるイオニアの存在は邪魔だった。

グラヴィスの孤独を埋める存在でありながら、王位への道を阻む存在であるイオニア。

テオドールの心は天秤の上で揺れ続け、最終的に赤毛の青年に対する感情は、絡まった糸のようにほどきがたいものになっていた。

守るべきは、主の心か、未来の玉座か。テオドールは、結局アデーレにその判断を託した。

王妃は予想どおり、急遽グラヴィスに婚約者を仕立てると、イオニアの想いに自らとどめを刺しにいった。その思慕を、王になるべきグラヴィスへの忠誠にすり替えろと迫ったのだ。

そしてイオニアは、王妃の言葉を受け入れ、王都から姿を消すように僻地へ飛ばされた。その時点では、すべてが目論見《もくろみ》どおりだった。

イオニアがツヴァイリンクでその命を散らし、主の心が、取り返しがつかないほど凍りつくまでは。

先の戦が終わった後、主の心のやわらかく熱い部分は、すべて燃えつきていた。イオニアが遺した国を守るという使命だけが、その焦土に根を下ろし、グラヴィスの魂をこの世に繋いでいた。

グラヴィスは、母后にイオニアのことを告げ口したのがテオドールだと、おそらく知っている。だが、いままで、そのことについて責められたことはない。

ツヴァイリンクから、遺品としてイオニアの剣を持ち帰り、それを実家の鍛冶屋に届けにいった日。父親の涙ながらの怨嗟《えんさ》の言葉を無言で受け止めていた主の背中を、テオドールは覚えている。

テオドールが己の罪を自覚したのは、そのときだ。

神でもない只人《ただびと》である己が、引かれあう二つの魂を引き裂いたのだ。王族と、平民……その流れる血の違い、実を結ばない同じ性別、たったそれだけのことで。

しかし、あの青年の魂は、再び主のもとに還《かえ》ってきてくれた。性格も、見た目も、何もかも、かつてとまったく違う姿で。

だが、テオドールにはわかる。グラヴィスを一心に想い続ける、彼らの愛のかたちは同じだ。誰よりも近くで、主の心を揺さぶるあの存在を見てきたからこそ、わかるのだ。


レオリーノが現れた瞬間から、グラヴィスは、みるみる人間らしい感情を取り戻していった。

主の中に巣食っているのは、再び目の前で愛しい者を失うかもしれないという恐怖だ。たとえそれが運命だとしても、グラヴィスには受け入れられない。だから今回のように、レオリーノの危機に、怒りの箍《たが》が外れ、過激な行動に走ってしまう。

しかし、主の衝動を鎮める言葉を、テオドールは持っていなかった。


「俺は、間違えたんだな」

「……そのようなことは」

「何も考えずに、この手の中にいてほしいと思った。すべてが俺の一方的な想いで、俺のやり方で幸せにできると思っていた……イオニアのときと同じだ。苛烈と言われてもしかたがない」

グラヴィスは乾いた声で自嘲する。

「俺は、結局こういう愛し方しかできない。知らないんだ」

グラヴィスの言葉の裏にある意味が、テオドールにもわかった。

「……これがファノーレンの血か」

テオドールは黙って聞いていた。そんなことはないと、心で叫びながら。

グラヴィスは己の心に巣食う闇と向き合っていた。

「レオリーノを自由に羽ばたかせたいと思っていた。いまも思っている。だが、やはりだめだ。手に入れれば……二度と失いたくない」

この手に囲い込んで、風にも当てないように守り抜きたい。視線ひとつ、ほかに向けてほしくない。ましてや、あの存在を誰かに奪われそうになるなど、絶対に許せるわけがない。

愛する者と、それ以外。自分の中にある執着と無関心の、残酷なまでの心の天秤を自覚する。

グラヴィスは自身に流れる血を嫌悪した。それは妾妃に夢中になり、正妃たる母とその息子をないがしろにした父王と、まるで同じ資質に思えるのだ。

グラヴィスは投げやりに視線を遠くに飛ばす。

「俺は母上の……フランクルの血が濃いと思っていた。責務を厳格に果たす、フランクルの血が」

「貴方の半分は、ファノーレン王家の血でできています。その血がそうさせるというのならば、受け入れなくてはいけません」

答えるテオドールの声は静かだった。

「ヨセフの言うとおり、もう一度レオリーノ様と、ちゃんとお話をしてみては」

「話を聞いたところで、俺の心が、それを許せるかどうかわからない。それでもか」

「レオリーノ様を失いたくないと、その思いを正直にお伝えになってください」

グラヴィスは忠実な侍従の目を見つめた。

「……今度は反対しなかったのは、レオリーノが貴族だからか」

テオドールも静かな目で、主を見つめ返す。

幼い頃からともに歩む主従の、分かちがたい苦悩の歴史がそこにあった。

「かつて私が犯した罪が、この命で贖えるほど軽いものではないと自覚しているからです」

そう言って、テオドールは静かに頭を下げた。

グラヴィスが帰ってくる頃だな、と、レオリーノは手慰みに読んでいた本を閉じる。

今日もこのままグラヴィスに抱かれてしまうのだろうかと思うと、悲しみと歓《よろこ》びが同時に襲ってくる。

その感情はレオリーノを混乱させたが、いまはもう、それを当たり前のように受け止めていた。

この離宮に留め置かれて以来、考える時間だけはたっぷりとあった。


連日、無言で繰り返される濃密な愛撫。溢れそうなくらい注がれ続ける官能。しかし、その行為の裏に潜んでいるグラヴィスの恐怖に、レオリーノはすでに気がついていた。

グラヴィスは、レオリーノが傷つけられることを、むしろレオリーノ自身よりも恐れている。

何度もその身を大事にしろ、と言い聞かされていた。だが、その言葉の裏に潜む感情が、これほどまでに切実なものだとは思っていなかったのだ。


意識を失う寸前に感じる、顔中に降りそそぐ口づけ。一心に名前を囁く声。責め苛《さいな》んでいることを自覚しながらも、手放せないと、きつく締めつけてくる長い腕。身体中に注がれる、男の声なき訴えが、やがてレオリーノの中にひとつの答えを導き出していた。


すべてを預けるという、選択肢。

戦えない自分の弱さを認める勇気。


男の奥底に巣食っている喪失の恐怖をそそぐべく、安全な場所でグラヴィスを待とう。レオリーノは、静かに心を決めていた。

本音を言えば、守られるだけのひ弱な存在だということを認めるのはつらい。

でも本当に一番大切にすべきものは、グラヴィスの心だ。

男としての自尊心、自ら本懐を遂げたいという思いなど、捨てるべきなのだ。肉体的に愛されるだけの、無力な存在でもかまわない。むしろもっと愛して、求めてほしいと、開き直ればいい。

それで少しでもグラヴィスが安心できるのならば、それが正しい選択なのだ。レオリーノは、ようやくそう思えるようになった。

やはり、グラヴィスが戻ってきたようだ。侍従が先触れとして顔を見せると、後ろから待ちわびていた男が入ってくる。

「おかえりなさい」

「ただいま」

いそいそと近寄って出迎えると、いつものように、グラヴィスの長い腕に抱き寄せられる。

男を受け入れるように、レオリーノは無意識に身体の力を抜いた。しかし、いつもならばすぐに身体を求められるところだが、一向に唇が落ちてくることも、服を乱されることもない。

レオリーノは胸にうずめていた顔を上げると、しないのかと目で問いかける。グラヴィスは、どこか痛みをこらえるような顔で、レオリーノを見下ろしていた。

「ヴィー？」

「……おまえの護衛役に叱られた。俺がおまえの心を殺そうとしていると」

「ヨセフが……閣下に？　どういうことでしょうか。何かご迷惑をおかけしましたか」

「おまえと話し合えと直訴してきた。こんな風に閉じ込めて、欲望のままに貪っていると、いつかおまえが壊れてしまうと」

レオリーノは驚いた。そしてあわてて頭を下げる。

「ヨセフが、僕のことを気にして……申し訳ありません」

「いや、咎めるつもりはない。それどころか、痛いところをつかれた」

これほどグラヴィスと長く話をしたのは久しぶりだ。煌《きら》めく星空の瞳と、視線が交わる。

「すまなかったな、レオリーノ。怖かっただろう」

「……ヴィー」

「おまえのこととなると、俺は抑えが利かない。そのことを改めて自覚した」

レオリーノはたまらずその胸に縋りつく。

「僕のほうこそ……イオニアと同じくらい役に立てることを貴方に証明したくて、無謀な行動をしてしまいました。本当に、本当に反省しています」

「イオニアと同じになる必要などない」

レオリーノはコクリと頷く。

「わかっています。でも、どこかでまだ見栄を張ろうとしていました……愚かな考えで、貴方の信頼を裏切ってしまいました」

「反省しているのだろう。それに一矢を報いたと聞いている。おまえも強くあろうとしているのに、その思いを無視してしまった。きちんと鍛錬していたんだな」

「でも、結局は身を守ることができませんでした」

「それに、エレオノラ殿下からも貴重な証言を得てくれた。いま、そのことについては、ギンターに調べさせている」

「いえ、あの、差し出がましい真似をしました。反省しています」

何度も謝るレオリーノを見て、グラヴィスは今度こそはっきりと眉間に皺を寄せる。そして、細い身体を抱きしめて謝罪した。

「……すまなかった。おまえを萎縮させるために、抱いたんじゃない。外の世界に出したくなかった。誰にも奪われたくなかったんだ」

「ヴィー」

「目が覚めた。おまえのために俺がすべきことは、俺自身のこの我欲を抑えることだったのだと」

同じタイミングで、お互いに相手の望みを叶えようと考えていた。その偶然に心がぴったりと寄り添えたような、不思議な感覚をレオリーノは覚えた。

「……僕は、このままここで一生、ヴィーに愛されていたいと思ったところでした」

グラヴィスも同じ感覚を覚えたのだろうか。その硬く逞しい肉体から、こわばりが抜ける。そして、小さく喉奥を鳴らした。

「俺のこの異常な執着につき合うことを、おまえも覚悟してくれたということか」

「覚悟なんて……ただ、何があっても、貴方の傍にいられるのならいいやって、気がついただけです」

グラヴィスは内心に秘めた思いを吐露した。

「俺は、おまえを失うことが怖いんだ。何よりも」

「……はい」

「おまえの存在を失えば、俺は今度こそ絶望に落ちてしまうかもしれない。いい年をした男が、なさけないことだが……それでも」

大切に、一生、笑顔でいてほしい。その思いは、けして嘘ではない。だが、絶対に手放せない。男のその思いを、レオリーノは理解してくれていた。

「はい」

男を抱きしめ返す腕に、レオリーノは精一杯の力を込める。

「……ヴィー、グラヴィス。本当に心配をかけて、ごめんなさい。浅慮な子どもであることは自覚しました。もう、無茶はしないと約束します」

「この腕の中から、二度といなくならないでくれ」

男の胸に何度も額を擦りつけて、はいと答える。

「僕も貴方の傍から離れたら、駄目みたいです」

「レオリーノ、それは」

レオリーノは胸の中から一心に思いを込めて、愛しい男の目を見つめかえした。

「僕が安全なところにいることで貴方が強くいられ

るのなら、ずっと貴方の腕の中にいさせてください」

グラヴィスは顔を歪めた。

この魂は、自分のために、また自由を簡単に捨て去ろうとしている。グラヴィスに科された軛《くびき》にとも繋がれたいと、自らその首を差し出したのだ。

「……ルーカスのように、おまえの思うがままに自由に生きることを許せない俺を受け入れてくれるか」

「……？　なぜ、ルーカスなのですか？」

レオリーノは首をかしげる。

「ルーカスならば、おまえらしく生きられるように、束縛することなく愛することができただろうに」

その比較の前提がそもそも違うのだと、レオリーノはグラヴィスに訴えたかった。

自分らしく生きたいなんて望みを、抱いたことなどない。ただイオニアのように、男の傍にいられる理由が欲しかっただけなのだ。

「ルカに愛されて、イオニアは幸せでした。でも、僕はどれだけ不自由でも、こうしてヴィーと一緒にいるほうが幸せです」

「……そうか」

そして二人は、しばらく無言で抱き合った。

グラヴィスは、ようやくレオリーノを失う恐れが、ゆっくり凪いでいくのを感じる。どこまでも寄り添おうとしてくれる健気な魂を、己の狂おしい執着で完全に壊さなくてよかった。

目を覚まさせてくれたのは、あの護衛役だ。

「おまえの気持ちを無視して抱いて、すまなかった。もう……俺に抱かれるのはいやか」

レオリーノはふるふると首を振る。

「言葉を交わせないことが、つらかったです。でも……それ以外は、つらくはありませんでした。それに、ヴィーのお腰のものを、受け入れられるようになれたことは、うれしいです」

だからまた何度でもしてくださいと、頬を染める。

「愚かな僕を許してください。どうか、叶うことなら、これからも貴方の傍にいさせてください」

グラヴィスは、腕の中の愛おしい存在を壊さないように注意しながら、固く、強く抱きしめた。

レオリーノも精一杯、男の背中に手を添わせる。

「僕は、いつか貴方の心の半分になりたいのです」

秘された花の行方《ゆくえ》

グラヴィスの招集を受けて離宮に集まったのは、ラガレア侯爵の疑惑について知る男達、ブルングウルト辺境伯アウグスト、副将軍ルーカス、宰相ギンター、将軍付きの副官ディルク、そしてエッボ・シュタイガーだ。

離宮ではグラヴィスの侍従テオドール、そして、レオリーノとヨセフが待機していた。レオリーノは初めて会合に参加させてもらえた。

グラヴィスが許可したのだ。

必要以上に過保護だったことを反省し、おとなしく閉じこもろうとしていたレオリーノに、機会を与えた。


時刻はすでに真夜中に近い。

レオリーノは両手を不安そうに握りしめ、緊張の面持ちで座っていた。

レオリーノの姿を認めるなり、宰相のギンターは見たこともないほどにこやかな笑みを浮かべた。いそいそと近寄ると、そのほっそりした手を優しく持ち上げ、こわばっている顔を覗き込んだ。

「レオリーノ、元気そうでなによりです」

灰色っぽい髪と長身ながら細身の身体は、少年の頃とさほど印象は変わらない。しかしその顔つきは違う。ルーカスより一歳上であるギンターは、宰相となってすでに十年近く、謹厳な風格を湛《たた》えた立派な男性になっている。

「ギンター宰相、こんばんは」

「どうか、マルツェルと呼んでください。貴方は特別です」

「でも……失礼ではないでしょうか」

再会して以来、ギンターは終始レオリーノに対してこんな調子なのだ。

ギンターが気安く接してくれる理由がわからず、レオリーノは戸惑う。

「ルーカスだけ貴方に名前で呼ばれるのが、どうにも悔しいのですよ。どうか昔のよしみで、私も名前で呼んでください」

「は、はい」

そこまで言われては、遠慮してもしかたがない。レオリーノは素直に頷いて笑みを浮かべる。ギンターは可愛くてたまらないといった様子で目を細めた。

普段のギンターを知る男達にとっては苦笑するしかない。孫を愛《め》でる祖父のような溺愛ぶりだ。レオリーノの父アウグストだけは、なんとも言いがたい表情でその様子を見つめている。

これからラガレア侯爵の裏切りについて、各々《おのおの》調べたことを話し合おうというのに、なんとも緊張感のない空気がただよう。

しかし、男達にはわかっていた。レオリーノの緊張を一目で見抜いたギンターは、それを解きほぐそうとしているのだ。

レオリーノに向かって、ルーカスは鷹揚に笑う。

「レオリーノ、素直に甘えてやれ。マルツェルは、おまえが可愛くてしかたがないんだ」

「はい……マルツェル、ありがとうございます」

レオリーノは頷くと、もう片方の手を、握られた手の上に添えてマルツェルを見上げた。亡き友と同じ菫色の瞳に一心に見つめられて、ギンターはうれしそうに目尻を下げる。

ギンターの態度は演技ではない。心底レオリーノのことを可愛がっているのだ。

二人の様子を眺めながら、ルーカスは、レオリーノの秘密について親友に打ち明けたときのことを思い出す。

普段はきわめて現実的なギンターだが、レオリーノがイオニアの生まれ変わりであることをすんなり受け入れた。一瞬たりとも疑うことなく、レオリーノの話を信じ、そして協力を申し出たのだ。

それ以来、レオリーノと顔を合わせるたびに、この溺愛ぶりである。

ルーカスはギンターに確認したことがある。なぜそう簡単にレオリーノを信じたのかと。

かつて、イオニアを気に入ったときも一瞬だった。ギンターにとって、二人はどういう存在なのかと。

ギンターの答えは、とても簡潔だった。

人間の醜い欲望や野心に日々接している男にとって、二人の存在は癒《いや》しなのだという。

代々宰相を輩出する名家に生まれたギンターにとって、人の性根の裏を読むことは、もはや性分になっている。

しかし、外見も性格も違うレオリーノとイオニアだったが、無私の忠誠と献身を体現する魂の本質は同じだ。彼らを見るたびに、もう少し人間を信じてもいいと思えるのだと、そう長年の友は答えた。

ルーカスにも、ギンターが言わんとすることがよくわかる。

無私の心。その唯一無二の、価値あるもの。

「レオリーノ、大丈夫ですよ。貴方には、ここにいる資格がある。必ず私達が、貴方がもたらしてくれた十八年前の裏切りの真相を暴きます」

「はい……マルツェル。ありがとうございます」

「そうです。そんな風に、これからもマルツェルと呼んでください。約束ですよ」

レオリーノは微笑んだ。

ギンターの気遣いに気がついて、レオリーノが感謝の気持ちを込めて見つめると、ギンターは励ますように肩を叩いた。

レオリーノの緊張もほぐれたようだ。見守っていた男達は安堵する。

「ギンター、そろそろレオリーノをかまうのはやめて席に着け」

グラヴィスは命令しながらも、その目に感謝の念を浮かべて、ギンターをちらりと見る。ギンターも小さく頷き返した。

「失礼しました。レオリーノにはなかなか会えないので、つい我を忘れました」

ギンターは残念そうに立ち上がる。また話しましょうねと、宰相から声をかけられると、レオリーノは、うれしそうに何度も頷いた。


「はじめるぞ」

グラヴィスの言葉を合図に、男達は気持ちをガラリと切り替える。

一気に引き締まった場の空気に、レオリーノの肩がまたこわばる。

すると、ヨセフが背後からレオリーノの肩に手を乗せて、落ち着かせる。経験豊かな壮年の男達から見れば、ヨセフもまだまだ危なっかしくて目が離せない。しかしそれでも、青年なりに主の心を細やかに気遣っているのがよくわかる。

グラヴィスはヨセフにレオリーノをまかせて、話を続けることにした。

「ギンター、レオリーノがエレオノラ姫から聞いた件について、わかったことを話してくれ」

「はい、それでは」

ギンターが頷く。レオリーノは唾《つば》を飲み込んだ。

「後宮の記録は内政宮の管轄のため、ラガレア侯爵の目を盗んで調べることは困難でした。そこで、グラヴィス殿下の管轄である外事宮から、諸外国の姫が後宮に輿入れした履歴がないか、当時の記録を調べてみました。資料も古く、たいした情報はありませんでしたが、該当する記録は残っていました」

「よくやった。何か出てきたか」

「ええ。たしかに六十八年前、北方の小国から王族の姫が、いわば人質的にタイロン王の後宮に送り込まれています。エレオノラ様の証言と一致しています」

「どこの国からだ」

「リューリクという国です。名前の記録もあります。マルファ・ラドガという名前の姫です」

ルーカスが首をひねる。

「リューリク？　……聞いたことがない国だな」

この中で一番年長のアウグストが、記憶をたぐる。

「貴殿の年頃では、知らんのも無理はない。リューリクはずいぶん前に失われた国だ。それこそ儂の幼い頃の地図にしか記されておらんだろう。ツヴェルフに併合された、北の小国のひとつだ。ブルングウルト領より小さな国で、当時、ファノーレンとツヴェルフのどちらに併合されるか、融和的な解決を求めて両国に尻尾《しっぽ》を振っていたという」

「そのリューリクの姫が、殿下の祖父君である前々代のタイロン王の後宮に送られた。そして、その姫が前ラガレア侯爵に下賜され、生まれたのがブルーノ・ヘンケルだということか」

「しかし、なぜラガレア侯爵の母親は、下級貴族の娘などということになっているのでしょうか。小国とはいえ、王族であると言ったほうが、高貴な血筋と称賛されたでしょうに」

ディルクが疑問を呈すると、男達はううむと唸り押し黙る。するとテオドールが、持参した古びた書物を開きながら、主に見せた。

「殿下、これはラガレア領で内偵させた者から届いたものです。当時の国教会の記録を、表紙だけ偽装して、ひそかにすり替えて持ってきました……ここに、見てください、前ラガレア侯爵の婚姻の記録があります」

男達は、机に置かれた古びた書物を覗き込む。七十年近く前の記録だ。ただでさえ紙の劣化で読みにくい上に、装飾文字で書かれているせいで判読できない。

「昔の修飾公語ですね。俺にはお手上げだ」

ディルクが諦めて頭を起こした。他の人間も同様だ。私が読みましょう、とテオドールが手を差し出したが、グラヴィス自ら手に取ると、その記録書を調べはじめた。

「……たしかに、ここには前ラガレア侯爵と、マルファという女性が婚姻したと記録があるな。ただしマルファは『ラドガ』という姓ではない」

「年齢は？　そのマルファという女性は何歳と書いてありますか」

「十七歳と書いてある」

宰相の質問にグラヴィスが答える。それに打ち返すように、ギンターは外事宮の記録を見せた。

「マルファ・ラドガの記載は十六歳になっています。すぐにラガレア侯爵に下賜されたのならば、年の頃は同じです」

ルーカスが鼻にあからさまに皺を寄せる。

「十六歳で後宮の妾妃に……？　国のためとはいえ、ろくでもない話だ」

しかし、アウグストがしわがれた声で唸った。その表情は厳しく、暗い。

「いや……考えてみれば、そもそもマルファが妾妃であったならば、ラガレア侯爵のもとに嫁ぐのは不可能だ」

「どういうことですか、アウグスト殿。マルファは妾妃として後宮に召し上げられたのではないのか」

「ルーカス殿、それは不可能なのだ。つまり……マルファはタイロン王の妾妃にすらしてもらえなかったのかもしれん」

ギンターも、その言葉に難しい顔で頷く。

「アウグスト殿のおっしゃるとおりです。正式な妾妃としてマルファが後宮に迎え入れられていれば、そもそもラガレア侯爵に下賜されるのは不可能です」

「……どういうことだ？」

「王族の婚姻法です」

いまだにピンと来ていない男達に、ギンターが丁寧に説明する。

「王族だけに適用される婚姻法では、王族の男子は貴族や平民と違って、離婚が許されていません。その代わりに複数の妾妃が持てるという特権が与えられています。いかにタイロン王とはいえ、その法を犯せば大変な醜聞になったでしょう。しかし問題となった事実はない……それが意味するところは……」

「マルファ姫に、妾妃としての身分は与えられていなかった。だから、前ラガレア侯爵に妻として下賜することが可能だったのだ」

アウグストが苦々しい声で、宰相の後を引き取る。

それを聞いた男達の表情が、一様に曇った。

小国とはいえ、王族の姫が後宮に召し上げられたにもかかわらず、妾妃の立場を与えられずに、家臣に下げ渡された。国王の手がついていようがいまいが、その扱いは公妾――すなわち王族の愛人扱いとなる。娼婦《しょうふ》と同じだ。

レオリーノもそのことに思い至ったようだ。

「それではマルファ様の扱いがあまりに……十六歳の姫が……そんな」

悲痛なつぶやきに、男達は押し黙る。真実ならば、国王の仕業とはいえ、外交上でも、また道義においてもとうてい許容できない。男として唾棄《だき》すべき極悪な振る舞いだ。

ルーカスが、グラヴィスを見る。無意識に王族に対する嫌悪と憐憫を含んだ男の視線に反応したのは、侍従であるテオドールだった。テオドールは、ルーカスを射殺しそうな目で睨みかえす。

しかしグラヴィス自身は、いまさら王族の素行を謗《そし》られようが、痛痒《つうよう》を感じることもなかった。

「……タイロン王に自国の姫を軽々しく扱われたことが原因で、リューリクは、ファノーレンではなくツヴェルフになびいて、彼《か》の国との併合の道を選んだのかもしれん」

アウグストのしわがれた声に、ギンターも頷く。

「ありえない話ではありません。妾妃として召し抱えられる前提で自国の姫を後宮に送ったのに、約束を反古《ほご》にされるどころか、一年足らずで家臣に下げ渡されたのですから。リューリクの屈辱と怒りは、どれほどのものだったでしょう。それこそ、国力さえ釣り合っていれば、即戦争ものだ」

「小国とはいえ、王族の矜持は大いに傷つけられたことだろう。リューリクの王家の系譜が、ツヴェルフ内でいまだに存在しているとすれば……ラガレア侯爵とツヴェルフの繋がりの可能性が見えてきたな」

ギンターがこれまでの話を総括する。

「姫の姓を変え、下位貴族の娘と偽装したのも、外聞をはばかってのことでしょう。『ラドガ』はリューリク王家の姓だ。当時は小国ながらリューリクを知る者も多かったでしょうから……妾妃の身分を与えず公妾扱いした上に、家臣に下げ与えたというのは、さすがに外聞が悪かったのかもしれません」

グラヴィスは少し考え込むと、教会の記録をパラパラとめくりはじめる。

「閣下？　何を調べておられるのですか」

「ブルーノ・ヘンケルの誕生の記録だ」

「……もしや、ラガレア侯爵の生まれた時期が問題とお考えですか」

全員がギンターを見た。その言葉が意味するところを察した男達は、一様に厳しい表情に変わる。

グラヴィスが黙って紙をめくる音が、静かな室内に響いた。

「年の頃を考えるとこのあたりだが……おかしいぞ。領主の息子なのに、誕生の日が領地の教会の記録に記されていないだと？　そんなことがありえるか……いや、待て」

そう言ってさらに古びた紙をめくりつづける。やがて、目当ての記載を見つけたようだ。

「あったぞ。サマエル・ヘンケルとマルファの息子、ブルーノ・ヘンケルの洗礼日との記載がここにある、テオドール、洗礼日は通常ならば？」

テオドールがすぐに答えた。

「誕生の日からちょうど半年が経《た》った、前後数日の吉日を洗礼日とします」

グラヴィスは頷いて、婚姻の日と洗礼日を頭の中で計算する。しばらくして、その顔つきをさらに厳しくした。

「……この計算が正しいのならば、マルファは前侯爵と婚姻して七月後にブルーノ・ヘンケルを生んだことになる」

レオリーノとヨセフ以外の男達は、その瞬間に表情を失った。やがてアウグストがしわがれた声でつぶやく。

「グラヴィス殿下……これは、大変なことですぞ」

レオリーノは話についていけず、グラヴィスと父の顔を交互に見つめる。しかし、次のグラヴィスの言葉に衝撃を受けた。

「ああ、月が足りない。マルファは王宮を出されたとき、すでに孕《はら》んでいた可能性がある」

グラヴィスの星空の瞳が、暗く光る。

「この記録が示すことが真実ならば、ラガレア侯爵は祖父王タイロンの胤《たね》……つまり前々国王の婚外子だった可能性がある」

かつて愛だったもの

深夜の離宮の一室に、グラヴィスの声が響く。

「これで奴が王族によく顕《あらわ》れる異能を持っていることも納得できる。亡き父王の異母弟ならば、つまり陛下と俺の叔父《おじ》だ。《力》を持っていても当然だ……国王の異母弟とは、俺と同じ立場だな」

「殿下は正妃であられる王太后の御子でいらっしゃいます！　正式な婚姻によって生まれたわけではないラガレア侯爵とは、まったくお立場が違います。一緒にしてはなりません」

テオドールは激しく反応した。

「テオドール、単純に事実として関係性を語っているだけだ」

落ち着けとなだめる主に、忠実な侍従はしぶしぶと頷いた。

ヨセフが、そういえば、と、思い出したようにディルクに話しかける。

「あの家政婦のばあさんが言ってたな。『母親が高貴な人を取り上げた』って。それに『母親のおかげでいまの暮らしがある』って、エドガルの兄が言ってたって」

ディルクも頷いた。

「ああ。それだ。エドガル・ヨルクの母親は産み月の計算が合わないマルファの出産を手伝ったんだ」

「そのお姫様の出産をちゃんとした産婆でもなく、産婆見習いにまかせたのは、その出生の秘密を隠したかったたってことか」

「おそらく。極秘の出産を手伝った報酬に、ヨルクの母親は大金を手に入れた。そして秘密を守るために領地から出され王都へ出てきた……そう考えるとすべて納得がいく」

「なるほど。ラガレア侯爵とエドガルの繋がりはそこか」

エッボが、二人の推測に首をひねる。

「母親がその産婆だからって、エドガルはその当時はまだ生まれてもいないんだぞ。どうやってラガレア侯爵と繋がりができたんだ」

レオリーノが、ためらいがちにエッボに答えた。

「想像だけど、もしラガレア侯爵がエドガルの母親のことを知っていたら、いつか、出生の秘密を消すために記憶を奪いにくるんじゃないだろうか」

ディルクがふむと顎に手を当てる。さらに家政婦の話を思い出しているのだ。

「ヨルク家の家政婦の話から、ラガレア侯爵もしくはラガレアに関連する人物が、入軍前にエドガルを訪ねてきたと考えられます。それはブリギッテ妃が亡くなった年、ちょうど、エドガルが成年を迎えた年だったそうです」

エッボも頷いた。

「俺に王国軍から声がかかったのも、ちょうどその頃だ。王都でエドガルの一家を探し出し見つけたときに、ついでにエドガルの能力を知ったのかもしれん。それで奴に利用価値があると考えた」

グラヴィスは、推論に推論を重ねて先走りそうになっているディルク達を制止した。

「ラガレアとエドガルの繋がりが、その産婆であった母親なのは明らかだろう。ただ、ヨルク家に関しては、これ以上の推測は無駄だ。証拠はおそらく出てこない。ディルク、もう少し別の線でエドガル・ヨルクと侯爵の繋がりを調べ続けろ」

「は、承知しました」

グラヴィスは手を叩き、再び男達の注意を引く。

「これまでの情報をまとめると、ラガレア侯爵はファノーレン王家の血筋で、おそらく本人も自身の出自を知っている。そこまではわかった。だが、奴はもう何十年も長きにわたって忠臣として国に仕えている。とすると、血筋に関してはすでに割りきっているとも考えられる」

一同は考え込んだ。

本質に近いところまでたどり着いているようで、いまだに動機の決め手が見つからないのがどうにも歯がゆい。

レオリーノがおそるおそる口を開いた。

「ヴィー……あのときの学校長が言っていたことも、やっぱり関係があるのではないでしょうか」

グラヴィスは眉を顰めてレオリーノを見た。ルーカスも考え込む。

「こうなれば……あるかもしれんな」

「なんだ、ルーカス？　どういうことだ」

ギンターが他の全員を代表して質問する。ルーカスが答えた。

「学校長が、当時イオニアに漏らしていたんだ。ラガレア侯爵は、現国王の母君であるブリギッテ妾妃が輿入れする前に恋仲だったと」

「レオリーノ、それはイオニアの記憶か。ゲオルク前国王のブリギッテ妃が、ブルーノと恋仲だったと？」

初耳であるアウグストは、記憶の真偽を質す。レオリーノは、父に向かって頷いてみせた。

「はい。公然の噂《うわさ》というほどあからさまなことではなかったのかもしれません。ですが、血統主義の学校長は、そのことでブリギッテ様が、次の王となる方の母上としてふさわしくないと……申し訳ありません……恐れ多いことです」

レオリーノは賢明にもその先の言葉を言い控えた。あのとき学校長は、グラヴィスこそが王位にふさわしいと熱弁してみせたのだ。

「殿下、前国王のブリギッテ妃への寵愛《ちょうあい》は有名な話だが、ラガレア侯爵とのことはまことだと思うか」

「……わからん。俺が生まれる前のことだ……ただ想像するに、亡き父王はラガレア侯爵と一歳差だった。かたや王太子、かたや王族としての立場を持たぬ婚外子、そんな男に好いた女を奪われたとしたら……侯爵が恨みを持つ可能性もなくはない」

ギンターがこれまでの推論を再び総括する。

「ラガレア侯爵の母親は、タイロン王の胤を孕んだ状態で王宮から追い出された、リューリクのマルファ姫。姫は嫁ぎ先で、王の胤を前侯爵の嫡男として密かに産んだと思われます。それがラガレア侯爵です。彼が自身の出生の秘密をどうやって知ったかは、わかりません。しかし、彼は長じて、異母兄である王太子に、今度は恋人を妾妃として奪われた」

複雑に絡み合った人間関係だ。そこにある愛憎がどれほどのものだったのか。レオリーノは喉に手を当てて、込み上げる感情をこらえる。

テオドールが続けた。

「ブリギッテ妃は当時、王家に召し上げられるために侯爵家の養女、すなわちラガレア侯爵の義妹となっています」

「王族でありながら妾妃になれなかった女の息子が、今度は恋人を妾妃として王族に差し出す。しかもその女を義妹にして……それが本当なら、王族としての身分も、恋人も、何もかも搾取され続けた人生だ」

ルーカスの吐き捨てるような言葉が、その場にいた男達の心に重くのしかかった。

グラヴィスは両手を組み合わせて、ひとつ静かに深い息をついた。

「動機は、やはり我が王家への恨み、なのだろう」

「……」

「裏切りの動機は、怨恨。そんな単純な理由かもしれない。だがたとえ単純だとしても、愛を奪われれば、人は簡単に狂気に陥る」

男達は沈黙で応えた。グラヴィスに掛ける言葉が、見つからなかった。

「いまの話がすべて真実ならば、ラガレア侯爵に謝罪しなくてはいけないのは、我々王家のほうだ」

「……………殿下」

「祖父王といい……父王といい、どれほど多くの犠牲と哀しみの上に、胡座をかいていたのか。そう考えると、己に流れる血に吐き気がする」

最後の一言に反応したのはレオリーノだった。グラヴィスの傍に歩み寄ると、男の手を握りしめて、膝をつく。そして、無言でその目を見上げた。

グラヴィスは大丈夫だと言うようにかすかに微笑んで、その手を握り返す。

二人の様子を、男達は黙って見守っていた。

「前回の戦は、奴の異母兄である父王が病に斃《たお》れた時期に始まった。この国を滅ぼすために、母親の出身国が併合されたツヴェルフと手を結んだ——それが、ラガレア侯爵の裏切りの真相だろう」

「ヴィー……………」

レオリーノの心配そうな声に、グラヴィスはもう一度大丈夫だと頷いた。そして、冷静な顔つきで宰相に続きを促す。

「ギンター。我々に必要なのは、より強固な裏切りの証拠だ」

「承知しております」

「我が国の鉄の流れと、ラガレア侯爵の財政状況はどうだ」

「残念ながら、国内の納税については、これも内政宮の管轄なのです。詳しくは調べられませんでした。ただ、外事宮で把握できる国外への鉄の流出量に関していえば、先の戦以降の記録を総ざらいしましたが、我が国全土で記録されている産出量と、国内流通量、国外への輸出量の合計は合致しています」

「裏切りの確たる証拠が欲しいが、こちらも手詰まりか……」

誰もが深々と溜息をついた。


グラヴィスは考え込んだ。

「テオドール。どんな些細なことでもいい。内偵させた奴の領地で、気になることはないか」

「はい。とくに変わったことはなさそうです。侯爵領は鉄の産地ですが、産出量に関してはとくに変化はないようです。ただ……」

「ただ、なんだ?」

「いえ、関係はないかもしれませんが、あのあたりの鉱山では、ここ数年、働き盛りの男がたまに行方不明になるそうで、住民が『鉱山の呪《のろ》い』と言っているいると」

グラヴィスの眉がピクリと歪む。

「鉱山の呪い? 鉱山以外ではどうなんだ?」

テオドールは報告書に目を通した。

「いえ。失踪《しっそう》当時は……待ってください。鉱山以外でも、ちらほらいなくなっています。男性のみですね。それも働きざかりの年代です」

「失踪した者達の、職業の記録はあるか」

「……? 職業が何か関係ありますか」

「いいから」

「失踪した領民すべての記載はないようですが……待ってください……これは」

テオドールは目を見開いた。思わず主を見ると、グラヴィスの目が、続けろと促す。

「全員が鉱山で働いているか、あるいは……鍛冶屋の男のようです」


その瞬間、グラヴィスは副官と目を見合わせた。次にルーカスとギンターを見る。二人も、次々に厳しい表情で頷いた。

「……盲点だったな」

ディルクが呻く。

「くそっ……親父が不安がっていたのはこういうことだったか」

レオリーノはその言葉にビクリと反応した。ディルクの言う『親父』とは、ダビド・ベルグント……前世の父親だ。

「ヴィー、ディルク。教えてください。行方不明者の職業が、この件とどんな関係があるのですか？」

答えたのはグラヴィスだ。

「ラガレア侯爵が国外に流出させていたのは、『鉄』そのものではなかったということだ」

不安そうに菫色の瞳を揺らめかせるレオリーノをグラヴィスは立たせた。そして、その両手を握る。

「……レオリーノ、聞け。近々、我らの国にツヴェルフが戦を仕掛ける兆候がある。今年中か、遅くとも春には、おそらく再びツヴェルフとの戦が始まるだろう……十八年前の再戦だ」

「……それはまことですか」

レオリーノは衝撃を受けた。さっと青ざめたその顔を、男達が心配そうに見守る。

「ああ、本当だ。戦争は必ず起きる。それも前回よりも手強《てごわ》い相手となって」

「手強い、とは……？」

「我々がつかんだ情報では、ツヴェルフは傭兵《ようへい》国家であるグダニラクを金で雇った。その資金源は鉄だ」

レオリーノは驚いた。

父アウグストを見ると、父もどうやらすでに知っていたようだ。厳めしい顔つきで頷いた。

「ツヴェルフはグダニラク経由で、東方のジャスターニャ諸島という紛争地帯に武器を流した。それで国庫を潤し、グダニラクを雇う資金を手に入れた。しかし、ツヴェルフの鉄の算出にも限界がある。だから我々は、鉄鉱山を持っているラガレア侯爵が、ひそかに国外に鉄を流しているのではないかと考えていた。だが……」

「レオリーノ君。親父が言ってたんです。最近鍛冶屋の組合で、王都でも、組合員の失踪が話題になっていると。なんの問題も抱えていないような男達が、突然、煙に巻かれたように消えてしまうと」

「鉄の件と、鍛冶職人の失踪と、どんな関係が……まさか」

レオリーノが目を見開いてディルクを見る。ディルクが頷いた。

「おそらく、ラガレア侯爵が国外にひそかに流出させていたのは、鉄ではなく、『鉄の加工技術』……つまり武器をつくる技術を持つ『人間』です」

「そんな……！　でも、そんなにたくさんの人間を、誰にも気づかれずに誘拐するなんて……ラガレア領だけではなく、王都でも誘拐が起こっているなら、必ず目撃者がいるはずです。それなのに、問題になっていない。そんなことが可能なのでしょうか」

突然消えた領民。

そして、王都でも鍛冶職人達が失踪している。突然、煙に巻かれたように消えてしまうという。

テオドールが厳しい声で補足した。

「報告には行方《ゆくえ》知れずになった男達は忽然《こつぜん》と消えたとあります。ディルク殿のお父上の話と同じです」

その瞬間、レオリーノはあることに思い当たる。

そして顔を蒼白にした。

――まさか、まさか、まさか。

レオリーノは血の気が引いた顔で、同じく青ざめているエッボと見つめ合った。エッボの顔も苦悩に満ちている。同じ結論に思い当たったのだ。

次に、レオリーノはグラヴィスを見つめた。

グラヴィスの頭にも、すでに同じ答えが浮かんでいるのがわかった。

――そうだ、ヴィーも言っていたではないか。

『敵方に俺と同じ《力》を持った能力者がいた』と。

十八年前のツヴァイリンク、門を塞ぐように、突然現れたあの巨石。

あれは誰の仕業だったのか。

戦後、平和と安寧を享受していたファノーレン。しかし水面下では、すでに敵の手によって、着々と日常は侵食されていたのだ。

現実から目を背けたくなるが、それでもたしかめずにはいられない。

「ヴィー……鍛冶職人達の失踪は、やはり貴方と同じ《力》を持つ者の、仕業なのでしょうか」

グラヴィスは厳しい表情のまま、レオリーノを抱き寄せる。

「あの日、門の前に巨石を運んだ異能者が……いまだにラガレア侯爵の傍にいて、次なる戦のために我が国の職人達を誘拐していたと？」

レオリーノの悲痛なつぶやきに、男達は強く拳を握った。グラヴィスの腕にも力がこもる。

「戦になれば……今度もまた、ツヴァイリンクが戦場に……？」

「ああ。だが、彼の地を二度と、火の海にさせることはない。約束する。だから落ち着くんだ」

――また、多くの命が燃えてしまうのか。

レオリーノの脳裏に、あの日の炎が燃え上がる。

あの日多くの兵士の命を奪った炎は、王家に運命を弄《もてあそ》ばれた男の怨嗟の成れの果てなのだろうか。

(燃えないで……どうか、燃えないで)

しかし、レオリーノの願いも虚しく、戦争の足音は、確実にファノーレンに迫りつつあった。

戦争の足音

グラヴィスとレオリーノの婚姻の儀は、来春の吉日に執り行われることで決定した。レオリーノの父アウグストが出した条件を、グラヴィスが呑んでのことだ。

来たる戦で王国軍の将軍たるグラヴィスに万が一のことがあった場合の、レオリーノの処遇を慮《おもんぱか》ってのことである。王族となれば離婚はできず、二度と『カシュー』の名を名乗ることは許されない。その場合、レオリーノの保護権は王家にあり、有事の際に、カシュー家が末の息子を保護することはできない。アウグストはそれを恐れた。

レオリーノはすでに自邸に戻されていた。

婚姻の時期について父から理由を聞いたとき、レオリーノは一瞬悲しげに父を見つめた。しかし、目を伏せると、ただ一言、承知しましたと言って頭を下げた。

万が一のことなど、想像したくもなかった。だが、グラヴィスは実際にそういう立場の人間だ。

ラガレア侯爵の秘密を暴いてから、レオリーノの心は、少しずつ何層にも薄いベールを纏うようになった。

華やかな煌めきの足下に澱《よど》む、数多《あまた》の涙と苦悩。平和と安寧をひっくり返してみれば、床石の裏に蠢く虫のごとくはびこっていた、裏切りと憎しみ。単純に善と悪の概念で分けられることなど何もないのだと、レオリーノはもう気がついていた。

幼稚な思慕だけでは、グラヴィスの横に並んで立つことはできない。心を蝕《むしば》む毒だとわかっていても、呑みこむ覚悟が必要なのだ。その毒に侵されず、毅《き》然《ぜん》と前を向いて、愛しい男の隣に立つ覚悟が。

アウグストとマイアがブルングウルトに戻る前日、グラヴィスはブルングウルト邸をひそかに訪問していた。

家族だけの別れの夕餐《ゆうさん》はすでにすませている。誰も来たる戦争のことには触れず、ただ静かに別れを惜しんだひとときだった。


アウグストとレオリーノ、そしてグラヴィスの三人だけで、書斎で面会した。

アウグストはラガレア侯爵の秘密を知って以来、いまだに心が揺れ動いているようだった。

「父上……ラガレア侯爵のこと、あの方が心の裡《うち》に秘めているものを感じたことはあったのですか」

レオリーノは勇気を出して父に尋ねる。

ラガレア侯爵の裏切りは許せない。しかし、レオリーノは未《いま》だに、あの老貴族に、どこか人間らしい情を探してしまう。知ったところでよりつらくなると、わかっているのに。

「……儂とブルーノは、互いに名を呼ぶ仲となったが、実際のところ十近く年が離れておる。親交を深めたのは……あれは、マイアとの婚姻について王家に審議を出したときだった」

「父上と母上が、ご結婚するときにも王宮の審議が必要だったのですか」

アウグストが頷く。

「そうだ。儂は偶然会ったマイアに一目惚れした。どうしても、マイアを我が妻にしたいと願った」

両親のなれそめを詳しく聞くのは初めてだった。

「マイアの父前ヴィーゼン公爵は祖母が王族だ。そしてマイアの母はエレオノラ殿下だ。わかるか、マイアの中に流れる王家の血は、相当に濃いのだ。そして儂の祖母も、ファノーレン王家から嫁いできた。儂とマイアは、ファノーレンの血筋でいうと再従兄妹《はとこ》の関係にあたる……レオリーノ、グラヴィス殿下とおまえの関係と同じだ」

アウグストはそこで深々と溜息をつく。

「……おまえが男でよかったかもしれんな。女であれば、むしろ血が濃すぎると判断されて、殿下との婚姻は不可能だったかもしれん」

「血が濃すぎるのは、良くないことなのですか」

「ああ、血が濃い者同士のあいだに生まれた子どもは、うまく育たなかったり、生まれつき心と身体のどこかに弱みを抱えていることが多いのだ」

レオリーノはグラヴィスを見上げて、不安そうな目で問いかける。

「仮定の話だ。おまえは男子だし、我々の血が先の代に繋がることはない。血を気にすることはない」

「そうですか……」

「そうだ。だが儂とマイアは男と女で、子どもができる。相応の相手と思われていたが、一方で血が濃すぎるゆえに結婚が許されない可能性もあった。それを後押ししてくれたのが、当時内政宮に勤めていたブルーノ……ラガレア侯爵だった」

それでは、ラガレア侯爵の後押しがなければ、レオリーノ達兄弟は生まれていなかったということか。

そのとき、アウグストが何かを思い出したように虚空に目を泳がせる。やがて、深々とひとつ溜息をつくと、疲れたように目頭を押さえた。

「父上……？」

「……思い出した。そのときブルーノはこう言ったのだ。『愛を正しく与えることができるのなら、きっと生まれる子は幸せになるだろう』と」

グラヴィスとレオリーノは息を呑んだ。アウグストがしわがれた震える声で続ける。

「儂はその言葉を、これから生まれる我らの子のことを、祝福してくれているのだと思っていた」

レオリーノは父親に駆け寄ると、その胸に抱きついた。アウグストがギュッとレオリーノを抱きしめ返す。

しばらくして腕を離すと、アウグストは皺の寄った顔を歪めて、親子の様子を黙って見守っているグラヴィスを見上げた。

「殿下……この部屋を出たら、儂はブルーノを、いや、ラガレア侯爵を国賊とみなす……だがいまは、申し訳ない。友の……これまでの無念を思いたい」

アウグストは一人になりたいと申し出た。二人はその言葉に、書斎を辞することにした。


扉を閉めた瞬間、レオリーノはグラヴィスの胸に飛び込んだ。溢れそうな涙をこらえたくて、その胸に頭を擦りつける。

「僕は、イオニアを殺した敵を、この国を戦に導いた裏切り者を、絶対に許せないと思っていました」

「……ああ」

「でも……いまはもう、このままあの男を憎み続けられるかどうかわからない……！」

「レオリーノ」

父が長年親友として慕っていたラガレア侯爵の顔は、すべて嘘偽りだったのだろうか。

幼い頃から、レオリーノを可愛がってくれた優しい貴族だった。『生まれてくる子は幸せになる』と父に言った男の心が、ただ、憎悪と裏切りに満ちていたとはとうてい思えないのだ。

「僕達兄弟の誕生を願ってくれた人が……父上にかけた言葉が、嘘偽りだとは、思えない。思いたくないのです……！」


ラガレア侯爵が、自分の出生の秘密を知ったのはいつなのだろう。

彼は両親に愛されたことがあるのだろうか。

前ラガレア侯爵は、おそらく生まれた子が自分の子ではないことに気がついていただろう。それでもなお、その子を嫡男としたのだ。そこに母子への愛情があったと思いたい。

母であるマルファ姫はどうだ。自分を娼婦のように扱って家臣に下げ渡した男の息子を、それでも愛することができたのだろうか。

ラガレア侯爵が、あの穏やかな顔つきの裏に、どれほどの怨嗟と苦悩を抱えて生きてきたのか、レオリーノには想像もつかなかった。

同情すべき生い立ちだからとて、国を裏切ったことは許されることではない。

だが、あまりにもやるせないのだ。そのすべてが、二代続けての国王の悪業が原因なのだとすれば。

「……ヴィー、胸が痛いです。もう、僕にはどういう気持ちでいるのが正解なのかわかりません」

国王の言葉、そして王太后の言葉が頭をよぎる。

これが、グラヴィスが生まれながらに捕らえられている王家の闇かと、レオリーノは理解した。

イオニアには朧げにしか見えなかった、グラヴィスの身体に流れる血の檻が、より鮮明に、重く、枷《かせ》となってレオリーノにのしかかる。

それなのに、レオリーノは解決する術を何ひとつ持たず、ひたすら無力だ。

「……カシューの名を捨てるのが怖くなったか」

「……いいえ」

「ファノーレンになる選択を、後悔しているか」

「いいえ！」

背中に回された男の腕に、力が込められる。レオリーノは首を振った。

「後悔なんてしません。貴方と歩く道だから……ただ、ただ、胸が痛いだけです」

グラヴィスは苦悶の表情で、ただその細い身体を抱きしめた。

「おまえに王家の淀みなど、見せたくなかった」

「……それでも、僕は貴方の傍にいたい」

しかし、その言葉とは裏腹に、レオリーノの涙は止まらなかった。

「でも、どうしてか、悲しくてたまらないのです」

――『悪』とは何だ。そして、『裏切り』とは。

悪が、孤独と絶望から生まれたものだとしたら、その犠牲になった者達の魂は、誰を恨み、どうすれば救われるのだろうか。


平穏な日々のあいだには、うれしいことも、悲しいこともあった。

ひとつは、両親が帰郷してほどなくして、ブルングウルトから長兄の妻エリナの懐妊の知らせが届いたことだ。

エリナは体調が落ち着くのを待ってから、実家のレーベン公爵家がある王都へ移動してくる予定だ。


しかし、それは実際のところ里帰りなどではなく、ツヴェルフとの戦に備えての疎開である。

レオリーノの心に影を落としたのは、レオリーノを襲ったユリアン・ミュンスターの処遇だった。

レオリーノにあやしげな薬を飲ませて襲おうとしたことは、当然ながらグラヴィスにすべてを知られている。レーベン公爵もいっさい言い訳をせず、家ごと処罰が下ることを覚悟していた。

しかし結果的に、ユリアン及びレーベン公爵家が、表向きの処分を受けることはなかった。

グラヴィスが厳しい処罰を保留した理由は、大きく三つだ。

事件を公にしてレオリーノの評判に傷をつけたくないという配慮。二つめの理由は、表向きにできなかったが、ユリアンがラガレア公爵に操られていた可能性だ。そして三つめは、これまでの公爵家の国への貢献だ。ブルングウルトの軍備増強への資金提供など、その忠誠心を評価されての無罪放免だった。

しかし、ユリアン個人は、二度とレオリーノと個人的な対面は許されない。もしそれが見つかれば、次は問答無用で国外追放だと告げられている。

ほどなくして、ユリアンと他国の姫との婚約が決まった。完全なる政略結婚だ。それがユリアンに下された罰だった。


夏の終わりに王宮で開催された夜会で、レオリーノはユリアンを遠くに見かけた。レオリーノにとっては、グラヴィスの伴侶となることが公示されてから、初めて参加する夜会だった。

グラヴィスもレオリーノも、社交にはほとんど興味はなかったが、王家主催の夜会となれば逃れることもできない。

ユリアンは、婚約が成立したばかりの異国の姫を伴って登場し、注目を浴びていた。玉座に近い立ち位置で、レオリーノはその様子を眺めていた。

ユリアンとレオリーノ、それぞれが口々にお祝いの口上を述べられる。

そして、お互いの同伴者の気が逸《そ》れたときだった。

遠くから投げかけられた強い視線に、レオリーノは振り向く。

その一瞬、ユリアンとレオリーノの視線が、再び交錯した。


声など、とうてい聞こえないはずの距離だった。

ユリアンはまっすぐレオリーノを見つめ、唇を動かし、短い言葉を紡いだ。


ユリアンとレオリーノのあいだには、何十人もの人間がいる。しかし、ユリアンがつぶやいた言葉は、物言いたげな視線とともに、レオリーノの耳にぽつんと落ちてきた。

レオリーノは目を閉じる。

あの日、レオリーノが謝罪に行こうなどと思わなければよかったのだろう。そうすれば、ラガレア侯爵の介入もなく、日々は流れ、ユリアンもレオリーノを諦めて、いずれ他に愛する相手を見つけたかもしれない。

だが、すべては「たられば」の話だ。

レオリーノの愚かで無謀な行動が、あの結末を引き寄せた。美しい終わりにできず、ユリアンの破滅と絶望を招いた。

しかし、すべてが自分の責任だと背負いこむこともまた傲慢なのだと、レオリーノにもわかっていた。

フンデルトの言葉を思い出す。

——愛は、どちらか片方だけで決められない。

レオリーノが間違えたように、ユリアンもまた間違えたのだ。

レオリーノは、ユリアンを縁戚《えんせき》の男性という位置に置いた。ユリアンも同じように、レオリーノの存在を断ち切ってほしい。二度と個人的に交わることはなくても、お互いの人生はまだ続くのだ。

レオリーノは、遠くから絡みつく哀切な視線を断ち切るように、一瞬だけうつむく。

やがて、何事もなかったかのように、再び顎を上げた。

傍らに立つグラヴィスが、レオリーノの手を握る。気がついていたのかと、レオリーノは男を見上げた。グラヴィスはその視線を受け止め、そして何も言わなかった。ただ黙って、レオリーノを信じていると、繋いだ手にわずかに力を込める。

その瞬間、グラヴィスの手から伝わる温《ぬく》もりが、レオリーノの後悔と迷いを完全に断ち切った。

――僕の心の半分は、もうヴィーが持っている。

レオリーノはグラヴィスの大きな手を、ぎゅっと握り返した。


その後も王都には、表面上はいつもと変わらぬ平和な日常が続いていた。

レオリーノは定期的に王宮へと通い、エミーリア王妃とテオドールから、王族の配偶者となるための教育を受けている。王太子カイルに正妃がいない現状では、性別の差はあれど、王族の配偶者として、レオリーノはエミーリアに次ぐ身分となるのだ。


エミーリアはアデーレの姪だ。二代続けて、隣国フランクルから嫁いできた。しかし細身で玲瓏《れいろう》たる美貌のアデーレとはあまり似ておらず、ふっくらとした、笑顔の優しい女性だ。

アデーレと違って国政にまで大きな影響を与えるような存在ではないが、王族として責任をわきまえたところは、さすがフランクルの血筋だと思わせる。王太后とは違う意味で素晴らしい国母であった。

レオリーノは義姉《あね》となる優しい王妃が大好きになった。とはいえ、母マイアとほぼ同年代なので、姉というより叔母《おば》という感覚に近い。アデーレも、カイルよりもずいぶん歳下のレオリーノを、息子のように可愛がっていた。

グラヴィスは、繊弱な体質のレオリーノに公務を担わせないことを、すでに王宮に認めさせている。よってレオリーノには、王族の式典や外交儀礼に関する最低限の作法を学ばせるにとどめていた。


静かな日々が過ぎていく裏で、ラガレア侯爵の裏切りの確実な証拠をつかむべく、グラヴィス達はひそかに偵察部隊をグダニラクに潜入させていた。

ラガレア侯爵によって誘拐された鉄の加工技術を持つ職人達が、グダニラクのどこかに軟禁され、強制的に労働させられていると踏んでのことだ。

状況証拠だけでもラガレア侯爵を処罰することが可能なのは、王族の特権だ。しかしそのためにも、誘拐され武器製造に従事させられている職人達を救出しなくてはいけない。

ギンターがひそかに全土に向けて調査したところによると、ラガレア領から三十名強、他の地域から、目立ったところで二十名近くの職人達が、ここ三年間で行方不明になっていることがわかった。それでも、まだ誘拐の全容は把握できていないだろう。

まずは職人達の所在をつかむことが先決だ。しかしグダニラクは傭兵国家であり、明確な国体を成しているわけではない。誘拐された被害者達が彼の地の何処《どこ》に拘留されているのか、捜索は困難を極めた。


ある日、グラヴィスのもうひとりの副官であるアロイスが、執務室に飛び込んできた。

「将軍閣下、フランクルとグダニラクが、ついにフランクル国内で衝突しました！」

その知らせに、防衛宮の幹部に緊張が走る。

緊急の会議が開かれた。報告を聞いたルーカスは、猛々しい顔をさらに顰《しか》めさせる。

「フランクルとグダニラクが、先に開戦したのか？」

「宣戦布告がされたかどうかまではわかりません。ただ、我が国との主要ルート以外にも、港湾での小競り合いなど、フランクル側も、これまで相当グダニラクに被害を被っています。フランクル国王も腹にすえかねていたようです」

グラヴィスが立ち上がる。

「これからフランクルに跳んで、伯父上と今後について相談してくる」

「将軍閣下！」

「明後日《あさって》には戻ってくる。ルーカス、不在のあいだは頼んだぞ」

「承知した」

グラヴィスはディルクを振り返る。

「レオリーノに連絡するように、テオドールに伝えてくれ」

「承知いたしました」

「よし、アロイス、ついてこい。腕につかまれ……いくぞ！」

一触即発のファノーレンとツヴェルフ。

しかし、最初の火種となったのは、それぞれの同盟国の衝突だった。

エリナの疎開

王都の短い夏が過ぎていく。

徐々に日が短くなり、北方から冷たい空気が運ばれてくる。王都の木々が色づき、茶色くなった葉が落ちはじめた頃、エリナがわずかに丸くなった腹を抱えて、王都へやってきた。

「義姉《ねえ》様。よかった！　道中はさぞやおつらかったでしょう」

「まあ、レオリーノ！　お出迎えありがとう。いいえ、ゆっくり行程を組んでいただいたので、体調もさほど崩さずにすんだのよ」

子を宿したエリナは元気そうで、そして輝いていた。レオリーノは無事に王都に義姉を迎えることができて、うれしくてしかたがない。

生まれてくる子は、男子でも、女子でもいい。きっとその子は、カシュー家のあらたな希望になるだろう。父と母と、そして兄弟の慰めと喜びになってくれるに違いない。

「そんなことより、レオリーノ。王弟殿下との婚姻が決まったのね。貴方は他の人とは違うと思っていたけれど……まさかこんなことになるなんて、びっくりしたわ。本当におめでとう」

「ありがとうございます。オリアーノ兄上は驚いていましたか?」

エリナは知らせを聞いたときのオリアーノの様子を思い出して、軽やかな声で笑う。

「一日書斎にこもって出てこなかったわ。翌日げっそりとした顔で出ていらして、本当にショックだったようなのよ」

オリアーノの様子が想像できる。厳格な長兄だが、父同様に、レオリーノを溺愛しているのだ。

「ユリアンお兄様は貴方に失恋したのね。それでランバルドのお姫様との婚姻を受け入れたのかしら」

エリナの溜息まじりの言葉に、レオリーノは無言で微笑んだ。その笑顔に察するものがあったのか、聡明なエリナは、それ以上ユリアンに関する話を続けることなく、にっこりと笑った。

「産み月になれば実家に帰らせていただきます。それまではしばらく、こちらにお世話になるつもりよ。どうぞよろしくね」

「はい。義姉様にとっては、久しぶりの王都でしょうから、親しいご友人とお会いになるなどして、どうかそのときまで、心穏やかにお過ごしください」

「ええ、本当にありがとう」

レオリーノはエリナの笑顔に、覚悟を感じた。

本来ならば、貴族の女性は産み月が近くなるほど、むしろ領地に引きこもるのが常だ。にもかかわらず、こうして王都に戻されたのは、戦場になるかもしれない領地からの疎開だと、エリナ自身も理解しているのだ。

夫であるオリアーノは、当然のことながら領地に残っている。万が一のことがあれば、夫とは二度と会えなくなるかもしれない。しかし、努めて明るく普段どおりに振る舞うエリナの気丈さに、改めて素晴らしい女性だと、レオリーノは感心した。

そしてエリナはブルングウルト邸でしばらく過ごすことになり、次代の辺境伯夫人を迎えた屋敷は、がぜん華やかな空気に包まれた。


王都に戻ってきた当初、エリナは積極的に友人達をブルングウルト邸に招待し、久しぶりの交流を楽しんでいたが、やがてそれもやめた。王族となるレオリーノに繋ぎをつけておきたいという、一部の友人達の思惑が透けてみえ、レオリーノに迷惑をかけるのを懸念してのことだ。

その代わりに定期的に母親の訪《おとな》いを受けている。さらには産まれてくる子どものため買い物をして、退屈と、たまに襲う気鬱《きうつ》をどうにか発散している。

最近は、近衛騎士の宿舎に寝泊まりしている三男ガウフまでもが、頻繁に顔を出すようになった。

カシュー家の男達は、次代へと血を繋ぐ大役を担うエリナに、とにかく不自由させまいと心を砕き、宝物のごとく大切にしていた。


グラヴィスがフランクルを訪ねてからひと月後のことだ。ラガレア侯爵の裏切りを知る男達が、再び秘密裏に集められていた。

レオリーノとエッボ・シュタイガーの姿は、そこになかった。レオリーノは知っていることのすべてを伝えた、もはや自分にできることはないと、会合への参加を自ら辞退した。一方、エッボは配置換えして、来たる戦に備え、すでにツヴァイリンクに詰めている。本人の希望だった。


「行方不明になっていた職人達が集められている場所が判明した」

グラヴィスの言葉に、一同に緊張が走る。ディルクが大陸の地図を机の上に広げた。

「読みどおり、グダニラクのどこかにいるのか？」

「ああ……このあたりだ。グダニラクの東端、メルヘリクという地名らしい」

グラヴィスが指差した場所は、グダニラクの中でもさらに東の、アガレア大陸の果てに近い場所だ。地図には地名など記されていない。

ディルクはしばらく地図を眺めた後で、なるほどと頷き、一点を指差した。

「見てください。ここの川は、ツヴェルフとグダニラクの国境の山脈から流れる川の支流です。そして、ジャスターニャ諸島の浮かぶグダニス海に注ぐマルツワル河に……ほら、ここで繋がっています」

男達は地図を覗き込んで、それぞれになるほどと唸る。

「資源となる鉄をツヴェルフから船でこの地に運び込み、職人にここで武器に加工させる。そして、その武器を、また川で運んでいるのでしょう」

「報告によると、ここではツヴェルフの職人達も働かされているようです」

なるほど、ツヴェルフはなりふりかまわず、自国の国民までも強制的に労働させているのかと、男達は苦々しい顔になった。

「こんな王国から遠く離れた場所で……我が国の民が強制労働させられているとは」

ギンターが呻く。ルーカスも怒りの表情を浮かべて、固く拳を握った。

「いますぐ彼らを救い出さねば」

しかし、グラヴィスは首を振る。

「兵はまだ派遣しない」

「なぜですか!?」

「ラガレア侯爵をもうしばらく泳がせておきたい。下手にいま大がかりな戦闘行為で救出すると、ツヴェルフないしグダニラクから、ラガレアに連絡がいく可能性がある。だから、開戦まで待つ」

将軍の判断に男達は唸った。作戦としては正しい。だが、心情的にはすぐにでも救い出したかった。複雑な表情の男達に、グラヴィスは安心しろと頷いた。

「開戦して連絡系統が混乱した頃合いを見て、職人達は、俺がまとめて連れて帰ってくる」

男達はざわめいた。

「閣下自ら……？　危険すぎます！」

「大丈夫だ。数十人程度であれば、俺ならば一度で運べる。開戦まで我が国の民を危険に晒しておくのは忍びないが、もう少しの辛抱だ」

「……ですが」

「それが一番効率が良い作戦だ。すでにメルヘリクには跳んでみた。場所はここに入っている」

そう言って、グラヴィスは自分の頭を指差す。男達は目を剥いた。副官は頭を抱える。

「閣下……俺達に何も言わずに無茶なさらないでくださいよ。大将自ら……危険すぎます」

「危険ではない。地面には降りなかったぞ。俺を目撃した奴もいないだろう」

「？　それはどういう意味ですか？」

「細かいことは気にしなくていい」

救出作戦の内容はこうだ。グラヴィス自ら、メルヘリクに偵察部隊を跳ばし、事前に潜入させる。その後、職人達をいくつかの集団に分けて、あらかじめ指定された待ち合わせ場所まで脱出させる。それは偵察部隊の役目だ。

そこから、グラヴィスがそれぞれの集団を、一度グダニラク内の別拠点に移動させる。長距離を複数回往復するのは、さすがに体力の消耗が激しいからだ。

そして全員を一箇所に集めたら、そこからまとめて一気にファノーレンに連れ帰る。

男達は溜息をついた。

グラヴィス以外にやりとげられそうもない作戦を

立てられても、手伝いようがないからだ。実際、ファノーレンからかなり距離があるメルヘリクで、敵方の目につかぬように作戦を展開するなら、将軍の異能に頼るのが最も効率が良いとわかっている。

「連れ戻した職人達は、戦が落ち着くまでアウグスト殿のところで預かってもらうことにした。ブルングウルトならば、大人数を隠すのにちょうどよい」

「やはり男達は、その、閣下と同じような異能の持ち主によって連れ去られたのでしょうか」

グラヴィスはその言葉に頷いた。

「ああ。誘拐された職人のひとりに事前に接点を持った。その男によると、優しげな商人風の背の高い男が近寄ってきたと。突然景色《けしき》が変わり、気がついたらメルヘリクにいたと証言している」

「優しげな商人風の男……ですか」

ディルクが悔しそうに唇を噛む。

「閣下と同じ異能を持つ男ならば、つかまえることは難しいでしょうね。せめて、どんな容姿の奴なのかがわかるといいんですが……」

グラヴィスは再び、副官に向かって頷く。

「その男が十八年前にツヴァイリンクに巨石を運んだ人物ならば、かなり強い《力》の持ち主だ。痕跡を残さず誘拐することなど、造作もないことだろう」

「……それって、閣下も、やろうと思えば簡単に誰かを誘拐できるということですよね」

グラヴィスは、副官の言葉に眉を上げる。

「可能だ。フランクル国王くらいなら、いますぐここに連れてくることができるぞ」

男達は目を見合わせる。究極はツヴェルフ王を誘拐して捕らえる。そういう戦争の回避の方法もあるのではないだろうかと、一瞬頭をよぎったのだ。

「ただこの《力》を有効に活用するなら『拠点』が必要だ」

「拠点……？　どういう意味ですか」

「未知の場所に簡単に跳ぶことはできんということ

だ。ツヴェルフには、俺の拠点はあまりない」

「なるほど……?」

「王の誘拐を企てるなら、より詳細に王宮の構造を知っておく必要がある。首都なら跳べるが……なるほど、一度ツヴェルフ王宮内を把握するために、潜入してみるか」

「無茶はおやめください」

「いや、あながち無茶でもない。たしかに部隊を連れて跳んで、一気に片をつける手もある」

真剣に考えはじめた将軍の言葉に、思わず副官が突っ込む。

「首都なら跳べるというのは……閣下、貴方つまり、跳んだことがあるんですね?」

「ああ。先の戦のときにな。戦犯であるヴァンダレンを殺すつもりだった。ただ奴の収監先をつかむことができずに、時間切れで断念した」

「……殿下。貴方は我々の知らんところで、いったい何をしていたんだ」

ルーカスが呆れ半分に絶句する。グラヴィスは、ツヴェルフ国王を殺害するために、かつてツヴェルフの首都まで跳んだというのだ。

「……なんと危険なことを」

侍従の嘆きに、グラヴィスは苦笑して昔のことだとなだめる。

「今回、メルヘリクへはどうやって?」

「行ったことがある場所から、方角のあたりをつけて跳ぶ。それを少しずつ繰り返して場所を把握する。今回もそうした」

「……なるほど?」

「跳んだ先に何があるかはわからん。最初はまず、高いところに跳躍する。そして、目星をつけた建物の屋根や安全な場所に下りるようにしている」

テオドールがさらに恐ろしい顔で主を責める。

「つまりグダニラクにも、かつて何度も行かれたことがあるということですね。我が国は彼の国と正式な国交はありませんが……貴方はいつのまに」

「若気の至りだ。跳べる拠点をたくさん持っておくにこしたことはないと思っただけだ。危険な真似はしていない」

男達は、その言葉に再び深い溜息をつく。

異能を持つグラヴィスにとって、物理的な距離が障壁にならないのはわかっている。侍従も知らないあいだに、一人で大陸のあちこちを回っていたのだろう。それにしても、無謀にもほどがある。

「……閣下の頭の中に、このアガレア大陸はどのように見えているのですか」

異能を持たぬ人間には、グラヴィスの見ている世界がまったく理解できない。

どう説明したものかと、グラヴィスは一瞬考え込む。

「そうだな……北、南、という方向感覚は、皆もあるだろう？」

一同は頷く。

「俺がいる場所を中心にして、過去に跳んだ場所は、頭の中で明滅しているのだ。四方八方で」

「……明滅？」

「ああ。その場所が頭の中で、前後左右で明滅しているような感覚だ。実際に光っているわけではないが、それを繋ぐと、なんとなく大陸のかたちになっている。わかるか」

グラヴィス以外の男達には、まったくわからない。

ルーカスはその感覚を再現しようと試みているのか、なぜか目を瞑っている。

「それぞれの場所には、『そこ』とわかる明滅の特徴があって、近い場所は明るく強く、遠い箇所は小さく弱く明滅している。立っている場所から、四方八方に散らばっていて、それを繋ぐ線が網の目のようになっている。その網の目をたどれば、跳びたいと思うところに跳べるんだ……わかるか」

やはりまったくわからなかったが、グラヴィスが見ている世界が、常人のそれとはまったく異なることだけは、男達にも理解できた。

「では、《力》を使い果たすと?」

「その光が弱くなり、目的の場所までの糸が途絶えた感じがする。それで、もうそこから先は跳躍できないと感じるんだ」

「すみません、この際お伺いしますが、先程閣下がおっしゃっていた、一度上空に跳んでそこから移動するというのはどういうことですか」

ギンターが質問する。

「……見たほうが早いな。つまりこういうことだ」

そう言うと、突然グラヴィスが男達の目の前から消えた。男達はぎょっとする。

「ここだ」

上空から声がする。あわてて上を見上げると、天井の梁《はり》につかまったグラヴィスがいた。

「うわっ」

「こうやって、まず地上から高いところに跳ぶ。普段は、この何倍もの高さに」

全員があんぐりと天井を見上げた。次の瞬間グラヴィスが再び消える。すると、ギンターの頭くらいの高さに、ふっとグラヴィスが現れた。

ギンターは思わずのけぞる。すると、男の姿はまたかき消える。

「……っ!?」

そして、グラヴィスは何事もなかったかのように、もといた場所に立っていた。

「いまの要領だ。高く跳んで、地面に落ちる前に、目視で安全な場所を確認してから跳躍する。新しい場所に行くときは常にこうやっている」

男達は一斉に息を吐いた。異能に触れたことがある男達ばかりだったが、グラヴィスのそればかりは、いつ見ても、信じられぬほど特殊な《力》だ。

「遠距離を跳ぶより、実は加減が難しい。細かくやるほど、どんどん消耗するが、より安全だ」

「改めて感じましたが……異能とは、まこと人ならざる《力》、神の恵みですね」

「真に神の恵みかどうかはわからないぞ。異能は、命を削って行使するものだ。使いすぎると死ぬ。イオニアがエドガル・ヨルクに刺された原因も……あの日《力》を使いすぎて、動けなくなったせいだ」

男達は沈黙した。常識では考えられぬことが可能になるため、ついその異能を頼りたくなるが、やはり人の身には限界があるのだ。

グラヴィスが苦笑する。

「メルヘリクから数十人程度を運ぶのは問題ない。誘拐された民は必ず無事に連れ戻す」

「ラガレア侯爵に秘密に、というのはわかりました。救出作戦は閣下におまかせいたしましょう」

ディルクが一同を見渡しながら手を挙げた。

「閣下。私からも報告があります」

「なんだ」

「エッボ・シュタイガーや兄がいた特殊部隊がストルフ将軍の時代に起案されたものだと、閣下は以前おっしゃっていました。そこでストルフ家に伺ってみたんですよ」

ストルフ将軍は、十四年前に亡くなっている。

「そうしたらご遺族が、まだご存命の副官を紹介してくださいましてね。そちらのお宅で、かなり面白い情報を見つけました……これです」

そう言って、ぶ厚い紙束を見せる。

「それはなんだ？」

「ストルフ将軍の行動記録です。三十五年前に、異能を集めた特殊部隊の計画が立てられたときの状況が明記されています……ここに、平民から異能を持つ人間を探し出すために、内政宮に民の情報を収集する相談をしていたと記録があります」

男達がガタリと立ち上がる。ディルクは頷いた。

「繋がりましたよ。ここに、そのときの相談相手が、当時内政長官の副官であったブルーノ・ヘンケルだと書かれています」

明確な証拠ではない。

だが、先程のグラヴィスの言葉のように、ラガレア侯爵に対する疑惑はさらに深まり、裏切りの真相につながる事実が、網の目のように繋がっていく。

「異能を持つ人間を選び出し、特殊部隊をつくる計画を、ラガレア侯爵はあらかじめ知っていた……」

「エドガル・ヨルクの存在もこのときに知った可能性がありますね」

ギンターの言葉に、ディルクが頷く。

ルーカスが奥歯を噛みしめた。

「自ら異能を持つ平民を集め……そして自ら死地に追いやったか。今回の職人達といい、平民の命を何だと思っているんだ」


グラヴィスは集まった一同を見渡した。

「そうだ。ラガレアの生まれがどうであれ、我が王家への復讐《ふくしゅう》を果たすために無辜《むこ》の民を犠牲にしたことは、いかに同情すべき理由があろうと、絶対に正当化することはできない」

男達が頷いた。グラヴィスが低い声で宣言する。

「我々は来たる戦に必ず勝利する。そして、必ずラガレア侯爵を追いつめ、その罪を白日のもとに晒して断罪する」


王都の木々の葉がすべて落ちる頃、フランクルとグダニラクの衝突が激しさを増した。その頃には、ファノーレンの国民にも、近々ツヴェルフと戦争になるという噂《うわさ》が流れはじめていた。

迫りくる戦争への不安が、王都に吹き荒れる。

そしてついに、ツヴェルフがファノーレンに宣戦布告を行った。

それは、アガレア大陸に本格的な冬が来る前のことだった。

出陣

「これから、誘拐された者達を救い出してくる」

グラヴィスはレオリーノの寝室を訪ねていた。訪問は予告されることなくいつも突然だったが、だからこそレオリーノはその瞬間を待ち望んでいた。

最近は数日に一度程度だ。就寝前に、長くてほんの半刻ほどのあいだだけ、会いにきてくれる。

レオリーノはいつも寝台に座って、そのときを待っていた。

イオニアが寮に暮らしていた頃のことを思い出す。就寝前のひととき、まだ少年だったグラヴィスが毎晩訪れてきた、あの頃のことを。

いまや十九歳も年の差が開いてしまった二人だ。レオリーノはイオニアの記憶をなぞるように、同じような時間を過ごせることがうれしかった。

だが今日ばかりは、男の訪いがせつない。

「彼らが拘留されている場所が、わかったのですか」

「ああ。ようやく見つけた。地図にも載っていないような、小さな村だ。そこで鉄の加工のために働かされている。グダニラクの東の果てだ。寒くなる前に救い出さねば」

グラヴィスの性格は理解している。

「もう、直接現地に行ってみたのでしょう」

グラヴィスは微笑んだ。イオニアの記憶を持つレオリーノは、男の性分をよくわかっている。

「ああ。救出の段取りはすでに立てている」

グラヴィスの戦い方は、うっすらと覚えている。

立場上、男が実戦に出ることはほとんどない。しかし、たとえ剣で敵と向かいあったとしても、戦士として相当な腕であることもわかっている。

それに何より、並ぶ者のない異能の持ち主だ。

だから、誘拐された民が戻ってくることを信じている。絶対にこの男が負けることはない。

ただ、この胸の不安は、理性で片付けられるものではない。その原因は、男についていくことのできない、レオリーノ自身の不甲斐なさと悔しさだ。

この救出作戦を実行した後、グラヴィスはそのまま出陣し、前線の指揮に向かう。

グラヴィスにとって物理的な距離はないに等しいため、王都に戻ってくることもあるだろう。

だが、グラヴィスはこの国の将軍だ。

衝突が始まれば、レオリーノに会いにくる余裕はなくなる。こうやって会えるのは、しばらく先になるだろう。


「……戦には、勝てますか？」

「当然だ。負けるわけがない」

敗北など微塵《みじん》も考えていない男の言葉に、レオリーノは胸の不安を吹き飛ばそうとする。

「資金が集まったとはいえ、ツヴェルフは戦争ができる状態なのでしょうか」

「どうだろうな。あの国は、もともと十八年前から十年以上、我々の国に賠償金を払い続けていた。それから軍備を増強して、今回の戦だ。先の戦も、大寒波で飢えに耐えかねての侵攻だからな……ツヴェルフの民は、いまも貧困に耐えているだろう」

レオリーノは落ち込んだ。戦争には金がかかる。無辜の民が愚かな君主のもとで飢えているのかと考えると、この戦をどうにかして止めることはできないのかと考えてしまう。

それはイオニアだった頃と大きく違うところだった。戦う力を失って初めて、戦いではなく対話で解なっていた。

決する方法がないかと、レオリーノは考えるように
「今回の戦は、ヴァンダレン王を傀儡《かいらい》にして、実際のところはツヴェルフ軍の将軍ズベラフが画策しているのだと思っている。王への忠義は厚い男だということだが……つかまえるなら、まずその男だな」

「グダニラクはどうですか？」

「難しい。なにせ、傭兵達がそれぞれ大小の集団をなして、それが寄せ集まって国と名乗ってるような、名ばかりの国だ。国境に隣接する他国とも明確な国交を樹立しているわけでもない。実態がわからないというのが正直なところだ」

レオリーノもグダニラクについては、ほとんど何もわからない。

「ただ強いのはたしかだ。グダニラクには君主がいない。代わりに最も大きな傭兵集団を束ねている男が『将軍』と呼ばれている。だが、今回の戦に出てくるのはその男ではなく、二番目に大きな集団を束ねている、ハミバル＝バルカ副将軍と目されている」

ハミバル＝バルカ。耳慣れない異国の名前だ。

「その男の人となりも、戦い方も定かではないが、とにかく残忍な男と噂されている。ツヴァイリンク側の戦は、その男が率いるグダニラク軍が向かってくることだろう」

「そうですか」

レオリーノは落ち込んだ。守られる存在であることに折り合いをつけたつもりだったが、やはりこういうときは、自ら戦えないことがもどかしい。

ついていきたかった。グラヴィスの背中を預かる《力》が欲しかった。イオニアのような異能を持たずとも、せめて兄達のように、頑強で逞しい肉体に恵まれて、ともに戦えたらよかった。

己の無力な手を見つめながら、レオリーノはぽつ

りとつぶやいた。

「ヴィーと、離れるのがこわいです」

「……俺も、おまえと離れるのが怖い」

レオリーノは顔を上げて、グラヴィスを見つめた。

「ヴィー……」

「俺と同じ《力》を持っている男が、敵にいると思うと、不安でならない。そんな危険な人物が野放しになっているかと思うと……もしその男が、おまえに近づいて、おまえをどこかに拐《さら》ってしまったらと思うと、背筋が凍る」

レオリーノは息を吐いた。

離れることが怖いのは、自分だけではないのだ。

肉体的な強さなど関係ない。レオリーノも、グラヴィスも、心の半分を、すでに互いに預けているからこそ、こうも離れることが怖いのだ。

イオニアは怖くなかったのか。あの寮での最後の夜、この男と溶け合うように身体を繋げて、なぜ別離を選ぶことができたのだろう。


「……こちらへおいで」

グラヴィスはレオリーノに手を差し伸べる。素直に近づいてきた細身の身体を引き寄せて、胸にしっかりと抱え込む。

次の瞬間、二人は離宮の寝室に立っていた。

レオリーノはぎゅっと逞しい身体に抱きついた。グラヴィスも細い身体をきつく抱きしめる。そして、どちらからともなく、唇を重ねた。

「……っ、ヴィー……ヴィー……愛しています。愛してる」

「レオリーノ、抱かせてくれ」

そのまま抱え上げられると、レオリーノは了承の印に、その首にひしとしがみつく。

レオリーノもたしかな熱を手に入れたかった。

寝台に横たえられて、そのまま嵐《あらし》に翻弄されるように、いつにない激しさで身体を拓《ひら》かれる。

男の愛撫に慣れた身体は、あっというまに快感の極みまで駆け上っていった。

「あっ……や、ヴィー……っあ、あっ」

達したばかりなのに引かない熱を持てあますレオリーノは、涙をこぼしながら首を振った。

身体中を舌と指で愛され、柔らかく溶かされた。後ろを舌と指で舐め溶かされたときから、レオリーノはすでに泣きじゃくっていた。

いまは、グラヴィスの猛りきった雄をまだ後ろに嵌められたまま、男の逞しく引き締まった腰の上に乗せられて揺さぶられている。

必死で息を整えようとしても、そのたびに嵌められた充溢を食い締めてしまい、レオリーノ自身をさらに追いつめていた。

閨においては体格差を気にして、優しすぎるほどに慎重な男が、今日にかぎっては、レオリーノの懇願も聞かずに、その身体を強引に好きにしている。

いつもよりずっと無造作に扱われているが、痛みはない。むしろ、圧倒的な快感に落とされていた。

男の本気を受け止めながら、レオリーノは必死に、強すぎる官能に耐え続ける。

「この体勢は、こわい。いや、です。こわい……」

レオリーノは座位が苦手だ。

自力では逃げられない姿勢が、本能的な恐怖を呼び覚ます。その状態で性感帯をあますところなく苛められると、あっというまに深い悦楽に堕《お》とされてしまうのだ。

以前もその姿勢で愛され続けた結果、激しい快感で、最後はわけがわからなくなってしまった。そのときの記憶が羞恥とともによみがえる。

ポロポロと涙をこぼしながら、ひたすらイヤイヤと首を振るが、今夜は許してもらえなかった。

グラヴィスはまだ一度も達してない。ただでさえ大きい欲望は完全に猛りきって、レオリーノの感じやすく敏感な内壁を擦り上げては、延々と泣き声をあげさせている。

「苛めているわけじゃない。ほら。支えてやるから。自分で、動かしてみろ」

「あっ……あーっ、だめ、深い……だめ……もうだめ、奥、だめっ」


レオリーノの理性は必死に抵抗していたが、実際のところ、身体はとうに快感を受け入れ、奥の深みにみっちりと嵌められた充溢に感じきっている。

「おまえは嵌められるのが好きだな……無垢な見た目のくせに、こうしてなかを擦られると……ほら」

男の言葉に煽られるように、レオリーノはいつのまにか自ら腰をゆらめかせはじめていた。

「あっ……あっ、きもちい……ヴィー……いい」

「ここも好きだろう」

「あっ……いやだ、いい……っ、んっ、んっ」


両胸の尖りを親指で転がされる。レオリーノは悲鳴を上げてのけぞった。そのたびに、後ろがひくひくと収縮しては男を悦《よろこ》ばせる。

入口はきつくその根本を締めつけながらも、刺激に充血した内壁は、むしろ蕩けるように熱く、やわやわと男を包み込んでいる。とくに最奥は、その欲望の先端に接吻するように痙攣しながら、きゅっきゅっと吸いついてくるのだ。


初めてのときから丹念に愛しつくされ、躾けられた身体は、男が奏でるままに泣き濡れる。

グラヴィスが腰を一際強く揺すりあげる。レオリーノは力の入らない腕で必死にしがみついた。

「あ、奥……こわい……こわい」

柔らかく蕩けきった奥が拓かれ、男の先端が、窄《すぼ》まった最奥を、じわりじわりと圧倒的な力でこじあけていく。

「あっ……あっ、あ……」

レオリーノは涙を散らしながら、そのとてつもない感覚に耐えた。

最奥のさらにその先まで蹂躙された瞬間、レオリーノは、すべてが真っ白に染まった世界に、花が散るように堕ちていった。


不安も、心細さもすべて消えていく。男に揺さぶられる波のような感覚だけが、すべてになる。

声にならない悲鳴を上げてレオリーノが絶頂にいたった瞬間、男もまた、レオリーノの甘く心地よい最奥に欲望を叩き込んでいた。

「……っく」

「……っ、あ……っ」

グラヴィスは繋がったまま、細い身体をゆっくりと押し倒した。そして達してもなお硬さを保つ雄で、ぬくりぬくりと腰を律動させ、レオリーノの呼吸さえも奪い尽くそうとする。

「もう……だめ、ヴィー……だめ」

「まだだ……まだ、もう一度」

男は自分が放ったぬめりを塗り拡《ひろ》げるように腰を動かすうちに、再び硬さを取り戻した。

レオリーノは大きく開脚させられ、密着した腰を持ち上げられる。男が本格的な律動を再開した。レオリーノは泣きじゃくった。

「ま、まって、こわいです……だめ……ヴィー」

「痛くはないだろう……むしろ蕩けている」

痛くはないが、後ろだけでここまで深い快感を得てしまうのがこわい。とてつもなく奥まで剛直を嵌め込まれた内奥が、恥ずかしいほどひくついて、男を味わい、うれしそうに食いしめている。

「レオリーノ……レオリーノ、愛してる」

「あっ、あん……あ、あ、」

レオリーノの細い身体は、ほぼ肩と頭だけ寝台につけた状態で、何度も激しく揺さぶられた。

もはや胸の先も、半透明の液体を垂らす花茎も愛撫されず、ただその甘くみだらな穴を使われ、徹底的に貪られる。

甘く、苦しい時間だった。しかし、レオリーノは歓喜していた。グラヴィスが、初めて手加減せず、理性を失ってレオリーノの身体に耽溺《たんでき》している。そのことがうれしかった。

耳元で聞こえる男の荒い息、激しく送り込まれる律動。レオリーノが喘ぎ乱れるたびに、グラヴィスもさらに理性をかなぐり捨てた。

恋人の甘くみだらな痴態を心と身体に焼きつけるように、男はその肉体を徹底的に味わい尽くす。

圧倒的な体力の差があっても、グラヴィスの欲望によく応えたレオリーノは、明け方まで貪りつくされ、最後は気を失った。

うっすらと、優しく抱きしめられながら唇を落とされた感触が残っている。

行ってくる、と、耳元で囁かれた気がする。

翌朝レオリーノが離宮で目覚めたときには、男はすでにグダニラクに救出に向かったあとだった。

グラヴィスは腕に覚えのある者から成る部隊を連れて、グダニラクの東の果てメルヘリクに跳んだ。

その夜、作戦は無事に遂行され、五十名近くに及ぶ職人達は無事に王国軍に保護された。

グラヴィスは彼らを連れてブルングウルトに向かった。職人達は戦が終わるまで、アウグストのもとで匿《かくま》われることになった。

王都に戻ったグラヴィスによって救出の報告を受けた男達は、ひそかに快哉《かいさい》を上げた。

いよいよ、国境ツヴァイリンクの向こうにグダニラク軍が迫っているとの報《しら》せが、同盟国フランクル軍から王都に届いた。先行して派遣されていた国境の守備部隊に加え、ツヴァイリンクの後方に、王国軍の大規模な戦陣が敷かれた。

それを受けて、ブルングウルト自治軍も領地の境に相当数の兵を配備した。

北東部の国境ツヴァイリンク、北西部の国境ベーデカー山脈、その二箇所が主な戦闘地域となる。王国軍の読みどおり、ツヴァイリンクから王国軍とツヴェルフ＝グダニラク連合軍の衝突がはじまった。

詳しい戦況が伝えられることはなく、レオリーノは不安な思いで、王都での日々を過ごしていた。

誘拐

すっかり仲良しになったエリナとレオリーノは、朝食の後と夕食の後に、二人で話をすることを日課にしていた。朝食の後はお互いの予定を確認するため、夕食の後は、主にエリナの心境を慮《おもんぱか》ってのことだ。

ツヴェルフからの宣戦布告を受けてファノーレンは十八年ぶりに戦争状態に入った。

エリナは残してきた夫を思い、しばらく気鬱に見舞われていたが、それもしかたないことだろう。

レオリーノにも、その気持ちはよくわかる。戦争が始まっても、王都は通常とは変わらず平和だ。だがレオリーノの実家であり、いまとなってはエリナの家でもあるブルングウルト領は、ツヴァイリンクが突破されれば、真っ先に前線となる場所だ。

そこには家族がいて、戦に備えている。すでにカシュー家にとって戦ははじまっているのだ。

グラヴィスも、ほとんど王都に戻ってくることはなくなった。王国軍は、さらにツヴァイリンクに向けて派兵を進め、同時にもうひとつの国境ベーデカー山脈に向けても、山岳部隊を再配備した。グラヴィス達は、各拠点を文字通り飛び回って戦に備えている。

ある日長兄オリアーノと父アウグストそれぞれから手紙が届いた。

オリアーノからは、エリナのことをよろしく頼む、なるべく楽しくのんびりと暮らせるように配慮してほしい、という依頼だった。

父アウグストの手紙は、母マイアのことが記されてあった。本来は、マイアもエリナとともに王都に逃がす予定だったらしい。だが、母はかたくなに断ったという。万が一のことがあったとしても、最後までアウグストとともにいたいと、王都に来ることを拒んだのだ。

アウグストの手紙には、『もしブルングウルトが戦火に呑まれることがあれば、王弟殿下の配慮をいただけるのならば、その《力》でマイアを救い出してほしい』という嘆願が記されていた。

父の想いも、母の想いも、レオリーノは痛苦の思いで受けとめた。王都で待つしかない無力な自分が悔しくてたまらない。しかしいまこそ、レオリーノも、エリナも、籠《かご》の鳥でいることが求められているのだ。安全な場所で、安全に過ごす。それこそが、大切な人たちの求めていることなのだから。

ブルングウルト邸には、さらに厳しい警備体制が敷かれていた。三番目の兄ガウフも、ここしばらくは毎晩戻ってきている。これも王宮からの要請らしい。

いまもヨセフとエリナの護衛役がそれぞれ部屋に詰めている。二人は就寝時以外は、基本的に一人になることはなかった。

そんな状況も、エリナの緊張を増幅させてしまったのだろう。産み月も間近でお腹《なか》も重くなり、さらに不安が高じて、エリナは不眠に悩まされた。

そんな義姉のために、レオリーノは毎晩夕食後に話をする時間を設けた。それはエリナだけではなく、レオリーノにとっても癒しの時間になっていた。


エリナは、最近はもっぱら買い物で気を紛らわせている。先日もうれしそうに、これを買った、あれを買ったと教えてくれた。ほとんどが赤子のものである。たまにレオリーノにも、刺繍《ししゅう》入りのハンカチなど、ささやかな贈り物をしてくれる。


初めて親となるエリナからすると、その準備はとどまるところを知らないのだろう。明るい未来のことを考えて気を紛らわせているフシもある。

戦争と出産の不安がそれで紛れるのならば、いくらでも買い物くらいするといいと、レオリーノはその様子を見守っていた。


「ああ、なんと、ここでお会いできるとは」

ある日のことだった。廊下で、執事に先導されて歩く商人風の男とすれ違った。見知らぬ男に突然話しかけられて膝を折られ、レオリーノはひどく驚いた。初めて見る顔だ。

ヨセフがレオリーノの前に出る。先導していた執事も、男のほうからレオリーノに声をかけたことに渋面を浮かべていた。

しかし、男は気にした様子もなく礼を取っている。無下にすることもできず、レオリーノは、しかたなく男に話しかけた。

「――失礼ですが、貴方は？」

「初めてお目にかかります。エリナ様のところに出入りさせていただいております、モワルード商会のスミルノフと申します」

「……はじめまして」

どこかで聞いたことがあるなと思いながら、レオリーノは挨拶に応える。スミルノフと名乗った商人は、深々と頭を下げた。

「その麗しい輝くばかりのご麗容、レオリーノ・カシュー様ですね。お噂《うわさ》で存じ上げておりました」

「そうですか」

「お目にかかれてこれほど光栄なことはございません……なにせ、王弟配になられる御方だ」

レオリーノはその軽佻《けいちょう》浮薄《ふはく》な言葉遣いに、直感的に苦手な男だと思った。しかし、臨月も間近で身重のエリナの最近の唯一の楽しみは、生まれてくる子どもの品を選ぶことと、オリアーノに似合いそうな布地を選んで、あれこれと身の回りの品を仕立てては、ブルングウルトに送ることなのだ。

この男が、最近出入りしているエリナお気に入りの商人かと、改めて男を観察する。

痩せ型で背が高いところ以外に特徴のない外見をしているが、商人らしく、どことなく抜け目のない雰囲気の持ち主だ。

「義姉に良いものをすすめてくれてありがとう」

レオリーノは儀礼的に最低限の言葉を返すと、すぐにその場を立ち去ろうとする。

男は深々と頭を下げてレオリーノを見送ると、その背中に声をかける。

「ここでお目にかかれて、本当にようございました。また、いずれ必ず、お会いいたしましょう」

「それでね、今日は洗礼式用のおくるみを仕立てるためのレースを選んでいたの」

「そうですか」

レオリーノはうれしそうに話し続ける義姉を、ニコニコと見守っていた。

子どもを持つということに実感がないせいか、生まれてから半年も先の準備を整えるのは気が早いのではないかと思ったが、なんにせよ義姉が元気になるならば、レオリーノもとてもうれしい。

「赤ちゃんはブルングウルトの跡取りかもしれない子ですもの。お義母《かあ》様に旦那《だんな》様がお使いになったときのものはどうかと、相談の手紙をお送りしたの。そしたら、旦那様からレオリーノ様まで四度もお使いになっているそうなの。この際だから新しいものを仕立てなさいとおっしゃってくださって」

エリナが楽しそうな様子は、見ていて本当に安心する。戦争と出産の不安が紛れるのならば、いくらでもレースのおくるみくらい仕立てるといい。

すると、エリナが膨らんだ腹を押さえて、小さく呻く。レオリーノをはじめ、室内にいた者達は息を呑んだ。

「義姉様、お腹が痛いのですか？　若ヴィリー先生をお呼びしましょうか」

「いいえ、大丈夫だと思う。少しお腹が張ったみたい……最近はよくあるの。産み月も近いから、先生も神経質にならないほうがいいっておっしゃったわ」

エリナの侍女がすかさず近寄って、主の腰をさする。そして、レオリーノに目で合図した。

侍女の視線の意味を正確に理解して、レオリーノはエリナを休ませるべく立ち上がった。

「さ……義姉様、今日はもう、お話はこれくらいで。お部屋にお送りしましょう」

エリナが腹を押さえながら椅子から立ち上がる。レオリーノは、侍女とともに介助した。

「ありがとう。すっかりお腹も重くなって、みっともないわよね」

よたよたと歩くエリナを支えながら、レオリーノは微笑んだ。

「義姉上はどんなときもお美しいですが、いまが一番お美しいです。オリアーノ兄上の代わりに、僕がそのお姿を、しっかり目に焼きつけておきます」

お世辞ではなく本気でそう思っている。

レオリーノは、絶対にグラヴィスの血を繋ぐことはできない。それにエリナは、たとえ腹がはちきれんばかりに大きくなっていても、母になる喜びに、文字通り輝いていた。

エリナもレオリーノが本気でそう思っていることがわかったのか、うれしそうに笑顔になった。

「顔は旦那様に似ていてもかまわないから、貴方のように、心映えのうつくしい子が生まれてくればいいと思うわ」

「僕はもう、お腹の甥か姪が、健康で生まれてくれれば、それだけでいいです」

義理の姉弟《きょうだい》は、にっこりと微笑みあう。

そのとき、レオリーノはふと気配を感じて前を見る。廊下の先に、誰かが立っていた。

「……？　そこにいるのは誰だ」

レオリーノが見慣れない人影に眉を顰めると、その影が近づいてくる。

「……おまえは、昼間の」

「スミルノフ、なぜこんな時間にここにいるの？」

昼間に会った商人の男だ。こんな夜に、どうやって侵入してきたのだろうか。

「またお会いできましたね、レオリーノ様。そしてエリナ様、いつもご贔屓《ひいき》にどうも」

男がニィと口角を引き上げた。レオリーノの背筋が粟立《あわだ》つ。

その瞬間、レオリーノは背後の護衛役二人に向かって、咄嗟にエリナを突き飛ばした。

「ヨセフ……！　義姉様をお支えして！」

すべては一瞬の出来事だった。

「……キャアッ！」

二人の護衛役がよろめいたエリナを抱き支える。

次の瞬間、異常な速度で一気に距離を詰めたスミルノフと名乗る男に、レオリーノは正面から抱きこまれた。

そのときにはもう、レオリーノは男の正体がわかっていた。


(この男が……！)


レオリーノの耳に男が囁く。

「……あの女も一緒に連れていこうと思ったが、まぁおまえだけでもかまわない」

「…………レオリーノ様！」

ヨセフがレオリーノに向かって手を伸ばした。

レオリーノも身をよじって、護衛役に向かって手を伸ばす。しかし、その手が空を切る。

敵に攫《さら》われるその瞬間、レオリーノは愛する男の名を心の中で叫んだ。


(……ヴィー！)


レオリーノの姿が、男とともに一瞬で掻き消える。

「いやぁぁぁっ！」

エリナの絶叫が廊下に響き渡る。

「レオリーノ様っ!!」

ヨセフが伸ばした手は、虚しく空をつかんだ。

レオリーノがブルングウルト邸から拐われた。

咆哮

グラヴィスはその瞬間、全身を走った衝撃に硬直した。

「レオリーノ！」

突然婚約者の名前を叫んだ男に、防衛宮で作戦会議中だった幹部達は驚く。

しかし、その叫びに敏感に反応したのは、ディルクとルーカスだ。

「閣下！」

「殿下、待て！　俺も行く！」

二人は咄嗟に、不敬を承知でグラヴィスの腕に手をかけた。なぜならばグラヴィスの次の行動がわかっていたからだ。

そのまま三人は、どこかに跳んだ。


三人は、どこかの邸宅の廊下に転移していた。途端に若い女性の泣き声が聞こえる。見ると身重の女性が使用人達に支えられながら、廊下に倒れかかって泣き叫んでいる。そこにはレオリーノの護衛役ヨセフがいた。

「なっ、ここは……」

「ヨセフ？　……ってことは、ここはブルングウルト邸か！」

ヨセフは真っ青な顔で、突然現れた三人を見た。

「レオリーノ様が拐われた……」

「……なんだと⁉」

「突然男がそこに……将軍様と同じ異能の男だ。レオリーノ様をつかまえて、どこかに跳んだ」

グラヴィスはギリギリと奥歯を噛みしめた。それでは先程のレオリーノの叫びは、拐われる瞬間に助けを求める声だったのか。

「……誰だ。顔見知りの者か」

ブルングウルト邸の人間が、思わずエリナを見つめる。エリナは惑乱し、泣きじゃくっている。

「ご夫人、すまない。どうか答えてくれ」

エリナは腹を押さえ、しゃくり上げながら答える。

「で、出入りしていた商人が……そこに立っていて、それで、レ、レオリーノを……」

その瞬間、グラヴィスから抑えきれない怒気が、凄《すさ》まじい覇気となって吹き出した。

侍女とエリナ、そして護衛役達は、空気がたわむような男の覇気に気圧《けお》され、真っ青になって震えはじめる。

「閣下！　覇気を抑えて！　ご夫人の前です！」

「殿下！　こらえてくれ！」

ディルクとルーカスの訴えに、グラヴィスはすぐに丹田に力を込めて、覇気を抑える。一瞬のそれだったが、エリナは顔を青ざめさせていた。

「ご夫人、すまない……男は商人といったな。昔馴染みの商人か」

「い、いいえ……つい最近、友人から紹介を受けて……それで、ここ何度か出入りを……っ」

エリナは途中で、真っ青な顔で腹を押さえる。

男達はにわかに緊張した。

「奥様！　閣下……！　どうかもう、これ以上はご容赦ください」

侍女が泣いて男達に訴える。グラヴィスはわかったと頷いた。

「ご夫人に医者を呼べ！」

「は、はい……！」

エリナの護衛役が廊下を走り去った。常駐している若ヴィリー医師を呼びにいったのだ。

「私のせいだわ……私があの男を、スミルノフを呼びこんで……」

「奥様……！」

エリナは床に倒れこんだまま泣きはじめた。その視線が、徐々にうつろになる。

「私のせいで……レオリーノが……」

「若奥様、落ち着いて……お腹の御子様に障ります。どうか、落ち着いて」

「なんてことを……ごめんなさい、ごめんなさい、あなた……」

エリナは遠い領地にいる夫に詫びながら、ついに気を失った。侍女が悲鳴を上げた。

「若奥様！」

「エリナ様っ！」

ブルングウルト邸のあちこちから、物音と足音が近づいてくる。

「王弟殿下……こんな夜更けにどうしてこちらへ」

真っ先に駆けつけたのは、レオリーノの三番目の兄ガウフだった。

兄弟の中で、最もアウグストに似ている、大柄で逞しい身体つきの男だ。深夜に突如自邸に現れた末弟の婚約者と王国軍の男達に驚愕している。

グラヴィスの代わりに、ルーカスが答えた。

「……たったいま、レオリーノが誘拐された」

「なっ……なんだと？　なにがあったんだ！」

ガウフがどういうことかと、恐慌に陥る。

そうこうしているうちに、若ヴィリー医師を連れてエリナの護衛役が戻ってくる。

医師は、厳しい顔で気絶しているエリナを診察した。

「義姉上は大丈夫か」

ガウフの質問に、若ヴィリーと呼ばれる医師は立ち上がって頷く。

「エリナ様にも、お腹の御子様にも、とりあえず問題はありません。ただ、かなりのご心痛を受けられた様子です。安静にせねばなりません」

「ありがとう。ヴィリー先生。就寝前に申し訳ないが、義姉上にしばらく付き添ってくれないか」

「わかりました。……それでは、君、すまないがエリナ様を運んでくれ」

護衛役がエリナを抱え上げる。ガウフが心配そうに見送る中、エリナは自室に運ばれていった。

残ったのは、焦燥感をただよわせた、沈痛な面持ちの男達だ。

「……僭越ながら、何が起こったのかご説明いただきたい」

青ざめたガウフが目で問いかける。グラヴィスの代わりに再びルーカスが答えた。

「俺達にもわからない。だが、殿下がレオリーノの心の声を聞いて、こちらに跳んできたんだ」

そこに、自室に戻っていたヨーハンも、騒ぎを聞きつけて駆けつける。

「王弟殿下！　副将軍閣下も……!?　何が起こったのですか？」

「レオリーノ君が商人に拐《かどわ》かされたんです……ヨセフ、そのときの状況を詳しく説明してくれるか」

ディルクの要請に、ヨセフは青ざめた顔で頷く。

「いつものように、エリナ様とレオリーノ様が食後にお話をされていたんだ。それでエリナ様が『お腹が張る』とおっしゃったので、お開きになったところで……廊下に出てみたら、あの男がいた」

「あの男とは？」

「今日の昼間に廊下で会った。レオリーノ様に、いきなり許しもなく挨拶をしてきたんだ。エリナ様のところに最近出入りしているらしい商人で……なぜかそいつが、廊下に立っていた……」

そう言ってヨセフが指差したのは、男達が立っているところから十数歩先の、廊下の暗がりだ。

「……なぜ、こんな時間に、家族用の階に商人が？」

ブルングウルト邸は、レオリーノの婚約が決定してから、さらに厳しい警備が敷かれている。それなのにどうして、と、カシュー家の兄弟は驚愕した。

「閣下と同じ異能の持ち主だ」

「……なっ」

「ヨー、それは本当か」

ガウフの問いに、ヨセフは青ざめた顔で頷く。

「……それで、その男はどうしたんだ」

続きを促すグラヴィスの声は、ぞっとするような響きを帯びていた。

「あの男は、突然廊下に現れたと思ったら、レオリーノ様にあっというまに近づいて、その《力》に気がついたときには、もうレオリーノ様を抱えて……そして一瞬で、どこかに消えた」

ガウフとヨーハンが苦悶の呻き声を上げる。愛しい末弟が誘拐されたと聞いて恐怖に青ざめた。

「……あの男は、たぶんエリナ様も一緒に誘拐しようとしたんだ」

「なっ……」

「レオリーノ様は、たぶんあの一瞬で、男の正体と、もう連れ去られることがわかったんだと思う。エリナ様が一緒に連れていかれるのを阻止するために……俺達に向かって『義姉様をお支えして！』って叫んで、エリナ様をこっちに押しやって……俺達が倒れそうになったエリナ様を咄嗟に支えたそのときには……もう……」

男達は一様に唸り声を上げた。身重のエリナが拐われなかったのは不幸中の幸いだが、レオリーノには、自分自身の安全を確保してほしかった。

グラヴィスは固く拳を握りしめ、怒りを抑えようとしていた。その様子を、ディルクとルーカスが不安そうに見つめる。

「……先程ご夫人が言っていた、スミルノフという商人について何か知っているか」

「その男が、今日の昼間に『モワルード商会のスミルノフ』と名乗りました」

ヨセフの言葉を聞いた瞬間、グラヴィスから再び凄まじい怒気が噴き上がった。男達は物理的な圧力さえ感じて、思わずたたらを踏む。

「これが怒らずにいられるか！」

「落ち着け！　殿下！」

グラヴィスは、もはや金色にギラギラと光る目で副将軍を睨んだ。

「……モワルード商会を覚えてないのか！」

「おまえにはわかるのか」

「ディルクの報告にあっただろうが！　エドガル・ヨルクの兄嫁が、モワルード商会の出身だと!!」

ルーカスとディルクは、グラヴィスの言葉に息を呑む。些細な情報すぎて、すっかり忘れていたのだ。

「……そんなエドガルに繋がりのある怪しげな店の男が、レオリーノの近くに出入りしていただと？」

「なぜ、その男はブルングウルト邸に」

「商いに来ている体で、ここに下見に来ていたんだ！　俺と同じ《力》なら、拠点を作るためにだ！

最初から！　レオリーノを攫うためにに！」

グラヴィスは怒りのあまり壁を殴る。ものすごい音がして、壁がへこんだ。拳の骨が折れそうな勢いだった。

「閣下！　おやめください！」

「よせっ！」

ディルクとルーカスがあわてて背後から男にしがみついた。しかし、ディルクは振りほどく腕の力に、背後に弾き飛ばされてしまう。

いつもは冷静な男の凶暴なまでの怒りに、男達は一様に青ざめる。とくにヨーハンとガウフは、初めて見る王弟の激怒に膝が震えた。

ルーカスは十八年前を思い出した。

誰よりも徹底して抑制の利いた男だけに、グラヴィスの理性の箍《たが》が外れたときは、誰も止められない。あの戦いのときでもそうだった。

ルーカスは激情に駆られるグラヴィスを必死に押さえつける。

「落ち着け！　いま怒ってもどうしようもない！」

「放せ、ルーカス！　……わかってる！　怒っているのは、俺自身の詰めの甘さにだ……なぜ見逃した！　なぜ、こうもやすやすと……レオリーノを！」

命よりも大切な存在が、この手からすり抜けるのはこれで何度目なのか。

――何度、自分は同じ過ちを犯すのか。

グラヴィスはルーカスに羽交い締めにされながら、獣のように咆哮する。

「……レオリーノ！　俺を呼べ！　もう一度……いますぐ俺を呼べ！」

だが、グラヴィスの心に、レオリーノの声が届くことはなかった。


レオリーノは寒さに震えて目を覚ました。どこかなつかしい、嗅ぎ慣れた北の空気の匂いがする。

「目が覚めましたか。レオリーノ様」

レオリーノは、ゆっくりと身を起こす。室内にしてはとても寒かった。瞬間的に身体の状態をたしかめる。脚も大丈夫だ。他にいたずらされた様子もない。意識もちゃんとしている。

レオリーノは咳《せ》き込むフリをして、あやしまれない程度にそっと胸に手を当てた。そこには、いつも肌身離さず持ち歩いている細く固い感触があった。レオリーノはひそかに息をつく。ありがたい。どうやら身体を検《あらた》められることはなかったようだ。

胸元に隠した短剣が、一筋の希望になる。

レオリーノを拐った男は、スミルノフと名乗った商人だった。どうせ商人というのも、かりそめの姿なのだろう。

男を観察すると、年の頃はエッポと同じくらいだろうか。痩せ型なので若く見えるが、五十近いのかもしれない。

「叫びもせず、動揺もしないとは、そんな儚《はかな》げなりで、案外と肝が据わっていらっしゃる。さすがはカシュー家のご子息だ」

「……僕を誘拐して、どうするつもりです」

「おや、私の《力》に驚いていない。まあ、それもそうでしょうかね。婚約者である王弟殿下と同じ《力》だ」

「……」

男の笑い方は、やはり嫌なものだった。

（この男が、ラガレア侯爵のもとで動いている男。多くの民を誘拐し、そしておそらく、十八年前の巨石を門の前に運んだ男だ……）

レオリーノはすでに気がついていた。このゴツゴツした石壁、王都よりも明らかに寒い、北の空気。

ここは、ツヴァイリンクだ。

しかし、外砦か内砦かわからない。

レオリーノは怯えた様子で室内を見渡した。

「ここはどこですか？」

「ツヴァイリンクですよ。貴方のご実家の近く、国境の砦です」

男はあっさりと答えた。

なぜツヴァイリンクに連れてこられたのか。ここは戦争の最前線で、いまも交戦中のはずだ。もし、ツヴェルフ側がレオリーノを誘拐したのならば、ツヴェルフのどこかにまで連れていくのではないか。

「なぜ、ツヴァイリンクに、僕を……」

「私の主は、ツヴェルフに忠誠を誓っているわけではないですからねぇ」

「貴方の主は、……なぜ、僕をここへ？」

自分を誘拐した相手に対しても丁寧に話すレオリーノの育ちの良さを、男は嘲笑《あざわら》った。

「この国境では、いままさに、ツヴェルフ＝グダニラクの連合軍と、ファノーレンの王国軍がぶつかっています。そこで貴方がどんな目にあうかを見たあの英雄が、手も足も出せずに苦悩する姿を、主は望んでいるのですよ。グダニラクの兵力があれば、将軍さえ斃れれば、この国は恐れるに足らない」

レオリーノの顔がさらに青ざめる。

やはり王家への恨みだ。十八年前もいまも、この国を滅ぼしたいという一念で、ラガレア侯爵は動いているのだ。

レオリーノはうつむいて身体を震わせた。男は儚げな花のような青年が恐怖におののく様子を、目を細めて堪能する。

だが、レオリーノが震えていたのは恐怖からではない。恐怖よりも、怒りを感じていた。

十八年前、エドガルとともに仲間達を死に追いやった男が、いま目の前にいる。

殺したい。この手で、いますぐ男の喉首《のどくび》を搔っ切ってやりたかった。

しかし、この男がここに連れてきたということは……と、レオリーノはあることに思い至る。

必死で冷静さを取り戻し、男を見上げて尋ねた。

「ここがツヴァイリンクということは……もしや、もうこの砦は」

男が、おやという顔でレオリーノを見つめる。

「……よくわかりましたね。これは意外だ」

「……外砦は、すでに敵の手に落ちたんだな」

「聡明な方だ。そう、ここはツヴァイリンクの外砦です。外砦は、今夜貴方を連れてくる前に、ツヴェルフ＝グダニラクの連合軍に占拠されました」

「どうやって……」

「私がいれば、この砦を奪うことなど造作もない。それから王都に跳んで、貴方を拐って……我ながらよく働いた。さすがに今日はもう、これ以上《力》を使うことはしたくないが……首尾は上々だ」

「十八年前の、ツヴァイリンクの戦いも……外砦が占拠されたのは、おまえの仕業か」

男は高らかに哄笑《こうしょう》した。

「ええ、そうですよ。一度足を踏み入れた場所なら私はどこにでも跳べる。ある男の手引きで、じっくり外砦を見学させてもらいましてねえ。あの日も、そして今日も、外砦の見張りを次々と砦の下に投げ落としてやりました。適当に間引いて、あとはツヴェルフの小隊をそこここに飛ばしてやれば、あっというまに制圧できる。鉄壁と言われた砦も、私の《力》の前にはあっけなく股を開きましたよ」

「……そうか。そうだったのか」

それで、あのときこの男に外砦の構造を理解させる手引きをしたのが、エドガル・ヨルクか。

レオリーノは沸き上がる怒りを込めて、男を睨みつける。視線で殺せるものならば、この男をいますぐ縊《くび》り殺してしまいたい。

「綺麗な顔なのに、なんと怖いお顔で睨むことだ」

男がおおと両手を挙げる。しかし、ニヤニヤといやらしい笑みを浮かべた。

「いや、そんな麗しく儚げな顔で睨んでも、怖くはないか。むしろ美しさが際立つだけだな……みすみすグダニラクに渡すのは惜しい……本当に、奇跡のような美貌だ」

そう言ってレオリーノの全身を舐めるように見る。その視線にレオリーノは嫌悪のあまり鳥肌を立てた。

「グダニラクの副将軍は、男女おかまいなしの好き者でねぇ。大陸一の美貌と名高いレオリーノ様の話をしたら、ぜひご尊顔を拝したいとおっしゃっていましたよ。貴方は、いわゆる主が約束したグダニラクへの報酬のひとつなんです」

レオリーノは震撼した。グダニラクへの報酬に、レオリーノが含まれている。

つまりラガレア侯爵は、レオリーノを敵に売ったのだ。

ラガレア侯爵は、もしかしたらこの目的のために、レオリーノをユリアンの伴侶に望んでいたのか。

「どうせもう、初めてでもないのでしょう？　あの大柄な王弟殿下と、いかにも華奢な貴方がどうやって、というのにも興味があるそうで……グダニラクの男も、巨漢でね。どのように仕込まれているのか、たいそう楽しみにされていましたよ」

その脅しに蒼白になったレオリーノを見て、男は満足そうに頷いた。

「あいにくこんなところで、着飾っていただくことはできないが、その天使とみまがうような美貌があれば、報酬としては充分でしょう。今晩か、あるいは明朝か――呼び出しがかかるまで、それではどうぞごゆっくり」

そう言い残して、男はその場からかき消えた。

戦う勇気を

一人になった部屋で、レオリーノは寒さにブルリと震える。ツヴァイリンクはひどく寒かった。

それもそのはずだ。王都よりずいぶん北の地にいて、レオリーノは王都の暖房の効いた邸宅用の部屋着しか身につけていないのだ。胸の詰まった柔らかい上着の下には、シャツが一枚、足元にいたっては室内用の柔らかな靴である。

シンと冷えきった、ツヴァイリンクの空気を吸い込む。恐怖と混乱、そして怒りで、みっともなく叫びだしそうな心と頭が、少しずつ落ち着いてくる。

咄嗟に護衛達に押しやったエリナは、大丈夫だっただろうか。身重の身体にずいぶんと乱暴なことをしてしまった。いまさらながら、もう少し他のやり方はなかったのかと反省する。

だが、あのときはそれ以外やりようがなかった。臨月間近の身重の身体で、こんな寒冷地の戦地に飛ばされれば、おそらく母子ともに、その命は危険に晒されていただろう。もし万が一、兵士達に乱暴などされれば、それこそエリナも、カシュー家の希望となる子の命も途絶えてしまう。

――どうか無事で。

両手を重ねて祈る。

レオリーノは立ち上がり、ひんやりと冷気のただよう窓際に近づいた。窓の外には、夢で見慣れたツヴァイリンクの平原の陰影が、篝火で朧げに浮かび上がっている。この高さからすると三階に違いない。

震える息を吐くと、目の前が白く霞《かす》んだ。

胸の短剣に手を当てる。細く、小さく、鋭いそれ。見るからに無力なレオリーノが、まさか武器を持っているとは思ってもいなかったのだろう。持ち物を検められなかったのが、不幸中の幸いだった。

いまの希望は、この短剣だけだ。グラヴィスと同じ異能を持つ男を、たかだか短剣ひとつで殺せるとは思えない。ましてやここを抜け出しても、あの男の言葉を真に受けるならば、グダニラクを中心とした敵軍が、すでに外砦を占拠しているのだ。

だが、ここでただ敵の思い通りになるのを、待っているわけにはいかない。

戦うのだ。精一杯戦って、どんなかたちでも生きて、生き抜いて……愛しい男にもう一度会うまで、戦うのだ。

グラヴィスのためにも、自分のためにも、この地で、この命を散らすことはしない。絶対に。

どれほどの屈辱を受けても、生き延びて、命を繋いだ状態で、再びグラヴィスに再会してみせる。グラヴィスの伴侶になれなくてもかまわない。再会するまで命を繋いで、最期の瞬間、あの男の傍にいること。

これが、イオニアを一度目の前で喪ったグラヴィスの心を守るためにやるべきことだ。

(……ヴィーの心は、誰にも壊させない)

レオリーノは戦う覚悟を決めた。

スミルノフの言葉どおり、敵兵が水差しとコップを持ってやってきた。レオリーノよりも年若く見える少年兵だった。ファノーレンならば、まだ学校に通っている年頃かもしれない。

グダニラクはこんな子どもまで傭兵として働かせるのかと、胸が痛む。

少年兵は、レオリーノを見た瞬間、呆《ほう》けたように見惚《みと》れて、しばらく扉の前で呆然としていた。

「君は……」

あわてて目線を下げて、直視しないように近づいてくる。その純朴そうな様子に、レオリーノは泣きそうになった。

これから逃走するために必要なこと。その結果、この少年兵にもたらす結末。レオリーノは、はじめる前から、己の罪深さにおののいていた。

(助けて……イオニア、勇気をください。貴方みたいに、戦う勇気を)

心の中で必死に祈った。

無になるんだ、考えては駄目だ、と、記憶を必死にたぐりよせ、なんとか冷静になろうとする。

そしてヨセフとの訓練を思い出す。力も技術もないレオリーノは、近い場所から急所を狙《ねら》うことしかできない。一息で仕留められないと、その瞬間にレオリーノの未来は閉ざされる。

覚悟を決めた。戦う前から怯んではだめだ。

「……お水をありがとう。こちらに持ってきてくれるだろうか」

「……」

レオリーノは手を伸ばした。少年兵が首をひねる。どうやらファノーレン語はわからないようだ。ボソボソと返事をされてもまったく理解できなかった。レオリーノもグダニラク語はわからない。

レオリーノの美貌に見惚れながら、少年兵はごくりとつばを飲んで近づいてくる。

レオリーノの胸が、緊張と恐怖に跳ね上がった。

そして、隠し持った剣の柄《つか》を握る拳に力を込める。

(ヨセフ、力を貸してくれ……!)

レオリーノはグラスを渡そうとした少年兵の腕をつかんで、ぐいと引き寄せた。少年兵がまだそれほど逞しくないのが幸いした。レオリーノの非力な腕でも、少年兵は体勢を崩す。レオリーノはすぐさま、少年兵の首に腕を回すようにして抱きついた。

「……!」

少年兵がレオリーノを引き剥がそうとする。

次の瞬間、レオリーノは短剣で、少年兵の細い首をずぶりと突いた。咄嗟に目を瞑る。

「……ぅあぁあっ! ……ぐっ」

少年兵が首を押さえてのけぞった。まだ動けるらしい。

失敗した。一撃で急所を刺すことができなかった。

まさか刺されるとは思わなかったのだろう。少年兵は、信じられないといった様子でレオリーノを見つめて、恐怖に目を見開いている。

駄目だ、もう一度。今度こそやりとげなければ。

「……ぐ……ぐぇっ」

少年兵の口からグフッと血泡が吐き出される。

「ごめんなさい……ごめ、ごめんなさい」

レオリーノは泣きながら、もう一度その首筋に剣を突き立てる。少年の身体にしがみつき、さらに、もう一度。今度は入った手応《てごた》えがした。

少年兵の身体がビクビクと痙攣する。そのたびに、レオリーノの全身に、少年兵の喉から噴き出した血《ち》飛沫《しぶき》が振りそそぐ。

「……っ……っ」

少年兵は、痙攣しながら崩れ落ち、やがて目を見開いたまま絶命した。

——殺した。

レオリーノは血に濡れた拳を口に当て、必死で嗚咽と震えをこらえる。

「僕は、なんてことを……」

敵兵だが、水を差し入れてくれただけの少年だった。そんな罪なき命を、逃亡のために殺したのだ。

なんでもすると決めたばかりなのに、ここで挫《くじ》けたらだめだ。だが、そう思っても涙が止まらない。

イオニアの記憶を思い出す。初めて《力》を人に向かって行使したときから、イオニアがうなされ続けてきた悪夢がよみがえる。

それと同時に、いままで自分がどれほど安全なところで守られていたかを実感する。

(でも、ヴィーの心を守ると決めたんだから……どんな罪をかぶっても……生きて帰るんだ)

レオリーノは涙を拭った。

殺したのは敵兵だ。そして、これは戦だ。いまは、それ以上のことを考えてはいけない。憐憫に浸っている時間はないのだ。

——逃げなくては。

レオリーノは、震える息を落ち着けて、無心に作業をはじめる。少年兵の死体から、外套《がいとう》と手袋を脱がせる。少年とはいえ脱がせるのは苦労した。

血の匂いに加えて、長く洗濯をしていない衣服の饐《す》えた匂いがして、思わず吐き気をもよおす。

しかし、逃げるためには、絶対に防寒する必要がある。それにいまの格好では目立ちすぎる。

外套を剥いで、室内着の上から着用する。最後に軍靴を脱がせると、室内履きの上から、ブカブカのそれを履いた。隙間《すきま》に布を詰める。歩きにくいが、防寒のためにはしかたがない。

レオリーノは心を殺して、黙々と手を動かし続けた。目立ちすぎる白金色の髪は、寝台の敷布を裂いた布で巻いて隠す。


窓から見える月が、かなり高い位置にある。

レオリーノは記憶の中から、外砦の構造を必死で思い出す。敵兵に占拠された外砦から、無謀にも一人で脱出しようというのだ。


（どうせここにいても死を待つだけならば……）

レオリーノは震える足に活を入れ、扉を開けた。


左右を確認しそっと回廊に滑り出る。およその現在地を確認すると、目的の部屋を目指して静かに歩きはじめる。

ツヴァイリンクの外砦には、一定の間隔で石柱に数字が刻まれている。防衛宮で調べているとき、ツヴァイリンクの構造も頭に入れていたのが幸いした。


戦況はわからない。スミルノフの言葉を信じるならば、外砦が侵略されて、まだそれほど時間は経《た》ってないはずだ。だとすれば、内砦までたどり着けば、王国軍と合流できるはず。

問題は中間地帯だ。おそらくまだ王国軍が優勢であるだろうが、敵兵がいないともかぎらない。

大の男が歩いて一刻以上かかる中間地帯を踏破し、味方のいる内砦までたどり着けるだろうか。それまで、一度壊れて繋ぎ合わせたこの脚が、無事に保《も》ってくれるだろうか。

イオニアだった頃とは違う。頑強で健康な身体を、レオリーノは持っていない。

だが、十八年前と状況は同じだ。たとえ一人でも、やるしかないのだ。

月明かりをたよりに、廊下を慎重に歩く。奇跡的に誰にも見つからず、目的の部屋にたどり着いた。ここに来るまで敵兵に遭遇しなかったのは、本当に奇跡だ。

どうか開いてくれと願いながら、ゆっくりと扉に手をかける。鍵はかかっていなかった。

「やった……」

薄暗い部屋に滑りこむ。

小ぢんまりとした部屋だ。壁に据え置かれた棚以外に家具はなく、なんの用途に使う部屋なのか、一見してわからない。

しかし、ここは外砦にとって最も重要な部屋のひとつである。この部屋には、地上に繋がる隠し階段があるのだ。イオニアがツヴァイリンクに赴任するときに覚えた秘密はこれだ。

あの夜、敵に占拠されていた外砦から部下を連れて脱出したときに、逃走経路として利用した通路だ。

敵はおそらくこの部屋の存在に気がついていないと予想したが、どうやら当たりだったようだ。

ただ、スミルノフだけはわからない。エドガルもこの隠し階段を知っていた。彼からこの部屋について聞いている可能性もある。

急がなくては。

レオリーノは部屋に敷かれた敷物を剥いだ。そして蹲《うずくま》ると、月明かりの下で、木の床の模様を慎重に読んでいく。

「ここだ……あった」

精妙な板組みの隙間に、短剣を差し込む。テコの要領で柄を持ち、グイと刃先を押し上げると、軋《きし》む音を立てて床の一部が開いた。

隠し階段だ。中を覗き込むと、そこは埃《ほこり》にまみれていた。新しい足跡もなさそうだ。

レオリーノは滑りこむ前に、敷物を丸めて、最初からそうだったように壁に立てかける。敷物がまくれていると、逃亡の痕跡が残るからだ。

その作業だけでも、男と格闘したばかりで体力を使い果たし、労働にも慣れていないレオリーノにとっては、かなりの重労働だった。

しかし、ゆっくり休んでいる時間はない。いつ誰が、あの部屋の死体に気がつくかわからない。兵士が殺されたとあっては、確実に犯人の捜索がはじまるだろう。

隠し階段の中に身体を入れる。

頭まで身体を沈めたところで、頭上の木枠を、内側から苦労して閉じた。途端に真っ暗になる。

明かりは持っていない。イオニアの記憶を思い出す。レオリーノは、下に続いているだろう、螺旋《らせん》階段を想像した。そうだ、ただの階段で、とくに障害物はないはずだ。

(勇気を出せ……!)

この階段には、石一個分の空気取りの穴がたまに空いているはずだ。

レオリーノは、足先と指で足場をたしかめながら、少しずつ階段を下りていく。

空気取りの穴から時折差し込む、ひとすじの月明かりに、怯えて挫けそうになる心が癒《いや》される。

地上に出れば、月だけじゃない。

ブルングウルトの澄みきった冬の夜空に、きっと満天の星々が見えるだろう。

(……ヴィーに、会いたい)

寒さと緊張で、身体が重い。頬が妙にひんやりとする。不思議に思って触ってみると、涙が溢れていた。グイと汚れた袖《そで》で拭う。

だが、意識した途端に、涙が次々と溢れて止まらなくなった。

「……っ、っく……ひっ」

怖いのだ。

戦うにはあまりに脆弱《ぜいじゃく》なこの身体で、戦地となったツヴァイリンクで、一人で生き抜かなくてはいけない。

「イオニア……僕にも、貴方の勇気をください。戦う覚悟を」

滑りやすい階段を這いずるように、一段ずつ下りていく。レオリーノは暗闇《くらやみ》の中、一人で地上を目指した。


永遠にたどり着けないかと思っていたが、なんとか地上の出口まで無事に下りることができた。追っ手の気配はない。レオリーノはすでに疲れきっていたが、それでも安堵の息を吐いた。

三階分の螺旋階段を、緊張にこわばった身体で探り探り下りたせいで、脚はすでに鈍痛を覚えている。


地上から目立たないように、出口は半分地下に埋もれるかたちで、鉄の格子が嵌《は》まっている。外からは水はけの溝に見えるようになっているのだ。

格子越しに外の様子を窺《うかが》う。そこから流れ込む空気が冷たい。格子のあるあたりは暗いが、外砦そのものは、一定の間隔で配置された篝火によって、ほのかに照らされている。

レオリーノは人の気配がないことを確認して、鉄格子をぐっと押した。


「くっ……ん」

重い。長年使われていない通路の出口は、簡単には開いてくれなかった。レオリーノは渾身の力で押した。己の非力がなさけない。歯を食いしばると、苦悶の声が漏れる。

それでも必死で押し続けていると、やがてギッギッと音がして、少しずつ鉄格子が動いた。レオリーノはさらに必死で押した。脚が痛んで踏ん張りが利かないため、なかなか持ち上げることができない。

「……っくぅ、持ち上がって……っ」

ゴトリと音がして、ようやく鉄格子がずれた。レオリーノはだるい腕で身体を持ち上げて、やっとの思いで地上に這い出た。

外に出られた。砦から脱出できたのだ。

ずるずるとその場に倒れ込む。すぐさま逃げるべきとわかっていたが、疲れきった身体はすぐに動かすことができなかった。

遠くに、野太い声が聞こえた。聞き覚えのない言葉で話している。敵兵だ。

レオリーノはのろのろと立ち上がると、震える身体を叱咤《しった》し、またもや苦労して鉄格子を元に戻す。

ようやく、夜空を見上げることができた。

いますぐ降ってきそうなほど大量の星が、目に飛び込んでくる。

それだけでレオリーノの心がなだめられ、また少し気力が沸き上がってくる。

重い身体を起こして立ち上がる。外は、さらに寒かった。雪こそ降っていなかったが、何もしなければあっというまに体温を奪われてしまう寒さだ。

——ああ、ツヴァイリンクの空気だ。

レオリーノは心を奮い立たせるように、深々と息を吸い込んだ。

そして一歩を踏み出す。全身が重い。何よりも、左脚がすでに痛みを訴えつつある。

このまま闇夜に乗じて、移動できるだろうか。

——それでも……行けるところまでいこう。

なんとしても、愛する男のもとに帰るのだ。

レオリーノは内砦を目指して、脚を引きずりながら夜の戦場を歩きはじめた。

星々の瞬きは遠く

レオリーノは夜の平原を、一人で逃走していた。

イオニアならばとっくに内砦まで着いている頃だろうが、いまだに背後の外砦も、前方の内砦も、どちらの篝火も遠くに揺らいで見える。

逃亡からすでにかなりの時間が経《た》っている。さすがにスミルノフやグダニラク兵に気づかれただろう。しかしこの闇夜の中、草原に逃げ込んだ人間を見つけるのは、そう簡単なことではないはずだ。

味方は、この暗闇だけだ。

夜明けまで少しでも距離を稼がねばと、必死に足を動かす。

身体を丸めれば隠れられるくらいの繁みや岩を見つけては、うずくまってわずかな休憩を取る。そしてまた夜露に湿った冷たい草原を這うようにして進む。

その歩みは、はたから見ればもどかしいほどの速さだ。レオリーノはそれでも、少しずつ前に進んでいく。

「はっ……はっ……」

中間地帯には、休憩用と監視用を兼ねた小屋がいくつか設置されている。しかし、その小屋がすでに敵兵に占領されているかもしれない可能性を考えると、安易に助けを求めることもできない。

「……っは、はぁ……っ、っく」

身体の一部は燃えるように熱くしびれ、一方で、全身は凍えきっていた。足が重いのは、靴を重ね履きしているせいだ。しかし靴を脱げば、あっというまに足から冷気が上がって凍えてしまう。雪が降っていなくても、寒さで人は凍え死ぬことがあるのだ。

「……っ」

何かに躓《つまず》いて倒れる。躓くのは、もう何度目かわからない。足元が暗くてよく見えないから、注意しようもないのだ。

「動けっ、動いてくれ……」

レオリーノは自分の脚を叱咤した。

太腿を拳で叩いて活を入れるが、もはや酷使しつづけた脚は、言うことを聞いてくれない。己の不甲斐なさに、レオリーノの背中が震えた。地面に転がっていると、どんどん身体が冷えてくる。

ここで逃走も終わりかと思うと、涙が溢れる。

天空を見上げれば、まばゆいほどの星空だ。

（会いたい……）

しかし星々の瞬きは遠く、どれだけ手を伸ばしても届かない。

レオリーノはぎくりと身体をこわばらせた。複数人の草を踏みしめる足音、そして話し声が近づいてくる。咄嗟に土を握り、顔に擦りつけて汚す。髪に巻いた布を深めに被って、できるだけ顔を隠した。

『おい！　そこのおまえ！』

気づかれたようだ。遠くから声をかけられ、足音が近づいてくる。

『おい！』

『おまえ何をしている？　怪我《けが》でもしてるのか？』

濃い顔立ちの髭面《ひげづら》の男達だった。

男達が話しているのは、先程少年兵が話していた言葉に似ている。グダニラク兵だ。どうやら外套のおかげで仲間と思われているらしい。

『おまえも偵察か？　調子が悪いなら戻れ』

『こんなところにいたら凍え死ぬぞ』

何を言われているのかわからない。

「……」

『おい！　おまえ聞いてるのか？』

なけなしの力を振り絞って立ち上がる。

グダニラク語が理解できないレオリーノは、ひたすら無言で頭を下げた。

『おい……待て。こいつ怪しいぞ』

声音が変わる。レオリーノはギクリとした。

兵士達が次々に剣を抜く。その鋭い金属音とともに、兵士達はレオリーノに向かって、何かを口々にわめきはじめた。

やはり誤魔化《ごまか》しきれなかった。

レオリーノは胸元に手を忍ばせ、短剣をつかむ。

しかし敵は傭兵国家グダニラクの兵士だ。先程の少年兵とは違って、レオリーノよりもはるかに立派な体格の兵士達に囲まれている。しかも三対一。小さな剣ひとつで、とうてい敵うはずもない。

一人の兵士が抵抗の意志をたしかめるように、剣先でレオリーノの腹を突いた。

分厚い外套のおかげで刺さることはなかったが、弱った脚では踏ん張りきれず、レオリーノは再び地面に倒れ込んだ。

それを見た男達が、異国語でわめきたてる。

これまでかと、レオリーノは絶望に目を閉じた。

そのときだった。

目の前にいた敵兵が、かっと目を見開いたかと思うと、レオリーノの眼前でいきなり倒れたのだ。

残りのグダニラク兵も次々と崩れ落ちる。

いったい何が起こったのか。

グダニラク兵の背後から、草陰に紛れ複数の男達が次々と現れる。レオリーノは再び恐怖に混乱した。

しかし次の瞬間、聞こえてきた声に息を呑む。

「もう一名グダニラク兵を発見しました！」

ファノーレン語だ。

（王国軍の兵士だ……！）

レオリーノは目を凝らした。

たしかに王国軍の兵士だ。倒れているレオリーノを発見して、その兵士が背後の誰かに注意を促す。するとと、ひときわ大きな影が後方からのそりと現れた。

「早くそいつも殺せ。助けを呼ばれたら面倒だ」

「はっ」

レオリーノは目を見開いた。この声は。

「…………エッボ？」

小さな声だった。しかし、剣を振りかぶった兵士とエッボ・シュタイガーは、その声に固まった。

「待て、ゲーマン！　斬るな！」

いままさに剣を振り下ろそうとしている部下の腕をあわてて止める。

「……まさか」

「エッボ……」

もう一度名前を呼ばれた。

エッボは青年兵をあわてて押《お》し退《の》け、グダニラク兵の前に立った。全身泥と血にまみれた細身の男だ。月明かりで顔はほとんど見えない。

だが、その声は間違えようもない。

「エッボ……僕だ、レオリーノだよ」

泥に汚れた手が伸ばされる。エッボは信じられない思いで、その手を取った。

「隊長……なぜ貴方がこんなところに……！」

エッボ・シュタイガーがそこで出会ったのは、王都で別れたはずの、かつての特殊部隊の上官イオニア・ベルグントの生まれ変わりの青年だった。

王都で誰よりも手厚く守られているはずの青年が、なぜこんな最前線に、一人で放り出されているのか。

エッボは恐怖に震える両手を伸ばし、倒れている青年を抱き上げた。軽く細い身体だった。

月明かりの中、血と泥と涙に汚れた小さな顔を掌《てのひら》で拭えば、戦場にはまったくふさわしくない、繊細で可憐《かれん》な美貌が現れる。

「なんてことだ……神よ……!」

「エッボ……エッボ……」


エッボの部下達は、呆然とその様子を見ていた。なんと、上官が敵兵と思しき男を抱き上げて、涙を流しているのだ。

「エッボ隊長……そ、そいつは」

「……この御方はグダニラク兵ではない。将軍閣下の婚約者である、ブルングウルト辺境伯ご子息のレオリーノ・カシュー様だ」

兵士達は隊長の言葉に驚愕した。敵兵の軍服を纏う青年が、まさか将軍の婚約者だとは。だが、たしかにその青年はファノーレン語を話し、エッボはうやうやしく扱っている。

「……な、なぜそんな御方がこんなところに……」

「事情は後だ。レオリーノ様を、早く安全なところにお連れしなくてはならん……レオリーノ様、俺が運びます。お身体を抱え上げても？」

「うん」

エッボはレオリーノの脚の事情もわかっている。自力では立てないのだろうと判断し、横抱きに軽々と抱え上げた。


レオリーノは信じられない幸運に安堵した。

逞しい巨躯に抱き上げられた途端、身体が泥のように重くなり、全身をエッボに預ける。

「エッボ……すまない。もう、脚が動かない……歩くのも、むずかしいんだ」

「大丈夫です。安全なところまでお連れします」

レオリーノは感謝の念を込めて頷いた。エッボは部下に向かって、潜めた声で指示を出す。

「敵兵の死体を草むらに隠せ。いったん偵察は中断だ。内砦に戻るぞ」

男達はわけがわからなかったが、とにかく上官の指示に頷く。そして、敵兵達の死体を手際よく草むらに隠しはじめた。


エッボの胸は、いまだに激しく動悸《どうき》していた。こんな戦地のど真ん中で、まさかいるはずのない人物を見つけたのだ。驚くに決まっている。

先程の様子を思い出す。レオリーノは敵兵に見つかり、襲われているところだった。まさに間一髪、あそこでレオリーノを救い出せたことは奇跡だ。


エッボとその部下は、外砦の異変が気になって、数名の部下を連れて偵察を買って出た。

危惧《きぐ》したとおり、中間地帯にも、グダニラク兵と思しき人間がすでに入り込んでいた。

それで、エッボは確信した。あの日と同じ方法で、すでに外砦は敵に襲撃されたに違いないと。

エッボ達は、敵兵を見つけては、不意をついて始末した。

さらに外砦に向かって歩みを進めていたときだ。どうやら仲間割れをしている敵兵達を見つけたのだ。


「……あそこで、貴方を見つけられてよかった」

あの瞬間、エッボ達が敵兵を発見しなければ。もし万が一、少しでもタイミングが遅れ、間に合わなかったら。エッボは想像だけで背筋を震わせた。

「助けてくれてありがとう。あのときは、もうここまでかと思って覚悟した」

腕の中の華奢な身体を強く抱きしめる。

部下達が死体を手際よく隠し終えたことを確認すると、エッボは戻るぞと合図する。

「……少し苦しいかもしれませんが、しっかりつかまっていてください」

怪力のエッボにとっては、レオリーノ一人分の体重など、小枝を持っているようなものだ。

男達はものすごい速さで、夜明け前の草原を内砦に向かって駆け戻っていく。外砦の篝火が、みるみる遠くなっていった。

「レオリーノ様、何があったのか教えてください」

なるべく揺さぶらないように、レオリーノを抱え込みながら、エッボは闇夜の平原を疾走する。

「王都の自宅にいるときに、誘拐されたんだ……エッボ、僕は会った。十八年前にあの巨石を運んだ異能の男だ」

「その男が貴方を誘拐したのか」

「そうだ。偽名だろうけれども、スミルノフと名乗っていた。ヴィーと同じ《力》の持ち主が、僕を王都から拐って……先程まで僕は、外砦に捕らえられていたんだ」

「……よくぞ、無事に逃げられた」

その身体で、とは言えなかった。

レオリーノを見下ろすと、哀しげな瞳と目が合う。イオニアとはまるで違う青年だ。だが、その瞳は間違えようもなく、かつて、此《こ》の地でともに戦った男の目だ。

「逃げるときに、僕とそう変わらない年の敵兵を殺した……ああするしかなかった」

エッボは汚れたレオリーノの顔を見つめた。その血の痕は、敵兵の血であったか。

エッボは、レオリーノが敵兵を殺害したと知ってもとくに感慨はなく、むしろその細腕でよくやり遂げたと感心した。

「誇ってもいいことだ。貴方は戦士ではないのに、よくやりました。敵兵に情けをかけてはいけない。戦とはそういうものだ」

「……わかっている。でも、剣を人の身体に刺す感触は、なんとも言えない。夢の中では、何度も敵兵を殺したはずなのに……イオニアの記憶があっても、実際にはこんなに……不思議なものだね」

「レオリーノ様には、これからも無縁の世界だ。もう忘れるといい」

レオリーノは首を振った。

「もう、人を殺した罪は消えないよ。それに……忘れられないよ。まだなんだ、エッポ」

皺と傷が刻まれたエッポの顔を、菫色の瞳が見上げる。

「あの男がいるかぎり、僕達に安寧のときが訪れることはない。十八年前と同じことが繰り返された」

「……ということは、外砦は」

「うん。十八年前と同じで、もう完全に占拠されていると思う。あの男が告白したよ。十八年前も、そして今夜も、警備隊を……砦の上から投げ捨てたと。敵兵を運んで占拠したと言っていた」

エッポは腕に力を込める。レオリーノが外砦から脱出できたのは奇跡だ。

「よく……よくぞご無事で、ここまで」

「あの隠し階段から逃げてきた。ただ、さっきはもう脚が保たなくて……実はあそこで動けなくなっていたんだ。エッポ達に見つけてもらわなかったら、確実にあそこで死んでいた。本当にありがとう」

「お身体は、大丈夫ですか？　その……」

エッポはためらいがちに聞いた。レオリーノはエッポが心配していることに気がついて、安心させるように、その太い首に縋りつく。

「うん。動けないのは、脚を酷使したのと、寒さのせいだ。大丈夫。その、そういう意味で……乱暴されてはいないから、安心して」

「……よかった。将軍閣下に、どうにかして貴方のご無事をお伝えせねば」

レオリーノは頷いた。

男達は、内砦に向かって走り続ける。

「いまはどこを主戦場としているの？　ここか、それとも、ベーデカー山脈か」

「両方に派兵されているが、ベーデカー側はまだ様子見です。閣下は定期的にこちらの本陣にいらっしゃいます。こちらの敵は、主にグダニラク軍です」

「グダニラクの兵力はどれくらいなのだろう」

「定かではありません。グダニラクの兵力は一万とも言われておりますが、あの国は傭兵国家です。さすがに全兵力をツヴェルフに貸し出すことは無理でしょうから、閣下は最大で半数がツヴェルフに貸し出され、その三分の一を同盟国であるフランクルに、三分の二を我が国に向けているという試算で準備をされております」

つまり最大で約三千人強の敵兵が、あの外砦の向こうに控えているということか。

「我が軍は？」

「三千の兵がツヴァイリンク後方に陣営を組んでいます。砦の警備隊と合わせれば、グダニラクと兵力ではほぼ互角でしょう」

「そうか。父上のところは？」

「詳しくは知りませんが、後方に、自治軍の半数近くをすでに配備いただいているようだ。残りはブルングウルト城の守備に配備されているかと」

レオリーノは頷いた。

ブルングウルト自治軍の半数ということは、およそ二千強の兵士が、領地の境界に配備されている。そこには、おそらく長兄オリアーノか、あるいはヨセフの父レーヴが、ツヴァイリンクが万が一突破されたときに備えて、敵軍を迎え撃つ準備をしているだろう。

「昨夕の時点では、まだ外砦から敵を睨んでいる様子でした。外砦への襲撃ははじまっていましたが、局所的です」

「あの夜と同じだね。夜になるまでは、外砦も我らが支配していたのに。あっというまに占領された」

「その異能者のせいです。あの跳躍の《力》は、とくに人智を超えた恐ろしい異能だ」

「うん……本当に、たった数名で戦局をひっくり返すのだから……異能というのは恐ろしいね」

レオリーノは、グラヴィスと同じ異能を持つ男の顔を思い浮かべた。人ならざる異能の中でも、極めて特別な、跳躍の異能。

「……もう、あの夜みたいな光景は見たくないよ」

疲れきった声だ。

レオリーノというより、それはイオニアの言葉に聞こえた。エッボは優しく、ほんのわずかレオリーノを抱く腕に力を込めて、慰めの気持ちを伝えた。

「……エッボは、なぜあそこに？」

「あの日と同じです。偵察に来ました。外砦の様子に気がついた男がいて」

レオリーノは疲労も忘れ、まじまじとかつての部下を見つめた。既視感のある話だ。エッボの視線にも含みがある。

「おおい、ボッス、隣に来い！」

すると、エッボが背後を走っていた兵士に声をかけた。先程レオリーノに斬りかかろうとしていた、年若い兵士だ。呼ばれた兵士は、速度を上げてエッボに並走する。

その名前を聞いて、レオリーノはハッと、かつての部下を見上げた。

「ボッス……ってまさか」

「覚えていますか？　遠耳のトビアス・ボッスの……奴の息子ですよ」

レオリーノは並走する青年の顔を、目を凝らして見つめた。暗くてちゃんとは見えないが、たしかに青年には、ともに戦いこの地で戦死した部下の面影がある。レオリーノの胸がぎゅっと引き絞られた。

「なんてことだ……トビアスに……本当によく似ている」

「……父をご存知《ぞんじ》なのですか？」

若い兵士が首をかしげる。不審に思うのももっともだ。自分よりも年下の将軍の婚約者が、十八年前にこの地で戦死した父のことを、さもよく知っているかのように、親しみを込めて名前を呼んだのだ。

「……貴方の名前は？」

「は。ゲーマン・ボッスと申します」

「そしてこいつの親父《おやじ》と同じ、遠耳の異能の持ち主だ。な、ゲーマン」

エッボの言葉に、レオリーノは驚愕の面持ちで、その厳つい顔を見上げた。傷だらけの顔に優しい笑みが浮かぶ。

「偶然にしちゃ、よくできた話ですよね……隊長」

イオニアの記憶を持つレオリーノ、エッボ、そして、トビアス・ボッスの息子。因縁のある男達が、再び此の地で出会い、あの日と同じように、夜の平原を内砦に向かって駆け抜けている。

「エッボ隊長！　グダニラクの兵士が現れました！」

前を走る兵士が警告する。一同は足を止めた。

先程までは誰もいなかったのだ。しかし、エッボ達の前に、グダニラク軍の兵士達が突如出現した。その数は十数名。

レオリーノは唇を噛んで男を睨む。

敵兵の集団の真ん中に、スミルノフが立っていた。

「報酬に逃げられちゃ困るんですよ……ねえ、レオリーノ様」

幸いなるかなと囁く神は

エッボ達は足を止め、敵兵達に対峙《たいじ》した。

「エッボ……あの男だ。あの真ん中の男が、僕達の敵……ヴィーと同じ異能の持ち主だ」

「……あの男が」

スミルノフの軽やかな声が、夜空に響き渡る。

「レオリーノ様、探しましたよ。今夜はとても疲れているのに、まあ手間を取らせてくれたものだ」

エッボは男を射殺しそうな目で睨む。

レオリーノを左手に座らせるように縦抱きにすると、自分の首に手を回すように指示する。

「……隊長、けして、俺から離れないでください」

エッボは、空にした右手に剣を取った。

「でも、エッボ……足手まといになってしまう」

「貴方を再び人質に取られれば、今度こそ取り返しがつかないことになる」

レオリーノは頷いた。

そうだ。ヴィーのために、生きて戻らなければならない。遠慮をしている場合ではないのだ。

「うん、頼む……ごめんなさい、エッボ」

「まかせてください」

逞しい男の首にぎゅっとしがみつく。

「その細腕ひとつで、よくもまあここまで逃げたものだ。その根性と勇気を讃《たた》えましょう」

グダニラク兵が剣を構え、ファノーレンの兵士をジリジリと取り囲む。

エッボ達は、レオリーノを入れて六名。グダニラク兵は、その三倍ほどの人数がいる。

「貴方を連れ帰らないと、グダニラクへの報酬が成立しない。それに、王国軍への脅しもね……あの腕に抱えられた青年以外、全員殺《や》ってください！」

その言葉を契機に、グダニラク兵達がエッボ達に斬りかかった。戦闘がはじまる。

「隊長！　動くぞ！　振り落とされないようにしてくれ！」

「……っ」

わかったと言いたいところだが、疲れきって力の入らないレオリーノにとって、エッボに振り落とされないようにしがみついていることさえ難しい。首に回した腕に、必死で力を込める。

「ぅおおおおおおおっ！」

エッボの大剣で、数名のグダニラク兵が一度に薙《な》ぎ倒《たお》され、四方に吹き飛ばされる。グダニラク兵は大男の怪力に仰天した。

敵が怯んだ隙に、エッボの部下達は、次々と目の前の敵を倒していく。さらにエッボは二人の胴を払い、次に二人の敵兵を同時に剣で刺し貫いた。

レオリーノを片手で抱えているにもかかわらず、その剣で兵士達の身体を持ち上げた。エッボの剣は、常人では持ち上げられないほど分厚い鋼だ。

ブンッと剣を振って、刺し貫かれ肉塊となった男達を弾き飛ばす。

スミルノフはその様子を、後方から感心したように眺めていた。

残る敵兵は五名。エッボ達と同数になった。

「殺せ！」

グダニラク兵とファノーレン兵が鋭く切り結ぶ。

エッボは背後から振りかぶってきた男に向かって、後ろ向きに柄を握っている腕を振りかざす。

剣を篭手《こて》で受け止めたエッボに、レオリーノは思わず悲鳴を上げた。

「エッボ！」

一方でエッボの拳を受けた男は、顔を潰され、吹き飛ばされる。そのまま絶命していた。

「エッボ……！　エッボ……！　手が」

「大丈夫です。斬られちゃいません」

他の王国軍の兵士達も善戦していた。半数以上はエッボが倒したが、他の四名も残りのグダニラク兵を次々と倒していた。

その場に残るのは、商人風の格好をしているスミルノフだけになった。これで形勢逆転だ。

しかし男は怯える様子もなく、エッボ達の前に立っている。それどころか、どこか感心したようにエッボを観察していた。

「すごい怪力だ……貴様も異能の持ち主だな」

「……十八年前の、門の前のあの巨石は、貴様の仕業か」

スミルノフはおやというように瞠目する。ニヤリと口角を引き上げた。

「なんだ。貴様もあの日、ここにいたのか。それは傑作だ……同じ異能を持ちながら、かくも残酷に運命が分かたれた瞬間だったな」

レオリーノは怒りに膨れ上がるエッボの身体に、ギュッとしがみつく。自身も唇を噛みしめて怒りをこらえた。

レオリーノはスミルノフに向かって叫んだ。

「おまえ……その言葉、その顔つきは、ファノーレンの民なのだろう？」

「……それが、なにか？」

「あの日、ここでおまえと同じ国の兵士が大勢焼け死んだ！　おまえもここにいたのなら、どこかで見ていただろう、あの黒焦げになった亡骸《なきがら》を……！　炎に呑まれなければ、命があったかもしれない男達の断末魔を、聞いていただろう！　あれを見ても……おまえは何も思わなかったのか！」

スミルノフはレオリーノの叫びにも、表情を変えることはない。

「まるで、あの日のことをつぶさに見ていたかのようにおっしゃるのですね、レオリーノ様」

そうだ。実際に見たのだ。僕はここで焼け死んだ。

レオリーノはそう叫びたくなるのを必死でこらえる。

スミルノフは嘲笑した。


「何も思いませんでしたよ。私の《力》を邪悪なものだと決めつけ、排除しようとした国など、裏切って当然だと思っていましたから」

その言葉に、レオリーノとエッボは震えた。

スミルノフと名乗るこの男もまた、平民でありながら異能を持って生まれたせいで迫害された男なのだと悟ったのだ。


「私が生まれたのは、ファノーレンの南方の小さな村です。私の異能のせいで、母は父に不貞を疑われ、家を追い出されました。気持ち悪い《力》を持つ子どもと、不貞を疑われた女が、その村でどういう扱いを受けたかわかりますか?」

わからない。想像もつかない。イオニアだった頃は、幸いにして周囲から排斥されることもなかった。

だが、エッボには覚えがあるようだ。巌のような拳をブルブルと震わせている。


「すべての盗み、すべての悪行は、私のせいにされました。そして母は、私を育てるために身体を売ることしかできなかった。私は逃げようと言ったのです。この《力》があればどこにでも跳べるからと。だが、母は父の近くにいたがった。私達母子を見捨てた父の傍にですよ? まったく理解できない」

だがそれでも、スミルノフは母親が死ぬまで、地獄のようなその村に居続けたのだろう。

「この《力》が尊いものだとわかったのは、成年になる頃です。私を迎えにきてくれたのですよ……私の主が。そして言ってくださったのです。私の《力》には価値があり、尊いものだと。そして、自らの《力》も示してくださった」

それがラガレア侯爵なのか。

「村人の記憶を消し、私を王都の商会に預け、教育も、あたたかい食事も、衣服も、すべてを与えてくれました」

レオリーノは想像する。初めて人間らしい扱いを与えてくれた相手に心酔する、孤独な魂を。

「でも、主のもとで働くようになってわかったのです。滑稽《こっけい》なことに、稀代《きたい》の王子ともてはやされ、いまや大陸の英雄と謳《うた》われる王弟殿下が、なんと私と同じ《力》を持っていた。これを知ったときには、笑いが止まらなかった」

スミルノフが天を見上げて嗤《わら》う。

「王族と、平民で、何が違うのか。王弟殿下に幸いなるかなと囁いた神は、はたして私に何をしてくれたのか！」

一瞬、スミルノフの背後に、十八年前の燃え盛る炎が見えた。

スミルノフの渇いた眼差しが、レオリーノの心を貫く。

「あの王弟殿下の初陣を徹底的にみじめなものにしてやろうと考えても、おかしくないでしょう？　私と同じ《力》を持つあの男が、私よりも無力だと証明したかった。そして実際そうなった。あの日たくさんのファノーレン兵が死にましたねぇ！　ええ」

レオリーノは唇を噛んだ。

「なんということを……」

「あのとき王子の狂乱ぶりは傑作でしたよ。まあ、その後は、なさけないツヴェルフどもが、復讐心に燃えた王子にこてんぱんにやられてましたがね……あの王子に疵《きず》をつけられただけで、私は満足です。あとは……主の思いを叶えるだけだ！」

スミルノフの叫びは、どこまでも渇いていた。

「……エドガルも、おまえの考えに賛同したのか」

エッボの問いかけに、スミルノフは首をひねる。

「ああ……？　エドガル、いいえ。あの男もまた我が主に見込まれた男でしたが、彼はだめでしたね。金と欲……大義もなく、小狡《こずる》い男でした。ただ、あの晩はたいそう役に立ちましたがね」

「あの炎は、おまえの指示か……？」

「正確には主の指示です。……ハッハ！　覚えてますよ。あのときの風、風、風！　あれはエドガルが見事だった。あの後、こっそり奴を見舞ったときに、盛大に褒めてやりましたよ」

再びスミルノフは哄笑した。


レオリーノとエッボは、白日の下に晒された真実に衝撃を受けていた。

エドガルとスミルノフ、そしてエッボとイオニア……同じ異能を持って生まれた男達の、心の有り様を分けた分岐点はどこだったのか。


スミルノフは、やがて真顔に戻った。


「さて……昔話はこれくらいにして、そろそろレオリーノ様をこちらにいただきましょうか。かなり薄汚れて、美貌が見る影もありませんが、まあ洗えばなんとかなるでしょう。なんせ、グダニラクへの報酬ですから」

「レオリーノ様は、絶対に渡さん」

エッボがレオリーノを抱く腕に力を込め、大剣を掲げる。

「無駄ですよ……っと」

しかし次の瞬間、スミルノフの剣によって、エッボの身体は深々と貫かれていた。瞬時にエッボの背後に跳躍した男の剣が、背中からエッボの腹を貫いたのだ。

「……ガ……ハッ」

「だから無駄だと言ったでしょう」

「いやだぁっ！　エッボッ！」

レオリーノは絶叫した。

「……ぐぅっ……」

「エッボ隊長！」

エッボが崩れ落ちる。だが、レオリーノを守り抜こうと、腕の中に抱え込む。

「同じ異能を持つ人間に敬意を表して、命だけは見逃してやろう。さあ、レオリーノ様を渡せ」

「させるか……っ、ぅぐおおおっ」

エッボは再び死にものぐるいで剣を振り回した。だが、跳躍の《力》を持つ異能者には無駄なのだ。

腕を避けるように小さく跳躍したスミルノフの剣は、意外なところから飛び出し、再びエッボの肉体を別の角度から刺し貫いた。

レオリーノの目から絶望の涙がほとばしる。

「いやだぁぁあっ、エッボ！　エッボ、僕を放して！」

「隊長……っ」

「放せ、エッボ！　命令だ！　いますぐ僕を放せ！」

その言葉にエッボの手が緩む。レオリーノは、ずるずると崩れ落ちるエッボの肩を必死でつかみ、支えようとする。しかし、背後から無理矢理引き剥がされた。

「あうぅっ」

エッボの肩を強く握りしめていた爪が、いくつか持っていかれそうになる。

「ちっ……傷モノにしたいわけじゃねぇ……さ、レオリーノ様はもらっていく」

もはやスミルノフは慇懃な口調をかなぐり捨てていた。

エッボがレオリーノに向かって手を伸ばす。その口から、ゴポリと血が溢れる。

「たい、ちょ……ぐっ、レオリーノさま……」

「エッボ……エッボ……お願い、死なないで！　生きて……っ、生きて！」

滂沱の涙を流すレオリーノの顎をぐいとのけぞら

せて、スミルノフは真上からその目を覗き込んだ。

「あんたみたいな存在がいたら、俺達の生き方は変わっていたかもしれないな……」

レオリーノは泣きながら懇願した。

「スミルノフ……お願いだ、もうやめて。エッボを……ファノーレンを傷つけないで……」

スミルノフが嘲笑った。

「もう遅い。俺も、主も……もう、収まりがつかないところまで来ているんだ。今度こそ、この国を滅ぼす」

スミルノフがレオリーノの首に指を這わし、ぐっと力を込める。頭に廻る血の道を押さえられ、目の前が暗くなっていく。

天空の星が遠くなっていく。

近づいたと思ったのに。もう少しで、愛しい男のもとに戻れると思ったのに。


（ヴィー……！　ヴィー……！）

意識が遠ざかる瞬間、レオリーノは頭上の星に向かって手を伸ばした。

どんな姿でも

その瞬間、グラヴィスは大陸に散らばる星の中から、ひときわ大きな輝きを捉えた。

星空の瞳が、金色に光る。

「レオリーノ……！」

握りしめた拳を、男は額に押しつけた。

「殿下……！　もしや」

「……ああ、見つけた……！」

この瞬間を待っていた。

グラヴィスとともに待機していた男達が、その言葉にガタリと立ち上がる。

「レオリーノはどこにいるんだ!」

「ツヴァイリンクだ。砦の中にいる! ……ルーカス、ディルク、ヨセフ! つかまれ! 跳ぶぞ!」

グラヴィスは、脳裏に瞬く星に祈る。

(間に合ってくれ。もう二度と、失いたくない。あの唯一無二の魂を……!)

どうか、間に合ってくれ。

グラヴィスが仲間を連れて跳躍した先は、内砦にほど近いツヴァイリンクの中間地帯だった。

「……っ!? エッボ!」

そこには、血を流し倒れているエッボ・シュタイガーがいた。部下と思しき男達が、必死にその傷口を押さえている。

「シュタイガー、大丈夫か!」

ディルクがあわてて近寄る。暗くてよく見えないが、何箇所か刺し貫かれているようだ。

「……ぐっ……ガハッ」

「しっかりしろ!」

エッボの次に体格の良いルーカスが、その巨体を支える。エッボは口から血を吐いた。

内臓が傷ついているのだ。グラヴィスはルーカスと目を見合わせて頷いた。

「サーシャが本陣に控えている。そこに運ぶ」

グラヴィスがエッボを抱えて立たせようとしたそのとき、巌のような手が、がっとグラヴィスの二の腕をつかんだ。

「閣下……、俺はだいじょうぶだ……レオリーノ様を、助けてくれ」

男達は息を呑んだ。

「……レオリーノは、いままでおまえといたんだな」

エッポは頷くと、血を滲ませた唇で答えた。

「外砦から……レオリーノ様は、逃げてきた……それを見つけて、だが、男にまた拐われた……」

「レオリーノは外砦に連れ戻されたのか？」

エッポが荒い呼吸の中で頷く。

「外砦は……？」

「あの日と、同じだ。もう、敵軍に占拠されていると、レオリーノ様が……すべては、あの男のせいだ」

「それは、レオリーノを拐った、俺と同じ《力》を持つという男か」

再びエッポが頷く。

グラヴィスが部下達を振り返った。

「エッポを運んだ後に、俺は外砦に跳ぶ」

大将自ら、敵に占拠された外砦に突入するという。ディルクは厳しい顔をしたが、ルーカスは止めなかった。

「わかった」

「副将軍閣下……ディルク、俺達も覚悟を決めるときだ」

「ディルク、俺達も覚悟を決めるときだ」

ルーカスは、将軍の副官を見て覚悟を促す。

いまグラヴィスに必要なのは、彼を縛り続けている鎖から解き放つことだ。

愛しい者を取り戻すために、ただひとりの男として本能のままに行動する自由を、いまこそこの男に与えるのだ。

「わかりました……閣下、ご指示を」

その結果がどんなことになろうとも受け止めようと、ルーカスとディルクは、覚悟を決めた。

すると、獅子のような男がにやりと笑う。

「ただし、一人では行かせん。俺も行くぞ、殿下」

グラヴィスが、まじまじとルーカスを見つめる。

「……ルーカス」

「ここはツヴァイリンクだ。だが俺達は、あのときとは違って門の中にいるんだぞ。殿下……となれば、やることはひとつではないか」

あの大切な、唯一無二の魂を、今度こそこの手に取り戻すのだ。

グラヴィスは頷いた。


「俺も行く」

するとヨセフが硬い表情で申し出る。

「俺にも、レオリーノ様を守る役目がある」

男達はどうするべきかと目を見合わせる。すると、ディルクがヨセフを援護した。

「連れていってください。ヨセフの剣の腕は、王国軍においても敵う人間はいません。この男は、必ず閣下の役に立ちます」

わかった、と、グラヴィスは頷く。

「ディルク、夜明けを待たずに戦が始まるだろう。中間地帯を制圧するんだ。おまえはエッボとともに本陣に送るから、その準備を進めてくれ……まかせていいか」

ディルクは胸を叩いた。

「おまかせください。ほんの数刻ならば、閣下がご不在でも保たせておきましょう。閣下……必ず、レオリーノ君を……兄を連れ戻してきてください。今度こそ、生きて」

「ああ……」


すると、エッボの傷を押さえていた年若い兵士がおずおずと手を挙げる。

「閣下、どうか俺もお連れください。俺もたぶんお役に立ちます」

「おまえは？」

傷ついたエッボが、代わりにかすれた声で答える。

「……こいつも、連れていってください……この男は、俺と同じイオニア隊長の特殊部隊にいて、戦死した……遠耳のトビアス・ボッスの息子です」

グラヴィス達は瞠目した。

生真面目《きまじめ》な表情を浮かべた兵士は、将軍達の迫力に怯みながらも、その視線をきっちりと受け止めた。気骨のある男だ。

「俺は、親父と同じ《力》を持っています。レオリーノ様の声なら、先程聞いて、もうどこからでも聞きとれます。外砦に近づくことさえできれば、俺は必ず、あの御方のいる場所を見つけることができる」

なんという運命の因果かと、十八年前を知る男達は思った。

ここにも、あの戦いに運命を翻弄された、もう一人の異能者がいたのだ。

「もう一度聞く。名前はなんという」

「ゲーマン・ボッスです。閣下」

グラヴィスはその言葉に頷いた。

「よし、ゲーマン。頼むぞ」


十八年前の炎がよみがえる。

門の外から眺めるしかなかった炎が、男達にも宿る。グラヴィスもルーカスも、もはや傍観者ではない。イオニアが戦ったあの草原に立っているのだ。

「……あの日と同じ運命など、たどらせるつもりはない」

将軍としてではない。この国を、そして愛しい者を守る一人の男として、グラヴィスはツヴァイリンクに立っていた。

ルーカスも頷く。二人は目を見合わせた。

「……殿下。レオリーノとともに、イオニアの魂を、そしてこの地で死んだ男達の魂を取り戻そう」

「ああ」


レオリーノは意識を取り戻した。固く冷たい場所に寝かされている。

グダニラク兵から奪った外套は、脱がされてしまったらしい。石床から容赦なく冷気が忍び寄り、このままでは凍えてしまうと、レオリーノは恐怖した。

「こんなに小汚い男が、ファノーレン王弟の婚約者だと？　馬鹿な、ボロボロではないか。絶世の美貌はどうした」

聞き慣れない男の声だ。拙いファノーレン語で話をしている。

「逃走したせいで汚れてますがね。これが美しく着飾れば、まぁ、この大陸に並ぶ者がいないほどの美貌だと閣下にもわかりますよ」

「ふん。まぁいい」

足音が近づいてくると、レオリーノは突然グイと頭を持ち上げられた。

ぶ厚い掌で乱暴に顔を拭われる。

「……っ」

「おお……どれ、なるほど、少しは見られるか？　わからん。汚すぎる。おい水を持ってこい！」


レオリーノは完全に意識を取り戻した。咄嗟に短剣を取り出し、頭をがっつりとつかんでいる男の手に突き刺す。

「この野郎！　何しやがる！」

「……っぐぅっあっ」

しかし、力のほとんど入らない腕では、かすり傷しかつけられなかったようだ。

レオリーノは激怒した男に容赦なく蹴《け》り飛ばされ、部屋の石壁まで吹っ飛んだ。石壁に思いきり頭をぶつける。

「がっ……は……」

蹴られた胸が激しく痛む。息が詰まる。ぶつけた側頭部が、ズキズキと痛みで波打った。やがて、片方の視界が赤く染まっていく。

レオリーノはのろのろと這いずり、身体を丸めて苦痛をこらえる。息を吸っても、吐いても痛い。おそらく胸の骨が折れたのだろう。

「ああ、まあ、なんてことを。こんな貴重な宝石に、むざむざ傷をつけるとは」

「この小汚い餓鬼が先に俺に傷をつけたんだ！　殺してもあきたらん！」


レオリーノは痛みに霞む目で、自分を蹴り飛ばした男を見た。

おそらくレオリーノを報酬に所望したグダニラクの大将だろう。顔の下半分を覆う髭のせいで、年齢がわからない。粗暴な雰囲気を纏った大男だ。

小姓と思しき小柄な青年が、水を湛えた木桶《きおけ》を持ってくる。

男はレオリーノに近寄ると、今度はその首を後ろから犬の子のようにつかみ、顔を引きずり上げた。息ができない。

「血でまともに顔が見えんな」

「あううぅっ……っ」

男はそのまま、乱暴に木桶の水に、レオリーノの頭を突っ込んだ。レオリーノは突然のことに、無防備に水を飲み込んでしまう。


胸が張り裂けそうに痛い。呼吸ができない。


苦悶に両手をばたつかせるレオリーノの様子を、男は嗜虐心に満ちた笑顔で楽しんでいた。

しばらくして、レオリーノがぐったりしたところで、頭を引き上げられる。

木桶の水は、すぐに泥と血で濁った。しかしレオリーノの側頭部から流れる血以外の汚れが、徐々に溶けていく。白金色の髪が水に濡れて輝いた。

「こいつの顔を拭いてみろ」

命じられた小姓は恐々とした手つきで、レオリーノの濡れそぼった顔を拭く。

レオリーノはもはや抵抗もできず、咳き込みながら、されるままになるだけだ。濡れた上半身から、容赦なく体温が奪われていく。

レオリーノの顔から、ようやく泥と血が取り除かれる。白く青ざめた肌と、この上もなく繊細で完璧な造形があらわになるにつれ、男の表情が不満から喜色に変わっていく。

男の手が遠慮なくレオリーノの小さな顔をつかみ、角度を変えて、ためつすがめつ鑑賞する。その髭面が好色に染まっていく。

「ほぅほぅほぅ……これはたしかに。鑑賞に値する美貌だな」

触られたくない。ヴィー以外には、絶対に触られたくない。

覚悟していたが、あまりの嫌悪感に、レオリーノは男に抵抗しようと必死で両手を押しやった。

すると、スミルノフに再度拉致される寸前に剥げかけた爪が、どうやら男の服に引っかかったらしい。

「邪魔だな」

男は忌々しげに、引っかかった爪を、細い指先から無造作に毟《むし》りとった。

「ぁううっ……」

どこもかしこも満身創痍《まんしんそうい》だ。にもかかわらず、たかが一枚爪を剥がされただけなのに、レオリーノは全身が痺れるほどの衝撃を受けた。

「はぁはぁ、苦痛に歪む顔もなんと美しいことよ」

嗜虐心を刺激された男は、舌なめずりをしながら、もう一枚、剥げかけた薬指の爪をつまむ。

レオリーノは奥歯を噛みしめた。

(生きて……生きるんだ。どんな姿でも……ヴィーに会うまでは……)

「──さあ、もっと泣きわめけ」

「……あぐぁぁっ!」

根本まで一気に逆さに剥がして、薄紅色の小さなそれを、再び容赦なく毟りとる。

レオリーノの目が見開かれ、涙が飛び散った。


外砦の間近に、グラヴィスとともに跳躍した男達は立っていた。ゲーマンはしゃがみこむと、目を瞑って耳をすませる。

「どうだ……ゲーマン。見つけたか」

「しっ、申し訳ありません。もう少しお待ちを……レオリーノ様の声をまだ、捉えられません」

レオリーノがもう一度心でグラヴィスを呼べば、あるいは、少しでも声を出せば居場所がわかる。

「悲鳴が……かすかな悲鳴が、こらえて……」

ゲーマンのつぶやきに、男達の身体が怒気で膨れ上がる。グラヴィスは拳を固めた。

眉を顰めたゲーマンが再び耳をすませ、次の瞬間に叫んだ。


「レオリーノ様を見つけました！」


涙に霞む菫色の瞳を間近で覗き込んだ男は、いっそう喜色を浮かべた。

「おお、なんという稀有な瞳の色よ……たしかに、たしかに素晴らしいぞ。磨けばどれほどのものか」

「ハミバル＝バルカ副将軍、だから申し上げたでしょう。類稀なる宝石に疵をつけるなと。ご覧ください。貴方のせいで傷だらけの死にかけだ。これでは価値も半減です」

「かまわん。おまえの雇い主に報酬は受け取ったと伝えるがいい。ツヴェルフからも金はもらっている。後は、そうだな……グダニラクの戦力に、この大国が屈するのが楽しみでならん」

レオリーノはもはや意識が朦朧となり、男達の会話も聞き取れなくなっていた。

濡れた身体は冷たい床の上でどんどん体温を失っていく。頭からの出血も止まらない。

グダニラクの副将軍は再びレオリーノの顔を持ち上げるると、うれしそうに鑑賞したあとで、ポイと放置する。

「死なないように手当てしておけ」

レオリーノは、人形のように床に打ち捨てられた。

その様子を見ていたスミルノフは、わずかにためらうように視線を揺らす。

「もうすぐ夜明けだ。戦をはじめるぞ。今日中に、このツヴァイリンクは我らが占拠する。ここを突破すれば、後は、ファノーレンに攻め入るまで」

スミルノフは男の前に跪いた。

「この報酬はどうしますか？」

「このままなぶってやろうと思ったが、いかんせん汚れすぎている。磨けばこの上もなく上玉なのは、まぁわかった。今晩、この砦を落としてからだ。それまでに、その泥まみれを洗っておけ」

スミルノフは、床に転がっている青年をもう一度見る。明らかにレオリーノの様子がおかしい。しかし、グダニラクの副将軍は気にする様子もない。

引き渡しは完了したのだ。気にすることはないと、スミルノフは意識を逸《そ》らした。

「あの英雄と名高い男が、どんな思いでこの屈辱を受け止めることか。朝日の中で見てやろうぞ」

ハミバル＝バルカは呵呵《かか》と高笑いする。

ふと目の前が暗くなり、影が落ちる。ハミバル＝バルカは、何もないはずの頭上を見上げた。

「――させるか」

突如現れた闇《やみ》を纏う男が、頭上に舞い降りてくる。

勇猛で知られるハミバル＝バルカは、あんぐりと口を開けて、男を眺めていることしかできなかった。

「その首で償え」

その瞬間、グダニラクの副将軍ハミバル＝バルカは、己の死を告げる天啓を聞いた。

「……あが……っ？」

空中に、白刃が閃《ひらめ》く。来襲者に呆然とするハミバル＝バルカの首を、グラヴィスはその剣で刎《は》ねた。

グダニラクの副将軍の首が飛ぶ。

その目が最期に映したのは、死神のごとき美しい男の顔だった。


副将軍の巨体は頭を失って、首からびゅうと血を噴き出しながら、ゆっくりとくずおれていく。

突然の敵襲と大将の死に、室内にいたグダニラク兵が恐慌状態に陥る。

「ヒイィィッ！」

しかし、男と一緒に現れた三人の男達が、同じく空中から降ってくる。

男達は副将軍の周囲に控えていた兵士達を次々とその剣先に捉える。次の瞬間には、室内のグダニラク兵は、全員が屍《しかばね》となっていた。

スミルノフはすぐに状況を悟った。ファノーレンの将軍が現れた。自分と同じ異能を持つ男が、レオリーノを救出しにきたのだ。

将軍自ら、敵陣の中に。

倒れていたレオリーノをすかさず抱え込む。床に転がっていた短剣を手に取ると、力なくうなだれる首に当てて、近づいてくる将軍を牽制した。


「……ファノーレン将軍。なぜここがわかった」

振り返ったグラヴィスは、その全身から、空間が歪んでみえるほどの怒気を噴出させている。

「貴様……殺してやる」

グラヴィスが間合いを計りはじめる。独特の筋肉の緊張を、スミルノフは敏感に感じとった。同じ異能者だけがわかる、ほんのわずかな仕草だ。

スミルノフはすぐさまレオリーノの首に剣をグッと押しつけた。喉に食い込むそれに、グラヴィスの動きが止まる。グラヴィスは憤怒の視線でスミルノフを睨みつけた。

「……その汚い手をレオリーノから放せ」

「ふふん、貴方の戦い方は、おそらく私と同じ。私からこの人は奪えませんよ」

「おまえが、モワルード商会のスミルノフ……十八年前の戦犯か」

スミルノフは将軍に名前を呼ばれたことにゾクゾクとした喜びを覚えた。

長年片思いをしていた相手にようやく会えたような、不思議な高揚を感じる。

同じ異能の持ち主でありながら、境遇も何もかも正反対の二人。それは運命の対極にいる男に、己の存在を認知してもらえたという歪《いびつ》な歓喜だった。

スミルノフは薄ら笑いを浮かべながら、逃げる算段を立てる。すでに今日はかなり《力》を使っている。グラヴィスと対等に闘うことはできない。

それにしても、なぜ王都にいるはずの将軍に、レオリーノの居場所がわかったのか。

この展開は予想しておらず、余力を残しておかなかったことをスミルノフは悔やんだ。

「将軍様、レオリーノ様の様子がおかしい……！」

ヨセフがたまらず叫ぶ。レオリーノは完全に意識を失っているようだ。その顔色は、まったく生気を感じさせないほど白い。

「レオリーノ様！　目を覚まして！」

ヨセフが悲鳴を上げる。

グラヴィスが再び間合いを計る。

「おっと、それ以上近づくと、またどこかにレオリーノ様を連れていってしまいますよ」

すかさずスミルノフが再び剣先に力を込めた。

「……レオリーノを放せ」

グラヴィスはレオリーノを拘束する男を見つめた。

スミルノフの顔色も、レオリーノに負けず劣らず、ひどく悪い。

「おまえのその顔色……《力》を使いすぎているな。もはや遠くに跳ぶことはできないだろう」

スミルノフは苦々しげに唇を歪めた。たしかに今日は、外砦の占領、王都でのレオリーノの誘拐と、限界まで《力》を使いすぎている。先程、逃亡したレオリーノを探し回ったことも駄目押しとなった。

しかし、この砦の中であれば、あと一度くらいなら跳躍することは可能だ。

「レオリーノ様を砦の上から投げ落とすことくらいなら可能ですよ」

グラヴィスの顔が憤怒にまみれる。その表情を見ることができただけで、スミルノフは途方もない達成感を味わった。

（ああ、それもいいかもしれない）

レオリーノを報酬に望んだ男は死んだ。ならば、もはやこの青年は殺してもかまわない。どうせ、次が最後の跳躍になる。逃げられないのならば、この将軍に、死よりも苦しい絶望を最後に味わわせてやりたい。

そうだ。それは主の意向にも適《かな》うことだろう。

グラヴィスは、わずかなスミルノフの緊張を感じた。もはや一刻の猶予もなかった。

（レオリーノ……！）

次の瞬間、グラヴィスは一気に跳躍して間合いを詰め、男に向かって剣を突き出した。しかし同時に、スミルノフも最後の力を振り絞り、レオリーノを抱えて跳躍した。

「……将軍よ！　いま再び地獄を見るがいい！」

グラヴィスの剣は虚空を貫き、伸ばした手は虚しく空を掻く。

「……レオリーノ！」

暁の祈り

ルーカスが叫んだ。

「行け！　殿下！　追いかけろ！」

「だが、おまえたちが……！」

外砦は敵に占拠されている。そんな中に三人を残していけるかと一瞬ためらいを見せたグラヴィスに、ルーカスは豪胆な笑みを返す。

「俺達は大丈夫だ。ここで死ぬことはない！」

「ルーカス……！」

「レオリーノを救い出してくれ。俺にはできん。できるのは……殿下、貴方だけだ！」

その言葉には、二人にしかわからない十八年の苦悩のすべてが詰まっていた。

すると、細身の青年がずいと前に出る。

「俺が副将軍様を守る」

その言葉に驚くグラヴィスとルーカスを、ヨセフはすがるような目で見る。

「俺は剣なら誰にも負けない。絶対に、この人をこんなところで死なせない。だから……将軍様、レオリーノ様を助けてください」

「俺も戦えます！　親父の仇《かたき》を討ってやります」

ゲーマンも進み出た。

グラヴィスは覚悟を決めて頷く。

「二刻……いや、一刻以内に、本陣から援軍を寄越《よこ》す……絶対に死ぬなよ、三人とも」

三人は力強く頷いた。

「行ってくれ！　殿下！」

グラヴィスは次の瞬間、ツヴァイリンクを見渡せる上空まで跳んだ。


グラヴィスは己の勘に賭けた。

スミルノフのあの顔色は、限界まで命が削られている証《あかし》だ。ならば、スミルノフは遠くへ跳ぶことはできない。必ず、この砦のどこかにいる。

レオリーノを砦から落とすと、男は言った。ならば、砦の上に跳んだはずだ。しかしそれが外砦か、内砦か。それがわからない。


空中から落下するところを、もう一度、同じ高さまで跳躍する。何度も、何度も。

高みから目をこらし、二人を必死の思いで探し続ける。生命力がどんどん削られていくのがわかる。


（レオリーノ、レオリーノ……！　もう一度だけでいい。俺を呼べ！）

そのとき、太陽が地平線から顔を出した。

夜明けだ。

すると内砦の上に、朝日に反射した何かが煌めく。

「あそこか……！」

白金色の輝きを目指して、グラヴィスは跳躍した。


レオリーノは、ふっと意識を取り戻す。グラヴィスの声を聞いたような気がした。

「あ……」

「目が覚めましたか」

内砦の砦壁の上だ。夜明け前のシンとした空気が砦壁を這い上がり、バタバタと二人を煽る。

濡れた身体を冬風が容赦なく襲い、どんどん体温が奪われていく。もはやレオリーノは、スミルノフの支えがなければ自立していられなかった。

「……くっ」

スミルノフもよろめく。限界まで力を使いすぎたのだ。砦壁の上で、二人の身体はフラフラと不安定に揺れる。敵同士なのに、支えあってやっと立っているようなありさまだ。

「スミルノフ……」

「どうやら……私にも限界が来たようです」

レオリーノは朦朧とする頭で考えた。

この男は、これ以上もうどこへも跳べない。

グラヴィスに匹敵する異能を持つ男だったが、その生命を代償に《力》を行使し続けるかぎり、いつか限界はくるのだ。

「……さて、貴方を置いて逃げるか、あるいはここから貴方を突き落として、あの男に絶望を味わわせようか」

「……ス、ミル……」

「もう、言葉も出ませんか……放っておいてもいずれ死ぬな、これは」

そのとき、ふと腹に意識が集中した。固い感触が押しつけられている。スミルノフの手に、先程手放したレオリーノの短剣が握られていたのだ。

痛みも寒さも通り越したのか、不思議なくらい意識が鮮明になる。死の予感が、レオリーノの胸に去来した。馴染みのある感覚だ。

この男はレオリーノを逃すつもりはない。レオリーノ自身もわかっていた。濡れて傷ついた身体は、確実に血と体温を失いつつある。早々にこの命は尽きるだろう。

(でも……負けない。勝てなくても、絶対に負けない……)

レオリーノは、腹に押し当てられていた男の拳に手をそっと添えて、力のないまま握りこむ。

「……なんですか？」

限界まで《力》を使ったせいで色を失っている男の顔が、レオリーノを不思議そうに見下ろす。

レオリーノは天を仰いだ。

果ての空が明るい。夜明けが近いのだ。頭上の星々も、もうすぐ見えなくなるだろう。

——ごめんなさい、ヴィー。

拳に最後の力を込める。そのままスミルノフの手ごと握りしめ、固定した短剣に向かって、レオリーノは自らの身体をぐぐっと倒した。

「なにを……っ⁉」

自らの肉を、ズブリと刺し貫く感触がした。

恐怖はなかった。凍えて鈍った身体は、まったく痛みを感じない。

腹なら、もっと太い剣で刺されたことがある。

「貴様っ……正気か！」

驚愕したスミルノフが、あわてて手をゆるめる。殺そうとしていたくせにいまさらと、無性におかしさがこみ上げる。

だが、その瞬間を待っていた。

腹に刺さった剣の柄を握り、引き抜く。

そして次の瞬間、全身の体重を預けるようにして、レオリーノはスミルノフの胸に、自らの血に濡れた刃を突き立てた。

「なっ……？」

スミルノフの目が、驚きに見開かれる。信じられないといった様子で、自分の胸に突き立てられた剣を見下ろしている。

「……おまえの、選んだ道は……まちがって、た」

レオリーノは哀れな男の視線を捉え、霞む目で微笑んだ。男が目を見開く。

「おまえの主の、ラガレア侯爵が……えらんだ、道もだ……」

その名前に、スミルノフは唇を震わせた。

この男が見てきた地獄がどれほどのものか、家族に愛され守られて育ってきたレオリーノには、きっと永遠にわからない。スミルノフもレオリーノの同情などいらないだろう。

だが、レオリーノにもわかっていることがある。

愛されるべき人に、愛されなかった男達。

そんな男達の孤独が、そして慟哭が、怨嗟の炎となって燃え上がり、その炎はやがて多くの人間の命を奪った。

そして、愛する人を奪われた不幸な人間を、また量産したのだ。

そんな負の連鎖を、もうこれ以上、この地で生み出したくない。

（あぁ……だから、イオニアはあのとき、ヴィーのために命を賭《と》したのか）

イオニアの気持ちが、初めて本当に理解できた気がする。

誰かの愛の喪失、その責任を負うのは誰なのか。

その代償を、支払い続けてきたのは。

あの日と同じだ。グラヴィスに、これ以上の重荷を背負わせたくない。この傷は、愛の喪失の代償なのだ。

スミルノフと目が合う。

間近で覗き込んだ男の目は、アマンセラのような柔らかい茶色をしていた。さんざん傷つき、その傷のせいで、奥が見通せないほど濁りきっている。置いてけぼりにされた子どもの瞳だ。

——ああ、かわいそうに。なんて、なんてかわいそうな、孤独な、傷ついた魂。

「スミ……おまえの苦しみも、一緒に……ここで……僕と、僕が」

「貴様……」

この男の孤独と苦悩も、この命で贖えるのなら。

呆然とレオリーノを見下ろすスミルノフに、レオリーノはさらに体重をかけた。力をなくした二人の身体が、ゆっくりと、砦壁の外にかしいでいく。

薄れゆく意識の中で、空が明るくなっていくのがわかる。愛しい男の声が聞こえたような気がした。

男ともつれあうようにして、レオリーノは砦から落ちていった。

グラヴィスの目の前で、華奢な身体がスミルノフとともに落下していく。レオリーノ自身が、男に体重をかけたように見えた。

「なぜだ！　レオリーノッ!!」

ためらっている時間はなかった。グラヴィスは壁を蹴って、地上に向けて飛び降りた。

(届け……！)

グラヴィスは加速しながら落下する二人に肉薄するが、タイミングが合わない。空中を跳躍して、さらに加速する。生命力が削られていく。

地面に叩きつけられるまでの、わずかな時間。すべての音が止まった。

あと、指一本、あと、もうひとつかみで、届く。

地面が迫る。

（……戻ってこい……っ！）

この腕の中に、戻ってきてくれ。

全身を突き刺すような風を受けながら、グラヴィスは、その手に何かをつかんだ。

ほぼ無意識の状態で、思いきりそれを引き寄せ、その瞬間、腹の底から絶叫する。

「ぐぁぁぁぁぁぁっっ」

グラヴィスは全身全霊で命を燃やした。

地面にぶつかる寸前で、一塊になった男達の姿がフッとかき消える。

脳裏に強く星が瞬く。その場所を目指して、グラヴィスは再び跳躍した。


視界が戻ると、地面がすぐ目の前に迫っていた。体勢を立て直せない。腕の中につかんだ細い身体を落下の衝撃から守るのが精一杯だった。

つかまえていたもう一人の男が、途中で脱落する。

グラヴィスはただ、腕の中の命を守ることだけを考えていた。両手両足で抱え込むと、自らが下になり、自陣の真ん中に突っ込んだ。

（レオリーノ…………！　耐えてくれ……！）

地面に激しく叩きつけられながら、グラヴィスは心の中で、愛しい青年の無事を祈り続けた。

ファノーレン王国軍の陣営に、突如として大きな塊が出現する。

突然の出来事に、ファノーレン軍は混乱した。

ドウと音を立てて落下する。地面を勢いよく転がって、その塊はようやく止まった。

土埃の中から現れたのは、将軍グラヴィスだった。

「……将軍閣下!?」

逞しい身体が、激しく息をついている。何かを抱えて倒れ込んだままだ。地面に叩きつけられた衝撃のせいか、起き上がることができないようだ。


真っ先に状況を理解したのは、副官ディルクだ。兵士達が呆然と周囲で男を見つめる中、ディルクが将軍に駆け寄る。

「閣下!」

グラヴィスはその声にようやく起き上がる。そして、あわてて腕の中の細い身体を検《あらた》めた。

「レオリーノ……」

レオリーノが、腕の中にいる。取り戻した。間に合ったのだ。

しかし、レオリーノを見た瞬間に、グラヴィスの心は恐怖に覆い尽くされた。


震える手で頬に触れる。氷のように冷たい。親指で血に汚れた頬を、紫色の唇をたどる。呼吸が、まったく感じられない。

グラヴィスが震える声で呼びかける。

「レオリーノ、目を開けてくれ……」


兵士達は将軍が抱えているぼろぼろの人物が、彼の婚約者であるレオリーノ・カシューだとわかった。

レオリーノの姿は、凄惨《せいさん》の一言に尽きた。そのあまりに無惨な様子に、誰も声を発することができない。

この寒さの中、髪も服も濡れそぼり、全身が血と泥に染まっている。側頭部から流れ続ける血が、顔の半分を赤黒く染めていた。力なく垂れた指先からも出血している。拷問の跡なのだろうか、何本かの指の爪が失われている。

おそらくレオリーノは敵に拉致されていたのだ。

それを将軍自ら救出してきたに違いない。

ようやく状況を理解して、周囲は一気に騒然となった。

「誰か！　サーシャ先生を呼べ！」

副官ディルクが叫ぶ。

そのあいだも、グラヴィスはレオリーノの名を呼び続けている。だが、横たわるボロボロの身体は、命があるように見えない。

そこにいる誰もが、将軍が愛する青年が、すでに息絶えていると思った。ただ、悲痛な眼差しで二人を見守ることしかできない。

「そこをどけっ！」

背後から兵士達を押しのけ、サーシャとその副官がグラヴィスの傍に駆け寄った。グラヴィスは感情がごっそりと抜け落ちたような、どこか呆然とした表情で軍医を見る。

「……サーシャ、レオリーノが」

「閣下、レオリーノ君を見せてください……いいですか、触ります」

その様は、番《つがい》を傷つけられた手負いの獣のようだ。男を刺激しないように、サーシャはゆっくりと近づいてレオリーノに触れる。

命の気配を探る。サーシャはレオリーノの口元に顔を近づけ、胸に手を当てた。また口元に顔を寄せ、細い手首を探る。

一度だけ、かすかに触れる湿った呼気に、サーシャは顔を上げた。

「まだ、命はあります……！　閣下、レオリーノ君はまだ命を繋いでいます」

「生きて……」

グラヴィスは呆然と、腕の中の細い身体を眺めている。

サーシャはさらにレオリーノの全身状態を検めていく。頭部の怪我を確認した後、胸に触って眉を顰め、そして、腹部に目をやり顔色を変えた。

バッと汚れた上着をめくる。

「……！」

濡れたシャツを染める鮮血に、二人は息を呑んだ。目の前で、血がどんどん滲んで広がっていく。

「レオリーノ！」

グラヴィスは天を仰いで咆哮した。

膨れ上がる怒気に当てられ、サーシャが青ざめる。

「閣下！　落ち着いて！」

サーシャは、グラヴィスの腕をつかんで大喝した。

「胸の骨がいくつか折れています。何よりも状態が良くない。体温が低下していますし、呼吸も弱い。このままでは心臓が止まるかもしれない。一刻を争います」

「……レオリーノを助けてくれ、サーシャ」

サーシャは絶望するグラヴィスの目を見て、力づけるようにはっきりと頷いた。

「全力を尽くします。ですが、いますぐマイア様の《力》が必要です。ブルングウルトへ私達を運んでください！」

サーシャの言葉に、グラヴィスの瞳に一縷《いちる》の希望が宿る。

レオリーノを慎重に抱き上げた。清潔な布でレオリーノの腹と頭を押さえて止血しながら、サーシャも寄り添うようにして立ち上がる。

「顔色が悪い。《力》を使いすぎましたね……ブルングウルトまで跳べますか？」

「ああ、跳べる……ディルク。その男だ」

離れたところに落下した男を、グラヴィスは顎で指し示す。男の胸には、レオリーノの短剣が深々と刺さっていた。ディルクは頷く。

グラヴィスの目には、すでに理性が戻っていた。

「レオリーノが命を賭けてつかまえた、あの男の裏切りの証拠だ。生きていたら、絶対に殺すな」

「承知しました」

「二度と逃べないように、限界まで命を削りとれ。逃がすなよ」

「承知しました。命に賭けて」

副官としばし目で語り合う。

「……外砦の奪還をはじめろ。ルーカスとヨセフが残っている。俺を待たずに部隊を派遣しろ」

「は！」

「一刻だ。一刻で戻ってくる——それまで頼む」

「おまかせください。先程の数刻だけというお約束には、まだもう少し時間があります」

サーシャが急いで！　と叫ぶ。

グラヴィスは傷ついたレオリーノを抱えて、サーシャとともに消えた。


ディルクは息を吐いた。周囲の幹部達が、おそるおそる状況を確認する。

「ベルグント副官、王都にいらっしゃるはずの婚約者様がなぜ、こんなところに……」

ディルクは倒れている男を指差す。

「そいつは将軍閣下と同じ《力》を持つ異能者だ。その男がレオリーノ様をご自宅から誘拐したんだ」

ディルクの発言に、兵士達がざわつく。

「レオリーノ様は、一度は自力で外砦から逃げ出して、我が軍の兵士と合流し、内砦まで逃走を図った。しかし、再びあの男につかまった」

ちょうど半刻ほど前に、ディルクとともに、負傷した大男の兵士が運び込まれたことを幹部達は覚えていた。

「将軍と副将軍が外砦に乗り込んで、レオリーノ様を救出されたんだ」

「レオリーノ様のあのお怪我は……あれは、明らかに拷問されたご様子で……」

ディルクはレオリーノの無惨な様子を思い出した。兵士でもない、あんなにか細い身体に平気で暴力をふるえる人間がいると思うと、怒りのあまり叫びだしそうになる。

拳をブルブルと震わせて怒りをこらえる副官に、兵士の一人が慰めるように言葉をかける。

「でも、あのご様子なら、幸いにして貞操は……」

何気ない兵士の言葉に、ディルクの怒りがついに爆発した。

「何が幸いだ！　たった半刻だぞ！　サーシャ先生の見立てを聞いたか？　そのあいだに胸の骨を何本も折られるほどの暴行を受けて、頭を殴られ、腹を刺され、爪を剥がされていたんだぞ！　あんなにか弱く、あんなに華奢な身体に……」

兵士が言いたかったことは理解できる。

レオリーノに強姦《ごうかん》された形跡がなかったと言いたいのだろう。全身が濡れ、その服は上下ともに血と泥にまみれていたが、きっちりと着込まれた様子に、たしかに性的な暴行の形跡は認められなかった。

兵士は青ざめてすぐに謝罪した。

「申し訳ございません。ただ……」

「貴様の言いたいことはわかる。ただ、その可能性があったと考えるだけでもおぞましい……絶対に許さんぞ、グダニラク」

ディルクは周囲の男達に、大声で号令をかけた。

「外砦に部隊を派遣しろ。外砦にいる副将軍と、ブルングウルトのヨセフへ援軍を送るんだ！　敵兵に遭遇したら、即座に殺してかまわん！」

「はっ！」

ディルクの目に炎が燃え上がっている。男達にもその怒りの炎は伝染していった。

「閣下の手をわずらわせるまでもない。我らが将軍とその伴侶を貶《おとし》められて王国軍が黙っていられるか。行け！」

「はっ！」

兵士達が散る。戦のはじまりだ。

だがその前にと、ディルクは気絶した男に近づいた。男の意識は戻っていなかった。どうやらまだ生きているようだ。サーシャの副官オマールを手招きする。

「こいつの様子を見てくれ。命に別状はないか」

オマールは男の胸の傷と全身をたしかめて頷く。

「呼吸は弱いが、死ぬことはないだろう。胸の傷も、浅い。レオリーノ様の腕では、致命傷は与えられなかったんだな」

「できれば王都までずっと動けなくしておきたい。できるか」

「……頭は壊さない程度にか。身体は」

「肉体はどうなってもかまわん。会話できる程度に、頭は壊すな。どうせ自白させるときは、また薬を使う。記憶さえ残っていればいい」

オマールは頷いて、薬を取りにどこかに去る。

ディルクは男の胸に刺さった短剣を引き抜いた。レオリーノの短剣だ。レオリーノは最後の最後で、男に一矢を報いたのだ。

ディルクは丁寧に剣先の血を拭い、布に包んで胸元にしまった。代わりに腰に差していた短剣を引き抜くと、男をうつ伏せにするように周囲の兵士達に命令する。

「男の足首を晒せ」

兵士達がその指示に従い、男の足を露出させると、ディルクは無造作に、男の両足の腱《けん》を断ち切った。

意識のない男の身体が跳ね、血が噴き出した。

兵士達は、普段の温和な表情をかなぐり捨てた副官の冷酷な所業に背筋を震わせる。

「……これでもう自力では歩けんだろう。まあ《力》が戻れば逃げられるけどな。適当に、死なない程度に止血しておけ。手当てはしなくていい」

戻ってきた衛生部の副官オマールが、男の口を開けて二種類の液体を数滴垂らした。

「身体は麻痺《まひ》させた。しばらくは起きないだろう」

「この状態で拘束しておいてくれ。万が一のために、衛生兵にその薬を持たせて男を監視させせろ。死なない程度に適当に血も抜け。ただし殺すな」

「なぜだ」

「異能の源は生きる力だ。ギリギリ生きている状態なら、《力》を使って逃げることはできんからな」

「……逃げても、この男はもう歩けないが」

ディルクは生きる屍となった男を、冷たい目で見下ろした。

「歩かせる必要などない。生かさず、殺さず、王都へ運ぶ。この男が、これまでのすべての裏切りを暴く鍵だ」

滅びを告げる唇が囁く

「アウグスト様！」

アウグストは夜明けとともに、一人で身支度を整えているところだった。執事がノックもそこそこにあわてた様子で部屋に飛び込んでくる。

「どうした！」

いつも落ち着いた執事の顔が、見たこともないほど青ざめ、悲嘆に暮れている。

「急いでお越しください！　グラヴィス王弟殿下が！　……レオリーノ様が大変なお怪我をされて、マイア様の《力》を必要とされています！」

「……なんだと？」

アウグストは取るものもとりあえず、隣室のマイアの部屋に繋がる扉を叩いた。マイアはまだ就寝していたようだ。大きな物音に上体を起こす。

「旦那様……？」

「マイア、起きてくれ。レオリーノと殿下がこちらへいらした。レオリーノが怪我をしているそうだ。おまえの《力》を必要としている」

マイアが飛び起きた。寝間着の上にぶ厚い冬用の上掛けを羽織ると、夫に手を差し出す。

「旦那様。私は足が遅いので、抱えてお連れくださいませ」

「つかまれ」

マイアはレオリーノよりさらに小柄で、小枝のように華奢で軽い。老境に差し掛かったアウグストだったが、マイアを抱えるなど造作もないことだ。

アウグストは執事に先導され、城内を疾走した。

「殿下とレオリーノはどちらに!?」

「レオリーノ様の寝室です！　ヴィリー先生もすでにお呼びしています」

「オリアーノも呼べ！」

アウグストは老いを感じさせぬ速度で走り、マイアを抱えたまま寝室に飛び込む。

「レオリーノ!?」

大きな身体に隠れていたが、寝台に横たえられた白金色の髪が見えた。寝台に駆け寄る。

その全身があらわになった瞬間、マイアが悲痛な叫び声を上げた。

「いやぁぁぁぁぁ！」

「レオリーノ……ッ！」

アウグストは絶句した。

レオリーノは、まるで絶命しているように見えた。それほど生きた人間の気配がしなかった。

マイアはアウグストの腕から転がり落ちるように、レオリーノに這い寄る。

辺境伯夫妻の愛しい末息子は、蒼白な顔で横たわり、ぴくりとも動かなかった。

その全身は血と泥にまみれている。

「あああぁぁぁ……あああぁ。リーノ、レオリーノ……」

　サーシャがレオリーノの頭と腹を押さえたまま、低い声で執事に指示を出す。

「ヴィリー医師は⁉」

「城内に詰めております。まもなくまいります！」

「マイア様、貴女の《力》を、あの日のようにレオリーノ君に注いでください。いまのままでは、彼の心臓が保たないんです！」

　マイアは涙をこぼしながら、レオリーノの手を取り、額に当てる。その手が血まみれで、小指と薬指の爪が剥がされていることに気がつくと、マイアは再び喉の奥底から悲鳴を上げた。

　アウグストもその手を見て絶句する。拷問の痕ではないか。

「あああ……ああ、神よ、なんてこと……なんてことが」

「マイア様、どうか気をしっかり持ってください！　貴女がいま気絶しては、レオリーノ君は助かりません！」

「誰がこの子にこんな酷いことを……神様」

　マイアが惑乱のあまり崩れ落ちそうになる。

「マイア！　頼む！　気をしっかり持て！」

　アウグストはその身体を支えて揺さぶる。叱責されたマイアは、その目から滂沱の涙をこぼしながらも、気丈に頷いた。レオリーノの手を取ると、祈るように額に当て《力》を注ぎはじめる。

　そこにオリアーノが飛び込んできた。先程のアウグスト達と同様、凄惨なレオリーノの姿に絶句して崩れ落ちる。

「誰が……レオリーノに誰がこんなことを……！」

　室内に響き渡るオリアーノの慟哭に応えるものはいない。誰もがレオリーノを救おうと必死だった。

　サーシャが男達に、レオリーノの濡れた衣服を剥ぐように指示する。グラヴィスとオリアーノが慎重に傷ついた身体を持ち上げると、アウグストはその服を短剣で裂いた。

　全裸にしたレオリーノの身体には、おそらく殴られたか蹴られた痕が、胸を中心に広がっていた。腹の刺し傷からは、いまだにプクリプクリと血が溢れている。側頭部の血もまだ止まっていない。

　マイアは息子の手を握りしめながら、嗚咽を漏らしはじめた。

　苛烈な暴力の痕跡が、レオリーノの身体を覆っていた。とうてい女性が見るような光景ではない。

　サーシャはヴィリーとともに、レオリーノの頭の傷と腹の傷、そして剥がれた爪先を清め、できるかぎりの治療をする。胸の折れた骨は、いまはどうしようもない。

　レオリーノの全身は冷え切っていた。

　温石が用意され、暖炉に薪《まき》が次々とくべられる。あたたかい湯につけた布で全身の汚れを拭い、清潔な布で包むと、毛皮を敷いた上に寝かせ、温石を身体の周りに置いた。

　マイアはずっとレオリーノの手を握ったまま、祈るように頭を垂れて、しわがれた声でつぶやいた。

「だ、誰が、私の息子に、こんなひどいことを……」

　グラヴィスが静かに答えた。

「昨夜、王都のブルングウルト邸にいたところを敵の手の者に誘拐された」

「……我が屋敷で？　どういうことですか」

「出入りしていた商家の人間が犯人だ。俺と同じ異能を持つ男が、レオリーノをツヴァイリンクに連れ去った」

　カシュー家の一同はその言葉に衝撃を受けた。

　商人を自宅に招き入れていたのはエリナだろう。

「エリナが……まさか、彼女はそんなことをする女性ではない」

オリアーノが妻の関与を否定すると、グラヴィスは視線を合わせて頷いた。

「夫人も被害者だ。一緒に拐われそうになったところを、レオリーノが阻止したそうだ」

その結果がこれだというのか。

オリアーノは絶句した。

しかし、事の顚末を詳しく聞きたくても、グラヴィスはそれ以上、誰とも目を合わせなかった。

ただ無言で、レオリーノの傷ついていないほうの手をずっとさすり続けている。


二人の医師がやれるだけの処置を終えたときには、レオリーノがブルングウルトに運び込まれてから一刻近くが経っていた。

暖炉にどんどん薪がくべられ、暑いくらいに温度が上げられている。二人の医師は、冬にもかかわらず汗だくになっていた。


「……体温が少し戻ってきたかもしれん」

医師はそう言ったが、レオリーノの顔はまだ紙のように真っ白だった。唇にいたっては紫色である。

体温も、血も失っているのだ。

急激に体温を上げると、それはそれで危険だ。もどかしくとも、ゆっくりと体温を上げる措置を行わなくてはいけないことを、サーシャはわかっていた。

「あとはこれで心臓が保てば……一度でも意識が戻れば、助かる。それまでなんとかこの状態を……」


医師達の言葉を聞きながら、グラヴィスはひたすらレオリーノの手を撫で続けた。

熱を引き出すように、何度も、何度も撫でる。冷たい身体に宿りつつあるぬくもりが、グラヴィスの絶望に冷えきった心に、希望の熱を灯《とも》す。


しかし、グラヴィスが戦地に戻る時間が来た。

サーシャが敏感に状況を察する。

「……閣下、貴方はもう、あちらにお戻りにならなくてはなりません」

サーシャは、あえてグラヴィスに声をかけた。

命の瀬戸際にいる恋人を置いて戦地に赴かなければいけないグラヴィスの事情を、周囲に知らしめるためだ。

「――わかっている。ありがとう、サーシャ」

グラヴィスはサーシャに礼を言った。

グラヴィスの顔色もまた死人のごとく蒼白で、凄惨な気配を漂わせている。

寝台から立ち上がった瞬間に、その逞しい身体がわずかに揺らいだのをサーシャは見逃さなかった。

「閣下……このまま戻るのは御身が」

「……大丈夫だ」

グラヴィスは何かを言いかけたサーシャを、手で制する。

グラヴィスはアウグスト達の前に立つ。

「アウグスト殿、マイア夫人。俺は戦地に戻らなくてはならん。すでにツヴァイリンクでは、グダニラク軍との交戦がはじまっている」

アウグストは無言で頭を下げる。国土を預かる男の責任の重みを、アウグストは理解していた。

「……レオリーノを守りきれず、すまなかった。マイア夫人」

マイアが泣きすぎて真っ赤に腫れ上がった目で、グラヴィスをうらめしげに睨む。

マイアも、もちろんグラヴィスの立場をわかっている。レオリーノが拐われたのは、むしろカシュー家の落ち度だということも。

だが、グラヴィスは、あえてマイアに謝罪した。

そうすることで、息子が拷問され、その命がいままさに瀬戸際にある母親の、行き場のない感情の矛先となったのだ。

「これからツヴァイリンクは、本格的な戦闘状態に入る。グダニラクの兵との戦闘が一区切りつくまでは、ここに戻ってくることはできないだろうが……どうか、レオリーノを頼む」

それまで、どうかレオリーノの命を繋いでほしい。

男の言葉にならない想いが、その場にいる全員に聞こえた。


そのとき、オリアーノが声を上げた。

「父上、ファノーレンとブルングウルトの協定では、ツヴァイリンクの国境は王国軍の防衛範囲であります。しかしここに、両軍の将がいる。ならばここで、我がブルングウルト自治軍も、暫定的に将軍閣下の指揮下に入り、ツヴァイリンク防衛に参戦することにしてはどうでしょうか」

「オリアーノ……そなた」

アウグストが息子の目を見る。オリアーノは、見たことがないほど厳しい表情をしていた。

「父上。我がカシュー家の宝を傷つけられたのだ。レオリーノをこんな目にあわせた男を見つけ出して、必ず復讐する。ツヴェルフもグダニラクも……けして、けして許せるものか！」

オリアーノが怒りの雄叫《おたけ》びを上げる。常に落ちついた長男は、理性を失うほどに怒り狂っていた。


すると、グラヴィスがオリアーノの肩を叩く。

「オリアーノ殿。それでカシュー家の溜飲《りゅういん》が下がるとは思わないが、レオリーノを拷問した男の首は、俺がすでにその場で刎ねた」

グラヴィスの言葉に、カシュー家の親子は目を剝いた。

「だが、ぜひブルングウルト自治軍の力は借りたい。グダニラクは傭兵集団だ。大将の首が取られても、奴らは戦いを続けることができる。それに今回の戦は十八年前とは違う。我らの目的は、もはや我が国防衛ではない」

「殿下……まさか」

アウグストがぶるりと武者震いする。


「ツヴェルフは、滅ぼすことに決めた」

ブルングウルトの男達はおろか、背後でレオリーノの治療にあたる医師達でさえも、グラヴィスのその発言に息を止めた。


ツヴェルフを、滅ぼす。

グラヴィスはたしかにそう言った。

「外砦を奪還した後は、ツヴェルフの領土に攻め込む。北方の戦いだ。どうか、我が軍にブルングウルトの力を貸してくれ」

「殿下……冷静になられよ……貴方は！」

アウグストが青ざめた顔で、グラヴィスに声をかける。

「サーシャ、マイア夫人。レオリーノを頼む」

しかし、グラヴィスは応えなかった。代わりに昏《こん》睡《すい》状態のレオリーノにもう一度近づくと、その冷たい額に、そっと口づけを落とした。


「愛している……どうか、目を覚ましてくれ。もう一度、おまえの花のような笑顔を見せてくれ」

ツヴェルフを滅ぼすと宣言したその唇で、グラヴィスはレオリーノに愛を囁いた。

最後に唇に熱を分け与え、グラヴィスはその場からかき消えた。


ディルクの指揮のもと、ファノーレン王国軍はすでに外砦の奪還作戦を開始していた。

グラヴィスが戻った後に本格的に侵攻し、激しい戦闘の末に、当日の夕方には外砦を奪還した。異能者さえいなければ、単なる戦だ。ツヴァイリンクを知り尽くした王国軍に地の利がある。

ルーカスとヨセフは援軍が来るまで耐えて、砦の中で多くの敵の首級を挙げていた。とくにヨセフの活躍は尋常ではなかったという。

援軍が到着したときに体力の限界で倒れたヨセフを、ルーカスが抱えて自陣に連れ戻った。


翌朝、陣営での軍議が行われた。その場にはブルングウルトの代表として、長男オリアーノ・カシュ一と、軍隊長の息子であるヨセフ・レーヴも参加している。ヨセフはまだ昨夜の戦闘を引きずっているのか、どことなく疲れた様子だ。

グラヴィスは幹部達に宣言する。

「このまま森林地帯に攻め込む。グダニラク兵の陣営を攻めるぞ」

その言葉に、幹部達は一様に動揺した。

「なっ……防衛ではなく、ツヴェルフの領土に攻め込むと?」

「ああ、そうだ」

幹部達は目を剥いた。それが実行されれば、ファノーレンが現在の国土を獲得して以来、他国の領土に攻め込むのは約二百年ぶりとなる。

「副将軍閣下は、将軍閣下のご判断をどうお思いか」

ルーカスはそれまで黙って将軍の発言を聞いていた。そこでようやく口を開く。

「殿下、我が軍はこの寒い土地で戦うことに慣れていない。これから本格的な冬を迎える。無駄に我が軍に犠牲を出すつもりはない。どうするおつもりか」

グラヴィスはその問題を理解しているしるしに、軽く頷いた。

「わかっている。だから雪が降る前に、この森林地帯での戦闘は終わらせる。今回の侵攻だが、ブルングウルト自治軍が参戦してくれることになった。オリアーノ殿に、ブルングウルトの代表としてここに来てもらっているのは、それが理由だ」

「……！」

オリアーノが静かに進み出た。

まだ若いものの、すでに父アウグストとよく似た迫力を纏っている。跡継ぎにふさわしい男だ。

「我がブルングウルト自治軍は、これより暫定的にファノーレン王国軍将軍閣下の指揮下に入ることを、当主であるアウグストの名の下に了承した」

「オリアーノ殿、しかし……」

「王国軍が戦っている後ろで、我が軍が安寧を貪っていい理由はない。それに我々には、ツヴェルフに攻め込む正当な理由がある。むしろ、ファノーレンが反対したとしてもだ」

その発言で、幹部達にはわかった。

これは復讐の宣言だ。掌中の珠を傷つけられたブルングウルトは、ついにその剣を抜いたのだ。

しかしグラヴィスも、オリアーノも、一見すると落ち着いている。レオリーノの無惨な姿を目撃しているだけに、男達はその容態が気にかかっていた。口に出すのも憚《はばか》られたものの、幹部の一人が勇気を出して尋ねる。

「閣下……レオリーノ殿のご容態は」

オリアーノとグラヴィスが目を見合わせる。

グラヴィスが答えた。

「レオリーノも、いまも戦っている」

その言葉だけで、レオリーノがいまだに命の危機を脱していないことが男達にわかった。

色のないあっさりとした言葉の奥に、どれだけ男の苦悩が詰まっているのか。レオリーノを救出したときのその嘆きと咆哮を覚えている男達は、それ以上何も言うことができず、ただ頭を垂れた。

ヨセフが両手に顔を埋《うず》めて、やがて小刻みに肩を揺らしはじめる。

ディルクとルーカスがその肩に手を置いて、主を思って涙する護衛役の青年を、無言で慰めた。

「ありがたくも王国軍の軍医でおられるサーシャ先生に、弟の治療にあたっていただいております。カシュー家を代表して、王国軍のご厚意に感謝申し上げる」

オリアーノがそう言って頭を下げた。

グラヴィスはルーカスと目を合わせた。

「我が王国軍よりも北方での戦いに長《た》けたブルングウルト自治軍の力を借りることで、雪が積もる前に片をつける……ルーカス、それが先程の質問の答えになるか」

「ああ。充分だ。俺は殿下の決定に従おう」

すんなり了承したルーカスに、幹部達は驚いた。

「副将軍閣下……！　貴殿は反対なさらないのか！　雪の中での戦いになれば、我らは圧倒的に不利なのですぞ！」

「なんだおまえら。いまさら敵を恐れるのか」

「そうではありません！　しかしいまの時期に攻め入るのは、あまりに無謀な賭けではありませんか⁉」

「無謀にするかしないかは、おまえら次第だ。俺は殿下のご決断に従う」

「副将軍閣下……」

するとルーカスは、猛々しい笑みを浮かべて、幹部達を睥睨した。

「もともと俺は、ずっと我慢していたんだ。十八年も前から、な」

幹部達を安心させるために、ディルクが説得した。

「我が軍が、ツヴェルフやグダニラクに戦力で劣ることはありません。ブルングウルト自治軍も加わってくださるいまとなっては、兵力は圧倒しています。それに、同盟国であるフランクル王国の軍も、すでにツヴェルフ側の国境に向けて部隊を移動させはじめています。早期に決着できれば、勝機は我々にある……そうですよね、閣下」

「そうだ。我らの目的は領土の拡大ではない。獲得した分は、ブルングウルトと不可侵協定を個別に結ぶ前提で、フランクルと共同で統治することにした。その上でツヴァイリンクに関しては、この戦の後にブルングウルトに権利を移譲する」

　ブルングウルトに国境の権利を渡すことの意味を幹部達は理解していた。


　オリアーノがそこにいるにもかかわらず、幹部はあえて厳しく指摘する。

「ブルングウルトに権限を与えすぎでは？」

　それにはオリアーノが冷静に答えた。

「我らが権力の拡大に興味がないのは、建国以来の我々の姿勢で理解いただいていると思っていたが」

「それはそうだが……」

「今後もそれは変わらぬ。我々は、我らの国土さえ守られればよい。それに、我が末の弟は王家に差し出した。それがファノーレンに対する、変わらぬ忠誠のしるしと理解いただきたい」

　オリアーノは、弟の婚約者を見つめる。

「だが、それも……我が弟の命が繋がればの話だ」

二人で

　グラヴィスはオリアーノの視線を受け止めた後、周囲を見渡して静かな声で言った。

「この国と大陸の平和のために、ツヴェルフ王家は滅ぼすべきだ」

　ルーカスとオリアーノが同意する。

　幹部達は呻いた。十八年前のツヴァイリンクの悲劇を知る男も幹部には多い。今回は砦を炎に焼かれることなく、無事に奪還できた。しかし、まだあのときの男達の思いは昇華させられていないのだ。

「今度間違えたら、また同じことが起こる。ツヴァイリンクに三度目の悲劇がないと、誰が約束できる。未来の悲劇を防ぐことができるのは、いまの我々しかいない。考えろ」

幹部達は、その言葉に覚悟を決めた。

グラヴィスも、ルーカスも、そしてカシュー家も、すでに腹をくくって進むべき道を定めている。

そうなれば、もともと戦いのために生きる男達だ。戦意の炎を燃やすのは早かった。


男達はグラヴィスに向かって敬礼した。

「我々は閣下のご意向に従います」

「よし。ツヴェルフが二度と我が国に牙《きば》を剥くことがないよう、徹底的に解体する。森林地帯から奴らを撤退させるまでは、総力戦で当たる。いいな」

「はっ」

グラヴィスは昏《くら》い目で副将軍を見た。

「ルーカス。グダニラクに、二度とツヴェルフと我々のあいだに干渉する気が起きないように、徹底的に躾けてやれ」

ルーカスが獰猛《どうもう》な笑みを返す。

「あの野蛮な傭兵どもを躾けるか……いいだろう。まかせてくれ」

「いいか、期限はひと月。ひと月以内に、森林地帯の戦線に片をつける。ここを退ければ、次は北西部の山岳地帯が主戦場となる」

男達は雄叫びに似た声で応と答えた。


グラヴィスはディルクを呼んだ。

「ディルク」

「はっ」

「おまえは、いったん王都に戻れ。俺の《力》が戻ったら連れていく。あちらでギンターと連携してくれ。二日後にまた迎えにいく」

ディルクは異論を唱えこそしなかったが、上官の命令に首をかしげた。なぜ、いま上官の傍を離れなくてはいけないのか。

「レオリーノが命がけで運んできた、あの『証拠』をおまえに預ける」

ディルクはハッと顔を上げる。

「あれはギンターに預けろ。そのときが来るまで……頼んだぞ」

「承知しました。命に代えましても」


レオリーノの意識は、ブルングウルトに運びこまれてから十日を過ぎても、いまだに戻らなかった。

体温が回復したと思えば、傷のせいで今度は燃えるような高熱を出したのだ。

高熱は数日間続いた。レオリーノの小さな顔はみるみる窶れていった。

その命は、まさに断崖《だんがい》の際に立っていた。

サーシャとヴィリーは不眠不休で看病にあたった。

いつレオリーノの命が、永遠の眠りに傾いて転がり落ちるか、誰もわからなかった。

マイアもげっそりと窶れはてながら、毎日ギリギリのところまで《力》を使い、休息を取っては、またレオリーノに寄り添う日々だった。

熱が下がりはじめたのは、レオリーノがブルングウルトに運び込まれてから十日目のことだ。

だが、まだレオリーノは目覚めない。

十二日目に、ついにマイアの体力が尽きた。起き上がることができなくなり、数日間の完全な休養を必要とした。

ここからは、自分の生命力だけで命を取り戻さなくてはならない。レオリーノの戦いがはじまった。

ヨセフはツヴァイリンクから戻ると、本来のレオリーノの護衛役に戻った。

ヨセフは窶れて小さくなってしまった主の寝顔を

見るなり、涙を溢れさせた。

「レオリーノ様、ツヴァイリンクは奪還したよ。燃えることもなく……国境は守られたんだ。将軍様と、副将軍様のおかげだよ」

レオリーノの枕元で、涙をこぼしながら報告する。しかし、レオリーノはぴくりとも反応しない。

「いまは、その先の、あの森で戦ってる……オリアーノ様も一緒だよ。みんなで国を守ってくれている。だから、早く目を覚ましてくれ……レオリーノ様」

ヨセフは再び主を奪われるのを恐れるかのように、レオリーノの枕元から離れなくなった。

何度も寝顔を見て話しかけては、その呼吸が続いていることに安堵し、回復を祈る日々だった。


六年前の事件のときと同じ、暗く重苦しい時間が過ぎていく。

十五日目、王都から馬車を飛ばして、専任侍従のフンデルトがブルングウルトに戻ってきた。

「フンデルトさん！」

ヨセフは心強い味方を得た気持ちで、フンデルトを歓迎した。

長旅に疲れた様子でありながらも、侍従は旅装のままレオリーノの枕元に駆け寄った。老いて色が薄くなった目を潤ませながら、レオリーノの汚れた髪にそっと手を当てた。


「……レオリーノ様」

いつものように声をかける。

「フンデルトがまいりましたよ。お世話が足りずに、難儀な思いをされておりませんでしたか？」

ヨセフもフンデルトの隣に立ち、目覚めてくれと、必死の祈りを込めレオリーノを一心に見つめた。

「……皆様が、レオリーノ様の目が覚めるのを、お待ちになっておりますよ」

「フンデルトさん……」

フンデルトが、レオリーノの手を持ち上げる。包帯の巻かれた指先を見て、皺だらけの顔をさらにくしゃくしゃに歪めた。

「レオリーノ様、目を覚ましてください、フンデルトにまたその愛らしい笑顔をお見せください。どうか……どうか」

フンデルトの痩せた身体が震える。ヨセフも泣いていた。

やがて忠実なる侍従は気を取り直すと、快適になるようにお世話いたしましょうと言った。

旅姿を解くなり侍従のお仕着せを身につけ、休むことなくレオリーノの世話を焼きはじめる。

主人の目覚めを信じて、眠り続けるレオリーノの身体を丁寧に清め、折れた胸の骨に気をつけながら、六年前に習い覚えた要領で、手足が衰えぬように身体を動かす。起きたときに少しでも快適に過ごせるようにと、片時も離れずに世話をし続けた。

ヨセフも手伝った。二人は眠り続けるレオリーノに話しかけ、主の目覚めを待ち続けた。


レオリーノは長い夢を見ていた。


あの炎の夢ではない。夢の中では、ツヴァイリンクの平原は燃えていなかった。それどころか、敵に攻め入られた様子もない。

外砦の上に立っている。ツヴェルフ側には森林地帯が広がっている。

なぜか、夢の中でずっとその森林地帯を眺めているのだ。気がつけば、昼も、夜もずっと。

ときに退屈だったが、それでもなぜか、黒く深い森の向こうに何かがあるように思えて、気がつけばいつも砦壁の上から広大な森を眺めている。

見守っていなければいけない気がしていた。そして、誰かを待っていた。

しかし、その日は、いままでの夢と違っていた。ああ、夢を見ているのかと自覚する。砦の石壁の感触も、不思議と現実味を帯びていた。

レオリーノは自分の手を見た。

いつもの夢とは違う、男としては頼りない手だ。

あれ？　これは『僕』の手だ。

レオリーノはなぜか、当たり前のことを思う。

もう一度森林地帯を眺めた。ツヴェルフに続く森林地帯は、ツヴァイリンクよりもさらに寒いだろう。凍えていないだろうか。誰も、怪我をしていないだろうか。

なぜそんなことを思うのかわからない。ただ、森の入口を、砦の上から見続けている。

早く帰ってきてほしいと、誰かを、祈りながら待っている。そしてなぜか、今日こそ本当に戻ってくるような気がした。

その証拠にほら、木々のあいだに人影が見える。一人、そしてまた一人と森の中から現れる。

ああ、ほら、やっぱり。

レオリーノは微笑んだ。ここで待っていて正解だった。うれしくなって誰彼かまわず手を振ろうとするが、そのとき、誰かと手を繋いでいることに気がついた。

大きな手だ。すると、いつのまにか、誰かが隣に立っていた。

隣を見上げると、逞しくしなやかな身体つきの、年若い兵士がそこにいた。燃えるような赤毛の青年だ。どこか見覚えがある。

青年も、森林地帯をじっと見つめている。

レオリーノが誰だろうと思いながら見上げると、その視線に気がついたように、青年が、レオリーノに顔を向けた。

青年と目が合うと、レオリーノはびっくりした。

自分と同じ菫色の目をしているのだ。うれしくなって笑いかけると、青年も笑い返してくれた。

なぜ手を握られているのだろうかとレオリーノは不思議に思ったが、そのあたたかなぬくもりはけして不快ではなかった。

ずっと手を繋ぎ続けていると、触れ合ったそこから、青年とひとつになっていくような感覚になる。


貴方も、誰かを待っているの？


レオリーノは思いきって青年に聞いてみた。

青年は笑って頷いた。そして、森の入口を指差す。

森からは、すでにたくさんの兵士が、ぞろぞろと出てきていた。誰を指差しているのかわからない。

青年が指差した先をしっかり見ようと身を乗り出すと、砦の上から落ちそうになる。

しかし、青年が抱きしめるように後ろに引き寄せてくれたおかげで、落下することはなかった。


これでもう、落ちることはないよ、レオリーノ。


青年に名前を呼ばれた。

僕を知っているのですか、と、レオリーノは青年を見上げて尋ねる。もちろんだと言うように、青年は笑いかけてくれた。レオリーノは安心して、青年の逞しい胸に背中を預ける。

重なったお腹が熱い。見下ろすと、腹に剣が刺さっている。その剣はレオリーノの腹を貫き、さらに背後の青年の腹にも刺さっているようだ。

おかげで、よりぴったりと、青年と重なり合っている。


僕も誰かを待っているんだよ、と言うと、青年は、来たよと言うように、再び森の入口を指差す。

森から、たくさんの男達が現れる。

レオリーノは目を凝らした。すると、ピカピカと光っている二人の男がいる。寄り掛かっている青年よりも、さらに大きく逞しい男達だ。

闇色の髪と、太陽のような髪の、二人。


どっちを待っていたの？　と、赤毛の青年に背中を預けながら聞いた。青年は笑って指差した。

その指が、どちらの人物を指差しているのかわからない。


僕も、待っているんだよ。


レオリーノが指差すと、青年は頷いてくれた。

あんなにたくさんの人がいるのに、指差した相手がわかったのかと、レオリーノは感心した。


そろそろ戻ってくるよ。砦を下りて迎えにいかないと。

そう言うと、赤毛の青年が少し悲しそうな顔をする。レオリーノは、ほらと、青年の腕を引っ張った。

いつのまにか、二人の腹に刺さった剣はなくなっている。


もうすぐ帰ってくるよ。一緒に迎えにいこう。

ねえイオニア。二人のところに、一緒に帰ろうよ。


目を開けると、なつかしい板張りの天井が見えた。身体がひどく重い。

首をなんとか横に倒して、窓の外を見る。薄紫色の空が広がっていた。夜が明けたのだろうか。

ガチャリと扉が開いて、誰かが入ってきた。この足音は、フンデルトだ。

「さあ、レオリーノ様、そろそろお目覚めになる頃ですよ」

レオリーノは頷いたつもりだった。だが、フンデルトは気がつかない。

早く脚が動かせるようになりたい。せっかく生き残ったのだ。完全に歩けなくてもいいから、自分の脚で立って、どこかに行けるようになりたい。

また今日も、あのきつい訓練をしなくてはいけないのかと思うと、溜息が漏れそうだ。

「まもなくヨセフもまいります。そうしたら、少しでもまたお身体を動かしましょうね。最近は私もとんと体力が落ちて、レオリーノ様のお世話が色々といたらず……なさけないことですねぇ」

ヨセフ？　レーヴの息子の？

見舞いにきてくれたのだろうかと、声に出して尋ねたつもりだった。だが、やはりフンデルトには聞こえていないようだ。

もう少し大きな声を出さねばと、レオリーノは少しずつハッキリしてきた頭で考えた。

「お腹の傷も、頭の傷も綺麗に塞がってきていますよ。あとは胸の骨が固まるのを待つだけです」

お腹の傷？　胸の骨？　怪我をしたのは脚のはずだと、レオリーノは一瞬混乱した。

「早くお元気にならないと、なさけない格好で、いつまでも王弟殿下をお迎えできませんよ？」

「い、や」

レオリーノは、それだけは嫌だと反論した。

そうだ。誰かを迎えにいくために、こうやって目を覚ましたのだから。

レオリーノの声はようやく届いたようだ。フンデルトの声が笑いを含む。

「そうでしょう。嫌でございますよ……ね」

フンデルトと目が合った。

さらに皺が増えているなぁと、レオリーノは呑気なことを考えていた。侍従はなぜか信じられないという顔で呆然としている。

「レオリーノ様……お目覚めに……？」

レオリーノは頷いて、フンデルト、と侍従の名前を呼んだつもりだが、声は出なかった。


次の瞬間、老いた侍従はその場に膝をつくと、両手を握りしめ、枕元に突っ伏した。

「神よ……ああ、神よ……感謝いたします」

痩せた肩がぶるぶると震えている。これほど取り乱した侍従を初めて見た。

どうにかして声をかけたいが、声が出ない。

フンデルトがようやく立ち上がり、顔がよく見えるように覗き込んでくれる。皺だらけの顔が涙で濡れていた。


「おかえりなさいませ、レオリーノ様」

「ウンデ、ルト……」

レオリーノがかすれた声で名前を呼ぶと、再び侍従は涙を流した。さっとそれを拭うと、優しい笑みを浮かべた。

「……ツヴァイリンクは、ちゃんと王弟殿下が取り戻してくださいましたよ」


その瞬間、レオリーノの意識は完全に覚醒した。同時に、怒涛《どとう》のように起こったことを思い出す。

王都から誘拐されたこと。一度は逃亡したものの再びつかまったこと。そこで受けた暴力。そして、スミルノフを刺し、砦から二人で落下したこと。

なぜ、自分は生きているのだろうかと、レオリーノは疑問に思う。

「ぼ、く……いきて……」

フンデルトがうれしそうに頷く。

「ええ、ええ。もちろんです。長らく眠っておられました」

「ゔぃ……」

「王弟殿下がレオリーノ様を救け出してくださったのです。いまは、ツヴァイリンクの先で戦っておいでです」

では、落下する直前に聞こえたような気がしたグラヴィスの声は、幻ではなかったのか。


助けてくれたのだ。また、ヴィーに会えるのだ。


たくさん話をしたかったが、長い昏睡から目覚めたばかりの身体に、早くも体力の限界が訪れた。

レオリーノは体力が尽きる前に、どうしても気になっている、もうひとつのことを尋ねた。

「あねうえ……は、ごぶじ……?」

「はい、ご安心ください。エリナ様は母子ともにご無事ですよ。王都のご実家に戻られておいでです」

レオリーノはようやく安心した。


再び、急速に眠りの中に引き込まれていく。

自分の状態を確認したいと思ったが、それ以上、目を開けていられなかった。

だが、もう眠ることは怖くない。なぜならば、もう一人で戦う必要がないからだ。安寧の暗闇に呑み込まれる寸前に、レオリーノは不思議な確信めいたものを感じていた。


まもなくグラヴィスとルーカスは戻ってくる。あの森を出て、こちら側へ。


暗く長い夜が明け、ブルングウルトに朝が来た。

運び込まれてから二十日目の朝、ようやくレオリーノが目覚めたのだ。

レオリーノは体力の衰えからすぐに起き上がることはできなかったが、容態は安定し、傷も順調に回復していった。

もう死の崖の向こう側に落ちることはないだろう

と、医師達、そして家族を安堵させた。

折れた胸の骨に気をつけながらも、寝台の上で上体を起こせるようになり、自力で食事を摂《と》ることができるようになった頃には、王都を離れてから四十日が経っていた。

春を見せばや

その日、レオリーノは夜明け前に目が覚めた。

ゆっくりと身を起こし、萎《な》えた脚に活を入れながら立ち上がる。最近は、自室内であれば自力で歩けるほどに回復していた。

頭と腹の傷はもう塞がった。腹がたまにシクリと痛むだけだ。胸は動くとまだ、ズキズキと痛む。骨が完全に繋がるまで、もうしばらくはこの痛みが続くという。薄く湾曲させた板を当てられて、その上から包帯できつく固定されている。

窓から見える空は、毎日すっかりと冬の鈍色《にびいろ》を湛えるようになっていた。もう夜が明けているにもかかわらず薄暗い。窓辺に近寄ると、視界が霞むほどに雪が降っていた。


この雪は、ツヴァイリンクの向こうの森林地帯にも降っているだろう。

そう思った瞬間、レオリーノは突然、不思議な衝動に突き動かされた。

ガウンを手に取り羽織ると、部屋を抜け出す。

廊下には冷気が満ちていた。

萎えた身体では、まだまともに歩けない。もちろん、部屋を出ることも許可されていない。そんな状態で、介添えもなく一人で部屋を抜け出すなど、無謀だということはわかっている。

だが、いますぐ行かなくてはならないと、どうしようもなく心が叫んでいた。

シンと冷えた廊下を、レオリーノはヨタヨタと歩みを進める。

部屋から出て数十歩で、すでに息が切れはじめた。折れた胸が痛んで、どうしても呼吸が浅くなってしまうのだ。長らく寝ついていたせいですっかり萎えた脚も、すでにガクガクと震えていた。痛みがないのが唯一の慰めだ。


しかし、早々に限界を訴える肉体とは裏腹に、行け、動け、という、内なる衝動は収まらない。

壁に手をつきながらなんとか脚を動かし、エントランスホールに繋がる階段までたどり着く。

しかし弱った手足では、階段を立って下りることは難しそうだ。

思いきって、段差に尻をついた。そのまま手と尻を使って、一段ずつ、ズリ、ズリと下りていく。

手に巻かれた包帯が、少しずつ汚れていく。階段に擦れた尻も、同じように汚れているだろう。


「……あと少しだ」

荒い息を吐きながら、自分を励ます。

なぜ、こんな無謀なことをしているのか。レオリーノはその衝動の理由を、本能で理解していた。


――迎えにいくのだ。


ようやくエントランスの床に足が着く。寄りかかるものがないため、そのまま這うようにして、手だけで前進しながら、それでも玄関に向かっていく。

あと少し、もう少しと、ホールの半ばまでようやく進んだそのとき、背後から悲鳴が聞こえた。

「レオリーノ様？」

振り返ると、水差しを運んでいた侍女が、ホールに這いつくばっているレオリーノを、驚きの表情で見つめていた。

真鍮《しんちゅう》の水差しが侍女の手からすり抜ける。夜が明けたばかりの静かな空間に、石床にぶつかったそれが、けたたましい音を立てた。

「そんなお身体で、こんなところで何をなさっておいでですか！」

レオリーノが言い訳をしようとした、そのときだった。

ギギギと軋む音が突然ホールに響くと、大扉が開いていく。隙間から粉雪が一気に舞い込んできた。

「わっ」

視界が一気に白に染まる。

舞い込む雪を腕で避けながらも、レオリーノは扉の向こうに目を凝らした。

外の世界は、さらに白く濁っている。その白い世界に、冬戦用の武装をした男達が立っていた。

レオリーノが呆然と男達を見つめていると、男達も、床に這いつくばっているレオリーノを、信じられないといった様子で見つめている。

中心にいる、ひときわ背の高い男と目が合った。

「……レオリーノ？」

次の瞬間、レオリーノは再び猛然と床を這いずりはじめた。腕の力だけで必死で前進する。もっと速く動けと心が叫ぶが、腕の力だけではなかなか進まない。

目の前に大きな影が落ちる。一瞬で距離を詰めた男が、レオリーノの前に膝をついていた。

深い冬の森の匂いが、レオリーノを包み込む。

（ああ……）

言葉にならなかった。

濡れた獣の匂いもする。ぶ厚い獣の毛皮で作られた外套が、雪で湿っているのがわかる。

湿り気を帯びた黒髪は、記憶にあるよりも少し伸びて、頬も鋭く削げていた。

「……レオリーノ」

男が手袋を外す。震える冷たい指が頬に触れた瞬間、レオリーノの全身に喜びが弾けた。

やはり、想いは言葉にならなかった。その代わり、想いのすべてをその瞳に込めて、レオリーノはただ一心に、男を見上げていた。


ポタリポタリと、上から雫が降ってくる。男の前髪を湿らせていた雪の名残。そして、星空の瞳からこぼれ落ちた、いくつもの雫が降ってくる。

レオリーノは陶然と、頬を濡らすその雫を受けとめた。心がどんどん潤っていく。

ようやく、心を込めて男の名前を呼んだ。

「ヴィー……おかえりなさい」


グラヴィスは、衝動のままか細い身体を抱きしめ、その冷たい唇を、柔らかな唇に押しつけた。

「レオリーノ……」

唇で、指で、グラヴィスは何度も、レオリーノの存在をたしかめる。

痩せた身体をそっと抱き上げる。小枝のように軽くなっているが、それでもその身体はあたたかく、血が通っているのがわかる。

窶れた顔に、花が咲き綻ぶような笑みが浮かんだ。二度と取り戻せないと思った笑顔が、いま、グラヴィスの目の前にあった。


万感の思いが溢れて、それ以上言葉にならない。

グラヴィスは目を閉じて、かけがえのない半身を抱きしめた。

するとレオリーノも負けじと、男の背中に腕を回し、ありったけの力で抱きついてくる。

せつないほど弱々しい力だ。その指がぎゅっと外套を引っ張った瞬間、グラヴィスは腹の底から震える吐息を漏らし、レオリーノの肩に額をつけたまま、動かなくなった。

欠けていた心の半分を、二人はようやく、お互いの存在で埋め合った。


周囲はグラヴィスとレオリーノを二人きりにした。グラヴィスは、その厚意をありがたく受け取ることにした。

病み上がりのレオリーノは長く起きていることはできないし、グラヴィスもすぐに戦線の指揮に戻らなくてはならない。距離は問題にならないとはいえ、この戦争が終わるまでは、二人が一緒にいられる時間はないに等しいのだ。

寝室でレオリーノに付き添うグラヴィスの代わりに、副将軍のルーカスが、オリアーノとともにアウグストに戦況を報告する。副官ディルクもいた。

ブルングウルト側は、アウグストの他に自治軍隊長のレーヴ、それと息子のヨセフが同席している。

「森林地帯の敵は撃退した。オリアーノ殿とブルングウルト自治軍の協力のおかげだ。将軍閣下に代わり、心より感謝申し上げる」

「息子と我が軍がお役に立てたならば何より。オリアーノも、よくやった」

オリアーノは無言で頷いた。戦の名残でまだ荒々しい気配を纏っていたが、城に戻ってきたせいか、真面目《まじめ》で寡黙な雰囲気を取り戻しつつある。

「グダニラクは傭兵国家なだけあって、個々の部隊は手強い相手だ。だが、大規模に作戦を展開するならば、ファノーレンとブルングウルトの敵ではなかった」

ルーカスの言葉にオリアーノも頷いて続ける。

「フランクル軍が援軍として控えていてくれたこと

も大きい。挟み撃ちにすることで、グダニラク兵のほとんどを捕虜としました」

グダニラクの国の資産は『人』だ。貧しい土地で、国民のほとんどが傭兵業で外貨を稼ぐ国だけに、兵士の多くを捕虜とされると国が成り立たなくなる。

「捕虜の保釈交渉はこれからだろうか」

「ああ、フランクルが代表して、グダニラク側と交渉にあたってくれることになった。同時にツヴェルフに対しては、森林地帯とグダニラクとの国境までの一帯を、我が国とフランクルが共同で実効支配すると通達する」

アウグストが安堵の息をつく。

ツヴェルフとの戦争はまだ続くが、脅威だったグダニラクを敵の戦力から脱落させることができたのは大きい。これでブルングウルト側の国境は、ひとまず戦禍を逃れたといってもいいだろう。

「それでは、次の主戦場はベーデカー山脈側になるか。山岳部隊の出番だな」

ルーカスがうむ、と頷く。

「ツヴァイリンク側には、フランクルと共同で残務処理にあたるために、三分の一程度の部隊を残していく。今後我が軍の主力は北西部の山脈に展開するが、山岳地帯の指揮は俺が取る」

その言葉に、ヨセフが顔を上げ、獅子のような男をじっと見つめる。その様子をディルクに観察されていることに、ヨセフは気がついていなかった。

「ベーデカー山脈も本格的な降雪の時期を迎えた。単発の衝突はあるだろうが、本格的な戦いは雪解け頃《ごろ》と見ている。少なくとも早春までは王都に帰れまいが……まあ久しぶりに腕がなるというものだ」

ルーカスは好戦的な笑みを浮かべた。負けることなど、到底考えていないのだろう。

「そしてもうひとつ。ここからは、アウグスト殿とだけ話がしたいが、よろしいか」

「よかろう。レーヴ、オリアーノ、ご苦労だった。今日ばかりはゆっくりと休め。これからもツヴァイリンクに関しては、我々も防衛に力を貸すことになる。この戦が終わるまでは油断はできぬぞ」

「承知しました」

ヨセフも下がろうとすると、ルーカスが止めた。

「ヨセフは残れ。知っておいてもらう必要がある」


二人が出ていくのを見届けると、ルーカスはさっそく話を切り出す。

「アウグスト殿、ラガレア侯爵のことだ」

「……奴をついに縄にかけるか」

親友だった男だ。いずれ逮捕されることは覚悟を決めているが、アウグストの顔は複雑な心情を表していた。

「いや、まだだ」

ディルクがその後の説明を引き取る。

「閣下の指示で、戦争中はラガレア侯爵を泳がせておきます。我々が王都にいない隙に証拠隠滅されても困るので。いまはギンター宰相のもとに、できるかぎりの証拠をひそかに集めています。来春……ツヴェルフとの戦に目処《めど》がついた頃に、ラガレア侯爵を罪に問うでしょう」

「言い逃れをされたらどうする」


ディルクは目を光らせた。

「ラガレア侯爵の手先として、十八年前のツヴァイリンク襲撃、そして今回のレオリーノ君誘拐の犯人を拘束しています。レオリーノ君の功績です」

「なに……？　初耳だぞ。どういうことだ」

アウグストがガタリと立ち上がった。

「誘拐犯が、グラヴィス閣下と同じ異能を持っていることは、すでにご存じでしょう。それでレオリーノ君は王都から拐われた」

「その顛末はグラヴィス殿下より聞いておる」

ディルクは、ふぅとひとつ息を吐いた。

「この話を聞いても、レオリーノ君を叱らずに、その勇気を讃えてあげてください。辺境伯」

「……どういう意味だ、ディルク殿」

「サーシャ先生から報告を受けました。レオリーノ君の腹を刺したのは、彼自身です」

ディルクの言葉に、アウグストは絶句した。

「犯人に内砦の上に連れていかれたとき、相手が持っていた剣で、自ら腹を刺したそうです。剣を奪うには、そうするしかなかったと。反撃の機会を狙《ねら》ったんです」

「……なっ」

「自らの肉を刺し、相手がひるんだ隙に剣を奪い、それで犯人を刺しました。そして、とどめを刺そうとして、死を覚悟の上で……その男とともに砦の上から飛び降りたんです」

アウグストが震える手で口元を覆う。その顛末はヨセフも初耳だったのか、唇を震わせていた。

「二人が地上に叩きつけられる直前に、閣下が間一髪で救うことができました。そして結果的に、証人となる犯人を生きたまま捕縛できた。レオリーノ君のお手柄です」

「……それは手柄とは言わん！　死ぬつもりでやった自暴自棄な行動の偶然の結果であろうが」

「それでも。レオリーノ君は、このことを家族に内緒にしてほしいと、サーシャ先生に頼んだそうです。ですから、どうかアウグスト殿のお心の内に秘めて、彼を責めないであげてください……あのときは、ああするしかなかったんです」

アウグストは拳を握りしめて激情をこらえる。息子の命が、あともう少し運命の天秤が傾けば消える可能性があったと考えるだけで、親としては耐えられない。

「……犯人はどうしているのだ。殿下と同じ能力を持つのならば、逃げられてしまうのではないか」

「ご安心を。本人の意思では動けないように拘束しています」

ディルクは上官によく似た、冷たい表情を見せた。


グラヴィスは寝台に横たわるレオリーノに付き添い、白金色の髪をゆっくりと撫でていた。最後に見たときは血と泥に濡れ固まっていた髪も、いまはサラサラと、本来の柔らかな艶を取り戻している。

先程の行動を家人達に盛大に叱られたレオリーノはしょんぼりとしていた。

「元気になってよかった」

「はい」

グラヴィスの指の感触に、レオリーノは反省の顔から一転して、うれしそうに微笑む。胸が痛くなるほど、愛らしい笑顔だった。

頭皮をまさぐる指に促されて、レオリーノは素直に傷口を見せる。白金色の透けるような髪では、地肌の傷が目立つものの、傷は綺麗に塞がっている。出血が多かったのは、頭の傷だったからだろう。


「腹の傷も見せてくれ」

レオリーノは素直に頷いた。

上掛けを剥ぐと、グラヴィスはレオリーノの厚手の寝間着の釦《ぼたん》を弾く。胸は固い板で固定され、包帯でぐるぐる巻きにされていた。

痩せてぺったんこになった腹に、グラヴィスは視線を走らせる。親指半分ほどの縦長の刺し傷が、真っ白な腹に薄紅色の盛り上がりをつくっていた。イオニアの傷と同じ場所だ。

「安心しましたか?」

「ああ、傷は綺麗に塞がっている。まだ痛むか」

「いいえ。胸以外はほとんど」

寝間着の釦を再び留めてやりながら、グラヴィスは苦しげに、眉間に皺を寄せた。

「……おまえをまたも、死なせかけた。すぐに助けられなかった俺を許してくれ」

「助けてくれたではないですか。だからまた会うことができました……ありがとうございます」

レオリーノは男の手を持ち上げると、大きな掌に感謝の意を込めて口づける。

「サーシャから報告を受けた……やはりおまえは、あのとき、死を選んだんだな」

レオリーノは言い訳をせず、正直に頷いた。

「あのときはもう、この命は保たないと思っていました。どうせ死ぬのならば、あの男を殺すことで、憎しみの連鎖を止めたいと思ったのです」

「……そうか」

グラヴィスは、やはり傷ついている。レオリーノは深く反省した。

だが、あのときの選択を後悔してはいない。


レオリーノは気になっていたことを尋ねた。

「……スミルノフは、あの男は、死にましたか？」

グラヴィスは首を振る。生きているのかと、レオリーノはホッとしたような、複雑な表情を見せた。

「……外砦から脱出する前に、僕とそう変わらぬ年齢のグダニラク兵を殺しました」

レオリーノは、包帯を巻かれた手をグラヴィスに見せる。真っ白な手。白い包帯。しかし、一度血にまみれた手はもう、罪に汚れている。

「……だからもう、僕だけを綺麗な場所に匿《かくま》ったりしないで。この手はもう血に染まっています。だから……」

どこまでも、貴方についていく。


レオリーノは、その最後の言葉を呑み込んだ。しかし、グラヴィスは言外に込められた思いに気がついているのだろう。どこか痛むような、せつない表情で、もう一度レオリーノの前髪を撫でた。

「まずは、元気になることだ」

「ずっと寝ついていたせいで、身体がすっかり衰えてしまったことが問題なのです。さっきも見たでしょう？　城の中も満足に歩けないのです」

レオリーノはわざと不満げに文句を言うが、実際のところ焦ってはいない。

また訓練すれば、ちゃんと歩けるようになる。

何より、生きてグラヴィスに会えたのだから、これ以上望むことは何もない。

「ヴィー……行く前に、もう一度だけぎゅってしてください」

グラヴィスはその願いを叶える代わりに、小さな唇を優しく奪った。

「……ん」

レオリーノが甘えるように口を開くと、その隙間から肉厚の舌を差し込む。

グラヴィスは、すみずみまでゆっくりと、愛情を込めてレオリーノの口内を慈しんだ。レオリーノもそれに応え、二人は互いの甘い蜜を啜り、味わった。

レオリーノが、あえかな甘い吐息をこぼす。

しばらくして、グラヴィスは唇を離した。

「……おまえの命が失われていれば、俺の心は死んでいた」

「ヴィー……ごめんなさい」

グラヴィスはそのまま、額に、瞼《まぶた》にと、労《いたわ》るように唇を落とし、最後にもう一度唇をついばんだ。

「愛している……もう二度と、生きることを諦めないでくれ」

僕も愛しています。そう言って、レオリーノはグラヴィスの唇に、自ら唇を寄せた。

「心配をかけてごめんなさい。そして……助けてくれてありがとう」

グラヴィスは少し笑ってくれた。レオリーノはその笑顔を見て、ようやく再会できた実感を得る。

「戦が終わったら、迎えに来る」

「はい。でも、本当はもう、離れたくないです」

しかし、言葉とは裏腹に、レオリーノは笑顔で男を見つめた。どうせまた離れ離れになるのならば、いまは生きて再び会えた奇跡を喜びたい。

その微笑みに応えるように、グラヴィスも笑ってくれた。そして、男も本音を吐露する。

「俺も、おまえを置いていくのが怖い」

グラヴィスはゆっくりと身体を倒すと、いっそう儚くなってしまったレオリーノの身体を抱きしめる。

甘やかな溜息をついて、レオリーノは男の首に手を回す。

二人は黙って、しばらく互いの体温を感じていた。

凍えていた心が、溶けていく。

この甘い檻に、永遠に二人きりで閉じこもっていられたらいいのに。

別れがつらくて、レオリーノは泣きそうになる。

無情にも、ノックの音が響いた。別れの時間だ。

「……戦は来春までには終わらせる。ツヴェルフとの戦はこれで最後だ。春までここで待っていてくれ」

レオリーノはもう一度、花が咲き綻ぶような笑顔を見せた。

「はい。春までには、必ず元気になります」

グラヴィスは眩《まぶ》しそうに目を細めた。

命が輝いている。

どれだけ頬がこけ、病みやつれた様子でも、それでもレオリーノの笑顔ほど美しいものは、この世に存在しない。

その笑顔を、しっかりと目に焼きつける。

「この戦が終わったら、あの男と決着をつける。もう少しだ、レオリーノ」

「その前に、迎えに来てください」

「ああ、必ず」

星空の瞳と、菫色の瞳が、思いをひとつにする。

降り積もる雪に閉じ込められていても、春は確実に近づいている。そのときまで、二人は別々の場所で、半分の心で、それぞれの戦いを続けるのだ。

二人は誓った。

春になれば、必ず。

ツヴェルフ滅亡

王都から遠く北方の国境沿いにあるブルングウルトは、冬のあいだは厚い雪に閉ざされてしまう。

レオリーノは、傷ついた身体をゆっくりと癒《いや》し、萎えた筋肉を動けるように鍛え直す、単調な日々を過ごしていた。


そんな中、王都から喜ばしい知らせが届いた。オリアーノの妻エリナが、無事に男子を出産したという知らせだ。戦時中ではあったが、ブルングウルトは跡継ぎの誕生に、喜びに湧《わ》いた。

オリアーノはまだ、生まれた我が子の顔を見ていない。いまはツヴァイリンクの先、ファノーレンとフランクルの共同統治となった森林地帯を睨みながら、国境の警備を王国軍とともに続けている。

戦が落ち着くまでは、そして赤子が旅に耐えられるようになるまでは、もうしばらく顔を合わせることはできないだろう。


ルーカスが山岳部隊とともに派遣された北西部のベーデカー山脈では、豪雪に閉ざされた中でも、小、中規模の交戦が定期的に起こっていると聞く。父から伝えられる情報に、レオリーノはルーカスの無事を祈り続けた。エッボも傷が回復し、再び前線に復帰したという。

グラヴィスは王都と戦場とを行き来しながら、もうひとつの問題について、ギンターとひそかに画策をしているようだった。

ブルングウルトには、一度だけ会いにきてくれた。半刻ほどの滞在だったが、互いの無事を確認して、いくつか静かに言葉を交わし、残りの時間はずっと、グラヴィスがその腕の中にレオリーノを抱きしめていた。


レオリーノは、白く染まった世界で、じっと春を待っていた。


辺境伯アウグストのもとに宰相のギンターから密使が送られてきたのは、ブルングウルトに来て数月が経ち、根雪が終わる頃だ。レオリーノは父とオリアーノがいる書斎に飛び込んだ。

最近は顔色もよく、一時期は痛々しいほどに減っていた体重もかなり戻っている。萎えた脚も、城の中を歩く分には、以前と遜色《そんしょく》なく動けるようになっていた。髪も伸び、レオリーノはつらい経験を経て、少し大人っぽくなった。

父と兄は、末っ子がすっかり元気を取り戻した様に頬をゆるめる。

「父上、ギンター宰相はなんとおっしゃってきたのですか？」

「我々が保護していた誘拐された職人達を、そろそろ彼らの故郷に返す段取りをしてかまわないということだった。つまり、そろそろ此度の戦の勝敗に見極めがついたということだ。そして……彼の裏切り者を捕らえる目算もついたのだろう」

アウグストがギンターの手紙をオリアーノに渡す。オリアーノも、ラガレア侯爵の裏切りについては、すでにすべてを知らされている。そのすべてを聞いたとき、オリアーノはらしからぬ様子で激怒していた。

オリアーノは手紙にさっと目を走らせた後、父に戻す。

「おそらく一両日のあいだにはじめるのでしょうね」

「ああ、いよいよだな」

「兄上？　何が起こるのですか？」

レオリーノは首をかしげる。

「父上がおっしゃったとおりだ。王国軍はすでに、ベーデカー山脈からツヴェルフを退けた。予想よりかなり早かったな。まだ雪深い時期だろうに、ルーカス副将軍も、山岳部隊もさすがだ」

それでは、ルーカスとエッポは、北西部の国境を守りきったのだ。レオリーノは目を輝かせた。

「ようやく戦は終わるのですね」

「いや、まだだ。まもなく最後の大規模な作戦が展開されるだろう。そこで閣下は、一気にツヴェルフと片をつけるつもりだ」

「ベーデカー山脈で、ですか？」

「いや、ベーデカー山脈の先だ」

父の言葉が意味することが、レオリーノはすぐには理解できなかった。

「その先とは、どういう意味ですか。山脈から敵を撃退したのなら、なぜ戦は終わらないのですか」

アウグストがレオリーノの手を取った。不安そうな顔を見つめながら、励ますように握る。

「ファノーレン王国軍はすでに山脈を越え、国境を越えてツヴェルフの領土に侵攻している。まもなくツヴェルフの王都近くまで達するだろう。その意味はわかるな？」

レオリーノはようやく理解して、青ざめた。

「……それでは、ヴィーは、ツヴェルフを……」

滅ぼすつもりなのか、と口には出せなかった。

「ヴァンダレン国王の首を刎ねるまでは、殿下は侵攻を止めることはない。ツヴェルフという国は、まもなくその国体を失うだろう」

「そんな……ヴィーはこの国を守りこそすれ、他国を滅ぼすなど、そんなことは……」

「……おまえは知らんのだ。十八年前のツヴァイリンクの戦の後の、グラヴィス殿下の怒りを。あのときも殿下は、ツヴェルフを滅ぼそうとした。それを必死に周囲の者が止めたのだ。あの頃は大寒波の直後で、ファノーレンもツヴェルフを抱える余裕はなかったのでな」

レオリーノは、初めて知る事実に衝撃を受けた。

「殿下の怒りは凄まじく、最終的にはフランクル国王まで担ぎ出し、大陸とファノーレンの安寧のために殿下に剣を収めるように説得した。そこまでしなければ、殿下の怒りは収まらなかったのだ」

「……そんなことが」

レオリーノは肩を落としてうつむいた。

たしかに先の戦では多くの兵が犠牲になったと、記録に記されていた。敵も、味方もだ。

戦は綺麗事ではないとわかっていても、敵を殲滅《せんめつ》せよと苛烈に命令するグラヴィスの若き姿を想像すると、胸が詰まる。

当時を知らないレオリーノにはわからない。ただグラヴィスを絶望の極みに追いやったのが、イオニアの死であったのは間違いないだろう。

「ツヴェルフの民は、少しでも助かるでしょうか」

アウグストは悲しげな末息子の手をさする。包帯が取れた指先に、そこにあるべき爪はない。

「殿下は残酷な方ではない。当時も無辜の民の被害は最小限にと、厳命されておられた。今回はより冷静に考えておられると思うがな」

「はい」

「もし今回も、殿下の御心がおまえを奪われかけた怒りと憤怒に駆られているのだとしたら、それをやわらげるのはおまえの役目だ」

「僕の役目……？」

父の青緑色の目が、レオリーノの視線を捉え、力を与える。

「そうだ。殿下の心がもし正道を外れるようなことがあれば、おまえがそれを正すのだ。それが伴侶になるおまえのやるべきことだ」

その言葉に、レオリーノはハッと顔を上げる。

そうだ。十八年前とは違う。レオリーノは命を繋いでいる。グラヴィスと語ることができる。彼の心の裡《うち》を理解し、話し合うことができるのだ。

国の命運を左右する男の愛の重みを、レオリーノだけは目を逸らさず、受け止めなくてはいけない。

「……はい、父上」

レオリーノは頷いた。


それから数日後、レオリーノが根雪の残る中庭を自室から眺めていたときだ。背後に人の気配を感じて振り返ると、そこに愛する男が立っていた。

「ヴィー……！」

レオリーノはその胸に飛び込んだ。

毛皮のついた外套を着た男の顔は、いつものように完璧に美しい。

「会いたかった……」

「ああ、俺もだ」

グラヴィスはレオリーノの顔を両手で包み込むと、無事をたしかめるようにまじまじと眺める。

あまりに真剣なその様子に、レオリーノは思わず笑ってしまう。すると、グラヴィスもその笑顔でようやく安心したように、ふっと目尻をゆるめた。

「元気そうだな。少し体重も戻ったか」

レオリーノを抱きしめる腕は冷たかった。外套の先と冬用の軍靴が、少し泥で汚れている。

「ツヴェルフから、跳んできてくれたのですか」

「もう聞いているのか」

「はい。父宛てに届いたマルツェルの手紙で」

グラヴィスはもう一度レオリーノを抱きしめた。

「……明日、あるいは明後日《あさって》、ツヴェルフという国は、この大陸の歴史から消える」

「……」

やはり、父の言葉どおりだった。

男の軍服に顔をうずめて、レオリーノはくぐもった声で尋ねる。

「ツヴェルフの民は、つらい思いをすることになるでしょうか」

「……無辜の民を戦争の犠牲にすることはしない。だから、最小限の攻撃になるようにする」

「何か……ヴィー、また無茶をしようとしてはいませんか？」

グラヴィスはレオリーノの唇を軽く塞いだ。それでもう、レオリーノは何も言えなくなった。

「あの国に攻め入って改めてわかったことがある」

「それは……？」

「我が国への賠償、そしてここ数年の軍拡で、あの国は貧窮している。それはわかっていたが、実際に目の当たりにすると、見ているのがつらいほどの有り様だった。あの国に戦争をする余裕など、本来はない。民はもれなく、ひどく飢えている」

「……そんな」

「ヴァンダレンめ。国庫が潤ったならば、民の腹をまず満たすべきであったのに……大陸の強国になることを夢見た、どこまでも愚かな男だ。そんな愚王を戴《いただ》いた国の末路だ」

グラヴィスはめずらしく、憤りと哀しみの入り混じった感情をあらわにした。同じ王族として、国民を軽んじる姿勢に許しがたいものがあるのだろう。

「……ヴィー、お願いです。ツヴェルフの民には罪はない。どうか彼らを救ってください」

レオリーノの悲痛な懇願に、グラヴィスは苦い表情で笑う。

「さては十八年前の俺の所業を、アウグスト殿から聞いたな」

「……」

レオリーノの顔は嘘をつけない。なさけないような、苦しげな顔で、無言でグラヴィスを見つめるだけだ。

「安心しろ。諸悪の根源たるツヴェルフ王家を滅ぼすのが目的だ。どういうかたちで統治するかは、今後の協議次第だが、侵攻した責任は取る。彼の地の民を我々が苦しめるのは、これが最後だ。これ以上、絶対に民を飢えさせることはしない」

男の声には理性があり、また充分にツヴェルフの国民のことも考えてくれている。それがわかっただけでも充分だ。ならばもう口を出すことはないと、レオリーノは肩の力を抜いた。

「それにもうひとつ、ヴァンダレンの側近であるズベラフ将軍が派遣した、ラガレア侯爵宛ての密使を拘束した」

レオリーノが男を振り仰ぐ。グラヴィスも頷いた。

「我々がスミルノフを拘束したせいだろう。いよいよ、通常の形で伝書する必要が出たらしい」

「ということは……」

「ああ。ラガレアの名前がないのが痛いが、有力な裏切りの証拠をつかんだ。これであの男を糾弾できる。密使、スミルノフ、そしてズベラフからの書状。手駒は揃った」

グラヴィスはレオリーノの頬を両手で挟んだ。

「まもなくだ。レオリーノ」


ファノーレン王国軍は、ベーデカー山脈の国境を越えた後、雪解けにぬかるむ大地を蹴散《けち》らし、ツヴェルフ軍を次々と撃退していった。

ツヴェルフの王都まで、あと数日のところに迫っていた。


ツヴェルフ国王ヴァンダレンは、王宮の最奥で、こんなはずではなかったと、側近達に激しい怒りをぶつけていた。

「グダニラクに契約と違うと補填《ほてん》させろ！　あやつらにどれだけの金を積んだと思っているんだ！」

「そのグダニラクも兵を半減させました。我が国も半分の国土を失ったのです！　もはや奴らを当てにできるものはございません！」

「ええい、それでは、おぬし達は余を守る手立てを考えよ！　王家の血さえ繋がれば、また機を見て国土を奪い返せばいいのだ！」

「国王陛下……貴方という御方は……」

「余が悪いとでも言うのか！　そなた達は尊き我が王家に仕えるのが役目であろうが！」

王都には、まだツヴェルフの民が残っている。

国民達が他国の軍に蹂躙されるのをみすみす見逃して、自分ばかりが逃げるというのか。一度は廃嫡された身でありながら、幼い国王までも殺害して再び王位を簒奪《さんだつ》しただけのことはある。

「……民は飢え、もう国庫に蓄えもない。戦で大勢の兵士が死んだ。王家を守ろうにも、もはやなんの武器もございません！」

「だからこそ奪うのであろうが！　そもそも隣国でありながら、なぜファノーレンと我が国はこれほど違うのだ！　豊かな土地を独り占めにしているファノーレンこそが滅びるべきであろうが！」

ヴァンダレンの無茶苦茶な発言に、側近達は絶望した。

復讐心にかられた国王は、ファノーレンを滅ぼし我がものとするという、叶うはずのない妄想を抱いた。その妄想を実現させるために、民を飢えさせても、この国の資金をグダニラクに流し続けたのだ。

側近達はようやく目を覚ました。

この国は、痩せた土地だから貧しいのではない。為政者としての大義も情も持たぬ男を国王に掲げたときから、滅びはすでに目の前にあったのだ。

側近達は、迫りくる破滅の恐怖に震えた。


その夜、王宮の最奥には、愛妾《あいしょう》の胸に頬をうずめながら恐怖に怯える国王ヴァンダレンの姿があった。

いまとなってはただ一人国王に忠誠を誓う、将軍ズベラフが跪《ひざまず》いて進言する。

「我が軍の残りの全勢力をそそいで、ファノーレン軍を迎え撃ちます。そのあいだに、王はどうか安全な場所へお逃げくださいませ」

「そ、そうか……ズベラフ。忠誠篤《あつ》き男よ。余の味方はおまえだけだ」

「陛下の御身の安全については、かの男にも頼んでおります」

国王は愛妾の胸から顔を上げる。

「あの男との連絡を担っていた不気味な力を持った男は、最近は現れておらんのだろう？」

「ラガレアとの約束には背きますが、ひそかに密使を派遣いたしました。それまで離宮にお隠れになってください。あの男からなんらかの知らせが届くでしょう」

ツヴェルフ国王の肥え膨れた顔が希望に輝く。

そのとき、どこからともなく現れた男の影が薄い天幕越しに透《す》けて見えた。影が国王達に語りかける。

「その、ファノーレンからの知らせだ」

ヴァンダレンはその瞬間、連絡役のスミルノフが現れたのだと思った。

「おお！　……まさにいま、そなたについて話していたところよ！」

ヴァンダレン国王は喜色を浮かべる。しかし、ズベラフは逆に蒼白になった。

「違う、陛下……あの男とは声が違います！」

ズベラフが国王に注意した瞬間、天幕がまくれ上がり、三人の男が突然現れた。

二人の喉元《のどもと》に、白刃がつきつけられる。

妾妃が悲鳴を上げて長椅子から転げ落ちる。赤毛の男がすかさず妾妃の喉を指で押さえて気絶させた。

「ひぇえっ」

「……っ！　き、貴様らは……！」

ツヴェルフ国王の首に白刃を当てている男は、長椅子の上に土足で立ち、傲然《ごうぜん》と見下ろした。

「はじめまして、ではないぞ。ヴァンダレン。会うのは十九年ぶりだがな」


ヴァンダレン国王は驚愕の瞳で男を見上げた。

その信じられないほど完璧に整った美貌、冷たく輝く星空の瞳に見覚えがある。

男が誰なのかを思い出すと、ヴァンダレンは激しく震えはじめた。

そうだ。十九年前の敗戦のとき、裁きの場にいた男だ。

「グラヴィス・アードルフ・ファノーレン……」

男は頷いた。

「そうだ。十九年前の戦の代償、そして今回の虚しい戦を終わらせるために、おまえの首をもらいにきた」

ヴァンダレンは悲鳴を上げて、先程の妾妃と同様に、長椅子から転がり落ちた。

その場から逃げようとするツヴェルフ国王の背中を、グラヴィスが踏みつける。ヴァンダレンはぐぇと声を上げて、地面に縫い止められた。

その背中に体重をかけながら、グラヴィスは国王に向かって囁いた。

「安心しろ。ツヴェルフの民はこれ以上苦しむことはない……おまえの命で贖うからな」

国王の権威もあったものではない。ヴァンダレンは、ひぃぃとみっともなく泣きわめいていた。

これが二度も戦を起こした男の真実の姿かと、フアノーレンの男達は虚しさを感じていた。

グラヴィスは小さく溜息をつくと、背中を押さえていた足をどける。

「……斬る価値もない」

ツヴェルフ国王は生きながらえたと、涙と涎《よだれ》を垂らしながら這い逃れようとする。

「ルーカス」

すると、グラヴィスが副将軍の名前を呼んだ。

「承知」


次の瞬間、獅子のような男の振るった大剣によって、ヴァンダレンの首はあっけなく胴体と分かれていた。

ズベラフは、その光景を呆然と見つめることしかできなかった。大剣で国王の首を薙ぎ払った男は、血飛沫を避けるように胴体を剣で突いて転がす。

将軍は倦《う》んだ口調でつぶやいた。

「イオニアの死を……戦で死んだ兵士達の命を、この男の首で贖うことはできなかったな」

「まあ、そうだな……つまらん。じゃあ、次はこいつか」

獅子のような男は、再びズベラフに剣をつきつけ血に濡れた剣先を閃かせる。

その特徴的な容貌《ようぼう》から、ズベラフは自分に剣をつきつけている男が、勇猛名高いブラント副将軍であるとわかっていた。


「こちらの男はどうする」

「首を刎ねろ」

将軍の答えに、ズベラフは青ざめる。

「その男がこの豚の野心を煽り、我が国の裏切り者と手を結んで今回の戦を起こした事実上の戦犯だ」

「抵抗がない男の首を取るのも虚しいが、こやつらの首でこの馬鹿げた戦が終わるのなら、剣を濡らす意味があるというものか」

喉につきつけられた剣が引かれたら、終わりだ。ズベラフがこれまでかと覚悟して目を閉じると、背後から赤毛の男が声をかける。

「どうでしょう。その男は生かしておいては？」

「ああ？　ディルク、貴様、自分だけ密使をつかまえて気が済んだからといって」

「しかし先程、この男は、あの裏切り者の名前を口にしましたからね。密使よりもさらに言い逃れができない唯一無二の生き証人です」

副官の提言に、ふむ、と二人の大将は目を見合わせる。

「まあ、あの豚の首とこの男を縄にかけて兵士の前に晒せば、ほぼ無血で王都は陥落するだろう」

「悪い考えではない。ただし、その男が何もかも話せば、だ」

男達は頷いた。

「好きにしていいぞ、ディルク」

上官達の許可を得て、赤毛の男はズベラフの顔を覗き込む。

「ズベラフ将軍、どうする。俺達の条件を呑めば、おまえの命と、一族郎党の女子どもの命だけは助けてやろう」

赤毛の男が出した条件を聞いたズベラフは、屈辱と苦悩の末に頷いた。

翌日、ルーカスの言葉どおり、ツヴェルフ国王ヴァンダレンの首級と、縄を打たれ捕虜となった将軍の姿を見たツヴェルフ軍は、一気に戦意を喪失した。投降を促すファノーレン王国軍の前に剣を放棄し、抵抗することなく王都を明け渡した。

この日、ツヴェルフ王国は、アガレア大陸の歴史から消滅した。

答え合わせ

ブルングウルト城の中庭を、レオリーノはヨセフを伴《とも》にして散策していた。日々は刻々と過ぎて、冬から春めいた季節になった。根雪も消えかけている。

レオリーノの歩調に合わせて、二人はゆっくりと散策する。

護衛役の青年は、ここ最近、主がふさぎこみがちなことをとても気にしていた。ファノーレンが戦に勝利したという知らせが、ブルングウルトに届いてからのことである。

本来ならば、長い冬のあいだ離れ離れだった婚約者との再会を心待ちにしているはずなのに、いまだにその表情が優れないのはなぜだろう。

「レオリーノ様、少し休憩しようか」

二人は石づくりのベンチに座る。レオリーノの表情は浮かない。

「もうすぐ将軍様が迎えに来てくれるのに……もしかして、将軍様に会いたくないのか？」

「まさか、そんなわけないよ。ただ……」

ヨセフは気短な性質であるが、黙ってレオリーノが心情を吐き出すのを待っていた。

レオリーノはしばらく素朴な中庭を眺めていると、やがて、ふぅと溜息をついて曇天を仰いだ。ポツリポツリと、心情を語りはじめる。

「……もうすぐヴィーに会えるのは、本当にうれしいよ」

「うん」

「戦争が終わったことも、我が国が勝利したことも、本当にうれしい」

「うん、そうだな」

勝利の知らせは、約ひと月前に父から聞いた。

そして、ついにツヴェルフがファノーレンによって攻め滅ぼされたということも。最後は国王と将軍を捕縛、処刑し、ほぼ無血で王都を占領したという。

ツヴェルフ王家が滅びたいま、北方の広大な領土は、ファノーレンの占領地となった。

ルーカスは、敗戦処理のため、まだ当分現地に駐留することになったと聞いた。

国王ヴァンダレンの愚政によって、貧しく飢えたツヴェルフ国民のために、食料などの緊急支援を行いながら、暫定的な統治体制を整え、治安維持にあたっているようだ。

「ヨセフ……いまの、僕の正直な気持ちを話してもいいかな」

ヨセフは頷いた。

「イオニアの記憶がよみがえって、そしてツヴァイリンクのことを思い出したとき……戦争を起こしたツヴェルフがとても憎かった。あの戦いがなければ、イオニアはあそこで死ななかったんだ」

「そうだな……」

「でも、戦争に勝って、今度こそあの国を解体させた。それがいいとか悪いとかじゃなくて……ヴィーやルーカスが、復讐を果たしてくれたのに……僕は、なぜか達成感を感じなかったんだ」

もう一度ヨセフは頷く。レオリーノは、さらに心情を吐露しはじめた。

「戦は綺麗事じゃない。それに、ツヴェルフの民は愚王の圧政で苦しんでいたとも聞いているから、もしかしたら彼の国の民にとっては、ファノーレンに併合されたほうが、むしろ幸せかもしれない」

「……そうかもな」

「ツヴェルフはもうない。グダニラクも、しばらくはファノーレンには手を出さないでしょう。ヴィーの判断は正しかったと思っている……でも」

レオリーノはじっと、地面の一点を見つめる。

視線の先に、根雪が残る地べたを這うようにして、小さな黄色い花が咲いている。まだ朝夕は霜が降りるような寒さなのに、強く逞しい花だ。なんという名前の花だろうか。

その花に励まされるように、レオリーノは話し続ける。

「でも……一国の命運を左右する立場にいるのは、どんなにつらいだろうかと思って」

ヨセフは、レオリーノの言葉の意味を推し量る。

「将軍様のことか？」

「うん。この国を生かすために、ひとつの国を滅ぼす。そんな判断をすることも……その判断の先にある、大勢の命の遣《や》り取《と》りの責任を背負うことも、どれだけ苦しいことなのかと思って」

レオリーノは握りしめた己の拳を見つめた。

「命を奪い、そして奪われることには変わりがない。イオニアがエドガルに裏切られて死んだのも、僕が北砦でグダニラク兵を殺して逃亡したのも、同じ『二人』の死だ。そのことに気がついたら、ヴィーの傍にいるのが怖くなった」

「将軍様の背負っているものが、重すぎて怖くなったのか」

「……ちがう」

「将軍様の伴侶になる自信がなくなったのか」

レオリーノは、ぷるぷると首を振る。

「そうじゃなくて……いや、うん。そうかもしれない。僕が彼の半分になれるのかなって思ったんだ」

「半分？」

「そう。心の半分。僕の心の半分は、もうヴィーに預けているけど、僕がヴィーの心の半分を預かって、それを守れるのかなって……イオニアの代わりに、ヴィーに幸せを、笑顔を与えられるのかなって」

戦の勝利は、虚しかった。グラヴィスがずっと、この虚しさを抱えて生きてきたかと思うと、とてもせつないのだ。

「でも、会いたいんだろ」

「うん……会いたい」

ヨセフは石づくりの腰掛けに両手をつくと、天を仰ぐようにして顔をのけぞらせる。

そのとき、背後の気配に気がつくと、ヨセフはえいやと立ち上がった。

レオリーノが護衛役を仰ぎ見る。

「ヨセフ？」

「俺には、その悩みには答えられないな……それに、レオリーノ様だけで考えても、答えが出ないんじゃないかな」

ヨセフの言葉はいつも遠慮がない。護衛役は主の正面に立つと、主を見下ろす。

「たぶん、その答えを出すのがまだ早いんだと思う。いや、俺もよくわかんないけど」

「え？」

「これから、レオリーノ様が将軍様と一緒に生きて、生き続けて、幸せになる努力をして……それで、最後の最後に、二人で答え合わせをするもんじゃないかって思うけどな」

だから、とヨセフは笑って、後ろを指差した。

「……最後に答え合わせするのでいいですか、って将軍様に聞いてみなよ」

護衛役の言葉に息を呑むと、レオリーノは、バッと背後を振り返る。

少し離れた場所に、ずっと待ち続けていた男が静かに立っていた。

「レオリーノ」

低い声で名前を呼ばれた瞬間、脚が悪いことも忘れて、レオリーノは駆け出した。

男の腕の中に、脚をもつれさせながら飛び込む。

グラヴィスの逞しい腕に、苦しいほどの力で抱きしめられた。

「迎えに来た」

「ヴィー……ヴィー……」

「待たせてすまなかった。つらい思いをさせたな」

悩む必要など、なかった。

結局、理屈よりも心が先に、男の腕の中にいたいと叫んでしまうのだ。

「一緒に、王都に連れて帰ってください」

グラヴィスはおそらく、先程のレオリーノの迷いを聞いていただろう。だから、レオリーノは真っ先に、胸の中に溢れる気持ちを伝えた。

「もう、何があってもお傍を離れません。貴方の片割れになるには、僕は頼りないかもしれない……でも、貴方を思う気持ちは、誰にも負けません」

「レオリーノ……」

「抱き上げて。お顔を近くで見せてください」

グラヴィスはどこか痛むように顔を歪めて、それでもレオリーノを抱き上げて、顔を寄せてくれた。

レオリーノは冷たく整った美貌に両手を添えると、その唇を奪う。

涙に嗚咽を漏らしながら、精一杯の想いをその接吻に込めて、何度も、何度も男の唇に熱を与えた。

「愛しています。貴方と一緒に王都に帰りたい」

「帰ってくれるか。俺と、最後に答え合わせをする気になったか」

やはりヨセフとの会話を聞いていたのか。

レオリーノは泣きながらも、軽口を叩く。

「……最後の最後でこの片割れじゃなかったって、もし貴方が後悔しても、もうブルングウルトに返品はききません」

「なるほど。ならば、いまから覚悟しなくては」

溢れ続ける涙を、大きな掌が拭ってくれる。あたたかい手だ。

「万が一意見の相違で喧嘩《けんか》になっても負けないように、いつも短剣を持っていることにします」

「は！　俺はなんと手強《てごわ》い伴侶を迎えることか」

グラヴィスが破顔した。その笑顔は、春の日差しのようにあたたかい。

レオリーノは、心の中に大輪の花が咲いたような気持ちになった。

グラヴィスと一緒に戦うことはできなかった。助けられ、ただ、無事の帰還を待ってるだけだった。

かつてブルングウルトから王都に旅立ったときのレオリーノならば、そんな守られてばかりの、無力な自分を恥じていただろう。男らしくない、なさけない役立たずだと。

でも、もういまは、自分を卑下することはない。

この心だけで、グラヴィスはきっと許してくれる。寄り添いたいと願う、この想いだけで。

この繋いだ手を離さないように精一杯できることを頑張れば、それだけでいいのだ。だからもう、ありのままの自分を恥じることはない。

「……王都に、貴方のいるところに連れて帰ってください」

レオリーノは抱き上げられたまま、ぎゅっと首にしがみつく。すると、グラヴィスがからかうように、
レオリーノの目を見て笑った。

心から、うれしそうに笑ったのだ。

菫色の目から、再び喜びの涙が溢れる。

「このまますぐ連れ帰ることも可能だが、どうする？」

グラヴィスのからかうような言葉に、レオリーノは困ったように眉を下げた。

「あの、父上と母上と……兄上にも挨拶して、それで、皆にも挨拶したいのです。それで、それで……あ、フンデルトとヨセフは、できれば一緒に連れて帰ってもらえますでしょうか」

グラヴィスがわざとらしく溜息をつく。

レオリーノは、涙をこぼしながら笑った。

最後の戦い

レオリーノがグラヴィスとともに、数ヶ月ぶりに王都に戻った。ツヴェルフとの戦争がまるでなかったかのように、王都は変わりなかった。

ラガレア侯爵の裏切りの証拠はすでに揃っている。なんとスミルノフに加え、処刑されたと思われていたツヴェルフのズベラフ将軍までもが、裏切りの生き証人として、防衛宮の地下にひそかに拘束されていた。本人は生涯にわたって幽閉の身となるが、一族郎党の命と引き換えに、証言を了承したという。

ツヴェルフ国王を傀儡《かいらい》とし、この大陸を揺るがす戦をもたらした男にも、まだ人間らしい感情が残っていたということだろうか。

ギンターによると、ツヴェルフが滅びても、ラガレア侯爵には表面上なんの動揺も見られないそうだ。まるで裏切りなど何もないかのごとく、忠臣としての外面を崩すことはないという。

レオリーノは、ラガレア侯爵を捕らえる前に、彼の本音が知りたいと、そのために、自ら囮になると申し出た。他の男達の記憶を奪われるわけにはいかないからだ。

グラヴィスやギンターは大反対した。しかし、レオリーノは、自分ならば記憶を失っても問題ないと、それに大事なことは、イオニアの記憶があるかぎり必ず思い出せるから、と男達を説き伏せた。

「レオリーノ、いいか。確たる証拠が得られずとも、奴が怪しい言動をした瞬間に介入する。いいな」

「はい。わかりました」

そして、ラガレア侯爵とレオリーノが二人きりになる機会が、周到な準備のもとに設けられた。

舞台は、国王の執務室である。

その日、ラガレア侯爵は、国王の執務室でヨアヒムが現れるのを待っていた。ツヴェルフの敗戦後、王の決裁をもらいたい書類が山積しているのだ。

だが、いつもの時間になっても、国王が現れない。するとノックの音が響き、国王の専任侍従が入室してきた。

侍従は、内政長官が一人、執務室で待たされていることに驚いたようだ。

そして、侍従に先導されて入室してきた人物も、ラガレア侯爵を見て目を瞠《みは》った。

「ラガレア侯爵……?」

執務室に現れたのは、まもなく王弟配として王族になるレオリーノ・カシューだった。

レオリーノは困ったように侍従を見上げた。国王の侍従は、双方に申し訳なさそうな顔をする。

「ラガレア侯爵、もしや、今日の陛下のご予定のご連絡が、行き違いになっておりましたでしょうか」

白髪《しらが》の内政長官は、穏やかに侍従に尋ねた。

「……と申すと、陛下の本日のご予定が変更になったのか」

「はい。急遽レオリーノ・カシュー様との私的な謁《えつ》見《けん》の時間を入れられまして、政務に関する決裁のお時間は、昼食後となっております。ご連絡が行き届いておらず、申し訳ございません」

そう言って、侍従は深々と頭を下げた。

「いや、それならそれでかまわないが……レオリーノ、久しぶりだな」

レオリーノはどこかためらいがちな顔で、久しぶりに会う父の親友に向かって礼を取る。

「ブルーノおじさま……ご無沙汰しております」

「元気そうで何よりだ。グラヴィス殿下との婚儀もまもなくだな」

「はい。ありがとうございます。あの、それで、おじさま……その」

レオリーノは国王の侍従を気にしながら尋ねる。

「ユリアン様は、お変わりなくお過ごしでしょうか」

「ああ。甥も、もうすぐ結婚だ。それなりに元気にしている」

「そうですか」

レオリーノはほっとした様子だった。


「今日は陛下とどんな用件があったのだ?」

「今後のブルングウルトとのことで、私を通して父に伝えたいことがあると、お話をいただきました」

ラガレア侯爵は、侍従に合図した。

「それでは、陛下がお出ましになるまで、私がレオリーノ殿の相手をしよう」

「しかし、二人きりになられるのは……」

いらぬ配慮をする侍従に、侯爵は苦笑した。

「この老いぼれが、いまさらなんの不埒《ふらち》な真似をするというのだ」

「かしこまりました……それでは、急ぎ陛下にこちらにお出ましいただくようにいたしますので、しばしお待ちを」

侍従が頭を下げて退室する。


レオリーノとラガレア侯爵は、国王の執務室で二人きりになった。

「ブルーノおじさま……いえ、ラガレア侯爵、御礼を申し遅れましたが、殿下との婚姻についてご許可をいただき、ありがとうございました」

老侯爵は、優しげな微笑みを浮かべた。

「前線で自ら指揮をとっておられた殿下が、ご無事で何よりだな。婚約者としては安心したであろう」

レオリーノはその言葉に、うれしそうに頷いた。

「我が国どころか、大陸一の英傑の伴侶となる気持ちはどうだ、レオリーノ」

「はい。光栄に思います。高貴な身分でありながら、自ら労することをいとわない殿下を、心から尊敬申し上げております」

「そうか」

「はい。おじさまの命令で僕を誘拐した男も、殿下はつかまえてくださいました。頼りになる方です」

レオリーノが微笑を浮かべたまま答える。

老貴族の顔から笑みが消えた。

「……いま、なんと申した」

「貴方を主と仰ぐ『スミルノフ』と名乗る異能の男を、殿下がつかまえてくれたと申し上げたのです」

（――イオニア……ようやく、ここまできたよ）

レオリーノは、己の魂に語りかける。そして、菫色の瞳で裏切り者をひたりと見つめた。

「何か、とんでもない思い違いをしているようだな、レオリーノ」

レオリーノは首をかしげる。

「そうでしょうか。スミルノフは貴方に拾われて、それで苦しい生活から抜け出せたと、貴方を崇拝していましたよ。そして貴方の《力》を知って、自分の異能を肯定することができたと言っていました」

「……おぬし」

ラガレア侯爵の温和な表情が一変する。

これがこの男の素の顔かと、レオリーノは冷静に、男が本性を現す様子を観察していた。

「たぶん僕は、この後どうせ貴方に記憶を奪われてしまうのでしょう。だから教えてください」

「……おぬしは、どこまで知っておるのだ」

「貴方の出生の秘密から、お話ししたほうがよろしいですか」

その瞬間、長年ファノーレンの王宮に仕える『ラガレア侯爵』は、完全に消え去った。

穏やかな顔つきを一変させ、暗く淀んだ、なにか別の存在に変わっていく。

想像以上に多くのことを知っているレオリーノの

記憶を、どう操ればよいのか計算しているのだろう。

老侯爵の目は、ギラギラと輝いていた。

「……おぬしにとって一番つらいことはなんだ」

レオリーノは素直に答える。

「グラヴィス殿下を失うことです」

「なんとまあ素直な……では、あの男にまつわる記憶をおぬしからすべて消してやろう」

「……貴方には、やはり人の記憶を操る《力》があるということですか?」

ラガレア侯爵が悪辣な笑みを浮かべる。

「それもわかっていて、儂に無謀な戦いを挑んできたのであろう。さて……どうしようか。殿下を忘れさせ、ユリアンに道ならぬ恋でもさせてみようか。あやつも、まだおぬしに未練があるだろう」

しかし、レオリーノは声を上げて笑った。

「無駄です。貴方に、僕からグラヴィス殿下の記憶を奪うことはできない」

「……なっ」

「僕は、貴方が絶対に届かない場所に、誰にも消せないヴィーとの『記憶』を持っています。それがあるかぎり、ヴィーのことを忘れることはありません。貴方のことも……エドガル・ヨルクのことも」

その言葉は男にとって衝撃だったようだ。

「なぜ……どうやって思い出した」

「それは秘密です。僕が知りたいのは、貴方の動機です。なぜ、ツヴェルフと繋がったのですか? なぜ我が国を裏切ったのですか?」

「ハ！　儂を裏切り者と呼ぶが、なんの証拠がある!?」

「貴方の悪事は、もうすべて明らかになっています」

「証拠とはなんだ?　スミルノフか。そんなものなど証拠にはならん」

ラガレア侯爵はせせら笑った。

「明確な証拠は他にもありますが、それを貴方に説明する必要はありません。記憶を奪う異能を持っていると、自ら暴露してくださっただけで充分です」

「なんだと……？」

「なぜなら、すでに裁きは終わっていて、貴方の罪状は確定しているからです」

「なっ……」

すると、執務室に付属した休憩室から、男達が突然部屋に入ってきた。


ラガレア侯爵は驚きに腰を浮かせる。

部屋に入ってきたのは、宰相のギンター、副将軍のルーカス、将軍付きの副官ディルク、さらにはブルングウルト辺境伯アウグスト、グラヴィスだ。

そして、最後に現れたのは、穏やかな顔つきの国王ヨアヒムだった。

グラヴィスがレオリーノを手招きする。

ラガレア侯爵が動揺している隙に、レオリーノは安全なグラヴィスの傍に素早く移動した。

宰相ギンターが、静かに老貴族に宣告する。

「ラガレア侯爵ブルーノ・ヘンケル。そなたは、十九年前の戦において敵国と通じていた国家反逆の罪、また、職人達を敵国に送り強制労働をさせていた誘拐の罪、一連の罪によって、昨日時点で我が国の内政長官の任を解き、また貴族位を剥奪《はくだつ》した」

老侯爵の顔から、表情が消えた。

「……あまりにも一方的ではないか。儂の弁明も聞かず……いったいなんの証拠があるというのだ！」

ラガレア侯爵は男達を見回し、親友であったアウグストを見つめて訴えた。

「アウグスト……そなたも何か言ってくれ。この儂が、国を裏切る人間だと思うか……？」

ラガレア侯爵の訴えに、アウグストは苦悩の表情を浮かべた。だが、無言のまま首を振った。

「アウグスト……なぜだ」

愕然とするラガレア侯爵に、アウグストは哀切な表情で答えた。

「儂のところに、誘拐されグダニラクで働かされていた職人達を保護しておるのだ、ブルーノ」

「……！」

「己の野望のためとはいえ、無辜の民に、なぜそのような酷い真似を……かつて大寒波の折、我が領地から疎開させた領民を保護してくれたおまえが、もう片方の手で、ツヴァイリンクに敵を招き入れたとは……なぜだ、なぜなのだ、ブルーノ！」

アウグストの悲痛な訴えに、男達も厳しい表情を浮かべる。

しかし、ラガレア侯爵は己の罪を認めなかった。

「だがそれが、儂がやったことだというなんの証拠があるのだ。これほど長きにわたり、この国の発展に貢献してきた儂を、証拠もなく処罰するとは！この国はいつから、そのような人道にもとることを許すようになったのだ！」

ラガレアの訴えに、ルーカスが吠《ほ》えた。

「人道にもとる所業で外道に落ちたのはおまえだ！十九年前のツヴァイリンクの悲劇を、我々はけして忘れはせぬぞ。そして此度の戦のことも」

「なに……？」

「我らの軍が無傷であったと思うか？　当然多数の戦死者も出ておる！　ツヴェルフの民も無傷とはいえん。すべて、おまえの裏切りが招いた結末だ！」

ギンターも厳しくラガレアを糾弾した。

「証拠ならばある。誘拐の実行者であり異能の持ち主である通名『スミルノフ』を拘束し、すでに自供を得ている……ラガレア侯爵。もはや言い逃れはできんぞ」

スミルノフが拘束されているというギンターの言葉に、ラガレアは目を剥いた。

「あの男を、いったいどうやって……」

「は。スミルノフの異能を知っていると、語るに落ちたな、ブルーノ・ヘンケル。我らは、ツヴェルフ王国のズベラフ将軍からも証言を得ているのだぞ」

ラガレアがこれ以上ないほどの動揺を見せる。

「……あの男は、ツヴェルフの最終戦で処刑されたと聞いた」

「ああ。表向きはな。しかし生きている。そして奴は、通じた相手が、ブルーノ・ヘンケル、貴様であると証言した。また、奴から貴様宛ての、ツヴェルフ国王救出の嘆願書も証拠として押さえている」

老侯爵は、よろめいた。

「そんな……信じぬぞ。信じぬぞ……こんなことが……」

グラヴィスが合図すると、ディルクが進み出る。

老いたラガレア侯爵を拘束するのは、戦士であるディルクにとって造作もなかった。


縄を打たれ、ついに、ラガレアは膝をついた。

「ラガレア侯爵、いや、ブルーノ・ヘンケル。レオリーノが言ったとおり、おまえの出生についても、我々は推測がついている。我が祖父王タイロンが、おまえの母親マルファ姫にした仕打ちが、おまえが我が国を裏切った理由なのか」

ノロノロと顔を上げたラガレア侯爵は、グラヴィスの質問には答えず、しわがれた声でなぜ……と聞き返す。

「……なぜ、それを知っておる。あらゆる者達の記憶は消したはずだ」

「レオリーノの祖母エレオノラ姫が、当時のことをタイロン王の王妃から聞いて記憶していた。『かつて、小国から兄王タイロンの後宮に呼ばれ、家臣に下賜された姫がいる』と」

「なんと……エレオノラ様が……は、は、なんということだ……」

すると、それまで状況を静観していた国王ヨアヒムが、すっと進み出た。

「そなたの王家に対する恨みは、それだけではあるまい」

「陛下……」

「我が母上を父王に奪われたことも、そなたの恨みを助長したのであろう」

一気に老け込み落ち窪んだ目をギラつかせ、ラガレア侯爵は、ヨアヒムとグラヴィス、二人の王族を睨《ね》めつけた。

「……ヨアヒム陛下、おまえの母親は売女《ばいた》であった」

ラガレア侯爵の悪態に、アウグストとギンターが怒りの声を上げる。

「ブルーノ！　なんということを……！」

「陛下になんと失礼なことを！」

国王は母を侮辱されたことに怒る様子もなく、ラガレア侯爵と視線を合わせる。グラヴィスが止めた。

「兄上、危険です」

「大丈夫だ。縄を打たれた老人に、いまさら何ができよう……ラガレア侯爵よ。私の母を売女と罵《ののし》る、おまえの真意を聞かせてみよ」

ラガレア侯爵はうなだれた。

「……あの女は、ブリギッテは、儂と将来を約束する仲だった。正式にではないが、ひそかに婚約していた」

それではイオニアに学校長が語った噂《うわさ》は本当だったのだ。

「儂は幼い頃から、すでにラガレア侯爵が真の父親ではないことは知っていた」

男達は沈黙する。

「だが……それでも儂は恵まれていると思っていた。父は儂を嫡男として認めざるをえなかった。ゆえに侯爵位を継ぐことができる……だが、それも儂がこの異能を発露するまでだった。だから、儂は父の記憶を奪った。真に……真の後継となるために」

老侯爵の告白に、男達は息を呑む。

「しかし、そのときまでは、まだ儂も虚しい期待を抱いていたのだ。真の父であるタイロン王も、母の腹に私がいることを知っていれば、母を妾妃として迎えていたかもしれぬ。そう思って、自分を慰めて生きてきた。だが……」

ラガレアの老いた目が、憎しみに燃え上がる。

「だが、タイロン王は母の妊娠を知っていた。その上で我が母を妾妃にすることなく、腹に自分の子を宿した母を、父に下賜したのだ」

「ブルーノ……」

アウグストが痛ましげな眼差しで親友を見る。

「……それでは、母は、股を開いて勝手に妊娠したと謗《そし》られる娼婦と同じであろうが……」

レオリーノの胸が激しく痛む。

グラヴィスを見上げると、男の顔も苦悩にこわばっている。

「母はそんな仕打ちを受けていいような、ふしだらな女ではない……幼心にも、優しく、心弱い無力な女性だった。北国にそのまま咲いていれば、幸せになっただろうに……それを無理やりファノーレンが……タイロンが踏みにじったのだ！」

グラヴィスが尋ねた。

「……なぜ、祖父王が知っているとわかったのだ」

「ハ！　憎きそなた達の父親のおかげだ。ゲオルク王は、儂が異母弟であると知っていた。しかも、親切にも、そのことをわざわざ儂に言いに来たのだ」

ラガレア侯爵が、遠くを見る眼差しになる。

「儂と初めて会った成年の誓いの折に、あやつは儂にこう言った。『おまえは北国から芽吹いた祝福されぬ父の胤《たね》だ』と」

その告白に、全員が衝撃を受けた。

「なぜタイロン王が母を娶らず捨てたのか、その理由も教えてくれたわ。『ツヴェルフに尻尾を振る国の女とその子など、騒動の種にしかならん』と……わかるか。母を妾妃に迎えた後、ツヴェルフにその母国が併合されては面倒のもとだと考えたのだ」

「そんな……」

「そうだ！　これほどくだらない理由があるか！　……因果が逆であろうが！　タイロン王さえ母を捨てなければ、母の母国も、ファノーレンとの併合の道を選んだだろうに！　あの男は、己の醜い欲望の結果を、すべて母の生まれのせいにしたのだ！」

ラガレア侯爵が、拳で床を叩く。何度も、何度も。

「……呪《のろ》いは成就した。結果的に、母の国はツヴェルフを選んだ。ゲオルクにはこうも言われた。『王族どころか、この国の貴族として生きる権利のない外道の婚外子よ』と……！　たった一年違いで、次代の王として約束された道を歩むゲオルクと、母を娼婦のように扱われ、婚外子として生まれた儂の、この差はなんだ……!?」

ラガレア侯爵の老いた目から滲み出る怨嗟の雫が見ていられず、レオリーノは目を閉じた。

「それだけならいい……儂が田舎《いなか》に引っ込んでいればよかった。それだけならば……まだ、遠くで恨みに思っていればよかった……なのに、ゲオルクは、ブリギッテに興味を持った。田舎の素朴な下級貴族の娘だ。それなのに、あれほど輝かしい血筋と美貌の正妃を迎えたばかりだったのに……あの男は、異常なほどブリギッテに執着した」

ファノーレン王家の男は、愛を前にするとときに狂気を宿す。

かつて、そうレオリーノに告げたのは、国王ヨアヒムだった。

「ブリギッテの素朴で飾り気のないところを、愛しいと思っていた。だが、あの女はそれこそ娼婦のように、私からゲオルクにあっさりと乗り換えた！　まるで儂とのことをなかったかのように……！」

ラガレア侯爵は白髪の髪をかきむしる。

「ハ、ハ、傑作ではないか。母は王族でありながら、娼婦のように扱われ王宮を追い出された。一方で、娼婦の心を持った女が、妾妃として王族となった。知るがいい！　そなた達が至上と仰ぐ国王達の恥ずべき振る舞いを……獣にも劣る……！　どこまで儂の人生を奪えばすむのだ、ファノーレンは！」

その乾いた笑いは、長きにわたり虐げられた男の、人生の慟哭だった。

「……そのときに決めたのだ。ファノーレンに関わるものはすべて滅ぼすと。とくに男達の未来を、すべて奪ってやると。そうすればもう、不幸になる女はいない。本性をあらわにする女を見ることもなくなるだろう……！　ゲオルクが我が真の父から受け継いだものを、すべて奪い尽くしてやるのだ！」

老いた男は、憎しみにぎらつく目を、ヨアヒムとグラヴィスに向ける。

「あの男の息子達、おまえも……そしておまえも！　不幸にしてやりたかったのだ！」

いったい温和な外面《そとづら》のどこに、これほどの憎悪を隠し持っていたのだろうか。レオリーノはひたすら哀しくなった。

「……だから、父王が死にかけていたときに、あの戦を起こしたのか。私にこの国を渡すまいとして……そして弟から大切なものを奪おうとして」

ヨアヒムは淡々とした口調で尋ねる。

「そうだ……だが、問題はそこの王弟よ。おまえのせいで、十九年前はこの国を滅ぼすことはできなかった。だがおまえから、おまえが最も大事にしていた人間を奪うことはできた！」

侯爵の激白に、イオニアを知るすべての男達が絶望した。ラガレア侯爵は目を血走らせつつ哄笑した。

「……グラヴィス殿下よ。あの男の死にざまを見たときはどうだったか？　目の前で救えなかったときの苦しみはどうだったか！　……そうだ。儂はゲオルクに姿かたちのよく似たおまえを見るたびに、思うておったのだ。おまえこそが、愛する者を目の前で奪われる苦しみを味わえばいいと……！」

執務室に、獣の咆哮が響き渡る。

叫んだのは、グラヴィスではなかった。ルーカスが天を仰いで慟哭していた。

ヨアヒムが前に進み出る。おもむろにラガレアの前に膝をついた。国王の突然の行動に男達は驚く。

「陛下!?　おやめください！」

「兄上！」

ヨアヒムは静かな目で、老いた国賊の薄茶色の瞳をじっと見つめる。

「……おまえは十九年の長きにわたって、私の治世を支えてくれた。弟に比べて凡庸だと言われた私を、支えてくれたではないか。それよりも前……幼い頃から、けしてそなたは私を無下にはしなかった。むしろ父王より、よほど慈しんでくれた」

「陛下……」

「憎しみを抱えながら、なぜそうも長く私に仕えてくれたのだ……いっそ毒でも盛ればよかったのに。おまえなら簡単だっただろう」

ヨアヒムは首をかしげた。

「……私が、母上に似ていたからか」

その瞬間、ラガレアの老いた目から、憎しみと同じくらいのせつない感情がほとばしるのを、レオリーノは見た。

「……そうだ。おまえが……おまえが、ブリギッテに似ていたからだ……！」

両手で顔を押さえて慟哭する老いた男の、捻《ね》じ曲がった愛情。その果ての憎しみ。

「儂を捨てて、あの愚王を選んだあの女が憎い。心底憎んだ! だが、幼いおまえは、年を重ねていくおまえは、愛らしかった頃のブリギッテの面影を宿していた……どうしても、憎めなかった」


殺したい、滅ぼしたいと憎悪しながら、直接手を下すことができなかったのはなぜか。敵国に滅ぼされるかたちにしたかったのはなぜか。

アウグストに向けた真摯な友情、国王を守り支えたその姿もまた、この男が本来ありたかった姿なのではないか。


数十年に及ぶねじれた愛憎がもたらした結末に、レオリーノはついに耐えられなくなった。

グラヴィスがレオリーノの肩を強く抱く。

レオリーノは誰にも涙を見せたくなくて、男の胸に額を預けた。触れ合ったところから、グラヴィスの慟哭が流れ込んでくる。

涙はない。だが、男はおそらく心で泣いている。

アウグストも、ルーカスも、言いようのない悔しさに涙していた。


虚しい。


ラガレア侯爵が国を売る大罪を犯した理由。その犠牲になった人々の人生。

すべてがあまりにもつらく、虚しかった。

イオニアの記憶が暴いた裏切りの涯《は》てにたどり着いてみれば、そこには何も存在しなかった。

達成感も、安堵も、何ひとつない。

ただ虚しさだけが、そこに、骸のように横たわっていた。


最後の幕を引いたのは、宰相ギンターだった。

「ブルーノ・ヘンケル、おまえを、長きにわたり我が国を裏切った国家反逆罪で逮捕する」

こうして、長年王宮の高官として栄華を極めたラガレア侯爵ブルーノ・ヘンケルは逮捕された。


重鎮貴族の逮捕は、ファノーレン中に大きな衝撃をもたらした。

王宮の地下牢《ちかろう》に幽閉されたブルーノ・ヘンケルは、異能を使えないように特殊な処置を受けて、処罰を待っている。おそらく死刑は免れないだろう。

共犯者であったスミルノフは、結局本名も出自もわからないままだった。男もまた死刑を宣告されたが、彼を擁護する者は誰一人として現れなかった。

国内外の戦後処理にあわただしい中、レオリーノはすでにブルングウルト邸を出て、フンデルトとヨセフを伴い、グラヴィスの離宮に居を移していた。

レオリーノとグラヴィスは話し合い、王族としては異例だが、小規模に成婚の儀のみ執り行いたいと国王と宰相ギンターに申し出た。

戦後の処理を続けながら、誰もが徐々に日常を取り戻しかけていたそのとき、グラヴィスのもとにある人物から呼び出しの手紙が届いた。

グラヴィスは指定されたその場所を確認すると、驚きに目を見開いた。

墓のない愛の骸

執政宮の地下牢に、十九年前の、そして今回の戦犯とされる老人が囚《とら》われていた。

老いた男は舌を焼かれ、目を潰されている。異能を発揮させないための措置だった。

血の泡を吐きながら激痛に苦しむ男の耳が、ひっそりとした聞き覚えのある足音を捉えた。

「苦しそうだな、ラガレア侯爵」

その声はファノーレン国王ヨアヒムだった。

「……っ……っ」

男がもがいた瞬間、両手両足につけられた鎖がジャラジャラと音を立てる。

「私がこんなところに来たのが意外か」

「……ぅぅぅっ、ぐぅっ……！」

足音が近づいてくる。ヨアヒムの纏う冷涼な樹木の香りが、饐《す》えた地下牢の中にかすかに漂う。

「落ちぶれたものだな。ラガレア侯爵よ。王の外戚として長年権勢を誇っていたおまえが、このように臭いところで鎖を打たれているとは」

ヨアヒムの淡々とした声が響く。地下牢には、ラガレア侯爵以外に収監されている罪人はいなかった。


しかし、わずかな蝋燭のみで照らされた薄暗い地下牢は、ファノーレンの建国以来、この地下牢で最期を迎えただろう数多《あまた》の罪人達の、血と汚れの匂いがこびりついている。

そしてその匂いは、目の前の老いた罪人からも漂ってきた。

死臭だ。

「ああ。おまえはもうすぐ死ぬのだな」

「……ぐぅっ」

鎖に繋がれた皺だらけの手が、震えながら石壁を掻きむしる。

「私は、おまえが死ぬ前に、昔話をしにきたのだ」

ラガレアの皺の刻まれた顔は、もはや悪夢のそれだった。穏やかな紳士然とした容姿は見る影もない。舌を焼かれた口は腫れ上がり、どす黒く変色している。そして目に巻かれた包帯にも血が滲んでいる。

ヨアヒムは静かに男を見つめたまま、ポツリとつぶやいた。

「ラガレア。おまえは母を、父王に奪われた腹いせにこの国を裏切った国賊だ」

「……ぐぅあぁぁっ……！」

「だが、国を裏切る必要などなかったのだ。おまえは愚かなことに、それに気がつかなかった」

ヨアヒムの声が、地下牢に静かに響き渡る。

かつてラガレア侯爵だった男、ブルーノ・ヘンケルの頭の中に、過去の激情がよみがえった。

ブルーノとの愛をまるでなかったことのように捨て去り、国王の妾妃に召し上げられて幸せそうな笑みを浮かべていた売女の記憶を。

「おまえは、母と寝たことがあるだろう。その思い出もなかったことにして、すべてを捨てた母上を恨んだ。そうだな？」

「ぐーっ、うぅぐぅぅヴ！」

ラガレア侯爵の激痛にまみれた暗闇の中に、怨恨の記憶がよみがえる。しかし、次の瞬間、ヨアヒムの静かな声がその暗闇を引き裂いた。

「母上の態度が許せなかったか。権力になびいた売女と言っていたな。一度は愛した女を、それほど恨みに思ったか。さすがは父王と異母兄弟だな。思い込み方もよく似ている」

ラガレアの腫れあがった顔が、ガクリとうつむく。

「だが、お前も知っていただろう。母上は本当に素朴な下級貴族の娘だった。そんな女が、フランクルから正妃を迎えたばかりの国王の妾妃になりたいなどという、大それた野心を抱くと本気で思ったのか」

ラガレアは、潰された目で、必死にヨアヒムの声を追いかける。どういう意味なのだと呻き声で問う。

「そのときに、疑問に思えばよかったのだ。最後まで、母上を信じてあげればよかったのだ」

「……っぐ」

「おまえはこれほど長年私の傍にいて、何も見えなかったのか。グラヴィスと私が何ひとつ似るところがないのに疑問を覚えなかったのか……ああ、もうおまえには見えないか。思い浮かべてみろ」

ラガレア侯爵には、もう何も見えない。だが、長年仕えてきたヨアヒムの姿なら、いまでもありありと脳裏に浮かべることができる。

近年になって白髪《しらが》の混ざりはじめた国王ヨアヒムだった。だが、狂おしいほど憎くて愛おしいあの女の息子の、本来の薄茶色の髪と瞳は。

「私の髪と、目の色に、誰よりもおまえ自身が見覚えがあっただろう……毎日。鏡の中で」

罪人がガクガクと震えはじめる。

嫉妬に焼きつくされた頭が、客観的に見ることを拒んだのか。

だが、国王ヨアヒムの髪と、その目の色は――

「……うぅぅぅ…ッ　うぐぅぅあぁぁぁ！」

ラガレアは言葉を持たぬ口で絶叫した。

まさか、まさかまさかまさかまさか。

「だから言っただろう。おまえはこの国を裏切り、復讐する必要などなかったんだと」

その瞬間、かつてラガレア侯爵と呼ばれた男は、口角が裂けるほど絶叫した。大量の血を吐いたせいで、あたりに鮮烈な血の匂いが漂う。

「なぜならば、おまえが吐き出したその血が、すでに十九年も前から玉座を染めていたのだから」

ヨアヒムは終始、静かな声で語り続けていた。

「……どういう意味ですか、兄上」

ヨアヒムは穏やかな表情を浮かべたまま、背後を振り返った。そこにはヨアヒムによって呼び出されたグラヴィスがいた。

「グラヴィス、来たか」

「兄上……お答えください。いまのお言葉は、どういう意味ですか」

ヨアヒムはつい、と目線を逸らすと、檻の向こうで血を吐きながら苦悶する老人を見る。

「言葉どおりだ。我が母ブリギッテは、この男とひそかに閨をともにする関係だった。処女ではないとわかっていたのに、それでもこの男から強引に奪い、妾妃としたのが我らの父王だ」

「ですが、ブリギッテ様は……」

「ああ、父王を慕っていた。なぜだかわかるか？」

グラヴィスは息を詰めた。

「この男と同じだ。父王も、記憶を操る異能を持っていた。図らずも、この男が父王と血が繋がっている証《あかし》だ。皮肉だな」

グラヴィスは愕然とした。父の異能を、グラヴィスは知らなかった。それほどにグラヴィスと父王ゲオルクとの関係は遠かった。

「なぜ……？　なぜ、兄上がそれをご存じなのです」

「母上がご自身の日記を見つけたからだ。母の乳母《うば》が隠し持っていた、記憶を失う前の母上の日記を」

「…………！」

「母上は病死ではない。その日記を発見し、父王に奪われた記憶を取り戻した末に、絶望のあまり自死を選ばれた……そう。私に、すべてを告白した後に」

ヨアヒムは小さく笑う。

「首をくくる前に、私をご覧になりながらこう言ったのだ。『あの悪魔の血を引かなくてよかった。愛しい人の息子よ』と」

グラヴィスは顔を蒼白にした。

——それでは、ヨアヒムの真の父親は。

「母上は、記憶を奪われていたとはいえ、この男を裏切ったことに絶望したのだ。私に向かって『あの人の無念を晴らして。あの人の血を持つおまえが玉座に』と言っていた。しかし、結局母は自死に失敗し、ものも言えぬ寝たきりの状態になった。半年後に、意識が戻らないまま亡くなった」

檻の中から、老いた獣の絶叫が響きわたる。

「あの男が愚かだと言ったのはそういうことだ。国を裏切らずとも、私が玉座に就くことですでに復讐は遂げられていた。あやつ自身の血で、このファノーレンの血脈を塗り替えられたのだ——それがたとえ、一代かぎりのことだとしても」

心の底から沸き上がる激情に、グラヴィスの拳がぶるぶると震える。

兄が語ることは本当に真実なのか。あるいはすべてが亡き妾妃の妄想なのか。

すると兄の視線は、いつのまにかグラヴィスの背後をひたりと見つめていた。

「……そうではないですか？　アデーレ王太后。だから厳格な貴女は、長子相続の理《ことわり》を曲げてでも、どうしてもグラヴィスを王位に就けたかった。父王の血を引く正当な嫡子として……違いますか」

グラヴィスはバッと背後を振り返る。なぜ、気配に気がつかなかったのか。

そこにはグラヴィスの母であり、前王ゲオルクの正妃であるアデーレが立っていた。おそらくグラヴィスと同様に、ヨアヒムによって呼び出されたのだ。

「母上……」

冴え冴えとした美貌はグラヴィスによく似ている。しかしいまは、地下牢に繋がれた罪人の無残な姿を目の当たりにしたせいか、その顔は哀れなほど蒼白で、とても老いて見えた。

グラヴィスは咄嗟に王太后の背後の気配を探る。人気はない。おそらく地下牢へは、一人で下りてきたのだろう。

「……母上。貴女も、兄上の出生の秘密をご存じだったのですか」

「グラヴィス、私は……」

「母上、答えてください……答えてくれ！」

母親に詰め寄るグラヴィスを窘めたのはヨアヒムだった。

「王太后には、おそらく血統主義の家臣どもが噂として吹き込んだのだろう。しかし、そのときは、母上はまだ父王に惚れ込んでいたからな。噂は単なる噂として、やがて消えた」

　グラヴィスは、学校長がイオニアに語ったという噂を思い出す。

「私は信じない。父上は、どう思っていたのです。兄上を我が子と思っていた。だからこそ、兄上を王太子としたのではありませんか」

「最初はな」

「最初は……？」

「父王は、母上に妄執に近いほどの愛情を抱いていた。私の顔立ちが母上に似ていることもあったから、当然、私が実子であると疑っていなかった」

「当然です。兄上が父上の御子でない証拠はない」

「ああ、だが母上の自死によって、父王の中に私が誰の胤《たね》なのか、疑いが芽生えた。母が嫁いだときから処女ではなかったことも、当然閨をともにした父上はわかっていたからな――それでも、強引に我がものにした自分だというのに」

　ヨアヒムは自嘲気味に笑った。

「そのあたりは、王太后がよくご存じだろう。父王がどれほど思い込みが激しく、愛する者以外に非情な男なのかということを」

　アデーレは震えながら沈黙を貫いている。

「当時はまだラガレアの髪もこれほど白くなかった。父王は、成長する私とこの男を見比べながら、徐々に私の出生に対する疑念をこじらせ、やがて狂気を強めていったに違いない。決定打は母の死だ」

グラヴィスは晩年の父を思い出す。病に斃れたと言われた父王だったが、晩年はほとんど会わせてはもらえなかった。

「しかし父王が疑いはじめたときには、私はすでにフランクルの王女であるエミーリアと婚約していた。いまさら父上は言えなかったのだろう。婚外子ではあったが、異母弟であるそこの男から意気揚々と奪った女が、その胎《はら》に異母弟の子を宿していた。自分の子ではなかった。だから私を廃嫡するなど」

その当時のグラヴィスは、八歳になるやならずやという頃だった。

「自尊心にかけて言えなかったに違いない。そんなことをすれば、ラガレアの本当の血筋も、婚約者を無理矢理奪ったこともすべて明るみに出る」

「もう一度言います……兄上が父上の血筋ではないという証拠は、どこにもありません。すべてがブリギッテ様の妄想かもしれない」

「わかっている。だが、おまえはどう思う、グラヴィス」

身体の奥底から湧いてくる汚泥にも似た感情に、震えが止まらない。グラヴィスにも、兄王の語ることこそが真実である可能性を、否定することができなかった。

「グラヴィス、私はおまえのことを愛していた。だが、私には王位を譲れない理由ができたのだ」

グラヴィスは拳を握りしめた。優しかった兄が、距離を置きはじめたのはいつ頃からだっただろうか。

そうだ。ブリギッテ妃が寝ついた頃……そして、グラヴィスがイオニアと出会った頃だ。

「おまえこそが、正当な王位にふさわしいと思っていた。私はおまえに王太子の地位を譲るつもりでいたのだ。その黒髪、ファノーレンとフランクルの王族の血を引くおまえに……そう、母が私に思いを託して死ぬまでは」

「兄上……っ」

「そして私が決定的に心を決めたのは、カイルが生まれたときだ」

カイルが生まれとき。グラヴィスが学校に入学した年のことだ。

「カイルと、いったいなんの関係が……」

その質問にヨアヒムは答えてはくれなかった。

地下牢の錆《さ》びた檻を握りしめると、ヨアヒムは父親かもしれない罪人を見つめつづける。

「カイルは、私よりもおまえによく似ているだろう？　なぜだと思う」

「……それは、我が王家の血筋は、黒髪が多い。だからでは」

「私が、まったく父王に似ていないのにか？」


叔父《おじ》と甥以上に、よく似たグラヴィスとカイル。

その瞬間、背後から小さな嗚咽が聞こえた。アデーレが拳を口に当てて、涙をこぼしている。

グラヴィスの脳裏に、疑惑と、恐怖がよぎる。

「……どういうことですか」

聞きたくない。

その先の兄の言葉を、グラヴィスはもう聞きたくなかった。この地下牢のように、きらびやかな王宮の地下に隠された穢《けが》れそのものの、おぞましすぎる王家の秘密を、もう覗きたくない。

「カイルは私の子ではない。おまえの、異母弟だ」

「…………嘘だ」

「嘘ではない。父王ゲオルクは、我が母上同様に、王太子妃であるエミーリアの記憶を奪い、自身の胤がその胎に根づくまで犯しつくしたのだ」

「嘘だ！」

ヨアヒムは鉄格子に手をかけたまま、ゆっくりと異母弟を振り返る。

「グラヴィス。すべては推測と思いたければ、それでいい。それで真実は覆い隠せる。だがいま一度、よく聞くといい」

「兄上……」

「かつて、北国の王族でありながら祖父王に娼婦のごとく扱われ、婚外子を生んだ少女がいた。そこにいる骸のような男の母親だ。そして、父王に記憶を奪われ、知らぬまに妾妃にされてしまった女がいた。それがこの男の恋人であり、私の母親だ」

グラヴィスの心が、壊れていく。

「そして、父王に記憶を奪われ、知らぬまに犯され、私の子だと思い込んだまま、おまえの『異母弟』を生んだ女がいる。それが私の妃《きさき》だ……三代続けて、これはなんの因果なのだろうな」

耳を塞ぎたい。しかし、塞いではならない。

なぜならば、グラヴィスは知らなくてはいけないのだ。隠された真実を。兄が囚われていた煉獄《れんごく》を。何も真実が見えていなかった己の愚かさと、いまこそ向き合わなくてはいけないのだ。

「……カイルが兄上の子ではないと、なぜわかるのですか」

絶望に声を震わせるグラヴィスに対して、ヨアヒムはどこまでも静かだった。

「私はエミーリアに対して、男として機能したことがないのだ。いままで一度も」

「な……」

ヨアヒムの告白に、王太后が震えはじめた。その顔を蒼白にしている。

「父王は異常なほど、母上に執着していた。狂恋に沈んだ男の傍には、髪と目の色こそ、そこの老いぼれと同じだが、母上によく似た顔立ちの私がいた。そのとき、すでに私とエミーリアとの婚約が決まっていたのにな……父王は、夜毎《よごと》私の閨に来ては、こう呼ぶのだ――『ブリギッテ』と」

そのとき、グラヴィスの中で、何かが完全に砕け散った。

「父王はおまえに似て、体格の優れた御人だったからな……ろくな抵抗もできなかった。もはや、私を息子とも思ってなかったのだろう。侍従達の記憶は奪って証拠を隠滅するくせに、私の記憶だけは、奪ってはくれなかった」

ヨアヒムのどこまでも穏やかな顔。

違う。穏やかなのではない。

それは、生きることに絶望した男の顔だ。

「そういうことだ。それ以来、私は、男性としての役目を果たせなくなった」

地下牢の奥から、獣の咆哮が聞こえる。

おおぅ、ぐおおおぅと断末魔の叫びを上げ、鎖を引きちぎろうとしている。

己の息子かもしれない男が受けた残酷すぎる仕打ちに、獣は絶望の咆哮を上げていた。

「エミーリアは、幸いにしてそのことを知らない。新婚以来閨事がないことにも耐えて、王妃としての務めを果たしてくれている。さすがはフランクルの王女は、どなたも気高く健気だ……貴女と同じだな、王太后」

「陛下……私は……」

王太后も震えていた。

「わかっている。さすがの貴女も、姪が貴女の夫に犯されていることは知っていても、私自身が父王に母の身代わりにされていたことは、知らなかっただろうから」

グラヴィスは凍りついた。母親を振り返る。

「信じられないか？　我らが父王が、息子の正妃を犯して孕ませたことが？　それを、そこにいる王太后が黙認していたことが」

ヨアヒムが静かに笑った。

「母上は……ご存じだったのですか？」

「私もそれが聞きたかったのだ、王太后。エミーリアは貴女の姪だ。気高く尊いこの国の宝と言われた貴女が、なぜ、夫が姪を犯し記憶を奪うような非道を黙認したのか」

アデーレは、もはや泣き崩れていた。

グラヴィスは、兄の告げたことが事実であり、また母がそのことを黙認していたと知って、さらなる衝撃に拳を震わせた。

「外道のラガレアの血筋がこの国の王位を継ぐことは許せなかったが、フランクルとファノーレンの血が混ざったグラヴィスの『弟』が、私の息子として王位を継ぐことになるなら、それでもいいと思われたのですか」

「違う……違います」

王太后の顔は青ざめていた。しかし、その視線は国王ヨアヒムから揺らがない。

「ゲオルク陛下は、もうその頃には後宮では狂気を隠すことはなかった……あの人は、私の記憶だけはいじらなかった。どうせ私が、何も言えないとわかってのことだった」

「なぜだ……なぜだ、母上！　なぜ、そのような非道な真似を許したのだ！」

グラヴィスは母を責めながら、同時に何ひとつ気がついていなかった自分自身を責めていた。

すると、アデーレは嗚咽混じりに絶叫した。

「陛下に貴方が必要ないと言われたからです！　私が産んだ貴方という存在が邪魔だと！」

「……なっ」

「なぜ貴方をストルフに預け、学校に送り出したと思うのです……！　貴方の命を狙っていたのは陛下だった。だから、王宮から少しでも距離を置いてもらいたかった──貴方に学校で〈人間の盾〉を立てよと指示したのは私です」

目の裏が、強く痛む。

そのあまりの痛みに、グラヴィスは顔を歪めた。


「エミーリアに起こったことに気がついたのは、あの子が懐妊してからです。けして黙認していたわけではない……！」

「どうして……」

「どうして!?　ゲオルク陛下は、私におっしゃった。『ファノーレンとフランクルの友好の証は二人もいらん。ブリギッテと一緒に、エミーリアの腹に胤はまいた』と……それで確信した。エミーリアは陛下に犯されたのだと……！」


王妃の告白を聞いたヨアヒムは、ふむ、と合点がいったように首をひねる。

「なるほど。父王は私を犯し、私の正妃を孕ませることで、母上とともに子をなしたつもりでいたのか。やはり狂った人であったな」

しかしその狂気を淡々と語るヨアヒムも、すでにどこか階段を踏み外しているように見える。グラヴィスはその危うさが不安でたまらない。


「陛下はヨアヒム様の出生を疑った。でもそれが真実ならば……陛下の嫡子はグラヴィス、貴方しかいないことになる。でもあの方は私を憎んでいた。そして私が産んだ貴方も……！　でも貴方を世継ぎにと望む声は大きかった。だから貴方を退けて、再び己の胤を残そうと、今度はエミーリアを……」

何もかも、すべてが──兄と母に告げられる過去のすべてが、異常だ。

「私が陛下の非道を糾弾すれば、あの人はフランクルに遠慮もせず、私の命を奪ったでしょう。だから何もできなかった。私がいなくなれば、グラヴィス、幼い貴方を守る人間はいなくなる……私はなんとしても、貴方だけは守りたかった」

グラヴィスの目から、一筋の涙が伝い落ちる。震える拳に滴る虚しい涙。

気高く冷たい母后の真の苦悩を知ったいま、もはやグラヴィスは絶望しか感じなかった。

「母上……母上！」

「私だって苦しんだ。エミーリアを助けたかった……しかし、あの子になんと言えばいいのです。何も覚えていないエミーリアに真実を告げて、地獄に落とせと？　おまえは義父に犯され孕まされたと？

その手に抱いている子は不義の子だと？」

「カイルを不義の子などと言わないでください！」

「だが事実なのです、グラヴィス！　そこにいる陛下も、カイルも、正式な婚姻のもとに生まれたわけではない。正当な王位を継ぐ資格はないのです」

アデーレが叫んだ。

「エミーリアも、私も、誇り高きフランクルの王族。そんな我らが、ファノーレンの男に二度も辱められたと明らかにせよと？　大陸に戦を起こして良いのなら、とっくにそうしていたわ！」

「……母上」

「だが我らは『大陸の安寧』のために、この国に送られた。ならば耐えるのが務め、平和をもたらすのが王族の務めであった！　正統な王位を継承させなくては、私達はなんのために……なんのために、この国の王家の犠牲になったのか！」

魂の咆哮だ。

耐え続けた母の、無情で冷酷に思われていた孤独な女性の、心の悲鳴がそこにあった。絶望的な孤独と、グラヴィスへの愛情も。

アデーレはその場にくずおれた。

「……許して。私はおまえの命と立場を守るだけで精一杯だったのです……沈黙を貫くことで……グラヴィス、おまえだけはなんとしても守ろうとした。そして、貴方を王位に就けて、この国の歪みを正そうとしたのです」

ヨアヒムがアデーレに淡々と尋ねる。

「ちなみに王太后は、父王が私にしたことを気づいておられたのか？」

アデーレは涙に汚れた顔でヨアヒムを見て、首を振った。それは、肯定か否定かもわからない。

「エミーリアが、貴方が閨に数年まったく来ないと……それで、私は、陛下の『ブリギッテと一緒にエミーリアの腹に胤はまいた』という言葉を思い出して……」

ヨアヒムは感心したように小さく笑った。

「ほう。そんな奇妙きわまりない父王の言葉で、察することができたと。さすがは賢妃と名高い御方だ」

「いいえ！　陛下……私は！」

「だからですか。あの戦の後、グラヴィスが王位を継がないと宣言したときに、その旗をすんなりと下ろしたのは」

アデーレは顔を背ける。

「私への同情だったのか。いや、国が第一の貴女にその情はないか。同じ不義の子であっても、カイルならば一応正当なファノーレンの血、そしてフランクルの血筋がカイルを通じてこの国に流れるからな」

「陛下……っ」

「何よりもグラヴィスの命だろう。私が晩年、父王を弱らせるためにしたことを黙認したのも……それでもうグラヴィスは父王に狙われることはない。それで、貴女は私に妥協してくれたのだな」

急激に弱った父王。最後の数年はほとんど会わせてもらえなかった理由。

アデーレは沈黙していた。

その沈黙こそが答えであると、グラヴィスは再び絶望した。

グラヴィスはよろめき、震える拳に噛みついた。苦悩と後悔の涙が頬を灼《や》く。

「……っ、ぐ……っ」

耐えがたい。すべてが耐えがたく、息をするのも苦しい。


「泣くな、グラヴィス。私はこれでも、かつてはおまえを愛していたんだ。本当の弟だと思っていた」

この身体に流れる血を、いますぐ己の存在ごと消し去ってしまいたい。

「王位など、本当はどうでもよかったのだ。王冠はおまえが授かるべきものだとずっと思っていた。だが、亡き母の願いを叶えるために、王太子の地位を守りたかった。そのためなら……おまえが死んでもかまわなかった」


なぜ、幼い頃はあれほど優しかった異母兄が、自分を遠ざけるようになったのか。なぜ、異母兄が、暗殺者の存在を黙殺していたのか。

そのすべての謎が、これで解けた。


「おまえの死を望んだとき、私は壊れたのだ。母と、我が妃と、そして私自身を犯したあの男を、どうしても許せなかった」

「兄上……っ」

「兄ではない。私はおまえの兄ではないんだ。私は、そこにいる国賊と国王に愛を奪われた女の息子。不当なる王位の簒奪者なんだ、グラヴィス」

「違う、違います！」


するとヨアヒムは、突然袖口《そでぐち》から取り出したもので地下牢の入口を探った。カシャンと音がして、扉が開く。

「兄上……っ、何を！」

ヨアヒムは、血泡を吹いて絶叫し続けている、老いた獣に近づいていく。グラヴィスは動けなかった。

「顔は似ていない。目の色は……ああ、もう潰れて見えないな。だが母上は、自死を選ばれる前に私を見て言っていたのだ。『あの人によく似ている。うれしい』と」

「うぅぅぅ……ぐぅぅぅっ……っ！」

「おまえが政務で私の隣に立つたびに、いつか息子と気がついてくれるのではと思っていたものだ。そう思い続けて……ずいぶんと長い年月が経《た》ってしまった」

ヨアヒムは、血で汚れた白髪に、指先で触れた。親指と中指で縒《よ》り合《あ》わせる。何度も、何度も。

「私は、おまえを本当の父だと妄想することで、私を犯し、我が妃までも犯した狂王を、父親と思いたくなかっただけなのかもしれん。真実はわからない。すべては推測だ……それにラガレア、おまえはもう話すことはできん。記憶を奪うことも」

「オァア……ォアイ……オァイゥ……」

ヨアヒムが、初めて悲しそうな顔をした。

「父王も、おまえも、どうせ奪うのなら私の記憶を奪ってくれたらよかったのだ……そうすれば、十九年も玉座を継ぐべき資格のない王として、絶望して生きずにすんだのに」

老囚の潰された目から流れる血涙を、ヨアヒムは指で掬《すく》った。

「母上のもとに送ってあげよう、ラガレア。おまえの国賊の汚名を雪《そそ》ぐことはできんが、この汚れた血は、私が始末をつけよう」

「兄上っ……おやめください！」

次の瞬間、ヨアヒムは懐から出した短剣で、無造作にラガレアの喉を払った。

ブシャリという音が地下牢に響く。

饐えた地下牢の腐臭を上書きするように、鮮烈な血の匂いがあたりを漂った。王太后がたまらず悲鳴を上げた。

喉元から赤黒い血を垂らす罪人の躰が、横向きにくずおれる。その手足を拘束していた鎖が、ジャラジャラと不快な音を立てた。

ヨアヒムは、血に濡れた剣先を見つめている。

「これが、私の中に流れている血か。案外と黒っぽくて汚いものだな」

「兄上……っ」

ヨアヒムが振り返る。その穏やかな顔は、血飛沫でわずかに汚れていた。

「王位を継ぐ資格などないと、わかっていたのに。十九年も無駄にしてしまった……すまなかったな、グラヴィス」

「兄上……こちらへ」

「凡庸な王を掲げさせた結果、この老いぼれに長年この国を蹂躙することを許してしまったのだ。こうなると、私こそが真の国賊だな」

「兄上、貴方は国賊などではない。出てきてください、こちらへ……兄上、どうか、そのお手元の剣を渡してください」

グラヴィスは、右手を差し出した。

ヨアヒムがその手を不思議そうに見る。そして自身の首にその剣先を当てた。

「この血筋はどうせ残らない。ならばいますぐ、真の国賊たる私がこの血筋を断ったほうがいいかもしれんが、どうだろうか」

「そうは思いません……兄上、こちらへ」

ヨアヒムは少し笑った。

「まだ、私を兄と呼ぶのか。ラガレアの企みが明らかになったいま、私がおまえの兄でいられるのもあとわずかなのに？」

「貴方は永遠に、私の敬愛する兄上です」

その言葉に、ヨアヒムは首をかしげた。

「なぜだ？　なぜいまも私を兄と呼ぶ」

「貴方の中にも、私の中にも、同じファノーレンの妄執の血が流れているからです」


その言葉に、ヨアヒムは優しげな顔に、初めて厳しい表情を浮かべた。それは長年、この国の王位に就く男の顔だ。凡庸だと蔑《さげす》まれながらも、この国を治めてきた王の顔だった。


グラヴィスは地下牢の汚れた床に膝をつき、ヨアヒムに向かって敬礼した。

「陛下。ファノーレン王家の妄執の血が、いずれこの国を破滅に向かわせるかもしれない。だが、それはいまではない」

「グラヴィス」

「カイルの生まれに罪はない。不義の子などでは断じてない。あの子は貴方の息子。正当なファノーレン王家を継ぐ者です」

遠いところに旅立ちかけている兄の心に、グラヴィスは必死で訴える。


「カイルか……」

「カイルが真実を知らないのならば、隠し通してください」

「どうだろうな。知らんはずだが、わからない。エミーリアも気がついておらんのだ。知るのはせいぜい、私と王太后くらいだと思っていたが」

「であれば、兄上。貴方と同じ苦しみをカイルに与えないでください」

「なぜだ？　あれもあの狂った父王の子であるのにか。おまえが苦しんだように、あれも苦しんで当然ではないだろうか」

「エミーリア様の御子でもあります。どうか……兄上、伏してお願い申し上げる」

グラヴィスは立ち上がってヨアヒムに近づくと、

手を差し出す。

「カイルが貴方から王位を継ぐために、どうか、貴方自身をお守りください……剣を、兄上」

「そうか……エミーリアの子か。ならば、最後まで欺かなくてはならんか」

ヨアヒムは頷くと、すっと手を出して、グラヴィスにあっさりと短剣を渡した。

「ここの始末はまかせてよいか？」

「はい。おまかせください……すべて良きように」

「王太后も驚かせてすまなかった。深窓の姫君である貴女に、見苦しいものを見せてしまったな」

アデーレは呆然とくずおれていた。

「グラヴィス。カイルが王を継ぐまで、この国をまかせてもよいか」

その言葉の意味がわかり、グラヴィスは耐えきれずに、再び一筋の涙をこぼした。


それは、ファノーレン第十三代国王ヨアヒムが、事実上王冠を放棄した瞬間だった。

ヨアヒムにはもう、国王として国を治める気力が残っていないのだ。

復讐のために被った王冠の重さに、ヨアヒムは十九年も、傷ついた心で耐え続けてきた。

優しさゆえに、弱さゆえに、そして愛ゆえに。

しかし、もはやラガレア侯爵がつかまったことで、その心はギリギリの一線を越えてしまった。そして、国王自身もそれを自覚している。

しかしそれでも、為政者として最後までこの国を気にかける兄が、グラヴィスはただ哀しかった。

グラヴィスは了承の印に跪く。

「すべて兄上の……陛下の御心のままに」

「そうか、すまないな。負担をかける」

「カイルが王位を継ぐまで私がこの国を支えます。だから陛下……兄上は、どうぞこれからは心安らかにお過ごしください」

「そうか。ならば、エミーリアと旅がしてみたいのだ。あやつがフランクルで幼少の頃を過ごしていたという、湖水地方の離宮を訪ねてみたい。長年この国によく仕えてくれたからな」

そう言うと、優しげな顔つきに、穏やかな微笑みを浮かべた。

「いますぐではなくとも、いつか落ち着いたら。どうだろう。叶うだろうか」

「叶えましょう。王妃様も、きっとお喜びになられるでしょう」

ヨアヒムは頷くと、息絶えた罪人の骸を、じっと見つめた。

「あれは国賊として処理していい。だが、ひとかけらだけでいいから、我が母上とともに眠らせたい。それくらいは許してくれるか」

グラヴィスは頷いた。


すると次の瞬間、まるで幼い頃に戻ったかのように、ヨアヒムの手がグラヴィスの頭を撫でる。ささやかな、遠慮がちな手つき。優しい、ほっそりとした手だ。

「グラヴィス。おまえはこの選択で、本当に幸せになれるか？」

「陛下……」

「本来、この国の王として冠を戴くのはおまえだった。その王道を曲げてまで私怨《しえん》を貫いた私の過ちは、けして償えないだろうが、おまえには幸せになってほしいのだ」

グラヴィスは兄王を安心させるように微笑んだ。

「私にも、ともに旅をし、最期の日にはともに眠りたい相手がおります。それは、この道を歩いてこなければ出会えなかった相手です」

「……そうか。それは良かった」

ヨアヒムが小さく笑う。

「グラヴィス、我が弟よ。これを伝えるのに何十年もかかってしまったが……どうか、幸せになれ」

血に濡れた顔を寄せて、ヨアヒムがグラヴィスの黒髪に接吻した。

そして、どことなくおぼつかない足取りで、地上に続く階段を上っていった。


血と錆びた鉄の匂い。

獣の咆哮も絶えた王宮の地下に、奪われることのなかったいくつもの愛と絶望の記憶が、骸となって野晒《のざら》しにされていた。

そこに、一組の母と子を残して。

誰《た》がために生きるのか

グラヴィスは階段を上っていく国王の背中を見送ると、呆然としている母親を抱え上げる。

「グラヴィス……私は……」

自分によく似た美貌の母は、抱え上げてみると、想像以上に細く痩せて、老いていた。

「……母上」

母親を見つめる男の目から一筋の涙が流れる。

「貴女の孤独をわかっているつもりだった。だが、私は何もわかっていなかったんだな……」

「グラヴィス……」

「私に真の地獄を見せぬように、貴女は解き放ってくれていたのですね」


アデーレは嗚咽を漏らした。老いた母は、普段の威厳がなかったかのように頼りなく、軽かった。

「いままで知らずに生きてきた私の罪は重い」

「グラヴィス……許して。母を許してください」

「母上……私も許してください。貴女に、すべての苦悩と秘密を背負わせていたことを」

交錯する星空の瞳。母と子の揺るぎない絆が、そこにあった。

「貴女のことを愛していました。貴女の強さ、気高さ……この国に嫁いで国母《こくも》となり苦悩に耐えた母上を、いまでも敬愛しています」

アデーレが嗚咽を上げて、グラヴィスの首にしがみつく。物心ついてから初めて、男はこれほど近くに母の体温を感じていた。

「貴方を抱きしめたかった……こうやって」

「私もです……母上……ずっと、貴女を幸せにしたいと思っていた……だが」

グラヴィスも、母の肩に額を埋めた。

「……だが、この先、私達だけが親子として幸せになるのは許されない」

「グラヴィス……わかっています。私達は……」

よく似た顔の母と息子は、それぞれに涙を流しながら見つめあう。罪を自覚する目だ。無知の罪。そして、黙認した罪。

「……この先は、母と子としてお目にかかることはできません」

一人の男の狂気に、苦しみ続けた母と子だった。しかし、もう一方の母と子は、自分達よりもさらに地獄のような日々を生き続けていたのだ。


——『血』とはなんだ。


誰かを犠牲にしてまで継ぐべき『玉座』とは、いったいなんなのだ。

「……愛しています。母上。だがこれが、苦しみ続けた兄上と、エミーリア様と……そしてカイルへの、私達親子の償いだ」

アデーレの瞳にすがるような色が浮かぶ。細い指が、ぎゅっと息子の肩にしがみついた。

「グラヴィス、我が子よ。どうか幸せになって。あのカシューの息子と……どうか幸せに」

グラヴィスはたまらずに、その目から一筋の涙をこぼした。


――ああ、この女性こそが、母なのだ。無情の仮面の下に、不器用に滾る愛情を抱えていたこの女性が、まぎれもなく自分の母親なのだ。


「あの日……あの赤毛の青年と生きる道を断った私を許しておくれ」

ぽつりとつぶやいた母の言葉に、グラヴィスは、固く、固く目を閉じた。

長い階段を上り、地上に出る。

アガレア大陸一の大国にふさわしい壮麗な宮殿に戻ってきた。しかし、幼い頃から慣れ親しんだはずの王宮が、まるで張りぼてのように見える。


目眩がする。


澱み穢れたあの地下牢こそが、ファノーレンの真実の姿なのではないか。数多《あまた》の墓のない愛の骸が転がるあの地獄こそが、本来我々にふさわしい場所なのではないか。

グラヴィスの心に、現実が戻ってこない。

いや、その現実こそが幻想であったと知らされたいま、グラヴィスの信じていた世界は、永遠に壊れたのだ。


地下への入口で待機していた王太后付きの侍従に、王太后の身柄を渡す。侍従達は憔悴《しょうすい》しきった王太后の様子に、狼狽していた。

「王太后陛下はひどくお疲れになっておられる。離宮にお連れしてお休みいただくように」

「承知いたしました」

グラヴィスは無言で頷くと、すぐに立ち上がって踵を返す。

「グラヴィス……我が子よ！」

アデーレの叫びが回廊に響く。

引き裂かれそうな心が、もう一度母子の絆を結びたいと、互いに叫んでいる。

グラヴィスは立ち止まり、わずかに顎を引いた。

「愛しています、母上……いえ、王太后陛下。どうぞこれからも、お身体にくれぐれも気をつけてお過ごしください」

泣き崩れる王太后の嗚咽を背負い、グラヴィスは歩き出した。振り返ることはなかった。


離宮の部屋では、いつものようにレオリーノが待っていた。グラヴィスが戻ってくると、うれしそうに微笑んで近寄ってくる。

「おかえりなさい」

いつ見ても、花が咲き綻ぶような笑顔だ。

数ヶ月前に失いかけた、かけがえのない命。

我が命よりも大切な存在が、生きて、笑いかけてくれるこの奇跡。

——なぜ、この呪われた身に、こんな奇跡が。

グラヴィスは応えることができなかった。レオリーノの顔がさっと曇る。グラヴィスの表情を見て、何かあったのだと悟ったのだ。

「何があったのですか」

グラヴィスは無言でレオリーノをかき抱く。

「ヴィー……？」

か細く、脆い身体だ。

戦の怪我は癒えたものの、いまだにその身体は細く、指先にはあるべきものが生えていない。

必ず守ると誓ったのに、身体も、心も、たくさん傷つけた。


「……なぜだ」

だが、この純粋無垢な魂は、なぜかいま、この手の中にある。

なぜ自分だけに、こんな奇跡が起こるのか。

ファノーレンの呪われた血が流れる自分に、本当ならば幸せになる資格などないのに。

グラヴィスは、幸せの重みに耐えられなくなった。

「……どうしたのですか」

無言で抱きしめ続けるグラヴィスの背中に、レオリーノは腕を回した。レオリーノは何があったのかを聞きたそうにしている。

だが、言葉にならない。

グラヴィスは荒れ狂う心の内を、何ひとつ言葉にできなかった。

「ヴィー、話して。ちゃんと、話してください」

「レオリーノ……すまない。話せないんだ」

この苦悩は、グラヴィスが一人で背負うべきものだ。菫色の瞳が一瞬翳《かげ》る。しかしレオリーノは、笑みを浮かべてこう言った。

「話せないことならば、話してくださらなくてもいいです……でも、僕は、頼りないかもしれないけど」

貴方を愛しているんです、とレオリーノは囁く。

「だから、僕にも、どうか貴方の重荷を、半分背負わせてください」

そう言って、レオリーノは男の額に唇を寄せた。

その瞬間、グラヴィスの長きにわたる人生の苦悩が、決壊した。

「……なんのために、俺は」

そのまま、グラヴィスはその場に膝をつく。

「ヴィー？　……あっ」

レオリーノも、そのままずるずると一緒に地面に座り込んだ。グラヴィスは片手で目を覆っている。

「唇を噛まないで……血が滲んでいます」

レオリーノは男の背中が小刻みに揺れているのに気がつくと、そのままそっと頭を抱きしめた。

「……俺は、なんのためにおまえを、おまえ達をこれほど傷つけて……」

――すべてが、我が身に流れる、この血のせいだったなど。

結局、グラヴィスには何もできなかったのだ。

絶望は、グラヴィスが生まれる前から、すでにそこにあった。どの道を選択しようが、母の人生にも、兄の人生にも、幸せをもたらすことなどできるわけがなかったのだ。

過去にも未来にも、そこに絶望しか存在しないと知ってさえいれば。

希望を見つけようとあがいた、少年時代の苦悩を思う。同時に、屈辱と苦渋に満ちた母の人生、そして狂愛に歪められた兄王ヨアヒムの人生を思った。

兄王はエミーリア以外の妾妃をつくらなかった。それは肉体的な要因もあるだろうが、それ以上に、兄はエミーリアを愛していたに違いない。

自分を犯した父親に、愛した女性までも犯された息子。一度も肉体的に結ばれたことのない女性を愛し続ける、兄の苦悩。

ここにも、またひとつの歪んだ執着がある。

何よりも、エミーリアが哀れだ。そしてカイルが。

「……カイル」

カイルは、本当に何も知らないのだろうか。カイルはかたくなに伴侶を娶ることを拒否していた。それと同時に、ことあるごとに何度も言っていたではないか。

――『この国の王位を、正当な権利を持つ誰に渡すべきか、俺は知っている』

カイルが繰り返していた、その言葉が意味することはなんなのか。

グラヴィスは頭に浮かんだ可能性に、再び絶望の沼に沈む心を止められなかった。

なんという汚れた血だ。

ラガレア侯爵でさえも、このファノーレン王家の呪われた血の犠牲者なのだ。

肉体が、そして魂が、奪い、奪われる。この無限の因果の中にいる、ファノーレン王家の男達。そして、その犠牲になった女達。

その暴力的な衝動が自分の中にも潜んでいることを、グラヴィスは知っている。身分も立場も関係なく、ただ一人を思い求める狂気じみた執念。

それがイオニアを死に追いやり、ユリアンと幸せになれたはずのレオリーノを、こんな地獄の涯てまで連れてきてしまった。


耐えがたい。あまりにも耐えがたかった。

「ヴィー……」

男のしがみつく力は強く、レオリーノの病み上がりの身体には少しつらい。

だが、レオリーノはその痛みに黙って耐えた。

王宮で何かがあったのだ。この強い男が耐えがたいほどのつらいことが。レオリーノは何も聞かずに、ただじっとグラヴィスを抱きしめていた。

「俺のせいでイオニアは殺され、そして、レオリーノ……おまえを死ぬほどの目にあわせて……」

「それは貴方のせいではありません。絶対に……絶対に、貴方のせいではありません」

レオリーノの肩が濡れる。

グラヴィスが泣いているのだ。

「ヴィー……」

「俺の人生は、なんだったんだ。なぜ、母上はあれほど苦しまなくてはいけなかった。なぜ兄上は……、俺は、イオニアを……ルーカスを……あの手を離してやるべきだったのに……！」

幼い頃から責任を背負い、この国と愛する者達のために戦い続けた男が、無力だと泣いている。

レオリーノは、必死で涙をこらえた。

「なぜ、罪のないおまえまでもが、あんなに傷ついて……」

「僕は無事で、いま貴方の傍にいます……僕はもう大丈夫です」

レオリーノはぐっとグラヴィスの背中をつかむ。

「ヴィー……グラヴィス。僕は、僕自身の意志で、貴方の傍にいるんです。この想いだけは、どうか否定しないで」

グラヴィスが顔を上げる。その頬は濡れていた。

「レオリーノ……」

「貴方が、僕が……僕達が存在する理由なのです……信じて。どうか信じてください」

「守る価値などないものだ。王家の、この汚れた血は……そんな無駄なもののために、俺のために……おまえ達は、なぜ命を賭ける」

絶望に堕《お》ちた男の目を、レオリーノは涙をこらえて見つめ続けた。

「価値なんて知りません。ただ貴方がここにいてくれるだけでいい……僕の半身。そう教えてくれたのは、貴方でしょう」

レオリーノは、男の頬を伝う雫に唇を寄せた。

男の三十八年分の苦悩が、その頬を伝い続ける。拭っても、拭っても、止まることなく、男の頬を汚した。

「俺は何もできなかった。誰ひとりとして、大切な人を救うことができなかった……これほど長く生き

て、誰ひとり」

グラヴィスはついに床に拳を打ちつけ、やがて、その拳に額をぶつける。何度も、何度も。

「ヴィー……」

「幸せにしたかった……母上を、兄上を…………そして、イオニアを」

レオリーノはぐっと奥歯を噛んだ。

「貴方の想いを、あの方々はわかっていました。わかっていて……それでも、きっと譲れないものがあった。イオニアにも、譲れない思いがありました。でも……」

自分自身を『騒乱の火種』と呼んでいた、あの日の孤独な少年に向かって、レオリーノは語りかける。

「でも、貴方があきらめずに僕を見つけてくれたから……だから、イオニアの最期の想いを届けることができたのです」


異母兄と母のどちらも幸せにしたいと、危うい均衡の中、一人手探りで道を探していた少年の背中に、レオリーノは語り続けた。

「……アデーレ様も、陛下も、あの方達は生きている。ならばこれからでも、必ず……必ず幸せにできる道はあります」

男の背中を、細い腕が包み込む。

「……大丈夫」

細い腕ではとうてい足りなかった。うずくまり慟哭する男に覆いかぶさり、その背中に熱を分け与えるように、レオリーノは寄り添い、頬を寄せる。

「ヴィー、貴方を愛しています。きっと道は見つかります。大丈夫……大丈夫です」

男の心に届くように祈りながら、レオリーノは、震えるその背中に愛の言葉を囁きつづけた。

密約

その後、ラガレア侯爵は地下牢に収監されている最中に、己の罪を悔やみ自死したと伝えられた。

ラガレア侯爵位は取り潰しとなり、領地も王国に返還された。ファノーレンを揺るがせた大貴族の裏切りは、これで幕を閉じることとなった。

事件の真相は、あの日国王の執務室にいた人物以外には公にされず、闇に葬られることになった。

グラヴィスのみが知る事実として、罪人の亡骸から削られた遺髪が小さな袋に入れられて、ひそかに国王ヨアヒムに渡された。国王は淡々とした表情でそれを受け取ったが、とくになんの感情も見せなかった。

その小さな袋の行方《ゆくえ》は、グラヴィスも知らない。

それからほどなくして、ファノーレン第十三代国王ヨアヒムが、健康上の問題を理由に生前退位する意向が、正式に王宮内に通達された。ラガレア侯爵の事件に続いて、そのこともまた、王宮に大きな衝撃をもたらした。

次代の国王として、王太子カイルが即位の準備に入った。即位式自体は来年になる。

なぜ時間をかけるかというと、カイルの正妃選びが必要だからである。ファノーレンの歴代国王が、正妃を持たずに即位した前例はない。

そして同時に、執政の補佐として、王弟であるグラヴィスが指名された。

あわただしい日々が過ぎていく。

ある春の吉日、王弟グラヴィス・アードルフ・ファノーレンと、ブルングウルト辺境伯四男レオリーノ・カシューとの結婚式が、王宮内の大神殿でしめやかに執り行われた。

久しぶりの直系王族の慶事であったが、戦後であること、また国王の隠居問題などを理由に、祝賀の宴《うたげ》などは行われず、ただ大神殿で誓いの儀式をするだけにとどまった。

その儀式を経て、レオリーノはカシュー姓と貴族籍を放棄し、レオリーノ・ウィオラ・マイアン・ファノーレンとして、王族籍に加わった。今後レオリーノは、名前に『殿下』の称号をつけて呼ばれることとなる。


「叔父上はずるいぞ。自分ばかりが相愛の相手と幸せになって」

執務室に座るカイルが、不満げにつぶやいた。グラヴィスはギンターから渡される書類を捌《さば》きながら、必要なものだけを甥に渡していく。

「俺にも叔父上のように、真に愛する者を探す権利があるはずだ。ああ、政略結婚などしたくない」

「カイル。おまえも、少しでも好ましい相手を見つけるといい。俺がレオリーノを選んだ前例をつくったんだ。おまえも好む相手がいれば、多少の身分差など関係なかろう」

カイルは書類を受け取りながらも苦笑した。

「何がおかしい」

「いや『身分差』が呆れると思っただけだ。レオリーノはブルングウルトだろう。性別以外に、なんの問題がある。あの血筋ならば、もうひとつの王家から輿入れしたようなものだ」

「レオリーノを選んだのは、あれがブルングウルトだからではないぞ」

「わかってるよ」

カイルはいきなり書類を放り投げた。

「王太子殿下！　何をなさるのです！」

宰相ギンターが珍しく声を荒らげる。

「もう叔父上がこの国を継げばいいではないか。この上もなく麗しく、天使のような伴侶もいる。この国を象徴する英雄でもある。なんの問題がある」

「王太子殿下！　何を馬鹿なことを」

ギンターが叱責すると、グラヴィスも表情を厳しくしてカイルを睨んだ。

「この国の王位を継ぐのはおまえだ。いい加減に覚悟を決めるんだ、カイル」

「は。正当というならば、叔父上のほうがふさわしいだろう」

グラヴィスが書類を置いてカイルを見つめると、ふざけていると思ったカイルも、真剣な眼差しで叔父を見つめていた。

「どういう意味だ。カイル」

「俺は何度も言っているだろう？　王位を誰に渡すべきか、俺は知っていると」

グラヴィスは甥と睨み合った。

「……それが俺だとでも？　俺が正妃の子だからか。馬鹿馬鹿しい。この国は男子の長子相続が原則だ」

「それだけが理由ではないのは、叔父上もわかっているだろう」

「……カイル」

王太子は叔父によく似た顔つきで、小さく笑った。

「叔父上――俺は知っているんだ。その上で、取引をしようと言っている」

グラヴィスは、ギンターに目配せした。ギンターは静かに頭を下げると、国王の執務室を出ていく。

「叔父上はおっかない。あのギンターですら顎先ひとつで簡単に動かせる。この国を真に掌握しているのが誰か、よくわかるな。俺なんぞ敵うわけもない」

「カイル……ふざけるな」

「ふざけてはいない。俺はいたって真剣に、この国の将来を考えている」

　そう言って冷笑するカイルの顔つきは、グラヴィスによく似ていた。

「なぁ、兄上。俺はこの国を継ぎたくないわけじゃない」

「……っ、カイル」

「いいだろう。二人だけだ……初めて呼べるんだ。少しくらい許してくれ」

　カイルは執務机に頬杖《ほおづえ》をつく。

「……なぜだ」

「あ？　なぜ知っているのかということか？　俺も王家の人間だ。それなりに《力》があるとでも言っておこう」

　そう言って、カイルは手袋に包まれた手をヒラヒラとさせる。グラヴィスは、薄々感じていた懸念が当たっていたことに、はっきりと瞳を翳らせた。

　いつから知っていたのか。どうして知ったのか。だが、いまさらそれを聞いてどうなるというのか。カイルはすでに自分の出生の秘密を知っている。重要なのはそのことだ。

「それより、叔父上こそ、いつ知ったんだ？」

　カイルの鋭い視線を受け止めつつも、グラヴィスは答えなかった。叔父の痛苦の表情を見たカイルが、苦笑する。

「そんな顔をしないでくれ。幼い頃はわけがわからなかったが、この年になると……嫌でも諦めがついている」

「……カイル」

「それでも、俺が王太子なのは変わりがない。誰も俺の出自など疑いもしない。ならばなぜ、叔父上に王位を継いでほしいか……叔父上にわかるか」

「なぜだ」

「王位を心底継ぎたくないかと言われたら、正直わからない。だが、叔父上にこの感覚がわかるかどうかわからんが……俺はこのままでは、胸の奥深くで滾り続けるこの怒りのままに、いつかこの国を滅ぼしてしまう」

そのときのカイルの表情を、グラヴィスは一生忘れないだろう。

「どうしても、耐えられないんだ。時折、叫びだしたくなる……そして、何もかも……すべてをぶち壊したくなるんだ」

カイルは頬杖をついて、窓の外を眺めていた。

「この身に流れる血も、すべてが汚《けが》らわしいと……この血が継ぐものをすべて滅ぼしてしまえ、と囁く声が、俺の中に棲《す》んでいる」

グラヴィスにも覚えがある衝動だ。己の血が心底汚らわしく、心が膿《う》み、叫びだしたくなる衝動が。

「叔父上に、この国を継いでほしかった。これでも未練がある。ファノーレンには、平和であってほしかった……壊したくなかったんだ。この国を」

「カイル……すまない」

だから、と、カイルは正面からグラヴィスと目を見合わせた。

「そこで叔父上、取引だ」

「……条件を言ってみろ」

「俺は王位を継ぐ。必要ならば跡継ぎもつくろう。今度こそ、後ろ暗いところのない跡継ぎを。その代わり、すべての義務を果たした後は――俺を自由にしてくれ」

グラヴィスは目を細めた。

「おまえの言う『自由』とは、どういう意味だ」

「俺は、この国を出たい。ファノーレンの名を捨てて生きたいんだ」

「この国を出て、それでどうやってこの国の王位を継ぐというのだ」

カイルはえいやと上体を起こす。

「数年間は我慢する。結婚相手なら誰でもかまわん。だが、その後は、この国から自由になりたい」

「だがそれでは、おまえも、おまえの伴侶も、不幸になるだけだ」

その答えに、カイルは笑った。

「いまさらだろう？　俺達が伴侶を得て幸せになるなど、しょせん幻想ではないのか」

グラヴィスはぐっと拳を握る。

「ああ、叔父上とレオリーノは別か。比翼連理の、まさに相愛の二人だ。同性で実を結ばないことだけが……本当に惜しいな」

「……俺が憎いか、カイル。レオリーノを選び、この国を継がないと決めた俺が」

グラヴィスの言葉に、カイルは素直に首をかしげたあと、ゆっくり首を振った。その仕草は、どことなくヨアヒムを彷彿とさせる。

「いや。二人は幸せになってほしいよ。その思いは嘘ではない」

「カイル……王位をおまえが継いだ後で、俺に王位を戻すことはできん」

「叔父上に王位を継げとは言わない。レオリーノがいる以上、無理だとわかっている。名目上は、俺が王になろう」

「おまえには王の資質がある。それでも駄目か」

カイルは頬杖をついた腕と反対の手で、拳をぎゅっと握る。

「ああ。俺はきっとこの国を壊す……父上が、祖父王の裏切りを知らずに、必死で守ってきた国だ。壊したくないんだ」

その言葉に、グラヴィスの胸が軋んだ。親子は、それぞれを庇《かば》いあっている。カイルは、父王ヨアヒムが何も知らないと思っているのだ。

しかし、国王はすべてを知っていた。知っていたどころか、その地獄を味わった一人だ。

だがヨアヒムが受けた仕打ちは、グラヴィスと、そして王太后が墓場まで持っていくべき秘密だ。

「俺がいないあいだは、影武者でもなんでも立ててくれ。そして、実質叔父上がこの国を仕切ればいい。ほどよいところで、死んだことにでもしてくれ。跡継ぎは残していくから、どうかまっとうに育ててくれ……これが俺の取引条件だ」

「おまえはそれで幸せになれるのか」

カイルは笑った。晴れ晴れとした笑顔だった。

「ああ。俺は、父上と母上の代わりに、この国から自由になる」

カイルが言う「父」とは、ヨアヒムのことだ。

「カイル、俺はおまえに幸せになってほしい」

「叔父上が気にすることじゃない。最低限の義務は果たす。ただ、解放してくれればいいんだ」

「ああ。だから王位を継ぐために、正妃はもらわなくてもいい。ただ、その頭に形式上の王冠を載せてくれ。外の世界が必要だと言うのなら、好きにすればいい。おまえが不在のあいだは、俺がこの国を預かろう。ただ、おまえが……おまえの魂と和解ができたら……そのときこそ、王として戻ってきてくれ」

カイルは叔父の言葉に瞠目する。

「なぜだ？　跡継ぎをつくらない王など、意味がないだろうに……叔父上は、なぜそれを許すんだ」

「兄上と、エミーリア様の名誉のためだ」

「父上と、母上の名誉……」

グラヴィスは言いきった。

「この国に生涯を捧げてくださったお二人のために。おまえが王位を継いで、二人の名誉を守ってほしい。どうか、頼む」

「……本当に、結婚しなくていいのか」

「ああ。もう、男も、女も、血を継ぐために不幸になる必要はない。その上で、おまえがこの国を出たければ、自由にするがいい。王冠を被りながらも、自由に生きてみてはどうだ」

「叔父上……本気か。その代わり、俺が責任から逃れているあいだ、叔父上は一生、この国に縛られることになる」

グラヴィスは苦く笑った。

「レオリーノに負担をかけるが……俺の贖罪だ」

「レオリーノにつらい思いをさせるか」

悔やむ様子のカイルに、グラヴィスは微笑んだ。

「レオリーノは、きっと俺を支えてくれるだろう。だから、カイル。おまえは王冠を背負う以外は、自由に生きて、本当に愛する伴侶を見つけるんだ」

「……愛する伴侶」

「ああ、必ず見つかる。俺のように」

カイルは目を擦った。

「はは……まさか叔父上がそんな惚気《のろけ》を言うとは」

「新婚だ。少しくらいはかまわんだろう」


黒髪が揺れる。

「おまえに子ができなければ、資質のある傍系の王族の子でも育てて、王位を譲ることにすればいい……まあ、なんとかなるだろう。おまえの言うとおり、俺に文句を言える者はこの国にはおらん」

「は。俺の代で、ファノーレンの王家の直系は途絶えるかもしれんのか」

グラヴィスは机に突っ伏したカイルに近づくと、その頭を撫でた。ゆるやかにカールした黒髪。自分とよく似た髪質だ。

「俺がこの国を守る。いつかおまえが、おまえの荒ぶる魂と和解できるときまで」

「……一生、叔父上にまかせきりかもしれんぞ」

グラヴィスは笑った。

「おまえよりも九つほど年上だが、なんとか、もう少しは保つだろう」

その言葉に、カイルも笑う。そして、叔父の顔を見上げた。

「……母上には、何も伝えないままで」

「そうだな。エミーリア様は、名誉と幸福の道を歩むべきだ。残りの人生を兄上と幸せに生きてほしい」

「……本当は、この呪われた血を残したくないんだ」

カイルは立ち上がると、グラヴィスの肩に顔を埋めた。

「――俺達には幸せになる権利はあるのか、兄上」

「ああ。愛する者ができれば、きっとわかる」

グラヴィスはその逞しい肩を強く抱きしめる。

「カイル、我が甥……我が弟よ。どうか幸せになってくれ」

それは図らずも、ヨアヒムが異母弟グラヴィスにかけた言葉と同じだった。

そして叔父と甥であり、同時に異母兄弟である二人の、生涯にわたる密約が交わされた。


グラヴィスは夜更けもだいぶ過ぎた頃に離宮に戻った。もうすぐ夜明けを迎える深い時間だ。

しかし、先に就寝しているとばかり思っていたレオリーノが、なんと起きて待っていた。うれしそうな様子で、グラヴィスに駆け寄ってくる。

グラヴィスはいつでも癒《いや》されるその笑顔に微笑み返し、伴侶を抱え上げた。

「おかえりなさい」

「なんだ、きちんと睡眠を取らないと駄目だろう。フンデルトは何をしているんだ」

「いえ、寝ていました。でも、なんとなく目が覚めたので、起きてヴィーを待っていたのです。それに、うれしいご報告がしたくて」

うれしい報告とはなんだと、グラヴィスが目で問いかける。

「見てください。ほら……！　爪が生えはじめたのです」

レオリーノはそう言うと、細い指先をグラヴィスの目の前に翳《かざ》した。たしかに、その爪の根元から、少し硬くなったような表皮が覗いている。

「これは爪なのか」

「はい。ふにゃっとしていますが、これは爪なのです。このままちゃんと伸びると、たぶん元通りになると思います。サーシャ先生も、半年くらいすれば元のような指に戻るっておっしゃっていました」

「そうか。ちゃんと治ってきているな」

「はい！」

うれしそうに返事をすると、レオリーノは満面の笑みを浮かべた。その笑顔が愛おしい。


「身体はもう、大丈夫か」

心配げな声に、レオリーノは微笑んだ。

軽くなった体重がなかなか戻らないことを、二人ともわかっていたが、それでもレオリーノは大丈夫だと頷いた。グラヴィスも、それ以上何も言わず、その微笑みを受け止める。

もはや無言でも通じる感覚が、二人のあいだには生まれていた。


イオニアの無念も晴れ、ツヴァイリンクの悪夢を見ることは減ったとはいえ、やはりレオリーノは、以前の丈夫な肉体を取り戻すことはできなかった。

いまでも無理をすると体調を崩しやすい。

テオドールもフンデルトも、そしてヨセフも、慎重かつ細心の注意を払い、レオリーノの体調を見極めながら、日々心を込めて世話をしている。

しかしレオリーノは、その肉体は弱いままだが、心はどんどんほがらかに、また些細なことでは動じない強さとしなやかさを備えてきた。グラヴィスの伴侶として、着実に成長しているのだ。

グラヴィスは、カイルと交わした密約を思う。

これからのグラヴィスが背負うもの。それによって、いまにも空気に溶け消えてしまいそうなこの伴侶に背負わせる、犠牲と献身。

それでも、もうこの手を離すことはできない。

そしてレオリーノもまた、どれだけつらくとも、けしてグラヴィスの手を離さないだろう。

そのしなやかで豊かな心を武器に、ともに戦ってくれるに違いない。だからグラヴィスも、これからも全力でレオリーノを守る。このかけがえのない魂とともに歩むために、これからも戦い続けるのだ。


イオニアに、そしてレオリーノに、その血と心と忠誠を捧げてもらった人生だ。これ以上、この苦界を生き抜くための武器は必要ない。

グラヴィスは、長く暗い道を歩んだ先に、ようやくたどり着いた奇跡に感謝した。


あと一刻もすれば、夜明けがくる。

「また寝直すか？」

レオリーノは、うーんと首をひねる。

「どうしよう、眠れないかもしれません」

ならばと、グラヴィスはレオリーノの身体を突然抱え上げた。

「レオリーノ、跳ぶぞ」

「えっ、こんな時間に、どこへ？」

グラヴィスは笑った。

「まもなく夜明けだ——行ってみるか、ツヴァイリンクへ」

背中を預けるには

グラヴィスとレオリーノは、ツヴァイリンクの外砦の上に立っていた。

北方に位置する砦は王都よりも気温が低い。レオリーノがブルリとその身体を震わせるのを見て、グラヴィスはあわててマントの中に引き入れた。

「あたたかいです」

「太陽が昇れば、もう少しマシになるだろう」

「そうですね……もう春ですから。暗くて見えませんが、ここにも春が来ているでしょう」

空を見上げると、十九年前にイオニアが見上げたあの日のように、天空には大量の星が瞬いている。

反対側には、いまやファノーレンが治める地となった森林地帯が広がっている。

レオリーノは、生死を彷徨《さまよ》っていた夢の中で、赤毛の青年とともに、この暗い冬の森を眺めていたことを思い出す。同時に、イオニアの記憶も。

冬の匂《にお》い。グラヴィスを想いながら砦の上から見上げた、星々の瞬き。

「十九年前も、ここから星空を見上げていました」

「そうか。それにしても星がすごいな」

「あの頃も、貴方の瞳のようだと思っていました」

「俺の瞳か……王都よりも天に近いのだろうか」

「どうなのでしょう」

二人はしばらく、そのまま無言で、星の煌めく紫紺の空を見つめていた。夜明けが近づいたのか、徐々に星々の光が遠くなっていく。

「レオリーノ……兄上は、このまま遠からず退位される」

「はい」

「そして、カイルが王位を継いだ後も、実質この国の政《まつりごと》は、俺が執ることになるだろう」

「それは、どういう意味でしょうか」

レオリーノは男の懐の中から、その顔を見上げた。

「単純に、いま以上に忙しくなるということだ。おまえと離宮で隠居するつもりだったのにな」

「それは残念です。でもなぜ？　ご事情を伺ってもよろしいのであれば、教えてください」

「詳しくは言えないが、カイルの望みだ。名目上の王となってはくれるが、この国を背負うのは嫌だと」

「そんなことが可能なのですか」

グラヴィスもレオリーノを見下ろすと、その身体をきゅっと抱きしめた。

「なんとかする。俺の望みでもある。カイルには『国王』という、最も重い責を背負ってもらうんだ。せめて、心の在り処だけは自由に、そう……できるだけ自由に生きてほしい」


「……世継の問題になりますか？　僕が、ヴィーの伴侶としてお傍にいることは……」

「問題ない。カイルにも、無理矢理伴侶を娶らせることはしない。正妃を娶らずとも即位してもらう」

「では」

グラヴィスはレオリーノの額に唇を落とす。

「──もう王族だからといって、これ以上、心を曲げて生きる必要はない」

「……そうですか」

「ああ。この国の犠牲になるのは、俺達で最後にするべきだ」


レオリーノは考えた。

二人の選択がもたらすこの国の未来はわからない。大国ファノーレンの栄華も、いつか衰えていくのかもしれない。

だが、それがグラヴィスとカイルが選んだ、ファノーレン王家の道なのだ。

グラヴィスが、レオリーノの頭に顎を落とす。

「まあなんとかなるだろう」

「貴方がそうおっしゃるなら、きっとなんとかなります」

「そうだ。血や国のために、本来の人の道が歪むようなことはあってはならない。たとえ王族であっても。だから、カイルの心を自由にする」

レオリーノは微笑んだ。

詳しいことは教えてもらえなかった。しかし、ひとつだけわかっていることがある。

おそらくグラヴィスはまた、自分自身を国の犠牲にする道を選んだのだ。

だが、あえて指摘するような真似はしなかった。

それが、レオリーノが愛した男の――この魂が忠誠を誓った男の、生き方なのだから。

その代わり、レオリーノは背中を預けていた身体を男の腕の中で器用に回転させて向かい合わせになると、ぎゅっと逞しい胸に抱きつく。

「ならば、貴方の心も、もう自由だということです」

「……どうだろうな。こんなかたちでも、自由というだろうか」

「そうです。心だけならば、貴方も、もう何ものにも縛られていません……心だけなら」

グラヴィスは笑った。

「ああ……そうだな。おまえが、俺を自由にしてくれたんだ」

レオリーノの細い身体を、グラヴィスは静かに揺さぶった。優しくて、あたたかい身体だ。

心の底から、愛おしさが溢れてくる。

「おまえは、俺のなんなんだろうな」

「ヴィーの好きなように名前をつけてくだされば」

「親友だったな。そしていまは、恋人で、伴侶で……俺のすべて、唯一無二の魂だ」

「奇遇です。僕もその全部になりたいと思っていました」

レオリーノの冗談に、二人は目を見合わせて微笑んだ。

「……これからもずっとお傍にいます。一緒にいられるのなら、名前も、かたちもなんでもいいです」

グラヴィスが優しい笑みを浮かべた。

男の笑顔を見るたびに、レオリーノの心に歓びの花が咲く。

一瞬たりとも、この笑顔を見逃したくない。口づけも、胸を打つ鼓動も、なにひとつ。

――これからも、心だけは自由だ。

すると突然、グラヴィスがレオリーノを抱き上げた。ただでさえ背が高い男に高所で持ち上げられて、レオリーノはあわてふためく。

「わっ。砦の上では、こわいです」

「大丈夫だ。もう二度と、おまえは砦の上から落ちることはない。コツはつかんだからな。落ちたとしても、何度でも受け止めるぞ」

「そうでした。ヴィーはもう、僕をいつでも受け止めてくれますね」

二人は再び微笑みあう。また一輪、レオリーノの心の中に、歓びの花が咲いた。

「レオリーノ。何度でも請う。これからのおまえの人生を、俺とともに歩んでくれるか」

レオリーノは笑顔で、はい、と頷いた。

「俺はこの先も、また戦場に出るかもしれない」

「わかっています」

「いまはまだいい。だがこの先ずっと、この国を守れる存在であるかどうかもわからん」

男の前髪が、細い指先でそっと掻き上げられた。

「貴方が弱くなる想像がつきません」

「二年後には四十になる。もう充分いい年だ」

レオリーノは男の頭をぎゅっとかき抱いた。

「これからも、貴方はこの国を守ることができます。カイルもディルクもいます。そしてきっと、カイル様も良い王様になってくださいます」

「名ばかりと言ってるのにか？」

「名ばかりと言いつつ、思った以上に良い王様になりそうです。あの方はそういう方です。そう思いませんか？」

「はは、そうかもしれんな」

グラヴィスはくっくと声を上げて笑う。レオリーノは、グラヴィスの額に唇を寄せた。

「それにもう……きっとしばらく、ファノーレンに戦は起こりません。貴方がもたらした平和です」

「そうか。そうだな……十九年か。長かったな、ここまで」

レオリーノの唇の感触がくすぐったかったのか、男がわずかに眉尻《まゆじり》を下げる様子が、愛おしくてたまらない。

「レオリーノ」

「はい」

星空の瞳と、菫色の瞳が交錯する。

「あとどれくらい、一緒にいられるだろうか」

「ずっとです。次はこの世を去るときも一緒です」

「そんなことを言ってくれるな。親子ほど年も違うのに。今度こそ天寿をまっとうしてくれ」

レオリーノはそれ以上、何も言わずに微笑んだ。

「――いいえ、なんでもありません。ただ、貴方のことが、愛おしくてたまらない」

「どうした？」

「レオリーノ」

「イオニアの記憶を受け継いでよかった……もう一度、貴方に会えてよかった」

そう言って、再びぎゅっと男の首に抱きつく。

レオリーノはすでに予感めいたものを感じていた。

グラヴィスが天寿をまっとうすることができれば、むしろ先にこの世から去るのは自分だろうと。

レオリーノの魂には、普通の人間の倍の人生が伸し掛かっている。人の身に余る運命を、この肉体は長く受け止めることができないだろう。

それほど細く長く、この命を燃やし続けて生きてきた。それが、レオリーノの魂がもう一度この男に会うために払った代償だ。

——でも、グラヴィスの命が尽きるときまで、ともに生きることができるなら。

それまでどうかこの身体が保ちますようにと、レオリーノは祈るばかりだ。

そのとき、星が瞬く紫紺の空に、地平から一筋の光が射した。朝日が、ツヴァイリンクの平原を白く照らしはじめる。

夜明けだ。

「ヴィー、愛しています」

「愛している。何度言っても足りない。おまえを愛している。おまえが愛おしくてたまらない」

その言葉だけでいい。いつ死ぬかなど関係ない。あるがままの心、あるがままの姿で、この男を愛するために生まれてきたのだから。

レオリーノの願いはただひとつ。

愛する男の人生を、これから先は、笑顔と喜びだけで満たしたい。それだけだ。

この男が背負うものを考えれば、簡単なことではないのはわかっている。だから、そのためにこの命を燃やしつくして、叶うことならば、最期の瞬間まで傍にいたい。

そして今度こそ、この空に二人で還《かえ》るのだ。

星の瞬く夜と、暁の光が混ざりあう、この薄明の空へと。

「どんなときも、僕が傍にいます。だからヴィーは、思うままに生きてください」

「思うままに、か」

「はい。ヴィー……貴方が僕という魂の生きる意味です。どうか自由に生きて。そして笑ってください」

新緑が芽生えはじめた平原を、朝日が白く染めていく。その様子を、二人は眩しそうに見つめていた。

「おまえが傍にいてくれればきっと叶うだろうな」

「はい。まかせてください」

レオリーノは力強く頷く。その様子に、グラヴィスは声を上げて笑った。

「我が伴侶はなんと頼もしいことか」

「これからはもっと頼ってください」

ああ、とグラヴィスが笑って頷く。

その手は、力強くレオリーノの背中を抱いている。レオリーノの両手も、しっかりとグラヴィスの首に回されていた。

二人の願いが、風に乗って、ツヴァイリンクの空に溶けていく。

もう二度と、二人は互いの存在を失うことはない。

互いの命が尽きるその日まで。

グラヴィスがレオリーノの耳元に唇を寄せてささやく。

からかうように名前を呼ぶ男の声は、どこか祈りにも似た響きで、レオリーノの心を優しく揺さぶり、そして満たしていく。

「これからも、俺の背中はおまえに預ける」

その瞬間、星空の瞳に映ったのは、朝日に輝く花のようなレオリーノの笑顔だった。

『背中を預けるには』完

婚姻の誓い

王族の婚姻の儀式は、神祇宮の長官であるファノレーン国教の最高司教が執り行う。

婚姻の儀式そのものは極めて簡潔だ。司教が祝詞《のりと》を奉じ、神に捧げる奉納物をそれぞれに収め、ともに誓句を詠唱して、その後王族の系譜が記録されている書物に名前を登録して完了となる。

ただし、儀式に至るまでに面倒な事前儀式がある。十日間、毎朝夜明けを迎えると同時に、神祇宮の王族専用の聖堂で祈りを捧げ、毎日新しい供物を奉納する必要があるのだ。事前の儀式の前に、婚姻の署名自体はすでに交わされている。

その十日間は、レオリーノは身分的には王族でありながら、神に認められる前ということで、ある意味見習いのような立場として扱われる。

連日夜明けとともに起きるのはなかなか大変だったが、グラヴィスとレオリーノは、その儀式を粛々とこなした。

そしてようやく、婚姻の儀式の当日となった。

「はぁ……レオリーノ様、本当に綺麗だな」

正装したレオリーノを一目見るなり、ヨセフがうれしそうに笑顔になった。胸に釦《ぼたん》がびっしりとついた、銀糸で刺繍された純白の衣装を纏っているレオリーノは、面映《おもは》ゆそうに微笑んだ。

背後では、幼い頃から付き従う専任侍従も、それは満足そうな表情で笑みを浮かべている。

「母上が気合を入れて仕立ててくださったから。でも、やっぱり正装は少し重いね」

「少しの辛抱だ。綺麗にしておくのも、将軍様のために大切だろ？　儀式のあいだは我慢しないとな」

「うん、そうだね」

そこに、正装したグラヴィスがやってきた。美しく正装を整えたレオリーノを見て、グラヴィスもめずらしく目を瞠る。

「……言葉もないほど美しいな。マイア夫人は、おまえに似合う衣装がよくわかっている」

「……ありがとうございます」

一方レオリーノも、グラヴィスの賛辞の言葉も聞こえないほど、あまりに完璧なその立ち姿に、ぼうっと頬を染めて見惚れていた。

グラヴィスは、一見するとほぼ黒に見えるような濃紺の正装を身につけていた。金糸で袖口や襟元、胸元にわずかに刺繍がされている。その上から共布のマントを羽織っている。

派手さで言えば、むしろ将軍職の正装のほうが勝っているだろう。全体的に、晴れの席には地味に思えるほど控えめな意匠だ。

しかしそれを補う本人の完璧な男性美が、周囲を陶然とさせるほどの艶を放っている。まさに成熟しきった、完璧な男ぶりだ。


それに、衣装が地味なのには理由があった。その上から身につけた装飾品が目にまばゆいほど豪華だったのだ。

前髪を撫でつけて秀でた額をあらわにして、その額をサークレット状の冠が飾っている。太い白金の地金に十字星の彫刻が施されている、骨太な印象の冠だ。ただし中央には、稀有な瞳の色と同じ貴石が、もう一つの目のごとく燦然《さんぜん》と輝いていた。

さらに、豪奢《ごうしゃ》な首飾りが胸元に輝き、指輪も身につけている。

「ヴィー……とても美しいです」

うっとりと見惚れるレオリーノに、グラヴィスは微笑んだ。

「テオドール」

「はい」

背後のテオドールに合図すると、テオドールが布張りの平たい箱を主に差し出した。

ぱかりと箱が開かれると、そこにはグラヴィスの装飾品と同じ種類の冠と首飾り、そして指輪が揃いで用意されていた。

「おまえのために用意されたものだ。今日はこれを身につけなさい」

「……ありがとうございます」

あまりの豪華さに、レオリーノは言葉を失った。

サークレットは、グラヴィスのそれよりも、さらに華奢で繊細なつくりだ。白金の地金に、繊細な葉模様の透かし彫りがなされ、花の部分はすべて大小の金剛石でできている。

額の中央部分に、紫色にほんのわずか暁色が混ざった、大きな貴石が嵌め込まれていた。

「この石……」

「この貴石は、おまえの瞳の色に合わせて選んだ。職人達が腕によりをかけて細工したのだぞ」

レオリーノは、もはや言葉も出なかった。

首飾りは目が痛くなるほど精巧なつくりだ。首を覆うチョーカー状のパーツには繊細な飾り彫りがなされ、そこから大小の珠状の飾りがぐるりと垂れ下がっている。

ここにも、サークレットよりさらに大きな紫色の貴石がいくつも嵌まっていた。添え石の金剛石は、もはや数えきれない。

指輪にはグラヴィスと同じ紋章が刻まれ、中央の貴石だけが異なっている。

レオリーノは言葉を失って、あまりに無駄遣いなのではと、おそるおそるグラヴィスを見上げた。

「僕は、僕は……自分で自由に使えるお金を……持っておりません」

「……ぐっふ」

失礼、と口元に拳を当てたのはテオドールだ。

グラヴィスは、まさかの支払いの心配をされて驚いた。その直後に、いかにもレオリーノらしいと、呵呵と笑う。

「安心しなさい。これはおまえだけではない。王族には必ず用意される装飾品だ。最も格式の高い場に出る際には、王族として身につけなくてはいけない。それがしきたりだ」

それにしても贅沢すぎるが、それならば支払いはしなくてもいいということだろうか。

「はい……でも、豪華すぎて、身につけるのはあまりに恐れ多くて……」

「普段は身につける必要はない。だが、今日は特別な日だ」

レオリーノは俄然緊張してきた。

そうだ。今日は、グラヴィスと正式に伴侶になる特別な日なのだ。

グラヴィスが、侍従に指示する。

「テオドール、着けてみてくれ」

「承知いたしました……さ、レオリーノ様、お座りになっていただけますか」

侍従はレオリーノを椅子に座らせると、前髪を櫛《くし》で撫でつけ、グラヴィスと同様に額をあらわにする。指の隙間からやわらかくこぼれる前髪を押さえるように、サークレットを嵌めた。

白く丸い額に、キラキラと冠が輝く。

「おお……なんと、レオリーノ様」

「……これは、本当によくお似合いです」

全員が歓声を上げた。冷静なはずのテオドールまでもが、声を上げて感心している。額をあらわにするだけで、レオリーノはずいぶんと大人びて見えた。まばゆいほどの美貌がいっそう際立つ。さらにテオドールは首飾りを嵌めた。

グラヴィスの指が、優しく顎をすくう。

「負担にならないように、なるべく軽く作らせたつもりだが……どうだ。重くないか。どこか痛いところや違和感はあるか」

「いえ、どこも痛いところはありません。自分ではよく見えませんが、こんな豪華な装飾品、はたして似合っているでしょうか」

不安そうに額に手をやるレオリーノに、グラヴィスは目を細めた。

「よく似合っている。とても綺麗だ」

「ありがとうございます」

レオリーノは頬を染めた。グラヴィスが似合っていると思ってくれるならば、それでいい。

グラヴィスはレオリーノの右手を取り、薬指に指輪を嵌めた。ファノーレンに婚姻状態を示す装飾品を身につける習慣はない。二人にとっての指輪は、単にその王族としての身分を示すものである。

「これでいい。さ、聖堂に移動しよう」

「はい」

グラヴィスの言葉に、フンデルトは最後の正装の仕上げにマントを身につけさせた。


準備が整うと、グラヴィスがその手を差し出す。レオリーノはひとつこくりと息を呑んで、そして男の手を取った。


レオリーノは愛しい伴侶を見上げて微笑む。

二人はまもなく神の御許で、正式な伴侶と認められる。形式などどうでもよいと思っていたが、こうしてきちんと準備をして、正装し、神の御前で認められると思うと、感慨深いものがある。


すると、グラヴィスが足を止めた。頭を下げて二人の出立を見守っていたヨセフとフンデルトに、声をかける。

「フンデルト、ヨセフ、おまえ達も式に参列するといい」

「えっ……？」

「……な、なんと……」

二人はその言葉に驚いた。

王族の婚姻の儀式に、平民である二人が参列させてもらえるなど、まさに前代未聞である。一方、その言葉に目を輝かせたのはレオリーノだった。

「二人に参列してもらってもよいのですか？」

頬を紅潮させて、感謝を込めて見上げる伴侶を、グラヴィスは優しく見下ろした。

「隅に控えているぐらいなら、誰も見咎める者はおらんだろう。なあ、テオドール」

「血統主義者の私には、さて、なんのことだか」

レオリーノは涙ぐんだ。

「ありがとうございます……！」

レオリーノは大切な二人を振り返る。

辺境の地から王都へ、そして王宮へ。

どんな孤独な戦いも、この二人がいたから、ここまで来ることができた。

ヨセフとテオドールも、感動に震えていた。

レオリーノが涙を浮かべながらも、満面の笑みを二人に向ける。

「二人が一緒に来て、見守ってくれていたら、とっても心強い。聖堂で先に待っていてくれる？」

「……なんと……なんと……もちろんでございます」

「うれしいよ……レオリーノ様。綺麗な、綺麗な花嫁姿を、しっかり見守ってるからな」

「うん……花嫁じゃないけど……うん」

涙ぐんで見つめあう主従を優しく見守り、グラヴィスは伴侶の手を取った。

「テオドール、二人のことは頼んだぞ」

「かしこまりました……さ、フンデルト、ヨセフ、おまえ達も急いで、もう少し上等な服に着替えなさい。両殿下は、陛下達にご挨拶をなさってから聖堂に向かいます。お二人がいらっしゃる前に、聖堂に移動してお待ちいたしましょう」

聖堂には、王族の他に、ヴィーゼン公爵家とブルングヴルト辺境伯家が参列していた。ギンター宰相、ブラント副将軍も立会人として呼ばれている。

正式な参列者に加えて、グラヴィスの副官ディルクと軍医サーシャ、侍従達、そして護衛役のヨセフに見守られながら、グラヴィスとレオリーノは、聖堂で誓句を交わす。

儀式は、厳かに、淡々と執り行われた。

天窓から差し込む光に照らされた二人の姿は、夢幻のごとき美しさだった。

二人が並び立つ姿を見た参列者それぞれの胸に、様々な思いが去来する。

レオリーノは隣に立つ男をちらりと見上げた。グラヴィスも優しい目で見下ろす。

誓句以外の言葉は必要なかった。

ただ、心の底から、声にならない、無限の愛の言葉が沸き上がってくる。

苦難の日々を乗り越え、ようやく寄り添うことを認められた二つの魂が、永遠に互いを互いのものとするその瞬間。

二人の無言の祈りは、ぽこぽこと泡沫《ほうまつ》のように空気に溶け消え、やがて祝福の光となって、静かに二人の上に降りそそいだ。

甘い肉欲の檻

レオリーノの表情がかすかにこわばる。

目の前にいる女性が誰《だれ》なのか、レオリーノは一目見た瞬間に気がついた。

記憶の中よりもはるかに成熟し、美しく年を重ねているが、その女性は間違いなく、かつて自分の伴侶の婚約者だった女性だった。

グラヴィスと婚約していたミュラー公爵家令嬢ヘレナは、グラヴィスと婚約破棄したのち、隣国フランクルの前国王の第三王子に嫁いでいた。

ヘレナは夫と息子とともに、グラヴィスとレオリーノの婚姻を祝いに、ファノーレンを訪問していたのだ。

王族としては、グラヴィスとレオリーノが格上だ。ヘレナとその夫ベルナール、そして二人の息子である王子は、グラヴィスとレオリーノの前に進み出て挨拶した。

「はじめまして、レオリーノ殿下」

「……はじめまして、ベルナール殿下、ヘレナ妃殿下。そしてミシェル殿下。ようこそファノーレンへ」

レオリーノは必死で表情を取り繕った。ここは公式の場でもあるのだ。マイアの教えを思い出し、なるべく無表情を意識して、口角を上げるに留めた。

ヘレナは記憶の中の少女の面影を残しながらも、さらに気高い雰囲気を身に纏っていた。隣国の王族に嫁いだとは思っていなかったが、どうやら彼女にとっても、それは良い結婚であったらしい。堂々と、フランクル風の豪華な衣装に身を包んでいる。

一方、レオリーノは侍従達によって、今日も完璧に仕上げられていた。

余計な襞《ひだ》飾りなどもない、ただ完璧にレオリーノの細身の身体に沿うように仕立てられた男性王族用の正装を身につけている。ただしその生地は、よく見れば、目が痛くなるほど精緻な刺繍と小さな宝玉が縫い付けられており、近くに寄ると繊細にきらきらと輝いていた。

王族であることを示す装飾品以外に、レオリーノの身を飾るものは必要ない。

少し長く伸びた髪を下半分だけゆるやかに垂らし、頭上に複雑に結い上げた髪にサークレットを嵌めた姿は、文字どおり輝いている。

完璧な男性美を誇るグラヴィスと並び立つその姿は、一種異様なほど独特の空気を放っていた。

グラヴィスの隣に立つ、まだ少年と言ってもよいような伴侶に、フランクルからの貴賓達は感嘆と驚愕の目を向けていた。


ヘレナの夫、ベルナール王子はようやく我に返ると、溜息混じりにレオリーノを絶賛しはじめる。ベルナールは、グラヴィスの母方の従兄弟《いとこ》であった。

「グラヴィス殿下……レオリーノ殿下のお噂《うわさ》は我が国にも響いておったが、ご本人を目の前にすると、正直、言葉にならん。なんと麗しいご伴侶でいらっしゃるのか。目眩がしそうなほどの麗容であるな」

ヘレナの息子ミシェル王子は、間近に見たレオリーノの清婉な美貌に言葉を失っていた。

「……父上のおっしゃるとおりです。私はこれほど美しい方を、生まれてはじめて見ました」

そう言ってミシェル王子は、再びレオリーノの美貌をうっとりと見つめた。王子はレオリーノより二歳年下で、来年成年を迎えるという。


レオリーノは控えめに微笑んだ。

「過分なお言葉を賜り恐縮です。遠方からようこそお越しくださいました」

ヘレナも優雅に答える。

「グラヴィス殿下がご結婚なさったと聞いて、私達も驚きましたのよ。長年独身を貫いていらっしゃった殿下が、はたしてどのような方をご伴侶としてお選びになられたのかと……それがまさか、これほどお若くて美しい男性だとは」

ヘレナの言葉と視線に含みを感じて、レオリーノは一瞬だけうつむいた。とくに他意はないのかもしれない。だが、レオリーノは勝手に傷ついた。

するとグラヴィスが、すっとレオリーノの背中に手を添える。レオリーノは隣に立つ伴侶を見上げた。

「レオリーノを我が伴侶とするまでに、いくつも障害があったのだ。これの父から大反対を受けて……ようやく私のもとに来てくれた、かけがえのない伴侶だ」

そう言ってレオリーノを見下ろすと、優しく笑ってみせる。その笑みはすぐに消えたが、これまでの氷のように無表情なグラヴィスとのあまりの違いに、フランクルから来た三人は驚いた。

一方のレオリーノは、その言葉に一瞬で励まされ、再び心を落ち着かせることができた。

（そうだ。顔を上げて、ヴィーに恥をかかせないようにしなくては）

「レオリーノ様は、たしかブルングウルト辺境伯家のご出身でいらっしゃいましたわね。母上は、ヴィーゼン公爵家ご出身のマイア様ですわね」

レオリーノは首をかしげた。

「……父と母をご存じなのですか？」

レオリーノの言葉に、フランクルの王族達は笑い声を上げた。周辺国家の王族で、ブルングウルト辺境伯を知らない者などいない。ましてやヘレナは、ファノーレンの公爵家出身なのだ。

「まあ……なんというか、まだ幼《いと》けなくて、世俗のことに疎《うと》くていらっしゃるのね」

レオリーノは再びショックを受けた。

父と母を知っているのかと尋ねたことの、いったい何がいけなかったのか。おろかな質問だったか、馬鹿にされたのだろうかと悩む。

「レオリーノは家名の権威とは無縁のところにいる。これの価値はこれ自身にある。背負っている『血』で、本人の価値が上下するものではない」

グラヴィスが即座に助け舟を出してくれた。

その言葉に思うことがあったのか、ヘレナは押し黙る。居心地《いごこち》悪そうにしていたが、ヘレナはやがてグラヴィスにこう言った。

「摂政公殿下は、真から深窓のご令息をお迎えになられたのね……おめでたいこと。でも、これほどの美貌ではご無理もありませんわ」

「これが美しいのは間違いがないが、それもしょせんは結果だな。私を魅了しているレオリーノ自身の、あらゆる美徳のひとつでしかない」

今度こそ、完全にヘレナの笑顔がこわばった。

「……改めてお祝いを申し上げますわ。フランクルより、お二人の今後のご多幸をお祈り申し上げます」

「ありがとう、ヘレナ妃殿下。祝辞に感謝する」


レオリーノは伴侶を見上げる。

グラヴィスは完璧な美貌に、心中をまったく推し量ることができない冷徹な表情を浮かべていた。

元婚約者を前にして何を考えているのだろうかと、レオリーノは外見とは裏腹に、内心かなりもやもやとしていた。

もう一度ヘレナを見る。

記憶にあるよりも目線が近いのは、当時はイオニアの視点でいたからだろう。凄《すご》みのある美女というわけではないが、いかにも高貴な気配を身に纏っている。

ヘレナはレオリーノの瞳に宿る不安に気がついたのか、口元を優雅に扇で隠しながら目を細めた。

やはり、この女性は苦手だ。

レオリーノは上手くあしらえない自分に落ち込んでいた。

その夜、すでに正装を解き、寝間着に着替えたレオリーノは長椅子に座って背もたれを抱えて落ち込んでいた。

テオドールに介助され身につけた宝飾品を外されながら、伴侶が尋ねる。

「どうした、疲れたのか?」

「……いいえ、会場にいたのは少しだけでしたから」

貴賓達に挨拶をして会場を一周したのちに、レオリーノはすぐに一人で離宮に戻された。グラヴィスだけは会場に残って、ほぼ最後まで接待をしていた。

レオリーノは夜会においても冒頭の挨拶だけ参加して、ほとんど長居することがない。

理由は二つある。まずレオリーノの体調を考慮してのことだ。繊弱なこともあるが、怪我《けが》の後遺症で長時間立ち歩き続けることができないためである。

もう一つの理由は、完全に伴侶たるグラヴィスの我儘によるものだ。注目を集めすぎる美貌の伴侶を、長く人目に晒しておくことが耐え難いのだ。

男の強烈な独占欲が、伴侶をすぐに離宮の奥深くに隠してしまう結果となっている。

「ほら、おいで」

「……んうー」

室内着になったグラヴィスが、長椅子に埋もれる身体を掬い上げる。レオリーノは不満げだ。

白金色の小さな頭に口づけを落としながら、グラヴィスはその身体を揺すって慰める。

「どうした。何を落ち込んでいる。何がつらかったんだ。ヘレナと会ったことか」

「いいえ……はい。そうです。勝手に、もやもやとしてしまったのです」

「もやもや? 彼女が、かつて俺の婚約者だったからか」

「はい……正直に言えば、あの方には一生、会いたくありませんでした」

レオリーノは素直に頷いた。心を偽ってもしかたがない。

グラヴィスが苦笑する。

「ヘレナには悪いが、俺が当時から、彼女に対して何も思っていなかったことは知っているだろう？」

「ヴィーの御心がヘレナ様にあったと、疑っているわけではありません」

「ならばどうして悩む？」

「……なんとなく、もやっと、いらっとするのです！　理由はありませんっ」

「……それは困ったな」

伴侶に対する独占欲が高まったレオリーノは、背もたれを放り投げ、両手両足で、その逞しい身体にひしっとしがみついた。

「……ヘレナ様は、まだヴィーに未練を残しているようでした。ぼ、僕をまるで子どもみたいに、世間知らず、って言いました」

「たしかにあの物言いは、ヘレナが失礼だったな」

だが、とグラヴィスはしがみつく身体を揺らしながら笑う。

「客観的には、おまえが世間知らずで深窓育ちだというのも間違いではない。含みがあるというよりは、あれはおまえの美貌に嫉妬した結果ではないのか」

「ち、ちがいます。きっとヘレナ様は、まだヴィーに未練があるのです。だって、だって、ご伴侶のベルナール様もお優しそうな方でしたけれども、ヴィーのほうが百倍も、千倍も格好よかったです」

なんと愛らしい嫉妬かと、年の離れた伴侶の文句にグラヴィスは微笑んだ。

しかし、次の発言にはつい真顔になる。

「会場中の女性も男性も、みんなヴィーに注目して、うっとりと、キュンとしていました！」

「……おまえの嫉妬は可愛らしくて、先程から俺を殺しかかっているが……レオリーノ。もう少し客観的に場の空気を読めるようになりなさい」

「どういう意味ですかっ」

「俺は恐れられることはあっても、そんなにうっとりされる存在ではない」

それは事実だ。若い頃ならばともかく、いかに絶世の美貌を誇るグラヴィスでも、いまや絶対的な尊敬と畏怖《いふ》の対象であり、気軽に色恋のコナをかけられるような相手でもない。そんな勇気のある人間はいないのだ。

「ばかっ、ヴィーは王子様だから世間知らずなのです！」

レオリーノはいやいやと胸にしがみついて訴える。

グラヴィスは呆れた。ヘレナに世間知らずと言われた鬱憤《うっぷん》を、グラヴィスで晴らそうとしている。

「もう寝るか」

グラヴィスはしがみついたままのレオリーノを抱き抱えると、寝台に連れていく。

レオリーノは移動するあいだもずっと、心のもやもやを、伴侶の逞しい胸に吐き出していた。

「僕はヘレナ様には負けません。あのときは言われっぱなしでしたけれど……！」

「大丈夫だ。そもそも勝負になってない」

「僕を見てあの方は笑いましたが、もう少ししたら世間知らずではなくなっていますし、もっと立派に、伴侶として堂々と貴方の隣に立っているはずです……ヘレナ様には負けません！」

「そもそも彼女が俺の隣に立つことは永久にない」

レオリーノは寝台の上に優しく落とされる。そのまま両手を持ち上げるように拘束された。

「いまでも完璧な伴侶だ。愛してる、レオリーノ」

「僕も愛しています。僕が、いちばん、ヴィーを愛しています」

馬鹿力、放してと文句を言う。解放された腕を伸ばして、反対にむぎゅっと伴侶の首にしがみついた。

グラヴィスがよしよしとなだめるように背中を撫でる。そして、いたずらっぽくその目を覗き込んだ。

「……もう寝るか？」

「寝ません。僕がもう子どもじゃないことを証明してみせます……！」

そう言ってレオリーノは、んむっとグラヴィスの唇に吸い付く。

「愛して、あいしてください……ヴィー。僕が貴方の伴侶だって、ちゃんとわかって」

いたいけで情熱的な伴侶の負けん気にたまらなくなり、グラヴィスは心からの笑みを浮かべた。


グラヴィスは、先程まで熱く穿っていたレオリーノのぬかるむ後壁を、指であやすように犯していた。

官能の涯てまで意識を飛ばしていたレオリーノは、うつろに視線を揺らしながら、その緩い快感を享受している。


「んっ……ん……あ」

一度は限界まで、大きなものを頬張《ほおば》らせられたそこは、ゆるゆると犯されているうちに、少しずつ本来の締まりを取り戻していく。グラヴィスはそこが閉じきる最後まで、ずっとあやして甘やかすのが好きだった。

レオリーノは子猫のように、くすんくすんと鼻を鳴らして、気持ちがいいと訴えている。

レオリーノの後孔は、本人が意識しているかどうかはともかく、伴侶によってすっかり性器として開発されきっている。

丁寧に解《ほぐ》されて抱かれることに慣れているので、男の舌と指がそこをまさぐっても拒むことはない。慎重に充分に慣らせばグラヴィスの陰茎も最奥まで呑み込めるようになった。

グラヴィスは何度か快感の証《あかし》を吐き出して、いまはしんなりとしているレオリーノの花茎を口に含み転がす。

「あ……あっ……だめ、ちゅって……吸わないで……あっあっ」

レオリーノは後ろを指で犯されながら、前を口で愛撫されるのが好きだ。後ろを弄《いじ》られないと男の部分で達せなくなるのは身体的にも良くないので、適度に前でも達けるように躾けられている。

しかし、レオリーノがねだるのは後ろへの愛撫だ。

口の中のそれも、徐々に硬さを増してきた。

「ヴィー……きもちいいです。もっとして、もっと、あの、後ろを、ぬくぬくって、してください」

レオリーノが赤らんだ頰でうっとりと男を見る。

グラヴィスは低く含み笑うと、身体を上にずらして、臍《へそ》から上に順番に唇を落としていった。細い指を取り、弄っている後孔に触れさせる。

「んっ……」

「自分で気持ちいいところを弄っていろ。他のところを可愛がってやる」

「……はい」

レオリーノは目元を染め、従順に男の導きに従って、自分のぬかるむ蜜穴に指を挿し込んだ。グラヴィスが手首を取って、戸惑う指を出し入れさせる。

「んっ……あ、あ」

グラヴィスが指を放しても、レオリーノは、自分自身の感じやすい孔を玩弄《がんろう》する指の動きを止められなかった。

びくびくとのたうつ白い身体を愛おしそうに眺めながら、男は再び完全に勃ちあがった前を、大きな手で包み、ゆるゆるとしごく。

同時に真っ赤《まか》に熟れた乳首を、親指の腹でこりこりと転がしながら、小さく喘ぐ口をその舌で犯してやると、レオリーノは泣きながら悶えた。

「んーっ……っ、うっん、んくっ」

「……ああ、可愛いな……」

唇の端から垂れる蜜を舐め取り、乳首を甘やかすように吸い上げる。同時に、もう片方の乳首をぎゅっと痛いくらいにつまむ。

「んやああっ……！」

レオリーノの目から涙がぱっと飛び散る。

「ヴィー……ヴィー……たすけて」

「……どうした？」

レオリーノがうつろに泣き濡れた目で訴える。

「後ろが、せつないのです……ゆ、ゆびが届かなくて、きもちいところに、もっとおくに」

「ああ」

グラヴィスは笑った。レオリーノは真っ白な脚を開いて、助けてと男に縋る。

グラヴィスが最奥を覗くと、本来慎ましやかなそこはふっくらと綻び、内側の媚肉《びにく》をわずかに覗かせて、ヒクヒクと震えて花開いていた。

「舐めてやろうか」

レオリーノは涙を散らして、いやっと拒否した。

「おく、おくがいいです。ゆびか、お腰のもので、もういっかい、奥まで愛してください。奥がきゅって、むずむずするのです」

「奥はどこだ？」

「い、いきどまりのところ……ヴィーに触れてもらったら、きゅってするところです……」

蜜孔の最奥を苛めてくれと、健気に言いつのる伴侶に、グラヴィスは愛おしさがつのる。

無垢なくせに淫蕩な気質のレオリーノは、教えられるまま、素直にみだらな言葉を発するのだ。

正直、レオリーノがまっさらなことをいいことに、いやらしいことをおねだりするように躾けた罪悪感はある。しかし、自分がどれだけみだらなことを言っているのか、グラヴィスが伴侶に自覚させることは、これからもないだろう。

「……奥をどうされたいんだ」

「奥におおきいのを嵌めて、とんとんってしてください。僕のそこがひらく、くらい……おねがい、お願いです」

グラヴィスは笑顔で一度甘やかすように唇を奪うと、陶然としたレオリーノを後ろから抱え上げる。

両脚を肘《ひじ》にかけさせて、子どもに小用を促すような格好にさせた。

「んっ……や、な、な」

そのまま、ほころびきった甘い隘路に、ぬっくりと亀頭を嵌めた。

「あーっ……やあああああっ！」

そのまま腕の力だけで浅いところを出入りさせながら、細い脚をひっかけたまま両手を胸に沿わせて、赤く膨らんだ乳首をキュッキュと揉みしだく。

「ああ……あ、あ……いやっ、あ、いや」

レオリーノはどこもかしこも、男に愛されるための身体になっていた。


最初はつまめないほどささやかだった乳首は、毎日のように可愛がられ、いじられて、いまや通常のときも薄紅色に色づいている。

乳輪もふっくらと盛り上がり、乳首も男が可愛がりやすい大きさに育っていた。いまも健気に立ち上がり、男の指に甘く転がされている。

狭い後孔は、男の逞しい充溢を受け止められるようになった。普段はきゅっと愛らしく窄んでいるが、やはり経験があることが一目でわかるくらいに、愛らしく淫靡《いんび》に縁をわずかに盛り上がらせている。

日夜、指と舌で愛された成果か、女性のそれとは違うが、弄られれば健気にうっすらと濡れるようにさえなっている。

薄紅色の陰茎は、男に含まれ、愛撫されるための器官だ。いつも柔らかく根本を戒められながら、散々可愛がられるせいで、常に皮膚は限界まで敏感に脆くなっている。

脚に負担をかけられないため、レオリーノは後背位をとれない。

　正常位で男に愛されるのが基本だが、こうして奥まで苛められるときは、座位になって深々と貫かれる。その体勢で、全身の官能の在り処を、すみずみまで可愛がられるのだ。


　甘く濡れた隘路を、グラヴィスはその長大な欲望でゆっくりと暴く。レオリーノは言葉もなく痙攣し、グラヴィスが両方の親指で胸の尖りを転がすたびに、あえかな泣き声を上げている。

「ほら……おまえの希望どおり、奥までたどり着いたぞ」

　グラヴィスが半ばからもう少し身体を埋めると、レオリーノの華奢な身体は、すぐに奥にたどり着く。その頃《ころ》には、レオリーノは朦朧としながら、様々な体液を快感にこぼし、濡れきっていた。

「ヴィー……ヴィー……ぬくって、ぬくってして。犯して、あいして」

　幼い甘えに、グラヴィスは持ち上げた身体を優しく揺さぶる。

「あーっ、あんっ、あんっ……やっ、あっ、あっあっ」

「は……気持ちいいな。おまえの中は、最高に気持ちがいい……」

　グラヴィスも、その狭く濡れた隘路のあまりの心地よさに震えた。華奢なくせに、本当に性交に向いたよく男を悦ばせる身体だ。

　ぶるりと胴震いすると、一度その熱い肉から自身を引き抜いた。その瞬間に、レオリーノがぷしゃりと潮を吹いて絶頂した。

　力なく蕩けている身体をひっくり返し、再び最奥まで貫く。その後は、男が達するためのリズムで腰を揺らした。蕩けた後ろを男が堪能するような、そんなみだらすぎる扱いも、レオリーノにとっては快感でしかない。

あっ、あっと、甘く声を上げながら、レオリーノは朦朧とした顔で男に唇をねだった。

「いって……僕の中で、きもちよく、なって……ヴィー……おねがい、もう、もうだめ」

「レオリーノ……っく」

グラヴィスが絶頂に向けてぶわりと筋肉を膨らませ、最奥に熱を放つ。レオリーノも、今夜すでに何度目かわからないほど再び後ろで極めた。

「はあ、はあっ……んっく、あ……あー」

グラヴィスが吐き出したそれを塗り込めるように、達してなお逞しい充溢で、淫蕩な隘路を擦る。

レオリーノは伴侶に後ろを甘く犯されつくすのが大好きだ。びくびくと痙攣し、ずっと達し続けて、頂きからいまだ下りてこられないでいる。

グラヴィスは気だるく腰を動かしながら、官能に蕩けた顔にキスの雨を降らした。

「ヴィー……すき、すき……だいすきです」

「……俺もだ。愛してる……」

レオリーノは伴侶に愛され、甘く、墜落するような快感に堕とされたことで、ようやく不安が消えたことを実感した。

もう、このまま目覚めなくてもかまわない。男と溶け合うこの瞬間が好きだ。

レオリーノは涙をこぼしながら、愛する男にきゅっと手足を絡ませる。

そして、もう一度愛して、と男の耳元でねだった。

あとがき

はじめまして。小綱実波《こつなみなみ》と申します。

この度は、『背中を預けるには』をお手に取っていただき本当にありがとうございます。ウェブ版とはまた違うかたちでこの物語をこうしてお届けできたことは、本当に奇跡だと思っております。

長いあいだ、物語を書いてみたいという思いを心の奥に持ちながら生きてきました。

それがいきなり、よし、物語を書いてみるか！ と思い立ち、衝動的に『背中を預けるには』の第一話を書き上げて「小説家になろう」に投稿したのが、2019年の9月です。

そこから思いがけず多くの方に読んでいただき、有言無言のあたたかい応援に励まされて、人生初の小説を、約一年かけて書き上げることができました。

あのときの一瞬の衝動を、こうして奇跡のように、三冊の本にしていただきました。

角川ルビー文庫編集部のYさま、あの日お声がけをいただき、本当にありがとうございました。そして、一夜人見《ひとよひとみ》先生に、美麗かつ壮大なイラストで、このモノクロの世界に彩りを添えていただけるという、信じられない幸運が起こりました。感謝の気持ちでいっぱいです。

本作は、長年抱えているふたつの問いをテーマに執筆いたしました。

ひとつは「自己肯定のありか」です。人はときに自分の存在意義を見失い、大切な誰かにとって自分は価値があるのだろうかと自信を失います。そんな絶望から、再びありのままの自分を肯定できるようになるまでの、自己再生の過程を書いてみたかったのです。そんな問いから、レオリーノという前世との乖離《かいり》に苦しむ青年が生まれました。

そしてもうひとつは、「持てる者」と「持たざる者」の対比です。はたから見れば恵まれている人でも、実は内面に深い苦悩を持っているのではないか。身分や肩書といった表層的な事象だけでは、その人の幸福は見えてこないのではないか。その問いから、グラヴィスが生まれました。

レオリーノとイオニア。グラヴィスとルーカス、そして、スミルノフ。この物語には、それぞれの登場人物に、鏡合わせとなる対極の存在を置いています。どちらの生き方が正解ということもなく、それぞれに真実と正義、そして愛がある。かたちを変えながらも繰り返す因果の果てに、それが明らかになってくる。そんな世界を表現できればと思い、いまできる精一杯の思いを込めました。

この物語が、読んでくださった方の心の欠片《かけら》に置いてもらえる「何か」になれたら。おこがましい願いかもしれません。でも、語りたい物語を胸の中にひっそり抱えていたあの頃《ころ》の自分に語りかけるように、いまは恥ずかしげもなく、そんなこと願ったりしています。

『背中を預けるには』の世界にたどり着いていただき、本当にありがとうございました。

２０２１年４月　小綱実波

Ruby collection

背《せ》中《なか》を預《あず》けるには3

2021年5月1日　初版発行

著者　小綱実波

発行者　青柳昌行

発行　株式会社KADOKAWA
〒102-8177
東京都千代田区富士見2-13-3
電話：0570-002-301（ナビダイヤル）
https://www.kadokawa.co.jp/

印刷所　株式会社暁印刷

製本所　本間製本株式会社

デザイン　内川たくや（UCHIKAWADESIGN Inc.）

イラスト　一夜人見

初出：本作品は「ムーンライトノベルズ」(https://mnlt.syosetu.com/)
掲載の作品を加筆修正したものです。

ISBN 978-4-04-111143-7　C0093　Printed in Japan